本丛书为青岛地方文化研究中心和青岛大学中国文化海外影响力协同创新中心重点规划项目。

本丛书获青岛市社科规划办立项，丛书的出版得到青岛市社科规划办及青岛大学中国文化海外影响力协同创新中心的资助。

崂山
文化研究丛书

崂山诗词精选评注

宫泉久　曹贤香　评注

人民出版社

《崂山文化研究丛书》总序

　　崂山位于齐地之东部，僻处海滨，砥柱洪流，在很长的历史时期里，都属于人迹罕至之地。然崂山之名，不仅在历史上很早就广为人知，而且在当代国际社会，也堪称是东方名城青岛的特殊标志。在国外，如果有人知道崂山而不知道青岛，也许并不是一件不可理解的事。

　　崂山美名的广泛传播，固然与其"三围大海，背负平川，巨石巍峨，群峰峭拔"①、深幽而罕见的自然风光不无关系。而就实际的情形来看，道教及与之相关的一系列神秘文化，也许是引起古今中外人士关注崂山的更重要的因素。在崂山道教正式诞生之前，齐地即已因方仙道、黄老之学以及黄老道而闻名遐迩。这不仅构成了崂山道教特有的显赫"家世"，也成为其后来植根深厚、叶茂枝繁的地域文化沃壤。因此，从汉代的张廉夫、唐末五代的李哲玄，到北宋的华盖真人刘若拙，再到金元之际的全真诸高道，都不约而同地选择崂山作为隐居、修道之所，可谓英雄所见略同。崂山道教后来能发展为"道教全真天下第二丛林"，出现"九宫八观七十二庵"的盛况，虽离不开全真教历代高道的大力弘扬，但神秘独特的自然环境与悠久深厚的文化传统，更是缺一不可的。

　　崂山道教的发展，进一步提升了崂山的知名度。从明代万历年间起，佛教中人也开始把目光投向这里，但道教在这里有深厚的根基，晚

---

　　① 《道藏》第 25 册，文物出版社、山海书店、天津古籍出版社联合出版，1988 年版，第 819 页。

1

来的佛教注定无法占据上风。憨山、自华、慈霑，虽然都是僧人中的佼佼者，但憨山所建海印寺在万历佛道之争中被毁，即墨黄氏、周氏两大家族为自华所建的洪门寺（又名西莲台），到了清代乾隆末年就已倾圮。只有慈霑任第一代住持的华严庵，经数次重建，后更名为华严寺，至今仍存，这也是崂山目前唯一的佛寺。虽然崂山佛教远不如道教兴盛，但同样不可忽略。

山海胜境、神仙传统，吸引了道、佛二教，而这三大资源的汇合，进而引发了世人无穷的好奇之心。虽然道路崎岖难行，历代仍不乏名人雅士前来探胜观光。直到德国占领青岛期间（1897—1914），开辟登山通道十六条。此后，沈鸿烈主政青岛时期（1932—1937），进山道路得到进一步的修缮，游人更是接踵而至。而古今文人墨客来游者，往往将人生之悟、身世之慨与山水之美融为一体，即兴为文。岁月沉积既久，不仅道佛文化自成体系，自有历史，名人也为崂山日益增色，他们留下的那些流布人口、传之后世的诗词文赋，更成为崂山人文的重要组成部分，使这座清奇幽深的名山，增加了更加丰富深沉的人文意味。因而，梳理、总结崂山之人文，也就显得更加重要。在这方面，古人已经做了很多，从明末黄宗昌撰写第一部《崂山志》、近代太清宫道士周宗颐撰写《太清宫志》起，修撰各类《崂山志》及探究崂山道教历史发展者，实在不乏其人。因而，崂山宗教文化与历史、来游崂山的名人及其诗文著述，已在无形中构成了人文崂山的重要组成部分。尤其在每年前来崂山的游人动辄过千万①的今日，把崂山文化以通俗易懂的方式，准确地

---

① 据崂山区统计局《2012 年崂山区国民经济和社会发展统计公报》、《2013 年崂山区国民经济和社会发展统计公报》，2012 年崂山区接待海内外游客 995 万人次，其中，国内游客 863.5 万人次，入境游客 131.5 万人次；2013 年接待海内外游客 1147 万人次，其中，国内游客 1119 万人次，入境游客 28 万人次。分别见崂山区委区政府门户网站"崂山统计局"，http://tjj. laoshan. gov. cn/n206250/n500254/index. html，2013 年 2 月 5 日、2014 年 2 月 21 日。

介绍给所有海内外游客，就显得更为重要。

这样的一种认识，对我们来说并非一时的心血来潮。早在笔者初到青岛工作的1992年，就发现崂山道教史及文化史的相关介绍中，存在着不少似是而非的问题。1993年9月15日至18日，中国旅游协会旅游文学专业委员会（中国旅游文学研究会）第六届年会暨93青岛国际旅游文化研讨会在青岛市召开，会议由青岛大学文学院具体承办。笔者当时提交的论文是《崂山道教及其在中国道教史上的地位》（后刊于《东方论坛》1995年第3期），这是我探讨崂山道教文化最早的一篇文章。自此之后的二十多年来，我本人断断续续写了一些有关崂山道教、崂山志或崂山文化的文章，也尽可能收集了与崂山文化有关的典籍。其间，还在青岛市崂山文化研究会中负责过宗教文化专业委员会的工作。研究会出版的《崂山研究》第一辑（中国海洋大学出版社2006年版）、第二辑（中国海洋大学出版社2008年版）所收的一批论文，也可以看作是在上述认识的指导下，组织部分师友所做的一点工作。当时的参与者，有两位也是本丛书的作者。

经过多年的思考和准备，我们逐渐形成了选择典型的专题和典籍对崂山文化进行系统整理的思路。苑秀丽教授与笔者共同出版的《崂山道教与〈崂山志〉研究》（中国社会科学出版社2011年版）一书，是这项研究工作的第一部著作。与此同时，我们启动了本丛书的写作。丛书围绕典型专题与代表性典籍两大重点，首先选定了如下七本著作作为第一批研究课题：

《崂山道教与佛教研究》，通过历史文献和田野调查的方式，全面收集崂山道教、佛教的相关史料，对崂山宗教的发展历史、重要事件、高僧高道、宫观兴废等进行系统、深入的研究，考镜源流，订正讹误，在前人研究基础上，对崂山道教、佛教做进一步深入的探讨。

《崂山文化名人考略》，对先秦至近现代的崂山文化名人进行全面梳理，将一千多位崂山文化名人分为本籍文化名人、寓居文化名人、记游文化名人、宗教文化名人四大类，对他们的生平和与崂山相关的事迹及著述等进行研究和考证，增补前人著述之缺漏，订正以往研究之舛误。尽可能完成一部集学术性、工具性、资料性为一体的崂山文化名人研究著作。

《崂山志校注》，对明末即墨人黄宗昌父子所撰的第一部《崂山志》进行全面的校勘、整理和注释。以民国二十三年（1934）本为底本，仔细参校手抄本、民国五年（1916）本《崂山志》及嘉庆十三年（1808）刻本《崂山名胜志略》等其他 7 个版本，对各本择善而从。同时，纠正以往各本失误，并广泛参考各种相关书籍，对书中的难解字词、重要事件、历史人物、典章制度、宗教知识等，做出准确、简洁、通俗的注释。力争为读者提供一个最好的《崂山志》校注本。

《劳山集校注》，《劳山集》为近人黄公渚（1900—1965）歌咏崂山美的专集，收词 137 首，诗 138 首，游记 13 篇。在众多歌咏崂山的文集中，地位独特，成就突出，甚至可以说至今无人能出其右。《劳山集》初印于香港，无标点，且在内地从未正式刊印。本书首次对《劳山集》进行标点、校勘、注释，并对黄公渚生平、创作、学术等做了初步研究，是国内外第一部《劳山集》标点排印本和校注本。

《周至元诗集校注》，周至元（1910—1962）著有《崂山志》、《游崂指南》、《崂山名胜介绍》等多部介绍崂山的著作。其《崂山志》也是黄宗昌《崂山志》之后最具代表性的一部。他存世的一千余首诗歌，也多写崂山，但至今没有一个全本。本书以周至元子女自费印刷的《周至元诗文选》（1999 年）、《懒云诗存》（2007 年）为基础，全面搜集周至元存世诗歌，并做了详细的校勘、注释和订讹，是收集周至元诗歌最全的第一个注释本。

《崂山诗词精选评注》，从历代数千首崂山诗词中精选了从唐代至

4

近代一百五十多位诗人歌咏崂山的诗、词二百余首,每首诗词在原文下,均介绍作者生平事迹,疏解难解字词,并从诗词内容和艺术特点切入,对诗词加以简要的评析。

《崂山游记精选评注》,从各种文献记载的众多崂山游记中,精选29篇游记,对每篇游记进行细致校勘,纠正前贤的校点失误,对难解字句、典章制度、宗教知识等做了通俗的注解,并从艺术上做了简洁的评析。

上述七部著作,或立足于崂山道教佛教和文化名人,或选择最具代表性的崂山文化典籍,或精选历代崂山游记和诗词中最有代表性的篇章,以点面结合、突出重点的方式,对崂山文化最有代表性的部分,进行研究和整理,将其中最精华的部分介绍给读者。我们相信《丛书》的出版,将为读者也为海内外游客了解青岛和崂山开启一扇全新的窗户,对于提升崂山和青岛知名度、推动地方旅游发展,改变青岛文化底蕴相对不足的现状,都将起到积极的促进作用。

七部著作均为青岛市委宣传部与青岛大学合作共建的青岛地方文化研究中心的规划项目,分别在2013年和2014年,获批为青岛市社科规划办重点资助项目。青岛市委宣传部理论处处长、规划办主任王春元博士及相关评审专家,对项目给予了高度肯定。他们的鼓励和支持,是我们完成丛书不可缺少的动力;我校分管文科的副校长夏东伟教授,科研处张贞齐处长,社科办主任、科研处副处长欧斌教授,也都始终关注着项目的进展。正是他们的支持,丛书才得以在较快的时间内完成并面世。在此要首先表示真诚的感谢!

丛书出版过程中,人民出版社以贺畅老师为代表的一批优秀编辑和校对,对书稿内容多有订正,其严谨的编校作风,扎实的专业功底,不仅使丛书消除了很多失误和不足,也给我们留下了很深的印象。在此我愿代表课题组全体成员,表达崇高的敬意和谢意!

丛书的作者都是高校研究中国古代文学和传统文化的教师，没有大家数年来的共同努力，这套丛书也许还在进行中。重点研究以山海胜境和神仙传统为依托而形成的宗教文化、名人（家族）文化及各类重要典籍，是包括课题组成员、青岛市古典文学研究会成员在内的一批在青工作的同道，对青岛地方文化研究坚持多年的一个基本思路，也是我们多年来"中心藏之，何日忘之"的愿望。如果这套丛书的出版能成为一个良好的开端，为地方文化研究的深入起到抛砖引玉的作用，则正是我们所衷心期望的。

刘怀荣

2015 年 4 月 8 日于青岛大学

目　录

山　峰

奇　石

绿　石

山　涧

瀑 布

洞 窟

岛 屿

书　院

楼　阁

祠　庙

塔

释　刹

印象崂山

序

"山不在高，有仙则灵；水不在深，有龙则灵。"山水胜景的美誉度不完全取决于自身，决定的因素在于赏识它的人，美在于人的一双慧眼。

五岳盛名两千多年来无山能出其右，并非其胜景无可匹敌。"五岳归来不看山，黄山归来不看岳。"然而，黄山在中国文化中的地位与五岳相比，如何？五岳地位因儒家经典而确立，据学者研究，历史上五岳曾有两次大变动：一次是隋唐舍汉制南岳霍山而以衡山为南岳；一次是明清移北岳之祀至浑源。两岳移祀的本质是经学理念与官方意图的矛盾。隋唐改立衡山是经学思想对汉制的胜利，而明清北岳移祀则是政治权力的硕果。自然之美是永恒的，其美誉度则是变化的，不仅有关其地理历史，也涉及历代政治文化特色。

崂山是一例。

"吾闻东岳泰山最为大，虞帝柴望秦帝封。其东直走千余里，山形不绝连虚空。自此一山奠海右，截然世界称域中。以外岛屿不可计，纷纷出没多鱼龙。"顾炎武从江南山水窟、佳丽地，来到山陬海澨，见到崂山丽容，禁不住在《崂山歌》中如此惊呼。丘处机是见多识广之人，他目睹崂山，评价道："五岳曾经四岳游，群山未必可相俦。"清咸丰朝御史蔡绍洛游崂后，发出了"平生不少登临处，饱看名山第一遭"的感慨。

实际的美誉度如何？"崂山三面大海，背负平川。巨石嵯峨，群峰峭拔，真洞天福地，一方胜景也。然僻于海曲，世人鲜闻，其名亦不佳。"元人丘处机不得不说："只因地角天涯背，不得高名遍九州。"

"崂山僻在海隅，名未闻于天下，而朐山、琅琊、芝罘，以秦皇之游览也，人人知之。"明人蓝田在《巨峰白云洞记》叹息道："呜呼！山之见知与不见知，而亦有幸不幸存焉。"

今人黄公渚总结曰："兹山僻处海澨，自祖龙除道东归后，视同灵数，辀轩冠盖之使，采风所弗届，游者惮于登陟之劳，鲜能穷其胜。以故罕见唐宋诗人记载，徒为缁流黄冠所保有，习焉莫能道其详，文献阙佚，名不能与五岳争雄长。固地势使然，抑显晦有时将有所俟耶？"

海上仙山美名之显晦有所俟矣！无权力的庇荫，则仰赖文士的慧眼。

"崂山古无志，有之自明即墨黄御史宗昌。"黄宗昌首次为崂山作志，他在《崂山志自序》中言："余不敏，不见容于世，不获驰驱王事，上报天子，及于今也，崂山其容余乎？春非我春，秋非我秋，环视天下，独有崂山耳。嗟乎！时所在，命所在也；命所在，性所在也。人道不昧，其崂山之力乎？余无足重于崂，而崂为余有，则崂所自立于斯世斯人之会者，因缘不偶，是安可忘哉。志所见，志所闻，崂无心也，心乎崂者，其恍然于所见所闻之外乎？"虽然，黄宗昌的《崂山志》是身在江湖、心存魏阙的产物，我们还是要感谢他以文献的形式，将泪眼中崂山的丽容呈现于世间。

对崂山美誉度的培育，周至元其功至伟。其《崂山志》不仅"村落里程之沿革，山川河流寺观之兴替，人文物产之殷赈繁衍，考诸图经，诹诸故老"（黄公渚《崂山志序》），而且裒辑大量有关崂山的诗文，从文化底蕴上增加了崂山美誉的厚度。周至元《崂山志·例言》云："或有讥余收入诗文太滥者，余应之曰：山志不同他志可比，原以名胜为主，而名胜之发扬全借艺文，舍此不录，更何志乎？"这是超凡的识见，我们选集评析有关崂山的诗词，就是将其识见弘扬光大。

《崂山诗词精选评注》以黄肇颚《崂山艺文志》（后改为《崂山续志》）、周至元《崂山志》、黄公渚《劳山集》为主要版本，并参考其他大量文献，选编有关崂山诗歌二百余首，为普及知识、宣传崂山之目的，本著作力求注释最详尽，评析最简练，使人人看明白、能欣赏每首诗的艺术魅力，与诗人一同体会崂山的自然美貌和文化韵味。

"我见青山多妩媚，料青山见我应如是。"熟悉生发喜爱，理解产生真情。愿踏入海上仙山胜景之人，都有如此心态。如此，崂山美誉度才能深入人心，广传天下。

山

　　崂山远续长白山山脉，历辽东半岛之千山，蜿蜒渡海南伸，于山东半岛北部蓬莱一带复又隆起，经招远、莱阳入即墨境域，是为崂山山脉。

　　清代王士禛《池北偶谈》云："劳山，在莱州府即墨县境中。昆山顾宁人炎武序《劳山图志》曰：'自田齐之末，有神仙之论，而秦皇、汉武谓真有此人在穷山巨海之中，于是八仙之祠遍于海上，万乘之驾常在东莱，而劳山之名由此起矣。山皆乱石巉岩，下临大海，逼仄难度，其险处土人犹罕至焉。秦皇登之，是必万人除道，百官扈从，千人拥挽而后上也。五谷不生，环山以外，土皆疏瘠，海滨斥卤，仅有鱼蛤，亦须其时。秦皇登之，必一郡供张，数县储偫，四民废业，千里驿骚，而后上也。于是齐人苦之，而名曰劳山也。'杨太史观光《致知小语》曰：'山祖昆仑，起自西北，劳山居东南，为中国山尽处。行远而劳，所以名也。'二说未知孰是？以理揆之，顾说为长。"

　　崂山主峰为巨峰，在崂山山脉的东南方向，海拔 1132.7 米，为山东省第三高峰。崂山山脉呈散射状，大体分为五支。东南支：自巨峰之左，向南陡落，历大台子、紫英庵。西南支：初起为比高崮，然后为卦峰，迤逦南行，至南窑岛入海。东北支：自巨峰北降，至牡牛岭，降而为罗延山和望海岭，入海。西北支：自牡牛岭分出，逾凤凰崮、卧龙山，延伸至骆驼头，达土堑岭。西支：山脉最长，干脉初起是五指峰，再为希望岭、东山，降至柳树台，后则为石门山、午山、浮山。

登石门山[1]

王思诚

锁眉因傍碧峰开，万壑烟岚[2]拂袖来。

仙窦[3]龙蟠[4]红树外，石门僧挂白云台。

悬崖松老栖秦鹤[5]，古塔纹深篆汉苔[6]。

多少浮尘[7]从此洗，跨鸾[8]直欲到蓬莱[9]。

作者简介：

王思诚（1290—1357），字致道，元代济宁路兖州嵫阳南砂堆社（今山东省滋阳县）人。元至治元年（1321）中进士，授管州判官，历官国子助教、翰林院编修、翰林待制、监察御史、河南山西道肃政廉访司事、国子监祭酒等职务，是元世祖至宁宗时期的著名诗人。

元至正十七年（1357）受命从陕西回京，行至河南，因旧病复发，病逝于途中，终年67岁，谥肃献。著作未见流传，仅《滋阳县志》、《曲阜县志》上录有其所撰碑文数篇。

注释：

[1] 石门山：在五龙山西北，巅有数峰峙立如门，因名。前麓有石门庵，附近有皇姑坟、千华顶、仙人桥诸胜。山高500米，登其上，环顾四周，群山若蚁，长河如带，缥缈凌虚，悠然如置身九天之外。

[2] 烟岚：岚，山间的雾气。烟岚是山林间蒸腾飘荡的雾气。

[3] 仙窦：窦，孔、洞。如张说《道家四首奉敕撰》诗："金坛启曙闻，真气肃微微。落月衔仙窦，初霞拂羽衣。香随龙节下，云逐凤箫飞。暂住蓬莱戏，千年始一归。"

[4] 龙蟠：蟠，曲折环绕。龙蟠像龙一样环绕着。

[5] 秦鹤：鹤，鸟类的一科，头小颈长，嘴长而直，脚细长，羽毛白色或灰色，群居或双栖，常在河边或海岸捕食鱼和昆虫，常见的有白鹤、灰鹤等。

[6] 汉苔：苔，隐花植物的一类，根、茎、叶的区别不明显，常贴在阴湿的地

方生长。

[7] 浮尘：空中飞扬或物面附着的灰尘。如宋林逋《寺居》诗："不压浮尘拟何了，片心难舍此缘中。"宋苏辙《次韵子瞻和渊明饮酒》诗："浮尘扫欲尽，火枣行当成。"

[8] 跨鸾：鸾是古代传说中凤凰一类的神鸟，赤色多者为凤，青色多者为鸾。为传说中的神仙坐骑。如北周庾信《谢赵王赉干鱼启》："文鳐夜触，翼似青鸾。"唐李白《凤凰曲》诗："嬴女吹玉箫，吟弄天上春。青鸾不独去，更有携手人。"

[9] 蓬莱：又称"蓬壶"，神话中仙人居住的三座神山之一（另两座为"方丈"、"瀛洲"）。西汉元光二年（前133），汉武帝东巡至蓬莱，望神山不遇，筑一座小城命名为"蓬莱"。

评析：

千重碧峰，万壑烟岚，苍松虬枝，悠然浮云，赏心悦目的崂山美景荡涤着诗人宦途疲惫的心灵。栖息老松的仙鹤、青苔覆盖的篆文，又烙刻着厚重历史的印记。面对这一切，诗人似乎置身红尘之外，飘飘然有凌云之意，摆脱人间的道道束缚，忘却了人世的欢乐与悲哀。

游石门山

董 樵

数年梦想石门地，今日寻幽步水源。
岩上苔纹连老桧[1]，山中云气到孤村。
坐来声色春鸡树[2]，行过虚空屐齿痕[3]。
老衲[4]相留茅舍饭，东邻钟鼓渡黄昏。

作者简介：

董樵，原名震起，字樵谷，号东湖，后易名朱山樵，山东莱阳人，明末清初爱国主义诗人，明亡后，长期隐居僻乡。顺治五年（1648），山东境内爆发于七起义，董樵是重要的策划者、参与者。第一次起义失败后，董樵不满于七有条件地与清廷妥协而隐居，其隐居地为文登之西山，即现在山东荣成境内的王家山村东南的一座菩萨庙，村民们称之为东庵。顺治十八年（1661），于七领导的第二次起义爆发，此次起义较第一次规模更大，参加者达四五万之众，董樵是否参加了第二次起义，目前尚无史料证明。

董樵一生诗作很多，但留存至今的作品很少，计有诗歌 150 首。他在明亡后，特别是抗清起义失败后长期隐居，事迹鲜为人知，诗作流传也不广。

注释：

[1] 老桧：常绿乔木，幼树的叶子像针，大树的叶子像鳞片，雌雄异株，雄花鲜黄色，果实球形，种子三棱形，也叫刺柏。

[2] 鸡树：鸡树为落叶灌木，高者达 3 米，老枝和茎暗灰色，有浅条裂，小枝具明显皮孔。叶浓绿色，对生；叶质厚，广卵形至卵圆形，裂片边缘有不规则锯齿；枝梢叶片椭圆形至披针形，不开裂，叶柄基部有两托叶。浆果状核果近球形，鲜红光亮，经久不落。

[3] 屐齿：一意为古代人所穿的鞋。如唐独孤及《山中春思》诗："花落没屐齿，风动群不香。"宋司马光《和范景仁谢寄西游行记》诗："缘苔躡蔓知多少，千里归来屐齿苍。"一意指足迹、游踪。如宋张孝祥《水龙吟·过浯溪》词："漫郎宅里，中兴碑下，应留屐齿。"宋叶绍翁《游园不值》诗："应怜屐齿印苍苔，小扣柴扉久不开。春色满园关不住，一枝红杏出墙来。"

[4] 老衲：衲是僧衣，老衲是老和尚的谦称。和尚穿的衣服是由许多布块缝纳而成，称为纳衣，僧侣又别称纳僧，"老衲"一词由此而来。如唐戴叔伦《题横山寺》诗："老衲供茶盌，斜阳送客舟。"清黄遵宪《石川鸿斋偕僧来谒》诗："先生昨者杖策至，两三老衲共联袂。"

评析：

董樵来到多年梦想的崂山石门，颇有"偷得浮生半日闲"的感慨，但他此时的心情绝不会如唐诗人李涉在镇江古竹院寺壁上题诗那样，

"终日昏昏醉梦间，忽闻春尽强登山。因过竹院逢僧话，偷得浮生半日闲。"俗话是秀才造反十年不成，明末武举出身的于七高举反清义旗十四年，因寡不敌众，以失败告终。参与其中的董樵从与清兵浴血奋战的战场退下，此时内心化作"哀莫大于心死"的宁静。"我见青山多妩媚，料青山见我应如是。"其笔下的春树、山雾、老桧、暮钟，构成的是一幅静谧、幽远的意境。至此，董樵胸中澎湃激昂的风云之气还可见到端倪？

登三标山

蓝　田

三峰[1]海上接云平，洞里丹砂不识名。
东望仙洲悲汉武[2]，西临书舍忆康成[3]。
崎岖百转流泉绕，苍翠千重云气生。
多病年来除百虑，独于林壑未忘情[5]。

作者简介：

蓝田（1477—1555），字玉甫，号北泉。嘉靖癸未（1535）进士，官河南道监察御史，是时大礼议起，给事中陈洸阿附张璁、桂萼，以议礼得幸，先后劾大学士费宏、尚书杨旦等十余人，公特疏论之。疏凡七上，偕同官憾门哭，廷杖几毙。出按陕西，为其父（蓝）章巡抚地。公修其旧政，奏所当兴革者十数事。西虏寇庄浪，设计却之。西人谣曰："一按一抚，一子一父，虏不犯边，民得安堵。"不久，张璁掌院事，落职归乡，讲学于"可止轩"。蓝田文名与关中康海、山右马理相鼎峙，而行义尤高。晚年与冯裕、刘澄甫等结诗社于青州，有《海岱会集》十二卷存世。

注释:

[1] 三峰：高约400米的三标山有三峰矗立。其东下山势陡峻，不可攀。陟游者，须由西南始得登。

[2] 东望仙洲悲汉武：可怜梦想长生不老的汉武帝难逃凡人的命运，最终还是化为一抔黄土。汉武帝好神仙之道，遍寻海外仙洲以求长生不死神药，为求得和渺茫的仙界达成一种神秘的契合，斥重资建造一系列接待仙家的建筑，承露盘仙人像是其中一项规模较大的工程。《资治通鉴》卷二十："春（汉武帝元鼎二年，前115）起柏梁台，作承露盘，高二十丈，大七围，以铜为之，上有仙人掌，以承露，和玉屑饮之，云可以长生。宫室之修，自此日盛。"为了求取来自上天的仙浆玉露，汉武帝在柏梁宫建造了这座高达20丈的铜质承露盘，承露盘最后毁于火灾。

[3] 郑玄：字康成，北海高密（今山东高密）人。博通今、古文经学，精于天文历算，是东汉末年经学大师。曾从东汉经学家马融学古文经，马融仅让其高业弟子传授，郑玄日夜寻诵不倦。马融召集弟子考论图纬，推算浑天，众说纷纭，因闻郑玄善算，马融才召见了郑玄，郑玄一言便决，众人惊服。郑玄游学十余年，归乡里时，学徒相随数百人。东汉末年因党锢事起，被禁锢。逐隐修经业，杜门不出。郑玄后因生计所迫，"客耕东莱"，在今山东青岛市城阳区不其山下种田教书，不其山环境幽美，山上有古井不竭，井边生有一种细而长的草，和薤一样，一尺多长，很有韧性，时人称之为书带草，又叫康成书带。郑玄与弟子们隐居于此，过着清贫而安谧的生活。任城学者何休，好公羊学，他见郑玄后，感叹地说："康成入吾室，操我矛，以伐我乎！"郑玄所注经籍有《周易》、《毛诗》、《仪礼》、《周礼》、《礼记》、《论语》、《孝经》、《尚书大传》、《周易乾凿度》、《乾象历》等。此外还著有《天文七政论》、《鲁礼禘祫义》、《六艺论》、《毛诗谱》、《驳许慎五经异义》、《答临孝存周礼难》等。郑玄注经兼采今古文，详于典章制度，名物训诂，统一了今古文之争，集汉代经学之大成，对后世经学的发展有深远的影响。

[4] 林壑：一意为深林山谷，如东晋谢灵运《石壁精舍还湖中作》诗："林壑敛暝色，云霞收夕霏。"宋欧阳修《醉翁亭记》："环滁皆山也，其西南诸峰，林壑尤美。"一意指隐居之地，如唐皇甫冉《赠郑山人》诗："忽尔辞林壑，高歌至上京。"清吴伟业《哭志衍》诗："解褐未赴官，归来卧林壑。""林壑未忘情"应为前一意，即钟情于林壑之游的逍遥自在。

评析：

睹物生情，以"诗言志"。诗人面对历史的遗迹，生发无限感慨，融入了时运不齐、命途多舛的身世悲凉。胸怀治平天下的壮志，却屡遭迫害、排挤，英雄无用武之地。这不仅令后人联想那"虚负凌云万丈才，一生襟怀未曾开"的孔夫子。鲁哀公十四年，"西狩获麟"，夫子获悉，"反袂拭面，涕沾袍"，痛哭道："唐虞世兮麟凤游，今非其时来何求，麟兮麟兮我心忧。"子贡问夫子："伯鱼（丘之子）殁世，未见夫子如此伤心。麟丧生，与夫子何关？"夫子泪水涟涟地说："丘犹麟也！麟之出，因不遇明王而遭害；丘生不逢时，不遇明王，故吾道难行于世，而终至于穷矣！吾道穷矣！吾道穷矣！"夫子闻西狩获麟，绝笔不再撰写《春秋》。而诗人生不逢时，却立志远追东汉郑康成，隐居山林，以笔代耕，诲人不倦。因为他明白人生没有汉武空想的长生不老，生命的不朽也就在为后人多做益事。

咏天柱山

丘处机

天柱巍峨北建标[1]，上穿云雾入青霄[2]。

不知日月星辰谢，但觉阴阳[3]气候调。

作者简介：

丘处机，字通密，道号长春子，山东栖霞人，金代全真教道士。宋金时期，统治者召见皆不赴。元太祖成吉思汗时，因远赴西域劝说成吉思汗勿肆意屠杀而闻名。丘处机在 19 岁时出家当道士，访王重阳于昆仑山，与马钰、谭处端、刘处玄、王处一、郝大通、孙不二拜王重阳真人为师，请授全真学。成吉思汗闻丘处机之名，派遣刘仲禄迎之于莱州昊天观。此后，丘处机率 18 位弟子于雪山下拜见征战正酣的成吉思汗。丘处机对成吉思汗说，要统一天下，不在于杀人多少，应爱惜众生。成吉思汗向丘处机询问治理天下的方略，丘处机说应该把敬畏上天、爱护人民作为施政的根本。成吉思汗询问长生不老之道时，丘处机则说，心地清净，减少欲念。成吉思汗很认同丘处机的看法，说："上天将您这位仙翁赐予我，使我明白自己应有的志向。"成吉思汗命令随从将丘处机的话记录下来，以此教育自己的儿子。成吉思汗把虎符以及诏书赏赐给丘处机，接见丘处机时不直呼其名，而是尊称为"神仙"。丧乱之时，被俘百姓不可胜数，丘处机派他的徒弟手持朝廷文书，将被俘百姓恢复为良民。丁亥年（1227）六月二十三日，暴雨倾泻，太液池北岸坍塌，洪水全部汇入东湖。丘处机对弟子说："高山崩塌了，太液池干涸了，我也要和它们一样消失了。"几天后，丘处机端坐而逝，终年80岁。元世祖褒赠"长春演道主教真人"，谥号长春真人。丘处机弟子尹志平等人依据朝廷命令世袭了丘处机的掌教职位，受到朝廷封赏的金质印玺。丘处机著有《摄生消息论》、《大丹直指》等著作。

注释：

[1] 建标：天柱山在鹤山北，峰势峭耸，形如华表。

[2] 青霄：青天、高空。

[3] 阴阳：一意为阴阳是"对立统一或矛盾关系"的一种划分，两者是种属关系。阴阳概念源自古代中国的自然观。古人观察到自然界中各种对立又相连的大自然现象，如天地、日月、昼夜、寒暑、男女、上下等，以哲学的思维方式归纳出阴阳的概念。春秋时期的《易传》及老子《道德经》皆涉及阴阳。阴阳理论表现在中国传统文化的各个方面，包括宗教、哲学、历法、中医、书法、建筑、堪舆，占卜等。一意指天气的变化。如《楚辞·九辩》："四时递来而卒岁兮，阴阳不可与俪偕。"王逸注："寒往暑来难追逐也。"唐柳宗元《天说》："寒而暑者，世谓之阴阳。"

评析：

不同的天地自然有不同的境地。天柱山"上穿云雾入青霄"的高度，与俯视乃见的众山有天壤之别的境界。丘处机借此暗喻人生修养的不同，决定了人生境界的不同。当你参透万物，忘却名利，绝不会去日患多，哀乐失得。

游华楼[1]

蓝　田

前山后山红叶多，东涧西涧白云过。

红叶白云迷远近，云叶缺处山嵯峨[2]。

闲抛书卷踏秋芳[3]，扶藜[4]偶入山人[5]房。

柴门月上客初到，瓦瓮酒熟间松香。

玉皇洞口晚花暗，金液泉头秋草遍。

药炉丹井[6]尚依稀，白雪黄茅今不见。

长春[7]高举烟霞外，使臣远出风尘界[8]。

当时人已号飞仙，只今惟有残碑在。

人生适意且樽酒，莫放朱颜空老丑。

神仙千古真浪传，丹砂[9]一粒原非有。

乃知造物[10]本无物，薄命不逢随意足。

云满青山风满松，何必洞天三十六[11]。

作者简介：

蓝田，生平事迹见《登三标山》诗。

注释：

[1] 华楼：即华楼山，在石门北，以山巅有峰似楼得名，高约350米。北由华阴集，东由蓝家庄，皆有径可登。其上峰峦峭拔，石色秀丽，古松入云，削壁倚天，辽阔而具巉峻之观，坦夷而孕幽深之致，为崂山一大名胜。

[2] 嵯峨：山高峻貌。如《楚辞·招隐士》："山气茏葱兮石嵯峨，溪谷崭岩兮水曾波。"唐唐彦谦《送许户曹》诗："将军楼船发浩歌，云樯高插天嵯峨。"

[3] 秋芳：秋日开放的花朵，多指菊花。如宋苏轼《次韵答刘景文左藏》诗："夜烛催诗金烬落，秋芳压帽露华滋。"

[4] 扶藜：藜，藜科，茎直立，叶子菱状卵形，边缘有齿牙，下面被粉状物，花黄绿色，嫩叶可食，茎可作手杖如藜杖（用藜茎制成的手杖）。扶藜就是手扶藜杖。

[5] 山人：一般指隐士，他们多是与世无争、隐居在山中的士人。如南朝孔稚珪《北山移文》："蕙帐空兮夜鹤怨，山人去兮晓猿惊。"唐王勃《赠李十四》诗之一："野客思茅宇，山人爱竹林。"山人又指山野之人或山里之人，谦称。旧时指修身悟道，一般不与世俗来往，而在山清水秀的幽静之地参悟自然、宇宙规律之人；以易经、卜卦、八卦、风水、数理、五行算命为职业的人，也称山人。又指仙家、道士之流。如北周庾信《道士步虚词》："移黎付苑吏，种杏乞山人。"宋苏轼《於潜令习同年野翁亭》诗："山人醉后铁冠落，溪女笑时银栉低。"金元好问《李道人嵩阳归隐篇》诗："可笑李山人，嗜好世所稀。"

[6] 药炉丹井：在南昌洪崖虎头岩附近，白云溪滨，一巨石之上有一圆穴，旧志记载："轩辕黄帝曾在此炼丹。"

[7] 长春：指全真教教主丘处机。

[8] 风尘界：比喻世俗纷扰、污浊。如刘峻《辨命论》："琄则志烈秋霜，心贞崑玉，亭亭高竦，不杂风尘。"

[9] 丹砂：即朱砂，古时称作"丹"。东汉之后，随着道教的兴起，为寻求长生不老药而出现的炼丹术，使中国人逐渐开始运用化学方法生产朱砂。

[10] 造物：一意是古时人们以为万物是天造的，故称天为造物。如宋苏轼《泗州僧伽塔》诗："耕田欲雨刈欲晴，去得顺风来者怨。若使人人祷辄遂，造物应须日千变。"一意造物犹造化，即旧时迷信者所说的命运。如元宫大用《范张鸡黍》第一折："这是各人的造物，你管他怎么？"

[11] 洞天三十六：道教语，指神道居住的名山胜地。洞天就是地上的仙山，它包括十大洞天、三十六小洞天，构成道教地上仙境的主体部分，中国五岳包括在洞天之内。三十六洞天一词，始见于东晋上清派道书，《真诰·稽神枢》云："大天之内，有地中之洞天三十六所。"

评析：

"神仙千古真浪传，丹砂一粒原非有。乃知造物本无物，薄命不逢随意足。"这几句是蓝田这首颇具元白风格诗歌的主题。别被他笔下药炉丹井、远出风尘的描写所迷惑，诗人内心并不青睐这些，他"云满青山风满松，何必洞天三十六"的独白，表明了"虽九死犹未悔"的人生执着。

登浮山[1]远眺

孙笃先

茫茫烟水[2]接天秋，影见扶桑[3]天际流。

满目惊涛风正怒，千顷雪浪[4]认孤舟。

作者简介：

孙笃先，字淮浦，清朝莱阳（今山东省莱阳市）人。其父为陕西参政孙谦，孙笃先幼时聪颖，工诗善画，尤精于琴，自号隐琴先生，一生弦歌不辍。慕崂山山水之佳，遂结庐于崂山，尝自署联云："外世曾无奢愿，看山自有深情。"他每日徜徉于华楼、九水间，曾对人说："但使瓯有余粟，吾即深山日去也。"孙笃先居崂山时，与流亭胡峄阳、百福庵蒋清山结为挚友，年66岁卒。胡峄阳赞曰："远矣先生，独任天真。狎鸥海上，抱瓮汉明。五帝之世，三皇之春。性耽山水，踪混嚣尘。卒岁游优，赋诗鸣琴。不愿浊富，足以清贫。仪容秀古，耳目精神。"

注释：

[1] 浮山：在青岛老市区东10里，高350米，为西来诸山之最高者，危岩结其巅。天将雨，则云自岩隙出。

[2] 烟水：雾霭迷蒙的水面。如唐孟浩然《送袁十岭南寻弟》诗："苍梧白云远，烟水洞庭深。"明文徵明《石湖》诗："石湖烟水望中迷，湖上花深鸟乱啼。"

[3] 扶桑：传说日出于扶桑之下，拂其树杪而升，因谓扶桑为日出之处，亦代

指太阳。如《楚辞·九歌·东君》："暾将出兮东方，照吾槛兮扶桑。"东晋陶潜《闲情赋》："悲扶桑之舒光，奄灭景而藏明。"逯钦立校注："扶桑，传说日出的地方。这里代指太阳。"

[4] 千顷雪浪：浪涛奔涌，掀起无边无际如白雪般的浪花。

评析：

水光相映，浩无际涯的海面，不时掀起滔天巨浪，翻卷的浪花中，偶尔露出一叶孤舟，随风逐浪，上下颠簸。浮山上观看的这一幕，真让人有"梦觉尚心寒"的震撼。"影见扶桑天际流"句显然借用了"惟见长江天际流"的诗句。

不其山

孙　镇

郑公[1]好上古，著书沧海滨。

云林绝浮俗[2]，长与麋鹿邻。

虽为汉大儒，不作天子臣。

高风扬东齐，寂寞甘苦辛。

绝壑纳浅溜[3]，芳草结重茵。

宛然若书带，阶下常相亲。

风定烟光凝，雨余翠色新。

先生今安在？兹草秋复春。

哀哉采樵子，腰镰同刈薪[4]。

作者简介：

孙镇，字宁之，明代掖县（今山东省莱州市）人。生而聪颖，读书寓目不忘，幼入胶庠为诸生，工吟咏，喜山水，著有《大风社集》。孙镇游崂山时，写有《不其山》、《田横岛》和《劳山》等五言古诗。

注释：

[1] 郑公：郑玄，东汉儒学家。

[2] 浮俗：浮薄的习俗。如南朝萧统《令旨解二谛义》："正以浮俗，故无义可辨，若有义可辨，何名浮俗。"唐杜甫《赠虞十五司马》诗："交态知浮俗，儒流不异门。"元辛文房《唐才子传·刘长卿》："长卿清才冠世，颇凌浮俗。"

[3] 溜：水流。如南朝孔欣《置酒高堂上》诗："生犹悬水溜，死若波澜停。"

[4] 刈（yì）薪：割柴。

评析：

"山不在高，有仙则名；水不在深，有龙则灵。"不其山在崂山山脉中，非因其奇峰秀水著名，而是此处乃东汉大儒郑玄避乱耕读之地。睹物思人，诗人盛赞郑玄的高风亮节，笔下的景色也莫不濡染大儒的灵气和余泽，重茵芳草宛如书带。烟光翠色，风景依旧，斯人已去，令诗人无限感慨。

［戚氏］（崂山）

黄公渚

劳山东南濒海，有华严、上下太清宫诸寺观，憨山卓锡遗址在焉。石刻摩崖，往往而觏。甲戌丁丑间，常偕张子厚、路金坡、赵孝陆、张孝骧、邹心一从雕龙嘴入山遍游诸名胜，岁月不居，倏已廿年，杜子宗甫适以劳山图长卷征题。从荷花村至下清宫止，所绘并劳山东南部也。追忆旧游，声为此阕，息壤在彼，幸勿使山灵笑人。

古鳌山[1]，祖龙[2]曾此访神仙。左带黔陬[3]，右襟黄海，碧摩天。孱颜[4]。绝跻攀。珠宫绛阙[5]有无间。自从憨衲[6]去后，山肩岩幌锁苍烟。海印芜没，宝珠画老，空余窟纪罗延。望蓬莱咫尺[7]，尘起波涵，几阅桑田。

游迹暗省[8]从前。芒鞋席帽，胜践挟藤篾。雕龙嘴，皈心[9]初地，迟我烟鬟。望华严。岩岩一塔林端。危亭自耸斐然[10]。悬心河畔，返岭村旁，冈峦一望无边。

俯仰乾坤[11]大，入黄山境，别有仙源。遥指二宫分路，访伽蓝[12]，信宿[13]古禅关。天风暮卷海涛翻。禺号[14]海若，缥缈云中现。谒上清暂住缘何浅，追往事曾几何年。汗漫[15]游，无奈华颠。付丹青温梦旧山川。望凌烟崮，会当蜡屐[16]，同证前缘[17]。

作者简介：

黄公渚（1900—1964），字孝纾，号匑厂，别号霜腴，福建闽侯人。20世纪20年代受聘于上海著名藏书楼嘉业堂工作，同时在中国公学、暨南大学兼任教职。1934年到青岛山东大学任教，抗日战争期间在北京以教书为生，1946年又返青岛山东大学任教，直至去世。其绘画笔力刚健，力透纸背，诗、书、画融为一体，互为表里，相得益彰。曾与南北知名画家潘天寿、俞剑华、王雪涛、李苦禅等共同举办过画展。20世纪60年代的"四清运动"中受冲击，1964年从青岛前往济南接受批判，会后自缢身亡。著有《楚词选》、《欧阳修文集选注》、《欧阳修诗词选译》、《黄山谷诗选注》、《陈后山诗选注》、《匑厂文稿》、《金石文选》和诗词集《崂山集》等。

注释：

[1] 鳌山：崂山别称。一说鳌山之名出自丘处机，其诗中有"卓荦鳌山出海隅"之句。鳌山之名在元代碑记中已出现。

[2] 祖龙：秦始皇。源出西汉司马迁《史记·秦始皇本纪》："三十六年……秋，使者从关东夜过华阴平舒道，有人持璧遮使者曰：'为吾遗滈池君。'因言曰：'今年祖龙死。'"裴骃集解引苏林曰："祖，始也；龙，人君像；谓始皇也。"

[3] 黔陬（zōu）：黝黑的角落。

[4] 屏（càn）颜：险峻、高耸的样子。如唐李商隐《荆山》诗："压河连华势屏颜，鸟没云归一望间。"明高启《同谢国史游钟山逢铁冠先生》诗："日日城

中望钟山，孤塔缥缈峰屏颜。"

[5] 绛阙：宫殿寺观前的朱色门阙，亦借指朝廷、寺庙、仙宫等。如唐独孤及《送陈兼应辟》诗："相逢绛阙下，应道轩车迟。"宋苏轼《水龙吟》："古来云海茫茫，道山绛阙知何处。"

[6] 憨衲：憨山和尚。

[7] 咫尺：周朝制八寸为咫，十寸为尺，咫尺形容距离很近。如唐牟融《寄范使君》诗："未秋为别已终秋，咫尺娄江路阻修。"

[8] 暗省：模糊记得。

[9] 皈心：诚心归依。如明赵震元《为袁石寓（袁可立子）复开封太府》："庄诵瑶章，皈心香象之文；完输连璧，藉手明球之赐。"

[10] 斐然：色彩亮丽貌；显著貌。如《汉书·礼乐志》："九歌毕奏斐然殊，鸣琴竽瑟会轩朱。"唐刘禹锡《秋声赋》序："吟之斐然，以寄孤愤。"

[11] 乾坤：天地。如金元好问《自题中州集后》："万古骚人呕肺肝，乾坤清气得来难。"

[12] 伽蓝：是僧伽蓝摩的简称，即僧众所居住的园庭，亦即寺院的通称。

[13] 信宿：连住两夜。如《诗经·豳风·九罭》："公归不复，于女信宿。"唐萧颖士《舟中遇陆棣兄西归》诗："信宿千里余，佳期曷由遇？"

[14] 禺号：指东海神禺号。《山海经·大荒东经》："东海之渚中，有神，人面鸟身，珥两黄蛇，践两黄蛇，名曰禺号。黄帝生禺号，禺号生禺京。禺京处北海，禺号处东海，是为海神。有招摇山，融水出焉，有国曰玄股，黍食，使四鸟。"

[15] 汗漫：漫无边际。如唐陈陶《谪仙吟赠赵道士》诗："汗漫东游黄鹤雏，缙云仙子住清都。"宋文天祥《酹江月·南康军和东坡》："空翠晴岚浮汗漫，还障天东半壁。"

[16] 蜡屐：涂蜡的木屐。后也以蜡屐指悠闲、无所作为的生活。如唐刘禹锡《送裴处士应制举》诗："登山雨中试蜡屐，入洞夏里披貂裘。"宋辛弃疾《玉蝴蝶·叔高书来戒酒》词："生涯蜡屐，功名破甑，交友抟沙。"

[17] 前缘：前世因缘的简称。佛家认为，人与人之间的交往，都是过去世中结下的缘分。

评析：

　　黄公渚先生是著名的学者，其诗词给人感受最深的就是博大精深的学问。学问是诗词高雅风格的主要条件，但是诗词中学问表现得太多，就像人们评价南宋词人辛弃疾的词，会产生"掉书袋"的毛病。这首词既有风格上的雅，也有风格上的高，"望蓬莱咫尺，尘起波涵，几阅桑田"，"冈峦一望无边"，壮阔景色的描写，历史情怀的抒发，表现出诗人的宽广胸襟。

白云洞望海

高凤翰

中原地尽处，大海接洪荒[1]。

日月浮终古，乾坤海一沤[2]。

浑疑通八极[3]，何处指沧州[4]。

虚说鱼龙夜[5]，涛声卷石楼。

作者简介：

高凤翰（1683—1748），"扬州八怪"之一，山东胶州人。原名翰，字西园，号南村，别号因地、因时、因病等，晚署南阜左手。自幼能诗画，诗宗陆游，画初从父学，后从胶州李世锡、淄州靳秋水、安丘张氏父子等学习。19岁中秀才，后应乡试不第。雍正五年（1727），应"贤良方正"特试，名列第一。留有诗集《击林集》、《湖海集》。金石书画造诣很高，治砚更有独到研究。雍正八年（1730），高凤翰以安徽歙县县丞试用。雍正十一年（1733），调安庆府监修学宫。后经两淮盐运使卢见曾保荐，以县丞职任泰州坝监制，即巡盐分司。其间，曾往来于扬州、泰州两城，画《邗沟春风》、《岳台春晓》、《大耄图》、《小五岳图》、《坝上图》等名作，创作《屠户谣》、《捕蝗谣》、《苦灶行》等抒写生民疾苦的诗歌，并于泰州琢砚90余方，将所蓄165方砚拓为砚图，辑为《砚史》4册。后因卢见曾案牵连入狱3年，染风痹，右臂病废，此后以左手作画、写字、刻印，自号"尚左后生"、"废道人"等。乾隆二年至六年，主要在扬州、苏州以卖画为生。乾隆六年（1741），返故里。乾隆十三年（1748）冬，殁于家，葬于胶州西辛置岭。

注释：

[1] 洪荒：一意为混沌、蒙昧的状态，借指远古时代。如南朝徐陵《在北齐与杨仆射书》："凡自洪荒，终乎幽厉。"宋杨万里《汉文帝有圣贤之风论》："洪荒之世，人与禽之未别。"一意为大荒，荒漠的狂野。如明许承钦《风行至南阳湖》诗："远岸平山趋断陇，连空野水入洪荒。"

[2] 一沤：水泡。如《楞严经》："沤者，水泡也。海本澄湛，因风飘鼓，发起水泡。以譬大觉之性，真净明妙。因心妄动，生起虚空世界。虚空世界在大觉性中。如大海中之一沤耳。经云，空生大觉中，如海一沤发。是也。"

[3] 八极：四面八方极偏远之地。如唐白居易《八骏图》诗："四荒八极踏欲遍，三十二蹄无歇时。"

[4] 沧州：滨水的地方。古时常用以称隐士的居处。如魏阮籍《为郑冲劝晋王笺》："然后临沧洲而谢支伯，登箕山以揖许由。"南朝齐谢朓《之宣城郡出新林浦向板桥》诗："既欢怀禄情，复协沧洲趣。"唐杜甫《曲江对酒》诗："吏情更觉沧洲远，老大悲伤未拂衣。"

[5] 鱼龙夜：指秋日。如唐杜甫《秦州杂诗》："水落鱼龙夜，山空鸟鼠秋。"杜修可注引《水经注》："鱼龙以秋日为夜。龙秋分而降，蛰寝於渊，故以秋日为夜也。"金元好问《横波亭》："疏星澹月鱼龙夜，老木清霜鸿雁秋。"

评析：

风格即人，诗品即人品。高凤翰作为"扬州八怪"之一的传奇人物，其言行迥异凡人，其诗歌风格也个性鲜明。吞吐洪荒、气势壮阔的大海在高凤翰的笔下，竟然如一个小水泡，"乾坤海一沤"。这种诗歌意境的创造，来自于诗人仰观宇宙、俯察万物的彻悟胸怀，面对亘古永恒的日月，浩无际涯的天地，大海如同水泡，小小的人类又该是多么的渺小！如此的思想，难免产生低沉的情感，名利于我如浮云，还是寻沧州，追许由，"明朝散发弄扁舟"，求得人生的些许解脱。

白云洞眺月

林砥生

我有一片月，照见南山松[1]。

偶来倚石望，隐隐起暮钟[2]。

时有白云至，遮断两三峰。

顷刻[3]风吹散，满山碧影重。

作者简介：

林砥生，名钟柱，清掖县（今山东省莱州市）人。光绪五年（1879）举人，工诗文，曾在崂山塘子观教授10余年，写有《雕龙嘴望海》、《文笔峰》、《鹤山》、《骆驼峰》等吟咏崂山的诗篇。清黄肇颚《崂山续志》："观居修真庵南六里，友人林砥生居之。砥生，掖人，名钟柱，己卯举人携家避嚣于此。深有志于崂山之志……"

注释：

[1] 南山松：南山指秦岭终南山，南山松用于祝人长寿，像终南的松树万古长青。此意出自《诗经·小雅·天保》："如月之恒，如日之升，如南山之寿，不骞不崩。"此处为比喻，非确指。

[2] 暮钟：古人划一昼夜为十二时辰，分别以地支（子、丑、寅、卯）序之，每个时辰相当于今日的两个小时。以圭表或铜壶测得时辰，击鼓报时，以便让民众知晓。南朝齐武帝时，为使宫中都能听见报时声，在景阳楼内悬一口大铜钟，改为只在晚上击钟报时。为了使钟声传播更远，除了铜钟越铸越大之外，还建较高的钟楼，与鼓楼相对，朝来撞钟，夜来击鼓。

[3] 顷刻：一意为片刻，极短的时间。如唐韩愈《赴江陵途中寄赠王二十补阙李十一拾遗李二十六员外翰林三学士》诗："中使临门遣，顷刻不得留。"一意为刚刚，刚才。如清玉泉樵子《神山引曲·药饵》："［末旦惊介］孩儿几时回来的？［生］顷刻方到。"

评析：

林砥生举家隐居崂山，成为二崂山中"散淡的人"。在隐约的暮钟声里，"偶来倚石望"，悠悠的白云，月下的苍松，远山的碧影，诗歌意境静谧、怡人，确是悠游不迫性情的外现。

小蓬莱[1]观海

周如锦

大海无波碧似银，潮来惟见水粼粼。

平铺万里天昊[2]静，倒晕长空地境新。

圣世楼船来复去，异时漕舶[3]故能驯。

不看岛屿云帆影，犹是淮阳转粟人[4]。

作者简介：

周如锦，字叔文，号大东，明即墨县（今山东省即墨市）人。读书过目不忘，为文千言立就，才名与其兄周如砥相埒。明万历年间，以选贡授通判。周如锦性恬淡，不乐仕进，在崂山王哥庄东北小蓬莱处建紫霞阁别墅隐居。著有《紫霞阁文集》八卷。

注释：

[1] 小蓬莱山：在王哥庄东北。孤峰耸立，石径周遭，东望沧溟，碧波万顷。山上有日观峰、老人石、自然碑诸胜。山顶处是观日台，巨石光滑平整，在此观日赏月别有一番景致。从山顶望去，北面是土寨河，河北为即墨，河南是崂山区。东面是浩渺的大海，小管岛和兔子岛等历历在目。西面是连接陆地的唯一通道，也叫烟台顶，上有古烟墩报警台遗址，是明代传递军情的军事设施。沿山有蜿蜒曲折的石围墙可通另一座高峰——平顶山，在山顶处一石崖上，有古石刻。在小蓬莱的南下方原有望海楼，为明万历年即墨文人周如锦所建，亦称紫霞阁。紫霞阁入口有石支门，上镌小蓬莱，石柱刻有李白诗"我昔东海上，劳山餐紫霞"。

［2］天昊：天是天穹之意，昊表示广大无边。

［3］漕舶：漕是供运输的河道，舶是海中大船。漕舶是通过水道运送粮草。

［4］转粟人：运送谷物的人。如汉司马相如《喻巴蜀檄》："郡又擅为转粟运输，皆非陛下之意也。"清宋琬《栈道平歌为贾胶侯尚书作》诗："衔枚荷戈戟，转粟穷脂膏。"

评析：

阔大场景的描写，沧海桑田的感慨，表现出的应是壮阔情怀。但是周如锦的笔下，平铺万里、倒晕长空的壮阔意境却被平静如镜的大海，轻拍沙岸的海浪掩盖了，平淡的意境真实体现了诗人淡泊的情怀。

小蓬莱望海

黄 垍

滔滔雪浪拍长天，银汉[1]沧州半接连。

为问祖龙桥下水，何时更变作桑田[2]。

作者简介：

黄垍，字子厚，号澄庵，清即墨（今山东省即墨市）人。康熙二年（1663）举人，幼有异慧，博通经史子集，恬淡不慕荣利，书法出入晋、唐，诗、古文、词皆雄深雅健，为同邑文人之冠，主即墨诗坛数十年。著有《夕霏亭诗集》、《白鹤峪集》、《书法辑略》等。其父黄宗庠曾在崂山华楼山西北白鹤峪筑镜岩楼，隐居不仕，后黄垍亦居于此，在其门额上书写"崂山白鹤峪主人黄垍之庐"。

注释：

［1］银汉：即俗称的银河。早期的汉乐府民歌《迢迢牵牛星》即涉及此词，"迢迢牵牛星，皎皎河汉女。纤纤擢素手，札札弄机杼。终日不成章，泣涕零如雨。

河汉清且浅，相去复几许？盈盈一水间，脉脉不得语。"这里的河汉即银河，后演变成银汉。在中国传统文化中有关银河的诗句多与牛郎织女的传说相关。牵牛和织女本是两个星宿的名称，牵牛星在银河东，织女星在银河西，与牵牛相对。关于牵牛和织女的故事起源很早，《诗经·小雅·大东》中写到了牵牛和织女，但只是作为两颗星来写的。汉刘安《淮南子》始将织女说成是神女。曹丕的《燕歌行》、曹植的《洛神赋》和《九咏》里，牵牛和织女已成为夫妇。曹植《九咏》曰："牵牛为夫，织女为妇。织女、牵牛之星各处河鼓之旁，七月七日乃得一会。"《迢迢牵牛星》写牵牛织女夫妇的隔离，时代在东汉后期，应略早于曹丕和曹植。从此可以看出，在东汉末年牵牛和织女的故事就已成型。

　　[2] 桑田：泛指田畴。如苏轼《新城道中》诗："试向桑田问耦耕。"

评析：

　　诗中的"为问祖龙桥下水，何时更变作桑田"句，如同张若虚《春江花月夜》的发问："江畔何人初见月，江月何年初照人？"而比之张若虚的诗句，黄埙的发问显得有些突兀。前面宏大壮阔场景的描写，与其发问似乎缺少必然的联系。没有铺垫，便显突兀。

邹文宗游二劳记赞

胡峄阳

江鳞耀锦[1]，岩花笑红。

水流岳峙[2]，皆我性情。

达人[3]知解，千里寻盟[4]。

笔底欧苏[5]，簏中[6]周程[7]。

天开文运[8]，不愧司衡[9]。

作者简介：

　　胡峄阳，名良桐，更名翔瀛，字峄阳，号云屿处士，清即墨城阳人。约生于明崇祯十二年（1639），卒于清康熙五十七年（1718）。少年时就读于洼里、慧炬院。清顺治十年（1653），16岁应童子试，守门人强令解衣搜身，他怒不受辱，拂袖而去，终身不再应试，以设馆授徒为生。胡峄阳性有异禀，精研《周易》，于濂洛之学别有微契。家贫甚，一介不苟取，蓬室瓮牖，悠然自得。他雅工制艺，但视进取之途泊如也，与崂山百福庵蒋清山道长相交甚密。著有《易象授蒙》、《易经征实》、《解指蒙图说》、《柳溪碎语》、《寒夜集》等。现仅存《易象授蒙》和《柳溪碎语》。

注释：

〔1〕江鳞耀锦：水中鱼儿游弋，鳞光闪烁如锦。

〔2〕岳峙：山峰耸立。

〔3〕达人：通达事理、明德辨义的人。如《左传·昭公七年》："圣人有明德者，若不当世，其后必有达人。"明徐渭《自浦城进延平》诗："循理称达人，险难亦何戚。"

〔4〕寻盟：盟，即盟友，寻盟就是寻找盟友。

〔5〕欧苏：即北宋文学家欧阳修、苏轼的简称。欧、苏是宋代散文史上相提并举的两位杰出人物，古文评论家将其与唐代的韩愈、柳宗元并论。他们的散文成为文人学习的典范，影响了明清的许多古文家。

〔6〕简中：此中，这当中。如唐寒山《诗》："若得简中意，纵横处处通。"宋陆游《春残》诗："简中有佳处，袖手看人忙。"清曹寅《题堂前竹》诗："简中吟啸亦难事，眼外阴晴皆好秋。"

〔7〕周程：指周敦颐、程颢，宋代理学的代表人物。周敦颐（1017—1073），字茂叔，号濂溪，宋营道楼田堡（今湖南道县）人，北宋著名哲学家，宋代理学的开山鼻祖。《宋史·道学传》："两汉而下，儒学几至大坏。千有余载，至宋中叶，周敦颐出于舂陵，乃得圣贤不传之学，作《太极图说》、《通书》，推明阴阳五行之理，明于天而性于人者，了若指掌。"程颢（1032—1085），字伯淳，号明道，世称明道先生，北宋洛城（今洛阳）伊川人。程颢与其弟程颐皆为理学大师，世称"二程"，北宋嘉祐二年（1057）进士，历官鄠县主簿、上元县主簿、泽州晋城令、太子中允、监察御史、监汝州酒税、镇宁军节度判官、宗宁寺丞等职。后追封豫国公，配祀孔庙。

［8］文运：文学兴衰的气运。如《清史稿·圣祖纪一》："一代之兴，必有博学鸿儒振起文运，阐发经史，以备顾问。"

［9］司衡：主管，主宰。如清戴名世《〈闽闱墨卷〉序》："获从诸君子之后，而荷司衡之任。"

评析：

登山则情满于山，观海则意溢于海。胡峄阳对崂山的情愫有其独特的一面，他没有心怀仕途的失意，放浪山水之中；也没有以平治天下之心，借山水寄寓壮阔之志的豪举。但胡峄阳登山有情，观海有意，其诗歌属于"以我观物，故物皆着我之色彩"的有我之境。"江鳞耀锦，岩花笑红。水流岳峙，皆我性情。"锦鳞游泳，岩花绽放，水流不息，山岳耸峙。一切顺其自然，充分展示其本性。夫子自道曰："皆如我性情。"胡峄阳不愧为理学家，其诗歌坦露本性，绝不隐晦曲折。他自己的志向就是不求闻达仕途，但求无愧我心。所以他毫不掩饰对邹文宗的赞美，视邹文宗为如自己一样的达人，笔如欧、苏之灿烂，理如周、程之奥博。并由衷地认为，由邹文宗这样的官员主掌本地文教，真正是天开文运，当地文人之福。

山　峰

　　拔海而立的崂山，大自然的鬼斧神工造就了它"群峰削蜡几千仞，乱石穿空一万株"的壮观景色。崂山之峰以千计，千姿百态，各领风骚，景色诱人，蕴含情趣。崂山之峰巨峰为统率，巨峰所系，冈陵衔接，峦岫栉比，浑然一体，难以界分。

登巨峰

陈 沂

鳌峰[1]驾海入青云，远见浑合近复分。

重峦高下极沓霭[2]，翠岫[3]出入排氤氲[4]。

千奇万状倏[5]变态，陟历惊魂望仍爱。

遥指天际悬孤峰，峰头更有僧庵在。

奔涛怒石声潺潺，绝顶只可猿猱[6]攀。

双屋劈处一径微，一窍[7]直上烟霄间。

壁断梯折路亦绝，五石飞梁临不测。

西北峰垂返照阴，东南海映长空色。

仙人见说多楼居，无奈缥缈乘清虚[8]。

此地安期且未至，与子跨鹤今何如？

作者简介：

陈沂，初字宗鲁，后改鲁南，号华石亭、小坡，祖籍鄞县（今浙江宁波）。陈沂5岁时就能属对，10岁能咏诗。明正德十二年（1517）进士，先后为庶吉士、编修、侍讲。历任山东左参议、山西太仆寺少卿。他为官清廉，刚直不阿，与执政相忤，后上疏朝廷乞归故里，在金陵城南夫子庙旁（今四福巷一带）筑遂初斋以居，绝意结交世俗，闭门读书写作。陈沂饱读诗书，博学多才，一生著述较丰，尤以文史成就最高。

注释：

[1] 鳌峰即巨峰：是崂山最高峰，一名崂顶，在崂山山脉中部。其巅系巨岩结成，周回可百丈，最上处只容二三人。登其上，大海群山尽收眼底，全崂景物，一览无余。烟云往来于舃下，帝座呼吸于胸中，使人豁然心旷，有小天下之慨。

[2] 沓：繁多貌。霭：轻雾。沓霭指浓雾。

［3］岫：山。

［4］氤氲（yīn yūn）：云气弥漫。

［5］倏（shū）：极快。

［6］猿狖：泛指猿猴。

［7］窍：孔。

［8］清虚，指天空。

评析：

　　诗人以夸饰的手法描写巨峰，驾海入青云、翠岫排氤氲，写出了巨峰的高大，天际悬孤峰、双屋劈处一径微、壁断梯折路亦绝，写出了巨峰的险要。"此地安期且未至"，以仙人未至巨峰，人迹罕至，从侧面衬托出巨峰的高险。

巨峰望海歌

宫　昱

崂山雄峙[1]东齐[2]东，绵亘[3]百里如巨龙。

灵干蜿蜒到海上，晴昊[4]乱插青芙蓉[5]。

天为大东设屏障，汪澜到此回洶洶。

冈重岭复不可以，悉数如堂如隍如崇墉[6]。

大者为宫小为霍[7]，山根插地犹嵘嵸。

天梯石栈挂绝壁，登高四顾舒心胸。

不知是天是海是云气，但见苍茫一气开鸿濛[8]。

碣石[9]波涛浴日月，阴壑雷雨拵云松。

绝顶坐见穷发外，帆樯[10]万国而来宗。

泰山虽高此其亚，东帝西帝相豪雄。

玉笈[11]金箱关岩壑，传闻古有仙人踪。

乘云吸景非所望，但愿千年海上无戎兵[12]。

作者简介：

宫昱，字玉甫，清同治泰州（今江苏泰州）人。与其兄宫本昂（字子行）为当时的书画鉴赏名家。

注释：

[1] 雄峙：雄即伟岸，雄伟；峙即对峙，峙立；雄峙是昂然屹立的意思。

[2] 东齐：周朝时的齐国地处周之东，故将齐国称之为东齐。

[3] 绵亘：延续不断。

[4] 昊：原意为广大无边，此指天。

[5] 芙蓉：荷花的别称。

[6] 墉：高墙。

[7] 霍：大山围绕着小山。《尔雅·释山》："大山宫，小山霍。"郭璞注："宫，围绕之。"

[8] 鸿蒙：古人认为天地开辟前是一团混沌的元气，这种自然的元气叫鸿蒙。另指迷漫广大的样子。如《汉书·扬雄传上》："外则正南极海，邪界虞渊，鸿濛沆茫，碣以崇山。"颜师古注："鸿濛沆茫，广大貌。"

[9] 碣石：高大的石头。此处不是曹操"东临碣石，以观沧海"诗句中的地名。

[10] 帆樯：船帆与桅樯，指舟楫。

[11] 玉笈：玉饰的书箱。如南朝沈约《桐柏山金庭馆碑铭》："启玉笈之幽文，贻金坛之妙诀。"

[12] 戎兵：兵士，军队。如《管子·内业》："恶气迎人，害于戎兵。"

评析：

此首《巨峰望海歌》名为望海，却是以正面描写、侧面衬托的手法，写巨峰之壮景。"晴昊乱插青芙蓉"，"冈重岭复不可以，悉数如堂如隍如崇墉。大者为宫小为霍，山根插地犹嵘嵷"，山峰的高耸云霄，众峰的簇拥环绕，撑天立地的山根，正面的描写使巨峰的壮景矗立于读者面前。"登高四顾舒心胸。不知是天是海是云气，但见苍茫一气开鸿濛。碣石波涛浴日月，阴壑雷雨拕云松。绝顶坐见穷发外，帆樯万国而来宗"，远处云天相连，上下天光辉映闪烁，如鲫帆船往来穿梭，下面万壑纵横，云雾缭绕，雷声砰訇。视野所及，都是"登高四顾"、"绝顶坐见穷发外"所见，这些从侧面衬托出巨峰的高险。

［青房并蒂莲］（甲子夏日偕依隐翚弟登劳山绝顶巨峰）

黄公渚

御长风，陟[1]翠微高处，秋迥山空。手揽雌霓[2]，绝顶我为峰。玉京[3]咫尺朝天路，俯齐烟[4]、九点蒙蒙。闪去骊[5]、一片孤光，碧瀛如镜瀽青铜。

沉沉丽农鸟使[6]，惊海涵尘飞，撼睡蛟宫。慢回首冥冥八表[7]，日下高春[8]。明灭螣螺[9]可数，送斜晖七十二芙蓉。叹勌游[10]、目极南云，断魂万里逐归鸿。

作者简介：

黄公渚，生平事迹见［戚氏］（崂山）。

注释：

[1] 陟：登。如《诗经·周颂·闵予小子》："念兹皇祖，陟降庭止。"

[2] 雌霓：指外环色彩暗淡的虹。如汉东方朔《七谏·自悲》："借浮云以送予分，载雌霓而为旌。"

[3] 玉京：天外仙境，道家称天帝所居之处。道家传说元始天尊居玉京山，山在天中心之上，山上宫殿都用金、玉装饰。如唐白居易《梦仙》诗："须臾群仙来，相引朝玉京。"玉京后亦指帝都。如唐孟郊《长安旅情》诗："玉京十二楼，峨峨倚青翠。"

[4] 齐烟九点：典故出自唐朝诗人李贺《梦天》诗，"遥望齐州九点烟，一泓海水杯中泻"，诗中"齐州"指中国。清代因济南古称齐州，便借用描绘济南的山景。"九"并非确数，泛指山多。千佛山"齐烟九点"坊处北望所见到的山为卧牛

31

山、华山、鹊山、标山、凤凰山、北马鞍山、粟山、匡山、药山。

[5] 飘（fān）：原意为马奔驰，此处借用为船帆。

[6] 丽农鸟使：丽农指丽农山，据《洞天福地岳渎名山记》记载：海中有五岳，东岳广桑山在东海中，青帝所都；南岳长离山在南海中，赤帝所都；西岳丽农山在西海中，白帝所都；北岳广野山在北海中，黑帝所都；中岳昆仑山在九海中。鸟使指青鸟，传递信息的使者。

[7] 八表：指遥远的地方。如魏明帝曹睿《苦寒行》："遗化布四海，八表以肃清。"东晋陶潜《归鸟》："远之八表，近憩云岑。"

[8] 高舂：太阳西落近黄昏时。如汉刘安《淮南子·天文训》："（日）至于渊虞，是谓高舂；至于连石，是谓下舂。"唐皎然《浮云》："浮云浮云，集于高舂。高舂濛濛，日夕之容。"

[9] 螣螺：螣同"黛"，黑色。螣螺，黑螺。此处形容山峰如黑螺。

[10] 勌游：即倦游。如唐皇甫湜《东还赋》："归去来兮，将息我以勌游。"

评析：

王国维《人间词话》云，词有造景有写景，有有我之境，有无我之境。叶嘉莹认为王国维所谓的"有我"是"当吾人存有我之意志，因而与外物有某种相对立之利害关系时的境界"，"无我"是"当吾人已泯灭了自我之意志，因而与外物并无利害关系相对立时之境界"。前者有物我利害之冲突，美感多属于宏壮；后者根本没有物我对立的冲突，美感多属于优美。黄公渚词中的"手揽雌霓，绝顶我为峰。玉京咫尺朝天路，俯齐烟、九点蒙蒙"，这极为壮阔的景色描写，与诗人有着物我利害之冲突，目的是抒发"叹勌游、目极南云，断魂万里逐归鸿"的心绪。故这首词的整体风格就是宏壮。

咏劳顶

赵孟頫

山海相依水连天，万里银波云如烟。

挥毫[1]绘成天然画，笔到穷处难寻源。

作者简介：

赵孟頫，字子昂，湖州（今浙江省湖州市）人，元代诗人、书画家。

注释：

[1] 挥毫：运笔，谓书写或绘画。如唐杜甫《饮中八仙歌》："张旭三杯草圣传，脱帽露顶王公前，挥毫落纸如云烟。"宋王安石《和王微之登高斋》诗："挥毫更想能一战，数窘乃见诗人才。"

评析：

《东坡志林》说："味摩诘之诗，诗中有画；观摩诘之画，画中有诗。"我们观赵孟頫之诗，他是在以作画之笔写诗，山海相连，水天相接，碧波万里，如雾如烟，淡淡几笔，真是一幅天然的海天一色水墨画。

美人峰

崔应阶

山色真如清净身，凭虚[1]独立迥难亲。

洞中未许逢仙子，天外空教侍美人[2]。

薜荔[3]作裳云肩润，芙蓉为面黛眉[4]新。

莫将雾鬓云鬟意，错拟岩头姑射神[5]。

作者简介：

崔应阶，字吉升，清代湖北江夏人。荫生，初授顺天府通判，迁西路同知。雍正中，擢山西汾州知府。后改任河南陈州府知府。乾隆十五年（1750），授河南驿盐道，擢安徽按察使。丁母忧，服阕，补贵州按察使。乾隆二十一年（1756），擢湖南布政使，署巡抚。乾隆二十二年（1757），补江南常镇扬道，再迁山东布政使。乾隆二十八年（1763），迁贵州巡抚，调山东。乾隆三十二年（1767），疏言："武定滨海，屡有水患：一在徒骇尾闾不畅，一在钩盘淤塞未开。徒骇上游宽百馀丈，至沾化入海处仅十馀丈，纡回曲折，归海迟延。徒骇旧有漫口，径二十五里，宽至四五十丈，水涨赖以宣泄。若就此开濬，庶归海得以迅速。又有八方泊为众水所汇，伏秋霖雨，下游阻滞，淹及民田。泊东北为古钩盘河，经一百三十馀里，久成湮废。若就此开濬，引水入海，则上游不致停蓄，积水亦可顺流而下。"上韪之，皆如所请。乾隆三十三年（1768），擢闽浙总督，加太子太保。乾隆三十四年（1769），劾兴泉永道蔡琛贪鄙，论如律。调漕运总督，奏粮道专司漕务，无地方之责，令亲押赴淮，不得转委丞倅。召授刑部尚书，调左都御史。四十五年，以原品休致，寻卒。

注释：

[1] 凭虚：指凌空。如宋张孝祥《菩萨蛮·登浮玉亭》："微风吹笑语，白日鱼龙舞。此意忽翩翩，凭虚吾欲仙。"

[2] 美人：指崂山美人峰。美人峰在巨峰右前，一名比高崮。峭拔秀丽，不可攀跻，若高于巨峰。

[3] 薜荔：为桑科榕属，常绿攀缘性灌木藤本植物，别名木莲、凉粉果等，常攀附于墙壁、岩石或树干部。

[4] 黛眉：黛，青黑色的颜料，古代女子用来画眉。黛眉，指女子的眉毛。

[5] 姑射神：姑射为中国古代传说中的神话人物。关于姑射神，《庄子·逍遥游》云："藐姑射之山，有神人居焉。肌肤若冰雪，绰约若处子。不食五谷，吸风饮露，乘云气，御飞龙，而游乎四海之外。其神凝，使物不疵疠而年谷熟。"

评析：

距离产生美，讲的就是物我之关系。物我无关利害，美感便属于优美，优美在美感上属于阴柔的范畴，阴就难以避免冷的感觉。崔应阶的美人峰属于冷美人之类，"山色真如清净身，凭虚独立迥难亲"，只可远观，不可近玩。美人峰之冷，还能让人感受其美，"薜荔作裳"、"芙蓉为面"。若如庄子笔下的姑射仙子，"肌肤若冰雪，绰约若处子，不食五谷，吸风饮露，乘云气，御飞龙，而游乎四海之外"，那冷色调的美丽，就只能想象了。

登狮峰[1]观日出

陈文德

秉烛[2]跨危峦，腥飙[3]吹欲坠。

寒潮拍空响，茫茫何所视。

繁星争摇炫，灏气[4]不可閟。

虚中渐生白，天海浩无二。

人已稍辨色，日犹卧深邃。

俄焉[5]海如烧，俄焉天如醉。

俄焉赤霞起，周遭相妩媚。

初吐类蚀余，踌躇始满志。

沐浴风涛中，光焰了未备。

净质如火轮，赴天颇觊觎[6]。

倘无拥之者，离即恐未易

良久芒角[7]全，平平就厥[8]位。

吐射林鸟间，驰驱势殊利。

愿以千丈绳，系之缓羲辔[9]。

作者简介：

陈文德，四川人，明代即墨县教谕。

注释：

[1] 狮峰：即狮子峰，在太平宫东北。危岩突起作狮形，口翕张，若将吞噬，峰旁有石门，穿门而上即达峰顶。巅平坦，可容数人坐。东望沧溟，一碧万顷，海潮奔激，直至峰下，为观赏日月之胜地。峰阴有明陈沂题"寅宾岩"三字。

[2] 秉烛：持蜡烛照明。如唐孟浩然《春初汉中漾舟》诗："良会难再逢，日入须秉烛。"

[3] 腥飙：飙，风。腥飙，有腥味的风。

[4] 灏气：弥漫于天地间之气。如唐柳宗元《始得西山宴游记》："悠悠乎与灏气俱，而莫得其涯，洋洋乎与造物者游，而不知其所穷。"

[5] 俄焉：迅速的样子。

[6] 赑屃（bì xì）：又名龟趺、霸下、填下。龙生九子之长，貌似龟而好负重，有齿，力大可驮负三山五岳。其背亦负以重物，多为石碑、石柱之底台及墙头装饰，赑屃属灵禽祥兽。

[7] 芒角：星辰的光芒。

[8] 厥：其。

[9] 羲辔：羲指羲和，辔指驾驭牲口的缰绳。羲和是中国神话中太阳神的名字，传说羲和又是太阳的车夫。如《楚辞·离骚》说："吾令羲和弭节兮，望崦嵫而勿迫。"羲和掌握着时间的节奏，每天由东向西，驱使着太阳前进。

评析：

诗的开端，极力渲染狮峰的险峻，"秉烛跨危峦，腥飙吹欲坠"，深夜登狮峰，海风吹来，攀登者摇摇欲坠，渲染山峰之险。"寒潮拍空响，茫茫何所视。繁星争摇炫，灏气不可閟。"放眼望去，繁星满天，浩无际涯，海雾弥漫，不可阻挡，渲染山峰之高。登高观日，诗人细腻描写海日未升、海日初升、海日升起的壮丽景观，观察细致，描写逼真，是写海上日出的佳作。

登上苑狮峰同桂峰禅士赋

憨 山

绝巘[1]危岩倚海隅，登临一眺望中孤。

扶桑晓日开鱼目[2]，沙浦寒星落蚌珠。

缥缈[3]霓裳来泽国，依稀仙乐动蓬壶[4]。

吾生亦结洪崖伴，愿并飞肩上玉都。

作者简介：

憨山（1546—1623），明代高僧，俗姓蔡，名德清，字澄印，号憨山，人称憨山大师，安徽全椒古蔡浅人（今安徽和县绰庙）人。生于明嘉靖二十五年（1546），母梦大士携童子入门，接而抱之，遂有娠。憨山周岁时病笃，母亲在观世音菩萨像前祷告，愿舍儿出家，不久病即痊愈。为此，母亲将其寄名于本地长寿寺，取乳名为"和尚"。憨山少时聪颖过人，经、书、子、史，过目不忘。12 岁削发入佛门，19 岁受禅法，曾在南京报恩寺为僧，后云游各地。在五台时，爱憨山之秀峰，遂取此号，是明代四大高僧之一。

万历十一年（1583）四月，憨山慕崂山之盛名，由五台山来此。先在崂山那罗延窟修禅，夏季至太清宫附近树下掩片席为居，历 7 个月。山民张大心结庐使其安居。憨山欲长揖山灵而去，却又难舍此处钟灵毓秀，故滞留崂山。此时，太清宫旧道院倾圮倒塌，憨山得到即墨江、黄两乡绅和泰岩、荫谭诸人帮助，购太清宫之地，于万历十三年（1585）始建海印寺，万历十六年（1588）建成。该寺气势恢宏，佛宇僧寮之盛，可与五台、普陀之名刹相媲美。万历十七年（1589），进士出身的太清宫道士耿义兰控告憨山强占庙产，上告京师。万历二十三年（1595），憨山以私建寺庙罪，被充军到广东雷州。获释后，结庵庐山五乳峰下，居 4 年，又到广东曲江县东南 25 公里的曹溪宝林寺，潜心著述。天启三年（1623）憨山病逝于曹溪，年 78 岁。憨山通晓史书，熟谙佛经，工于书法，擅长诗词。著有《法华经通义》、《圆觉经直解》、《大乘起信论直解》、《观楞伽经记》、《金刚决疑》、《肇论略注》、《八十八祖真影传赞》以及《庄子内篇注》、《老子道德经注》、《中庸直指》等。

注释：

[1] 绝巘：绝，极致；巘（yǎn），山峰；绝巘是极高的山峰。如北朝郦道元《水经注·江水》："春冬之时，则素湍绿潭，回清倒影。绝巘多生怪柏，悬泉瀑布，飞漱其间。清荣峻茂，良多趣味。"

[2] 鱼目：即鱼眼。如唐李白《鞠歌行》诗："玉不自言如桃李，鱼目笑之卞和耻。"

[3] 缥缈：高远隐约。如唐杜甫《白帝城最高楼》诗："城尖径仄旌旆愁，独立缥缈之飞楼。"宋苏轼《卜算子·黄州定慧院寓居作》词："缺月挂疏桐，漏断人初静。惟见幽人独往来，缥渺孤鸿影。"

[4] 蓬壶：即蓬莱，古代传说中的海中仙山。晋王嘉《拾遗记·高辛》："三壶则海中三山也。一曰方壶，则方丈也；二曰蓬壶，则蓬莱也；三曰瀛壶，则瀛洲也。形如壶器。"

评析：

清代王士禛《池北偶谈》曰："陆放翁云：天下名山，惟华山、青城、茅山无僧寺。吾乡劳山亦无僧寺。明万历间，憨山大师建海印寺于劳山，寻为道流所讼，遣戍粤东。"陆放翁的时代，虽偶有一二游览崂山者，崂山却实在算不上是天下名山，所以放翁并没有以崂山无僧寺而惋惜。到清初崂山以海上名山跻入天下名山之列，此时再无僧寺，却实在令人惋惜。而更令人惋惜的是它曾经拥有一座可与五台山、普陀山相媲美的海印寺，如今却只有颓圮的废址。憨山作为明代万历时期的四大名僧，他有见识，能洞察崂山乡野民俗，他曾说："（崂山）山野之民，不知僧为何物，易轻蔑而虐之。即今在在皆然，非大外护弹压其心，定不使安然坐进此道也。"他却没有远见，终以私造禅寺戍雷州，寺庙荡废。他也许被崂山的美景深深吸引，"缥缈霓裳来泽国，依稀仙乐动蓬壶"，超尘之心多了凡念，将"吾生亦结洪崖伴，愿并飞肩上玉都"的愿望抛在脑后，以致惨遭横祸，令人唏嘘不已。

雨后登文笔峰[1]

林砥生

滚滚飞泉下，环山不暂停。

浪喷双涧白，雨洗万峰青。

路转云俱活，烟消树似醒。

山头看海色，鸟影入苍冥。

作者简介:

林砥生，生平事迹见《白云洞眺月》诗。

注释:

[1] 文笔峰：即笔架山，在塘子观东。三峰耸立，宛如笔架。

评析:

湍瀑飞泉、雪涌海浪，写的是动景；雨后青峰、蜿蜒山径、云雾山林，写的是静景；鸟影入沧溟，空旷中的一点灵动。动静结合，深山幽邃。物我相忘，无我之境，却凝聚着诗人的惬意和愉悦。

奇　石

　　崂山分布众多花岗岩石林，或层层叠叠，或纵横交错，大块的巨石分解成小块的石体，如同用菜刀竖切、横切豆腐后的效果一样。这都是由花岗岩独特的解理特点决定的。故崂山之石或壁立千仞，雄奇险峻，或庄严浑厚，刚劲挺拔，在雄伟中透着柔美，庄严中显露妩媚。

咏八仙墩[1]

匡　源

惊涛拍山山欲崩，悬空细路如盘绳[2]。

危崖俯视不见底，惟闻足下奔雷霆[3]。

崎岖蜿蜒[4]十余里，一步一息心怦怦。

奇峰忽涌数千丈，攀援直上同猿升。

白云南来茫无迹，万叠浮云积晶莹[5]。

倚石藉草且小憩[6]，坐见云外螺尖青。

道人东指山尽处，突若圆盂覆沧溟[7]。

其下仙窟藏幽渺[8]，奔湍汩没蛟龙[9]腥。

此来幸值潮已落，定可历历穷真形。

我闻斯言气复壮，携筇[10]宛转穿峻嶒[11]。

罡风[12]射人吹欲倒，低头力与风相争。

逡巡[13]欲下不敢下，譬如赤脚行春冰。

盘回数折抵平砥，划然洞府开重扃[14]。

何年巨灵劈山腹，半壁直立犹支撑。

谺谽[15]中开深且广，仙墩罗列纷纵横。

大者如台小如几[16]，绣纹层叠森瑶琼[17]。

娲皇补天[18]留余块，至今五色云霞蒸。

诡异神奇不可测，或者风雨来群灵。

扪苔踏藓陟其上，悬崖压顶如将倾。

乳泉滴滴寒彻骨，但觉毛发森难胜。

四顾苍茫更无地，鲸波渺㳽环蓬瀛。

风狂浪急水壁立，上接白云连青冥[19]。

翻花跳珠溅衣袂，一泻万斛[20]珠玑明。

恍惚山摇石亦走，若将破浪骑长鲸[21]。

成连老仙去不返，此境真足移人情。

安得伯牙[22]操绿绮，浩浩为写风雨声。

墩外石囷堪列坐，呼童拂拭甋甀[23]平。

拾柴吹火瀹香茗[24]，小饮略定神魂惊。

海外奇观此第一，缒幽凿险何人能。

古来游客知多少，山川无恙朱颜更。

回思尘世太局促[25]，名场利薮徒营营。

游仙片刻已空阔，何况骖鸾[26]朝玉京。

仰观绝壁极峭倩，仙人危坐安期生[27]。

举手欲语不得语，翩然飞去凌太清[28]。

作者简介：

匡源，字本玉，号鹤泉，清胶州（今山东省胶州市）人。匡源13岁入邑庠，道光十九年（1839）中举人，翌年中进士，授翰林院编修，官至礼部尚书、军机大臣。咸丰十一年（1861），咸丰皇帝病危时，为顾命八大臣之一。同治皇帝即位后，慈禧罢匡源官，匡源移居济南，被聘为泺源书院山长，以治学严谨著称。

匡源曾于咸丰元年（1851）游崂山，下榻太清宫，撰写了颂美崂山的诗文，有《劳山赋》（又名《答人问劳山》）、《忆劳十二首》。还留有他为出家崂山的胶州王氏女大方（即广住）禅士撰写的《大方禅士碑文》。

注释：

［1］八仙墩：在崂山头，自太清宫东去约4里，唯路甚险窄，不易行，墩当覆盂峰之阳。人自峰西东南旋下有石坡，大可数亩，渐东渐低斜插入海。海潮循坡直上至坡半，骤然跌落，后波又起，与前波相撞，浪花激起，高可数丈，如玉树银花，而成奇观。墩在石坡之北，上覆五色岩，大者如台，小者如几，错落散布。石与岩皆五色，斑驳陆离，如覆绣茵，人于墩上而坐，东即俯瞰沧溟，怒涛汹涌如雷震鼎沸，排阖吞吐，顷刻千状。若遇回风一卷，往往扑墩而下，可骇可愕，为崂第

一巨观。

　　[2] 盘绳：盘，回旋、回绕。盘绳，环绕的绳子，此处指山径狭窄曲折。

　　[3] 雷霆：震雷，霹雳。如《易·系辞上》："鼓之以雷霆，润之以风雨。"宋苏轼《策略一》："天之所以刚健而不屈者……其光为日月，其文为星辰，其威为雷霆，其泽为雨露，皆生于动者也。"

　　[4] 蜿蜒：萦回曲折。如唐孟郊《石淙》诗："蜿蜒相缠掣，荦确亦回旋。"宋苏洵《仲兄字文甫说》："今夫风水之相遭乎大泽之陂也，纡馀委蛇，婉蜒沦涟。"

　　[5] 晶莹：晶，光亮透明。莹，光亮透明。晶莹是光亮而透明。

　　[6] 小憩：憩是小睡，小憩亦即小睡。

　　[7] 沧溟：一意为大海。一意为苍天，高远幽深的天空。此处意为苍天。如唐顾况《酬柳相公》诗："天下如今已太平，相公何事唤狂生。个身恰似笼中鹤，东望沧溟叫数声。"唐李德裕《忆金门旧游奉寄江西沈大夫》诗："东望沧溟路几重，无因白首更相逢。已悲泉下双琪树，又惜天边一卧龙。人事升沉才十载，宦游漂泊过千峰。思君远寄西山药，岁暮相期向赤松。"

　　[8] 幽渺：幽，昏暗、僻静，渺，微小。此处指昏暗微小看不清。

　　[9] 蛟龙：李时珍《本草纲目》称龙有九似，是兼备各种动物之所长的异类。其名殊多，有鳞者谓蛟龙，有翼者称应龙。有角者名龙，无角名虬。小者名蛟，大者称龙。传说中蛟龙能显能隐，能细能巨，能短能长。春时登天，秋时潜渊，呼风唤雨，无所不能。蛟龙若遇雷电暴雨，必将扶摇直上腾跃九霄。

　　[10] 筇（qióng）：一种竹子，实心，节高，宜于作拐杖。如宋周密《夜归》诗："夜深归客倚筇行，冷磷依萤聚土塍。村店月昏泥径滑，竹窗斜漏补衣灯。"

　　[11] 峻嶒（céng）：陡峭不平的样子。如明徐弘祖《徐霞客游记·粤西游日记》："忽壁右渐裂一隙，攀隙而登，石骨峻嶒，是曰大峡。"

　　[12] 罡（gāng）风：道家称天空极高处的风，后来指强烈的风。如宋刘克庄《梦馆宿》："罡风误送到蓬莱，昔种琪花今已开。"

　　[13] 逡巡：徘徊不进，滞留。如《楚辞·九思》："逡巡兮圃薮，率彼兮畛陌。"南朝范晔《后汉书·隗嚣传》："咎犯谢罪文公，亦逡巡于河上。"清孙枝蔚《富安场》诗："海风吹日夜，作客竟逡巡。"

　　[14] 重扃：关闭着的多重门户。如南朝沈约《郊居赋》："辟重扃於华闼，岂蓬蒿所能及。"唐王勃《九成宫颂》："金锁银铺，接重扃而炫色。"宋苏轼《四时

43

词》诗:"夜香烧罢掩重扃,香雾空濛月满庭。"

[15] 谽谺(hān xiā):山谷空旷貌。如唐卢照邻《五悲·悲昔游》诗:"当谽谺之洞壑,临决咽之奔泉。"清厉鹗《二月十七日重游洞霄宫探大涤洞天》诗:"穿尽幽篁履苔石,惊见谽谺洞门坼。"

[16] 几:低矮的桌子。如《礼记·檀弓》:"有司以几筵舍奠于墓左。"《诗·大雅·行苇》:"或肆之筵,或授之几。"

[17] 瑶琼:即琼瑶,美玉。出自《诗经·卫风·木瓜》:"投我以木桃,报之以琼瑶。"如汉秦嘉《留郡赠妇诗》:"诗人感木瓜,乃欲答瑶琼。"唐储光羲《同诸公秋霁曲江俯见南山》诗:"群峰耸中流,石壁如瑶琼。"

[18] 娲皇补天:即女娲补天,传说见于《淮南子·览冥训》、《独异志》等典籍。传说女娲曾抟土造人,"炼五色石以补苍天,断鳌足以立四极"。盘古开天辟地后,天上有了太阳、月亮和星星,地上有了山川草木和鸟兽鱼虫,唯独没有人类,女娲就按照自己的模样抟黄土造人。人类产生以后,一场灾难却突然降临,天塌地裂,山林燃起大火,大地一片汪洋。女娲看到自己创造的人类遭受灾难,便挺身而出,炼五色石修补苍天。女娲怕天会再崩塌下来,就斩下一只大龟的四只脚,立在大地的四方,把天空牢牢地支撑了起来。从此"苍天补,四极正,淫水涸,冀州平"。

[19] 青冥:青苍幽远,指青天。如唐李白《梦游天姥吟留别》诗:"青冥浩荡不见底,日月照耀金银台。"明徐弘祖《徐霞客游记·滇游日记》:"其洞虽不甚深,而上覆下平,倒插青冥,呼吸日月,此为最矣。"

[20] 万斛:古代以十斗为一斛,南宋末年改为五斗为一斛,万斛形容量很大。唐杜甫《夔州歌》诗:"蜀麻吴盐自古通,万斛之舟行若风。"

[21] 长鲸:大鲸鱼。如晋左思《吴都赋》:"长鲸吞航,修鲵吐浪。"《旧唐书·忠义传》:"长鲸击水,天吴覆舟。"宋陆游《长歌行》诗:"人生不作安期生,醉入东海骑长鲸。"

[22] 伯牙:即古代传说中俞伯牙,名瑞,伯牙是他的字,春秋时期楚国郢都(今湖北荆州)人,善弹琴。《列子》一书中有关于俞伯牙抚琴的故事,相传,俞伯牙月夜在江口弹琴,抒发情怀,樵夫钟子期听懂其志在高山、志在流水,被俞伯牙视为知己知音。后来,钟子期病故,俞伯牙悲痛不已,在友人墓前将琴摔碎,从此不再弹琴。"知音"典故由此而来。

[23] 氍毹(qú shū):用毛织成的布或地毯。如古乐府《陇西行》:"请客北

堂上，坐客毡氍毹。"

[24] 瀹（yuè）香茗：瀹是煮的意思，瀹香茗是煮茶。

[25] 局促：拘谨不自然。如唐杜甫《送樊侍御赴汉中判官》诗："徘徊悲生离，局促老一世。"宋陆游《黄州》诗："局促常悲类楚囚，迁流还叹学齐优。"

[26] 骖鸾：仙人驾驭鸾鸟云游。如南朝江淹《别赋》："驾鹤上汉，骖鸾腾天。"唐薛逢《汉武宫词》："绛节几时还入梦，碧桃何处更骖鸾。"

[27] 安期生：即传说中的仙人安子期。

[28] 太清：天空。如《楚辞·远游》："譬若王侨之乘云兮，载赤霄而凌太清。"

评析：

  八仙墩被匡源誉为海外奇观第一，诗人以夸张和想象的手法，极力渲染刻画八仙墩的险峻和奇丽，以雄伟的意境和缤纷多彩的艺术形象，表现了八仙墩的雄奇壮丽景象。八仙墩之险表现在山路之险，诗人以"悬空细路如盘绳"来形容，山路蜿蜒曲折且窄如细绳。八仙墩之高首先表现在山径之高，诗人先从正面的直观来写，"危崖俯视不见底，惟闻足下奔雷霆"，从上俯视，幽涧绝壑深不可测，只听到水流激荡如雷霆大作。接着诗人又从侧面的衬托来写，从行路的艰难"攀援直上同猿升"、行路的劳累"一步一息心怦怦"、山风之强大"罡风射人吹欲倒，低头力与风相争"，这些都衬托出八仙墩之高。"安得伯牙操绿绮，浩浩为写风雨声"，则以八仙墩骤升骤起的风雨之声，从听的角度描写岩石之高。"何年巨灵劈山腹，半壁直立犹支撑。风狂浪急水壁立，上接白云连青冥。"则以岩石半壁直立，上插云霄写八仙墩之险。诗人面对大自然的鬼斧神工，生发无限感慨："回思尘世太局促，名场利薮徒营营。"与大自然的壮阔与永恒相比，尘世间的功名利禄如同草芥，失去了蝇营狗苟追求的价值。"举手欲语不得语，翩然飞去凌太清。"诗人翩翩然有凌云之意，恨不能挥手从此去，仙界渡余生。

登棋盘石^[1]看云

王悟禅

一片白云海上生，宛如^[2]棉絮半天横。

仙人棋罢渺然^[3]去，足踏浮云比叶轻。

作者简介：

　　王悟禅，名明佛，诸城人，能诗，嗜酒。逊清后到崂山，隐于黄冠。晚年入塘子观，凿洞栖息其中，不火食数年。偶有出游，以书换酒。才思敏捷，精于书法诗文，78岁，无疾而终，著有《鸿爪诗集》。

注释：

　　[1]棋盘石：在明道观南2里。巨石矗起岩巅，高数丈，向北探出者，三分之二，状如灵芝。游者自石东南攀缘上，壁峭级滑，须极力始得登。巅平如台，可容二三十人。平眺群峰，东瞰大海，西北临大壑，深不可测，引首俯视，令人心悸。石之东，刻"采仙药孙昙遗迹求仙石"十余字。其西有卦形刻画，乃羽客礼北斗之所。

　　[2]宛如：好像；仿佛。如唐元稹《青云驿》诗："才及青云驿，忽遇蓬蒿妻；延我开荜户，凿窦宛如圭。"清钱谦益《尚司少卿宝袁可立妻宋氏加封宜人制》："风雨馌耕，不废丘园之礼；灯窗课读，宛如宾友之期。"

　　[3]渺然：因远而模糊不清。

评析：

　　这首诗表现出的风格就是飘逸、洒脱。诗人悟禅、明佛，尘世间的一切皆不芥蒂于胸中。房洞席地，不火食数年，名利早已如浮云。所以他面对棋盘石仙人遗迹，内心如云生海上，一片洁净。他向往的是如仙人足踏浮云，杳然而入洞天仙界。

绿　石

　　崂山绿石又名崂山绿玉，产于崂山东麓仰口湾畔，佳者多蕴藏于海滨潮间带，是中国主要观赏石种之一。崂山绿石的矿物学名称为蛇纹玉或鲍纹玉，主要矿物组成是绿泥石、镁、铁、硅酸盐，杂有叶蜡石、蛇纹石、角闪石、绢云母、石棉等，质地细密，晶莹润泽，有一定的透明度。其色彩绚丽，以绿色为基调，有墨绿、翠绿、灰绿，以翠绿为上品。石质较为坚硬、细密，加工后既圆且润。崂山绿石已有数百年赏玩历史，主要观赏其色彩、结晶和纹理，可陈设原石，也可制作盆景。

绿石滩[1]

黄守湘

星精[2]昭回危宿[3]躔，真气孕地停山渊。

芙蓉南列攒嶻巘[4]，东瀛[5]春飓回狂澜。

中间配坎[6]离坤乾，金马碧鸡百宝闤[7]。

磅礴[8]郁积势纠蟠，仙人窈窕锄芝田[9]。

披沙运水工刬刟[10]，翡翠比玉同钢坚。

獭髓羊脂碧琅玕[11]，蜡黄墨黑钩砂丹，得之洗剔开心颜。

投报应薄琼琚[12]珍，东南大石非一拳。

支峰蔓壑青岈岈[13]，日剥雨蚀潮头翻。

轮囷诡谲[14]镂花殷，横者侧者曲者环。

未阴绿滴润不干，天梯石栈相钩连。

登椒出洞劳攀援，高兴迥发神飞遄。

眼不及眨银海眩，怒猊怪虬漓血鼋[15]。

齿角撑拒鳞而盘，鸾翼凤头翘鬐轩[16]。

渴虹饮海雌连蜷，苍黄开辟亿万年。

俶诡[17]幽讨无从原，娲皇炼补青冥天。

疑余块久藏山间，斫霞捻浪呈奇偏。

空洞摩荡云与烟，潮落山脚浓蛟涎。

石花镂雪粘蠡鲜，溪女雾鬓来山前。

长鑱[18]短袖风翩翩，凌波[19]上下轻将翾。

隔石闻语径莫沿，出险入夷开平滩。

玉沙的砾澄清妍，石罅漱涤流甘泉。

参芽术苗红瓜缠，冬来陡崖度仞千。

谺呀[20]离落危如悬，岩洞劈裂阔又圆。

龙卵沐日灵光全，前有平几千里延。

珠鲔鼎魅高华筵，海气莽荡鲸游蜒。

冒雨蹑顶尽衣褰，双屐还辟夔怜蚿。

欲进未进足屯邅^[21]，支祈断锁来酣眠。

如象如狮腹硕瘨^[22]，从仆愕眙心胆寒。

变化倏忽绝倪端，莞尔比类灵异宣。

山经虽读存不铨，海叫石动啸骊騂。

巨蟹砮水鳌连山，语奇事怪述难殚。

宣尼^[23]是学无讹传，归去回望景苍然。

天低水高无幅边，深怀酩酊^[24]醉圣贤。

大风摇簸屋摇船，秃笔挥扫铁砚穿。

幽怪灯下来纷繁，采摭强作绿石篇。

摩崖书字鸿腾骞，石工手凿不敢镌，恐神灵降嗔余颠。

作者简介：

黄守湘，明末即墨（今山东省即墨）文人。

注释：

[1] 绿石滩：在丰山南下，产绿石，色莹碧润泽，可作几上之供。

[2] 星精：犹言星之灵气。如北朝庾信《周太子太保步陆逞神道碑》："祥符云气，庆合星精。"前蜀贯休《商山道者》诗："澄潭龙气来萦砌，月冷星精下听琴。"

[3] 危宿：为月，为燕，为北方第五宿，居龟蛇尾部之处，故此而得名危。危者，高也，高而有险，故危宿多凶。

[4] 嶔巇：高峻的山。

[5] 东瀛：瀛是海，东瀛即东海。

[6] 坎：《易经》八卦之一。此处表示水。

[7] 阗（tián）：充满，填塞。

[8] 磅礴：气势盛大。如唐沈佺期《辛丑岁十月上幸长安时扈从出西岳作》诗："磅礴压洪源，巍峨壮清昊。"

[9] 芝田：传说中仙人种灵芝的地方。如魏曹植《洛神赋》："日既西倾，车

殆马烦。尔乃税驾乎蘅皋，秣驷乎芝田。容与乎阳林，流眄乎洛川。"

[10] 剞刜 (jī wán)：用刀子削。

[11] 琅玕：似珠玉的美石。如汉张衡《四愁诗》："美人赠我金琅玕，何以报之双玉盘。"魏曹植《美女篇》："攘袖见素手，皓腕约金环；头上金爵钗，腰佩翠琅玕。"

[12] 琼琚：精美的玉佩。如《诗经·卫风·木瓜》："投我以木瓜，报之以琼琚。"

[13] 硌硌 (qiān qiān)：山色青葱貌。清恽敬《游通天岩记》："山渎无所通曰溪，泉出通川曰谷，望之益硌硌青也。"

[14] 诡谲：奇异，奇怪，令人捉摸不透。如汉王褒《洞箫赋》："趣从容其勿述兮，骛合遝以诡谲。"唐李白《上云乐诗》："碧玉炅炅双目瞳，黄金拳拳两鬓红。华盖垂下睫，嵩岳临上唇。不观诡谲貌，岂知造化神。"

[15] 鼋 (yuán)：俗名沙鳖、蓝团鱼，是鳖科动物中体型最大的一种，是现存最古老的爬行动物。鼋也是一种神力的象征，庙宇的石碑和帝王的墓碑，一律由石雕的鼋驮着，身负千钧，依然昂首挺足。

[16] 鸑 (zhù) 轩：亦作"轩鸑"，飞举的样子。如屈原《远游》："雌蜺便娟以增挠兮，鸾鸟轩鸑而翔飞。"

[17] 俶诡 (chù guǐ)：奇异。如《吕氏春秋·侈乐》："大鼓、钟、磬、管、箫之音，以巨为美，以众为观，俶诡殊瑰，耳所未尝闻，目所未尝见。"南朝萧统《铜博山香炉赋》："方夏鼎之瓌异，类《山经》之诡。"

[18] 长镵 (chán)：古代农具。如唐杜甫《乾元中寓居同谷县作歌》之二："长镵长镵白木柄，我生托子以为命。"

[19] 凌波：步履轻盈，如乘碧波而行。如魏曹植《洛神赋》："凌波微步，罗韈生尘。"唐羊士谔《彭州萧使君出妓夜宴见送》诗："玉颜红烛忽惊春，微步凌波拂暗尘。"

[20] 谽岈：山谷深邃。

[21] 屯邅 (zhūn zhān)：亦作"屯亶"，不进的样子，后多指艰难。如汉班固《幽通赋》："纷屯邅与蹇连兮，何艰多而智寡。"晋左思《咏史》诗之七："英雄有屯邅，由来自古昔。"

[22] 瘨：同"癫"，腹热病。

[23] 宣尼：宣尼是孔子。西汉平帝元始元年（公元 1 年）追谥孔子为褒成宣

尼公，后因称孔子为宣尼。

　　[24] 酩酊：大醉的样子。如唐元稹《酬乐天劝醉》诗："半酣得自恣，酩酊归太和。"

评析：

　　这首诗算得上是崂山绿石的精彩广告。绿石是天地精气在深渊凝结而成，得之不易。"披沙运水工剞刓，翡翠比玉同钢坚"，具有娴熟技巧的山夫扒开海水中的沙石，竭力挖出绿石，它像钢铁一样坚硬的翡翠。"獭髓羊脂碧琅玕，蜡黄墨黑钩砂丹，得之洗剔开心颜。"崂山绿石圆润晶莹如"獭髓羊脂"，或是蜡黄色，或是墨绿间杂红砂，"投报应薄琼琚珍，东南大石非一拳"，搜寻崂山绿石，付出辛苦的努力，却不一定有丰厚的回报，能得到拳头一样的绿石就"开心颜"，心满意足了。"俶诡幽讨无从原，娲皇炼补青冥天。疑余块久藏山间，斫霞捻浪呈奇偏。"绿石就像女娲补天的五彩石，宝贵而稀少，人们猜测高山深壑可能蕴藏，不辞艰险而去探寻。"长镵短袖风翩翩，凌波上下轻将翾。隔石闻语径莫沿，出险入夷开平滩"，乘舟随波颠簸，如鸟儿上下翻飞，一番惊心动魄的经历，终于化险为夷看到了石滩。"龙卵沐日灵光全，前有平几千里延"，大片绿石圆滑如龙卵，阳光之下闪烁有光。"冒雨蹑顶尽衣襄，双屦还辟夔怜蚑。欲进未进足屯邅，支祈断锁来酣眠。如象如狮腹硕滇，从仆愕眙心胆寒。"襄衣冒雨前行，荒山深壑无路可走，几无驻足之处，海中如象如狮的动物，鼓腹酣睡，跟从的仆人吓得心惊胆战。以至于诗人在海风惊涛中写就的绿石诗篇，石匠都不敢镌刻在悬崖上，唯恐得罪神灵。

山　涧

　　崂山涧壑复杂，以巨峰为分水岭。其西北与西两山脉之间者，为白沙涧。涧底多巨石，色如白雪，水从石隙奔流，声如震雷。西支与西南两山脉间为茶涧，境僻、山寂，林壑幽美。此外著名者还有石竹涧、白鹤涧等。

白沙涧[1]

黄玉衡

行过大崂入一水，怪石叠叠大如兕[2]。

水穿涧底涌石来，澎湃声震山谷里。

置身顿觉异境开，万壑稷稷秋风起。

溯流曲向源头寻，二水逶迤[3]深复深。

削壁巉岩[4]立泉侧，石蹬泠泠鸣素琴。

坐久不觉白云满，濛濛湿翠沾衣襟。

咫尺相隔不数武，三水溶溶汇前浦。

澄潭一亩浸空碧，岩花倒影可指数。

旁列巨石古嶙峋[5]，雨点苍苔渗石乳。

山风忽送雷声喧，响应众峰万马奔。

身历崖壁行且却，惊看四水波浪翻。

双涧飞出玉龙白，珍珠万斛倾山根。

冈峦一拗复一折，五水攒石团白雪。

幽径斜通沿溪行，前与六水近相接。

飞泉一道出石窦，长鲸吞涛电光掣[6]。

扶筇徐到七水隈[7]，天光云影相徘徊。

人如山阴道上过，水过鼍画溪上来。

一峰当面疑无路，迢遥南下谷口开。

谷口隐隐仙洞现，八水宏敞[8]开生面。

几湾秋水云烟潆[9]，浣洗山光净如练[10]。

隔岸渔樵相招呼，游人到此顿忘倦。

九水风光迥不同，一峰一水环相通。

山复山兮水复水，万顷茫茫大崂东。

作者简介:

黄玉衡,字音素,清代即墨(今山东省即墨市)人。清乾隆四十二年(1777)贡生,因病弃举子业,善医,亦精音律之学,工诗善文,著有《二水山房诗稿》。

注释:

[1] 白沙涧:旧称北九水,为白沙河之上游。本属一水,而有内外之分。自大崂观至太和观曰外九水,自太和观至鱼鳞口曰内九水。两山相夹,一水中穿。澄潭激湍,峭壁危岩,层出其间。涧底多巨石,累累横铺,色如白雪,水自石隙中流,声如雷震。其外水凡九曲折。每一折,两岸崖壁,辄委错欲将合。

[2] 兕:是一种与犀牛相类似的生物,但二者不同。《山海经·海内南经》记载:"兕在舜葬东,湘水南。其状如牛,苍黑,一角。""兕西北有犀牛,其状如牛而黑。"

[3] 逶迤:蜿蜒曲折的样子。如汉刘安《淮南子》:"河以逶蛇故能远,山以陵迟故能高。"唐卢纶《与从弟瑾同下第后出关言别》诗:"杂花飞尽柳阴阴,官路逶迤绿草深。"

[4] 巉(chán)岩:高而险的岩石。如李白《蜀道难》诗:"问君西游何时还?畏途巉岩不可攀。"

[5] 嶙峋:突兀高耸的样子。如宋李纲《登钟山谒宝公塔》诗:"我登钟山顶,白塔高嶙峋。"明徐弘祖《徐霞客游记·滇游日记》:"坞口石峰东峙,嶙峋飞舞。"

[6] 电光挈:挈,拉、拽。电光挈是如光电一样迅速闪过。

[7] 隈:水流弯曲处。

[8] 宏敞:高大宽敞。

[9] 滃(wěng):云气弥漫。

[10] 如练:练指白绢,如练是如绢一样亮白。如李白《金陵城西楼月下吟》:"解道澄江静如练,令人长忆谢玄晖。"

评析:

诗人从不同的角度描写"九水风光迥不同,一峰一水环相通"的

壮景，曲折变幻，引人入胜。写一水从视、听的角度，"怪石叠叠大如
兕。水穿涧底涌石来，澎湃声震山谷里。"一水怪石如兕，累累叠叠；
急湍澎湃，声如震雷。二水则是从感觉写来，"坐久不觉白云满，濛濛
湿翠沾衣襟。"在这里有开阔的碧空，白云独去闲，水气湿衣襟。写三
水则从水中倒影体现其幽静澄澈，"澄潭一亩浸空碧，岩花倒影可指
数。"写四水未见其形，先闻其声，"山风忽送雷声喧，响应众峰万马
奔。身历崖壁行且却，惊看四水波浪翻。"浪花迸溅，万马奔腾，水声
雷鸣。"双涧飞出玉龙白，珍珠万斛倾山根。冈峦一拗复一折，五水攒
石团白雪。"五水山泉奔流，水势湍急，却因绕山过壑，减少了雄壮的
气势。六水"飞泉一道出石窦"，让人惊讶它"长鲸吞涛电光掣"般的
壮观。一路走来，大自然在壮阔的景色之后，又展现了它柔美的另一
面，"扶筇徐到七水隈，天光云影相徘徊。人如山阴道上过，水过辋画
溪上来。""谷口隐隐仙洞现，八水宏敞开生面。几湾秋水云烟澹，浣
洗山光净如练。""天光云影"、"山光如练"，人行谷底，如在山阴道
上，美不胜收。激昂兴奋的情绪，至此宁静如水，内心如飘浮白云，轻
松愉悦，"游人到此顿忘倦"。至此诗人也将九水之美景和游览的心情
淋漓尽致表现了出来。

咏内九水[1]

宋绍先

路出千林杪[2]，探奇时一过。

地偏人迹少，山静鸟音多。

倚杖听岩溜[3]，看云入涧阿[4]。

尘容净如洗，不必俟清波[5]。

作者简介：

宋绍先，清朝康熙年间即墨文人，生平事迹不详。

注释：

[1] 内九水：与外九水对称，长约 3 公里。其曲折不如外九水，而山峻、水急、潭清、石奇，则过之。崇岩回合，旋入旋掩，峡势错亘，愈入愈狭。外水长而内水促，外水缓而内水急。外水以有开合取奇，内水以无开合取险。无外水不见内水之深，无内水不知外水之幻。其狭既逼，复扼之以邃，谷水湍急，终之以飞瀑。

[2] 杪：树木的末梢。如唐孟浩然《夜登孔伯昭南楼》诗："再来值秋杪，高阁夜无喧。"

[3] 溜：水流。如南朝孔欣《置酒高堂上》："生犹悬水溜，死若波澜停。"

[4] 阿：山的转弯处。如屈原《九歌·山鬼》："若有人兮山之阿，被薜荔兮带女萝。"

[5] 俟清波：俟，等待。清波，意与"河清"同，古称黄河千年一清，以"河清"代表天下升平祥瑞。如汉王粲《登楼赋》："惟日月之逾迈兮，俟河清其未极。"

评析：

诗人以鸟鸣婉转、泉声悠远、碧空如洗的意象组合，塑造了内九水宁静、幽闲的意境。

九水纪游（并序）

张　鹤

九水发源劳山玉龙口，出山为白沙河。山外观之，与众壑无殊，入大劳，水忽变黛色，百尺见底。涧道一发，随山九折，每折则两岸岩岫必蓄奇气，瑰玮恢诡，震荡心目，路穷壑转，豁然改观。游人至此，心栖太古不复念世事。盖二劳灵奥之气于是焉萃矣！甲午五月四日，余适紫霞仙庄访杨西溟兄弟。五日，同游至七水，小憩何氏园，时日未西，徜徉而返。约秋杪再穷八、九之胜，即探源玉龙口，不惟游事恶率，抑以名山蕴奥不欲一朝尽之也。爰赋诗纪其所已游者。

大壑东南来，随山为九折。

涧道匹练通，砰訇[1]泉声咽。

遥睇[2]惮幽遂，深造慊[3]眼悦。

一水始窠[4]落，遂逾神仙窟。

回看西南峰，密笋横天苗。

初谓美在前，妙相乃侧出。

我生有良晤[5]，先期每相失。

二水横石床，三面为齿啮[6]。

其南覆悬崖，巨灵斧之裂。

此窍凿何年，混沌[7]气应泄。

凉风生奥嵚[8]，五月寒侵骨。

是有龙蛇气，神鬼或出没。

自非抱雄襟，对兹翻股栗[9]。

更探垂裳石，五色章衮黻[10]。

龙火耀澄潭，三水荣光发。

穆穆位古皇[11]，镜中俨对越。

又东指天梯，两峰束如闼[12]。

旋螺纹其右，蜂房豁入闼。

红日正中天，晴光动石室。

四水岂凡境，山史何无述？

显晦[13]各有时，幽光[14]久始达。

东南寻五水，探奇厉三接。

五水不自奇，众峰遥拱列[15]。

如彼古畸人[16]，局外用俊杰。

第能策群才，何必树功伐[17]。

山色若留人，欲去还复歇。

从此造平淡，精华意或竭。

猿引又数武^[18]，仆夫忽吐舌。

奇鬼阚^[19]云中，猛兽仰天末。

怪峰若飞来，荡我双瞳^[20]阔。

六水气峥嵘^[21]，地灵竦处结。

落脉连七水，余勇尤祐崛。

提前五水论，神采倍雄烈。

山川蕴奇赏，或为我辈设。

奥区^[22]神物守，一朝勿尽抉。

遥拱先古洞，迟我于九月。

作者简介：

　　张鹤，又名铃，字阳扶，号啸苏，亦曰肖素，清即墨（今山东省即墨市）人。乾隆三十五年（1770）举人，家贫，事母至孝，工诗及古文词，为人才高气傲。中年，任福建某知县，乾隆四十七年（1782）辞归故里，在大劳村北筑"大崂草堂"定居，遨游于山水间。后出游河南，任汝宁书院山长以终。著有《大劳山房遗集》。

　　张鹤居崂山时，对崂山风光山色极为赞赏，他认为劳山自华楼以东，水益清，山色益奇。他从外九水的自然风貌，为每水命名，如一水菊湾，二水锦屏岩，三水玉笙涧，四水天梯峡，五水环翠谷，六水骆驼头，七水小丹丘，八水松涛涧，九水太和观。

注释：

　　[1] 砰訇：大水声。如南朝沈炯《归魂赋》："其水则砰訇澎汩，或宽或疾，击万濑而相奔。"

　　[2] 遥睇：遥望。如南朝颜延之《夏夜呈从兄散骑车长沙》诗："侧听风薄木，遥睇月开云。"

　　[3] 慊（qiè）：满足，满意。

　　[4] 窠：此处意为空。

[5] 良晤：良，美好；晤，见面。良晤，欢聚。

[6] 齿啮：啮，咬牙。齿啮形容山势高低错落。

[7] 混沌：古代传说中天地为开辟之前元气未分、模糊一团的状态。魏曹植《迁都赋》："览乾元之兆域兮，本人物乎上世；纷混沌而未分，与禽兽乎无别。"唐储光羲《仲夏入园中东陵》诗："暑雨若混沌，清明如空虚。"

[8] 奥谈（tàn）：谈，吐舌。奥谈，吐长舌。

[9] 股栗：两腿发抖。如宋苏轼《答王定国》诗："人言魏勃勇，股栗向小儿。"清黄景仁《游九华山放歌》诗："时移境换选相望，心空股栗神魂迁。"

[10] 章：花饰不同的官服。衮：天子祭祀时穿的礼服。黻（fú）：有花纹的官服。

[11] 古皇：亦称古皇氏，是传说中的有巢氏之号。

[12] 阆：门。如宋王安石《书湖阴先生壁》诗："一水护田将绿绕，两山排阆送青来。"

[13] 显晦：明暗。如《晋书·陶潜传》："君子之行殊途，显晦之谓也。"

[14] 幽光：昏暗的光。如唐李商隐《燕台》诗："今日东风自不胜，化作幽光入西海。"

[15] 拱列：环列。

[16] 古畸人：来自《庄子.大宗师》："畸人者，畸于人而侔于天。"意思是不合于世俗的异人（畸人），他的思想言行，往往不被世俗接受。但其思想言行是符合实际的，可以说是真理。

[17] 功伐：功劳，功勋。如西汉司马迁《史记·项羽本纪》："自矜功伐，奋其私智而不师古。"

[18] 数武：武，量词，古代六尺为步，半步为武。数武指不远处，没有多远。

[19] 阚：窥视。

[20] 瞳：瞳孔，此处指目光。

[21] 峥嵘：形容山峰的高峻突兀。如明袁可立《甲子仲夏登署中楼观海市》诗："浮屠相对峙，峥嵘信鬼工。"

[22] 奥区：腹地，深处。

评析：

张鹤的《九水纪游》着眼点不在写水，而在写山涧形势。一水西南峰，密笋横天苴。二水其南覆悬崖，巨灵斧之裂。三水又东指天梯，两峰束如阆。五水众峰遥拱列。六水气峥嵘，地灵竦处结。在描写的同时，诗人议论横生，"我生有良晤，先期每相失"，"四水岂凡境，山史何无述？显晦各有时，幽光久始达"，"如彼古畸人，局外用俊杰。第能策群才，何必树功伐"。与黄玉衡的《白沙洞》相比，《九水纪游》写山有些平淡，给人眼花缭乱的感觉，特点并不突出。

石竹涧[1]

高　出

渐老林青杏子肥，杖边石齿挂僧衣。

萧然[2]古寺依双树，竹外朝晴白鸟飞。

作者简介：

高出，字孩之，明代海阳人。明万历年间进士，曾官至河南参政，明亡，绝食而死。曾游崂山，作《崂山记》。

注释：

[1] 石竹涧：在慧炬院前，一作石柱涧。山色如画，水声似筑。

[2] 萧然：没有生机、很平淡的样子。

评析：

茂密山林，有满枝丰硕红杏伸出；古寺萧条，偶尔亦有进出老僧；竹林沉寂，时有翻飞的洁白山鸟。万绿丛中一点红，突破了纯绿色的呆板，静中有动，增添了山涧的勃勃生气。在诗人的笔下，石竹涧是人间乐土，而非世外仙境。

白鹤涧[1]

黄垍

东南林壑美，杖履[2]日相求。

樵径[3]通梅坞，松涛卷石楼。

沧洲千顷月，鸿雁一声秋。

为说蓬山路，逍遥任我游。

作者简介：

黄垍，生平事迹见《小蓬莱望海》诗。

注释：

[1] 白鹤涧：一名白鹤峪，俗名马虎涧，在华阴南。涧狭、岩峭、石巨、水怒，峰峦蔽映，白日阴寒。旧有景岩楼，为黄宗庠别墅，久废。南有瀑布，曰天落水。

[2] 杖履：拄杖漫步。如唐杜甫《祠南夕望》诗："兴来犹杖履，目断更云沙。"宋辛弃疾《水调歌头·盟鸥》："先生杖履无事，一日走千回。"

[3] 樵径：砍柴人走的小道，指狭窄弯曲的山路。如唐李华《仙游寺》诗："舍事入樵径，云木深谷口。"清施闰章《天知庵》诗："樵径落松子，疏林八月天。"

评析：

山径通幽，松涛阵阵，明月辉映，鸿雁南飞，这超越尘俗的境界，难免让诗人产生如入蓬山仙境，恍如出世之感。

瀑　布

　　崂山水源十分丰富，涧壑纵横，经大自然鬼斧神工般雕琢，造就了数个气势磅礴、飞流跌宕的悬崖挂瀑，美丽壮观。其中尤以龙潭瀑和潮音瀑最为著名。天乙泉水依山势而流，突遇断崖绝壁，飞泻而下，形成数十米高的潮音瀑。潮音瀑实分两迭，两迭之上，尚有一小折，故形成优美的"S"型。瀑布注入半壁的凹盆之中，声吼如潮，故得名潮音瀑。龙潭瀑又称玉龙瀑，在崂山南部八水河中游，北距上清宫约1公里。周围岩壁峭立，八水河至此，沿20米高、10多米宽的绝壁悬空倒泻，喷珠飞雪，状如玉龙飞舞。

鱼鳞瀑[1]

蓝 水

惊看玉龙[2]拔地飞上天，谛视[3]乃是山巅泄下之流泉。

顺壁走下未及半，石忽凹入大且圆。

水入辄[4]复出，奔怒四喷溅。

一叠复一叠，滚滚浪花旋[5]。

万斛珠玑[6]一时撒，百尺琉璃[7]断复连。

跌宕[8]错落声声急，清韵逸响[9]如敲珊瑚鞭。

更有乱沫耻落后，腾空[10]随风化雾烟。

我来却立未敢前，不忧山高水压顶，生恐水猛掣倒碧山巅。

作者简介：

蓝水，原名桢之，字山泉，号东厓，山东即墨人。蓝水生于清宣统三年（1911），其六世祖是明监察御史蓝田。1926 年春，蓝水同知友周至元第一次游览崂山，为崂山胜景吸引，自此每岁数游，与崂山结下了不解之缘。他将所见所闻整理成篇，然后对前人所记一一核对，发现有误，予以纠正。民国二十四年（1935），撰成《崂乘》。1984 年，蓝水积 50 余年之心血，撰写成《我与崂山》。1985 年，在出版的《崂山古今谈》自序中，蓝水写道："前人作者，有明黄宗昌《崂山志》，清黄肇颚《崂山艺文志》，周荣鉁《峈山志略》，王葆崇《崂山金石目录》与《峈山采访录》，近代周式址《崂山志》。予之为此，并非画蛇添足，亦所谓各言尔志。"是志独到之处，在于突出时代特色。在记述崂山自然地理的基础上，尤重收录人文地理，以及反抗外来侵略的资料。在《名贤》篇中记载有抗德义士宫中栯的事迹，在《崂山琐谈》篇记有白云洞之劫，记叙 1939 年日寇在崂山白云洞，屠杀道人，焚尸毁庙的暴行。2004 年，蓝水卒，时年 94 岁。

注释：

[1] 鱼鳞瀑：一名潮音瀑，因水流滚滚而下，状似鱼鳞得名。在太和观东南，北九水之尽头。四面峭壁如立，唯西北一径可入。东南壁高处有石门，水从中下泻，石忽凹入如盆，水注其内，盆满复涌出，顺壁直倾而下，雪翻浪涌，跌落于潭。潭水深碧，故有靛缸湾之称。瀑之北下有榭，西上有亭。游客坐亭榭中，凭栏而观，目睹雪浪之飞翻，耳听潮音之激越，尘襟荡涤，万虑一空。

[2] 玉龙：形容水流倾泻而下，如蛟龙翻滚。

[3] 谛视：仔细察看。如唐韩愈《落齿》诗："人言齿之豁，左右惊谛视。"明黄道周《节寰袁公传》："有李弁者邀公饮，示二倭刀。公（袁可立）谛视还之。"

[4] 辄：就。如宋欧阳修《醉翁亭记》："饮少辄醉。"

[5] 漩：转动。

[6] 珠玑：珠宝，珠玉。如《墨子·节葬》："诸侯死者，虚车府，然后金玉珠玑比乎身。"汉扬雄《长杨赋》："后宫贱瑇瑁而疏珠玑。"李善注："玑，小珠也。"

[7] 琉璃：亦作"瑠璃"，是指用各种颜色的人造水晶为原料，采用古代青铜脱蜡铸造法，高温脱蜡而成的水晶作品。其色彩流云溢彩，美轮美奂；其品质晶莹剔透、光彩夺目。此处指晶莹剔透的水柱。

[8] 跌宕：上下起伏。如清洪昇《长生殿·舞盘》："盘旋跌宕，花枝招飐柳枝扬，凤影高骞鸾影翔。"清陈维崧《千秋岁·咏纸鸢》："翩翩自喜，跌宕青天里。"

[9] 清韵：清雅和谐的声音。如魏曹植《白鹤赋》："聆雅琴之清韵，记六翮之末流。"唐白居易《官舍小亭闲望》诗："风竹散清韵，烟槐凝绿姿。"逸响：指的是奔放的乐音。如《古诗十九首·今日良宴会》："弹筝奋逸响，新声妙入神。"南朝刘勰《文心雕龙·隐秀》："动心惊耳，逸响笙匏。"

[10] 腾空：向天空飞升。如南朝沈约《前缓声歌》："琼浆且未洽，羽辔已腾空。"

评析：

玉龙拔地飞天，山巅涌泄流泉，奔怒四喷溅，滚滚浪花漩。出神入

64

化的描写，自由抒发的体裁，奔放、高亢的气势，表现出诗人的壮阔胸襟，让人读来不觉"荡胸生层云"。

白鹤峪悬泉歌[1]

黄 垍

华阴之麓[2]白沙滨，森森万木高矗云。

蔓壑枝峰向西走，巨石当路形轮囷[3]。

何事青牛大如虺，藉草依山眠涧底。

李耳[4]欲出函谷关[5]，奋袂[6]扬鞭鞭不起。

向南有峪曰白鹤，连峰崒嵂[7]高如削。

鱼凫蚕丛[8]当面来，游人欲进行且却。

解鞍停骖[9]步晴峦，数里之间闻潺湲[10]。

两山夹立涧水流，其源乃在万仞苍崖巅。

谁向云中开石阙，上拂钩陈下瞰[11]蛟龙穴。

银河倒泄禹门[12]倾，铁瓮金城[13]千丈裂。

秋为瀑布冬为冰，琉璃玛瑙琢为屏。

三月和风冰始解，霹雳雷电声砰訇。

君不见英皇洒泪潇湘浦[14]，玉箸[15]啼痕多如雨。

又不见巫娥行雨楚阳宫[16]，珠环琼佩[17]鸣丁东。

仰而视之浑如山挂鹅毛之匹练，俯而临之又如天半牛渚[18]之长虹。

光烛青冥射白日，雪浪星涛迸石隙。

影落澄潭起素波，喷沙扬沫归长河。

呼童汲水烹紫茸，山泉之味甘溶溶。

两腋清风寒谡谡[19]，恍疑身在蓬莱中。

此山距山未百里，骇目惊心乃如此。

归来竹榻不成眠，澎湃之声犹在耳。

作者简介：

黄坦，生平事迹见《小蓬莱望海》诗。

注释：

[1] 白鹤峪悬泉：亦称天落水。削壁千仞，水自上下泄，仰望如悬匹练，下注深潭，清澈可鉴毛发。

[2] 麓：山脚。

[3] 轮囷：硕大貌。如《礼记·檀弓下》"美哉轮焉"，汉郑玄注："轮，轮囷，言高大。"宋范成大《吴船录》卷上："尤多荔枝，皆大本，轮囷数围。"

[4] 李耳：老子，姓李名耳，又称老聃。老子生活在春秋末年，《史记》记载他是"楚苦县厉乡曲仁里人"。老子曾担任"周藏室之史"，深通周朝的图书典籍，学问渊博。周室衰微，弃官而去，至函谷关遇见关令尹喜。尹喜请求他著书，"于是老子乃著书上下篇，言道德之意，五千余言，而去"，"莫知所终"。《道德经》文约义丰，虽仅五千言，却包含着丰富深刻的哲学思想。老子哲学的核心思想是"道生万物"的宇宙生成说，把宇宙看成一个自然产生、自然演变的过程，天地万物是依照自然规律发展变化的，而"道"是世界的根本。

[5] 函谷关：位于河南省灵宝市北，距三门峡市约75公里，地处"长安古道"，紧靠黄河岸边。因关在峡谷中，深险如函而得名。函谷关不仅是一处军事重地，而且是古代中原腹地与西北地区文化、经济交流的通道。围绕着这座古关名城，流传着"紫气东来"、"老子过关"、"鸡鸣狗盗"、"公孙白马"、"唐玄宗改元"等历史故事和传说。

[6] 奋袂：挥动衣袖，常用来形容愤怒或激动的状态。如汉刘安《淮南子·氾论训》："举天下之大义，身自奋袂执锐。"晋刘伶《酒德颂》："乃奋袂攘襟，怒目切齿。"

[7] 崒崉（zú lù）：高耸貌。如唐杜甫《桥陵诗三十韵因呈县内诸官》诗："高岳前崉崒，洪河左滢滢。"宋陆游《大寒》诗："为山傥勿休，会见高崉崒。"

[8] 鱼凫蚕丛：鱼凫王国在3500年前的蜀地，蜀族先民在鱼凫氏的率领下，从岷江上游的河谷地带南下，进入成都平原地区。他们在河湖里捕鱼，在地势较高的地方种植农作物，对成都平原进行早期开发。蚕丛王国在距今4500年前的蜀地，其活动范围先在岷江上游地区，后来逐渐扩展到岷江下游及平原的一些地区。

[9] 骖（cān）：古代驾在车前两侧的马。如屈原《国殇》："左骖殪兮右刃伤。"

[10] 潺湲：水慢慢流动。如屈原《九歌·湘夫人》："荒忽兮远望，观流水兮潺湲。"

[11] 瞰：俯视。

[12] 禹门：又名龙门，在今山西河津北30公里，黄河流淌至此，出峡谷由北向南，直泻而下，水浪起伏，汹涌澎湃。传说只有"神龙"可越，故名龙门。《水经注·河水四》曰："梁山北有龙门山，为大禹所凿，通孟津河口，广八十步，岩际镌迹，遗功尚存。"后人怀念禹的功德，称为禹门。

[13] 铁瓮金城：指坚固的城墙。瓮城又称月城、曲池，是依附于城门、与城墙连为一体的附属建筑，是古代城市主要防御设施之一。如唐秦韬玉《陈宫》诗："金城暗逐歌声碎，铁瓮潜随舞势休。"

[14] 英皇洒泪潇湘浦：在中国古代传说中，尧的两个女儿同嫁帝舜为妻，长曰娥皇，次曰女英。舜父顽，母嚚，弟劣，曾多次欲置舜于死地，舜依靠娥皇、女英的帮助脱险。舜继尧位，至南方巡视，死于苍梧。二妃往寻，也死于潇湘之间。二妃泪染青竹，竹上生斑，因称"潇湘竹"或"湘妃竹"。

[15] 玉筋：指眼泪。如南朝梁简文帝《楚妃叹》诗："金簪鬓下垂，玉筋衣前滴。"唐高适《燕歌行》诗："铁衣远戍辛勤久，玉箸应啼别离后。"

[16] 巫城行雨楚阳宫：即巫山云雨的故事。宋玉《高唐赋序》曰："妾在巫山之阳，高丘之阻。旦为朝云，暮为行雨，朝朝暮暮，阳台之下。"楚襄王和宋玉游览云梦之台，宋玉说："以前先王（指楚怀王）曾经游览此地睡着了，梦见一位美丽动人的女子，她说自己是巫山之女，愿意把自己当枕头席子给楚王享用，楚王与巫山美女两相欢好。巫山美女告诉怀王，此后想找自己，就到巫山，早晨幻化为'朝云'，晚上为'行雨'。"

[17] 琼佩：玉制的佩饰。如屈原《离骚》："何琼佩之偃蹇兮，众薆然而蔽之。"晋陆机《日出东南隅行》诗："金雀垂藻翘，琼佩结瑶璠。"

[18] 牛渚：是安徽当涂西北长江边上的一座山，北端突入江中，即著名的采石矶。

[19] 谡（sù）谡：风声，如晋陆机《感时赋》："寒冽冽而寝兴，风谡谡而妄作。"宋苏轼《西湖寿星院此君轩》诗："卧听谡谡碎龙鳞，俯看苍苍立玉身。"

评析：

　　此诗借用了中国古代小说的传统手法，将之融入诗歌创作中。先夸张铺垫，为登场造势。诗中写白鹤泉之壮观，先夸张其形势之艰险，"森森万木高矗云。蔓壑枝峰向西走，巨石当路形轮囷"，"连峰崒嵂高如削。鱼凫蚕丛当面来，游人欲进行且却"。千呼万唤未露面，只听数里之外，山泉激水声潺湲，"解鞍停骖步晴峦，数里之间闻潺湲"。瀑布真容突兀现面前，"两山夹立涧水流，其源乃在万仞苍崖巅。谁向云中开石阙，上拂钩陈下瞰蛟龙穴。银河倒泄禹门倾，铁瓮金城千丈裂。秋为瀑布冬为冰，琉璃玛瑙琢为屏。三月和风冰始解，霹雳雷电声砰訇"。诗人以极度夸张的手法，摹瀑布雄壮之景。"君不见英皇洒泪潇湘浦，玉筋啼痕多如雨。又不见巫娥行雨楚阳宫，珠环琼佩鸣丁东"，以历史典故，写瀑布摄人心魄之情。最后以"此山距山未百里，骇目惊心乃如此。归来竹榻不成眠，澎湃之声犹在耳"作结，白鹤泉声余音绕梁，给人留有"梦觉尚心寒"的震撼。

洞　窟

　　崂山有洞窟26处，形成于冰川纪时代，崂山洞窟特点是多由巨石自然落成。崂山洞窟较为著名的有那罗延窟、华严洞、白云洞、玄真洞、长春洞等。据说那罗延窟为那罗佛祖证果之处，长春洞则为全真教丘处机栖止之地。

咏那罗延窟[1]赠达观禅士

憨 山

其一

泠泠三脉自曹溪[2]，到处随流路不迷。
忽自石梁桥上过，为谁沾惹一身泥。

其二

久向天台[3]卧石梁，水晶宫展是行藏。
因知多病无为酒，且向曼殊[4]问治方。

其三

冷照一钵[5]望空行，拄杖横担不计程。
才踏清凉台上月，万年冰雪太无情。

其四

拟欲舍身入窟中，窟门紧闭不通风。
饮牛池过牵牛叟，只道文殊[6]不是侬。

其五

蕹鼻[7]相逢是一家，三乘[8]相悟总无差。
痴心欲向其中住，劈面浇来一盏茶。

其六

低头一跌失行踪，视见寒岩百尺松。
因恨老曼[9]心甚毒，就中何苦不相容。

其七

曳回拄杖下层峦，破衲蓝缕[10]又渡关。
遥望海天空界月，夜深烟水正弥漫。

其八

凄凄抱恨福城东，入望烟波日转浓。
此去不知千里外，德云可在妙高峰。

其九

入门一笑见来端，醒眼殊非醉眼看。

信手擎来香积[11]饭，劝君于此更加餐。

其十

向曾无著识天亲，梦里相逢信有因。

此处固非兜率院[12]，知君应是白头人。

作者简介：

憨山，生平事迹见《登上苑狮峰同桂峰禅士赋》诗。

注释：

[1] 那罗延窟：在望海岭北麓。由华严西上约2里许，梯石攀葛始得登。洞口向北，中宽豁如厦屋，高深各数丈，穹窿磅礴，一气结成。最深处有圆窦直通岩巅。自下仰视，如井底观天。四壁皆有螺纹旋上，南壁之半凹入处，又如佛龛。相传那罗佛祖于此证果。明憨山上人初来崂时，亦处其中，有达观禅士相访而来，晤参甚欢。憨山因作十偈以赠之。

[2] 曹溪：六祖惠能的曹溪禅。惠能归岭南后，次年，到曹溪宝林寺（今广东韶关南华寺），弘扬禅宗，主张顿悟，影响华南诸宗派，人称南宗，惠能在此传法长达37年之久。六祖惠能的同门师兄神秀主张"渐悟"，在北方影响很大，号称北宗。惠能的禅法以定慧为本，他认为觉性本有，烦恼本无。直接契证觉性，便是顿悟。他说自心既不攀缘善恶，也不可沉空守寂，即须广学多闻，识自本心，达诸佛理。他并不以静坐敛心才算是禅，认为一切行住坐卧动作中也可体会禅的境界。惠能又曰"先立无念为宗"，"佛法在世间，不离世间觉。"所谓无念，即虽有见闻觉知，而心常空寂之意。

[3] 天台：即天台山：位于浙江省中东部，宁波、绍兴、金华、温州四市的交接地带，素以"佛宗道源、山水神秀"著称。天台山山清水秀，令无数文人骚客为其倾倒。如唐代李白《琼台》诗："龙楼凤阙不肯住，飞腾直欲天台去。"李白曾在天台山结庐居住，现留有太白读书堂的旧址。

[4] 曼殊：即曼殊室利，或称文殊师利、文殊菩萨。

71

[5] 钵：僧侣所用的食具，形状像盆而较小的一种陶制器具，用来盛饭、菜、茶水等。如瓦钵、饭钵、粥钵。

[6] 文殊：即文殊师利或曼殊室利，佛教四大菩萨之一，释迦牟尼佛的左胁侍菩萨，代表聪明、智慧。因德才超群，居菩萨之首，故称法王子。文殊菩萨的名字意译为"妙吉祥"，文殊或曼殊，意为美妙、雅致、可爱，师利或室利意为吉祥、美观、庄严，是除观世音菩萨外最受尊崇的大菩萨。

[7] 蓦鼻：宋普明禅师诗曰："我有芒绳蓦鼻穿，一回奔竞痛加鞭；从来劣性难调制，犹得山童尽力牵。"他认为众生虽然本具佛性，奈何无始劫以来，始终在颠倒妄想执着中轮转不休，从来没有清净过。若要制止这无始来的情识妄念，非具大勇猛心，立决定志不可。如同勇敢的山童，为了管制牛，"我有芒绳蓦鼻穿"，猛然间用芒绳穿贯牛鼻，要用强烈的正念制伏心中欲望的野牛。蓦鼻是指迅速地用绳子贯穿牛鼻。

[8] 三乘：佛教所说的"三乘"是指运载众生渡越生死到涅槃彼岸的三种法门。就众生根机之钝、中、利，佛应之而说声闻乘、缘觉乘、菩萨乘等三种教法。声闻乘，闻佛声而悟道，故称声闻。其知苦断集、慕灭修道，以此四谛为乘。缘觉乘，又作辟支佛乘、独觉乘。观十二因缘觉真谛理，故称缘觉。始观无明乃至老死，次观无明灭乃至老死灭，由此因缘生灭，即悟非生非灭，乃以此十二因缘为乘。菩萨乘，又作大乘、佛乘、如来乘。求无上菩提，愿度一切众生，修六度万行，以此六度为乘。前二乘唯自利，无利他，故总称小乘，菩萨乘自利利他具足，故为大乘。

[9] 老曼：即曼殊。

[10] 毵（sān）：毛发、枝条等细长垂拂、纷披散乱的样子。

[11] 香积饭：指僧道的饭食。如宋范成大《老陈道人来吾家作儿戏赠小颂》诗："幸有千门香积供，不如随喜去罗斋。"陆游《病中遣怀》诗："菘芥煮羹甘胜蜜，稻粱炊饭滑如珠。上方香积宁过此？惭愧天公养病夫。"

[12] 兜率院：菩萨最后身之住处也。释迦如来为菩萨时最后之住处，住于此终此生，下生人间而成佛。今为弥勒菩萨之净土。此亦菩萨身之最后，彼天四千岁间住于此，已生人间，成佛于龙华树下。

评析：

据说憨山大师研读《华严经》时，发现经中载"东海有名处，名那罗延窟，是菩萨聚居处"。内心颇为向往，便不辞辛劳，跋山涉水，来到崂山，在那罗延窟苦苦修行一年。达观禅士与憨山和尚同参曹溪并相善，后隐居天台山，又去五台山修行，也为一时名僧。憨山和尚自五台山来崂山居那罗延窟时，达观亦追至崂山，相见窟中，留十余日。离别时，对憨山曰："崂山非佛界，不可居。"憨山不听，在崂山建海印寺，后因道士耿义兰至京上控，憨山和尚以私建佛寺罪被逮入狱。达观禅士在庐山闻知，拟赴京营救，旋闻已被流放雷州，且已起程南下，乃俟于长江渡口。及见憨山后，叹曰："公负荷大法，公不生还，吾不有生。"达观与憨山之友情由此可见，而达观的慧根也似乎比憨山更深。"入门一笑见来端，醒眼殊非醉眼看"，憨山认为达观和尚具有"醒眼"，而自己是"醉眼"蒙眬，参悟尘世的功力不如达观。他承认自己曾经"到处随流路不迷"，如何"忽自石梁桥上过"，就"沾惹一身泥"了？他似乎也知道结局"才踏清凉台上月，万年冰雪太无情"。难道真是因为憨山读了《华严经》产生内心向往、梦中理想，就当局者迷，旁观者清了？

游那罗延窟

周　璠

入深幽不已，陟险胜弥贶[1]。

我寻那罗窟，造化营心匠[2]。

阴阴树交横，森森石背向。

岩风吹落花，山禽吐灵吭[3]。

人语答邃谷，日色含青嶂[4]。

纡余行益窄，攀窦宇始旷。

翻从井臼中，道出青筤[5]上。

海天跃诸秀，群岛沸高浪。

千里一以俯，指点绝屏障。

超然足道心，咄哉万乘相^[6]。

超然足道心，咄哉万乘相[6]。

二崂天下奇，面面俱殊状。

诘朝[7]饱搜览，振衣气慨慷。

得趣乃忘疲，足茧故无恙。

作者简介：

周璠，明沭阳（今江苏省沭阳县）人，明万历年间曾任即墨县丞。

注释：

[1] 贶（kuàng）：赏赐。

[2] 心匠：即匠心，巧妙的心思。

[3] 呪：鸟叫。

[4] 青嶂：如屏障的青山。如唐杜甫《月》诗："若无青嶂月，愁杀白头人。"宋贺铸《凌歊·铜人捧露盘引》词："控沧江，排青嶂，燕台凉。"

[5] 青筠：筠，竹子的别称，青筠即青竹。晋王嘉《拾遗记·周灵王》："惟有黄发老叟五人……手握青筠之杖，与聃（老聃）共谈天地之数。"

[6] 万乘：一意为万辆车；一意为天子，周制，天子地方千里，出兵车万乘，诸侯地方百里，出兵车千乘，故称天子为"万乘"。

[7] 诘朝：同诘旦，即平明、清晨。如《左传·僖公二十八年》："戒尔车乘，敬尔君事，诘朝将见。"杜预注："诘朝，平旦。"唐储光羲《樵父词》："诘朝砺斧寻，视暮行歌归。"

评析：

空谷语声幽远，可见洞窟之深邃；曲折前行，石洞愈走愈狭，诗人正在"山重水复疑无路"之时，沿着圆窦通向山巅，豁然开朗，看到的是"海天跃诸秀，群岛沸高浪"的壮阔景色，诗人禁不住感慨"陟险胜弥贶"。正如王安石所说："世之奇伟、瑰怪、非常之观，常在于险远，而人之所罕至焉。"诗人得以览此非常之观，内心充满欣喜，故"得趣乃忘疲，足茧故无恙"。

咏白云洞^[1]

王大来

一灯明古寺，山气夜氤氲^[2]。

伏枕千峰雨，开门万壑云。

岚光蓑笠湿，霁色^[3]海天分。

独立松篁^[4]下，晨钟时一闻。

作者简介：

王大来，字少楚，清胶州（今山东胶州市）人。同治七年（1868）贡生，工诗画，尤喜山水，著有《五亩园诗草》。其先人王锦曾任知县，购得高弘图在崂山华阴的"太古堂"。嗣后，其子孙或家居崂山华阴，或家居胶州故居。咸丰十一年（1861），王大来迁居崂山华阴。其《移居华阴》一诗中有"日在辋川图画里，平生夙愿快相偿"之句。

注释：

[1] 白云洞：在大仙山巅，背倚危岩，前临深涧，二仙山峙其东，望海门矗其西，东南俯视大海，气象万千。洞系三巨石结架所成，深广可丈许，供玉皇于其中。其前后左右有青龙、朱雀、白虎、玄武诸石，各以其方位而名。青龙石尤雄伟，天矫浑仑莫可摹状。上建青龙阁，游人多登此处观日出。洞额镌"白云洞"三字，是日照尹琅若题。洞前银杏两株，大可合抱，玉兰一株，极繁茂。洞后有古松一株，曰华盖，粗约数围，偃覆洞上。龙翔凤翥，不足喻其状。洞天之胜，得此益奇矣。崂山胜景之一的"云洞蟠松"即指此。

[2] 氤氲：弥漫貌。如魏曹植《九华扇赋》："效虬龙之蜿蝉，法虹霓之氤氲。"北朝郦道元《水经注·沮水》："汉武帝获宝鼎于汾阴，将荐之甘泉，鼎至中山，氤氲有黄云盖焉。"

[3] 霁色：霁为雨后或雪后天气转晴，霁色即晴朗的天色。如唐元稹《饮致用神曲酒三十韵》诗："雪映烟光薄，霜涵霁色泠。"宋王安石《和王胜之雪霁借马入省》诗："前年腊归三见白，霁色岭上班班留。"

[4] 松篁：松与竹。如北朝郦道元《水经注·沔水中》："池中起钓台，池北亭，郁墓所在也，列植松篁于池侧。"五代韦庄《春愁》诗："后庭人不到，斜月上松篁。"宋辛弃疾《贺新郎·题赵兼善龙图东山小鲁亭》："快满眼，松篁千亩。把似渠垂功名泪，算何如，且作溪山主。"

评析：

诗人状白云洞之胜景，以"伏枕千峰雨，开门万壑云"来写山势之高，晚上栖息时枕边听到的千峰雨声，早上开门时看到的满山云雾，说明了白云洞位置极高。"岚光蓑笠湿，雾色海天分"，雾霭散发出的七色光彩，雨晴之后的海天一色，俯视大海，看到的万千气象说明了白云洞位置的险要。

白云洞诗

蒲松龄

古洞深藏碧山头，羽士[1]一去白云留。

愿叩柴扉访逸老[2]，不登朱门拜公侯。

砚水荡净海底垢，笔尖点消九天[3]愁。

不求人间争富贵，但做沧桑一嘹鸥[4]。

作者简介：

蒲松龄（1640—1715），字留仙，一字剑臣，别号柳泉居士，山东淄川（今淄博市淄川区）人，世称聊斋先生。蒲松龄生活在明末清初，从20岁起开始收集素材，40岁时完成志怪小说《聊斋志异》，该书共有十二卷，四百九十余篇。康熙四十八年（1709），蒲松龄辞别毕家石隐园绰然堂，做毕家私塾先生近40年，一生颇不得意。蒲松龄著作除《聊斋志异》外，还创作有大量的诗、词、文。

注释：

[1] 羽士：羽有飞升之意，道士喜言飞升成仙，故以羽士称道士，道士也被称为羽衣、羽客、羽人、羽士。道士之称始于汉代，但当时指称的范围较广，除东汉时期"五斗米道"、"太平道"的信徒之外，方士、术士及一些道家也可以称为道士。魏晋南北朝时期，道士之称与佛教僧侣的称谓相混。直到隋唐时期，道士及相应的称谓如道人、羽士、羽客、羽人、黄冠等，才逐渐成为道教人员的专称。随着女性入道的增多，也有了道姑、女道等称谓。但泛指道士时，也可以包括女道。

[2] 逸老：指遁世隐居的老人。如《晋书·隐逸传》："（伍朝）诚江南之奇才，丘园之逸老也。"

[3] 九天：古代传说天有九重，九天是天的最高层。如唐李白《望庐山瀑布》诗："飞流直下三千尺，疑是银河落九天。"

[4] 嘹鸥：嘹，声音清脆悠扬。鸥，鸥鸟。《列子·黄帝》："海上之人有好鸥鸟者，每旦之海上，从鸥鸟游，鸥鸟之至者百数而不止。其父曰：'吾闻鸥鸟皆从汝游，汝取来，吾玩之。'明日之海上，鸥鸟舞而不下也。"

评析：

蒲松龄登上白云洞，油然而生的山海之情荡涤着心灵的尘垢，点消着满腹的怨愁，"砚水荡净海底垢，笔尖点消九天愁"。他似乎勘破红尘，绝缘名利，发出了"愿叩柴扉访逸老，不登朱门拜公侯"、"不求人间争富贵，但做沧桑一嘹鸥"的誓言。刘勰曾说："登山则情满于山，观海则意溢于海。"从蒲松龄18岁开始踏上科举之路，到50多岁还奔波于秋闱之中的事实来看，蒲松龄蔑视功名富贵的誓言，只能看作是从山海壮景中产生的一时豪情。

咏白云洞悼王真吾[1]

蓝 水

慷慨[2]杀敌可泣歌[3]，一朝空室怨余波。
仲由不可敌陈蔡[4]，宋玉未闻殉汨罗[5]。
死岂有求方寸慰，生教无奈寇仇[6]何。
山涯日暮悲风起，仙迹莫言海上多。

作者简介:

蓝水,生平事迹见《鱼鳞瀑》诗。

注释:

[1] 王真吾:山东安丘人。因厌世务冗杂,至崂山白云洞,拜邹全阳道人为师。1940年,日军"围剿"抗战军人,至白云洞见遗有器械,惨杀道侣6人,邹全阳亦遇难。时值王真吾外出,未罹祸难。王真吾归来,将师徒遗体掩埋,叹曰:"人生所重义耳!今国亡,师死亲殁,吾安适归矣!"众道人请为洞主,辞不就。几日后,至雕龙嘴,脱衣冠北向拜揖,纵身跳海。3日后,尸身潮至文武港,面目如生,当地百姓将其埋葬,并立碑志之。

[2] 慷慨:情绪激昂,充满正义。如西汉司马相如《长门赋》:"贯历览其中操兮,意慷慨而自昂。"《古诗十九首·西北有高楼》:"一弹再三叹,慷慨有余哀。"西晋陆机《门有车马客行》诗:"慷慨惟平生,俛仰独悲伤。"

[3] 泣歌:可歌可泣,值得歌颂,令人感动。

[4] 仲由不可敌陈蔡:语出《孔子家语》。楚昭王欲聘用孔子,孔子前往拜访答礼,路过陈国、蔡国边境,被陈、蔡兵丁阻拦,孔子无法通过,断粮7天,与外界无法联系。学生都饿病了,孔子却慷慨激昂地讲学、奏乐不停,他问仲由道:"诗云:'匪兕匪虎,率彼旷野。'我的道不是这样吗,怎么会到这地步呢?"子路恼怒地说:"君子不会受困乏的,大概是夫子还不够仁吧,人们不相信我们;大概夫子不够智慧吧,人们不听我们的话。现在夫子积德怀义,行之很久了,怎么会穷困到这样的呢。"孔夫子说:"仲由还不理解,我告诉你,你以为仁者做的一定会被别人信服吗,那么伯夷、叔齐,就不会饿死在首阳山了;你以为智者一定会被人任用吗,那么王子比干,就不会被剖心了;你以为忠者一定会得到好报吗,那么关龙逄就不会受刑了;你以为谏者一定会被上司采用吗,那么伍子胥就不会被杀了。关于遇不遇,这是时运;贤还是不肖,这是才能。君子博学深谋而不遇时的很多,哪里只有我一个。"

[5] 宋玉未闻殉汨罗:宋玉是屈原的学生,此句指屈原投汨罗江而死的故事。屈原(公元前340—前278),战国时期楚国人,芈姓,屈氏,名平,字原。出生于楚国丹阳(今湖北秭归),是楚武王熊通之子屈瑕的后代,中国文学史上第一位留

下姓名的诗人，他的出现标志着中国诗歌进入了一个由集体歌唱到个人创作的新时代。公元前305年，屈原反对楚怀王与秦国订盟，被楚怀王逐出郢都，开始了流放生涯。楚襄王即位后，屈原继续受到迫害，并被放逐到江南。公元前278年，秦国大将白起带兵南下，攻破了楚国国都，屈原的政治理想破灭，对前途感到绝望，在同年五月投汨罗江自杀。

[6] 寇仇：敌人。如《孟子·离娄下》："君之视臣如手足，则臣视君如腹心；君之视臣如犬马，则臣视君如国人；君之视臣如土芥，则臣视君如寇仇。"清黄宗羲《原君》："今也天下之人，怨恶其君，视之如寇仇，名之为独夫，固其所也。"

评析：

王真吾蹈海殉义是崂山历史上最为壮烈之举，诗人充满激情赞颂王真吾的事迹。"仲由不可敌陈蔡，宋玉未闻殉汨罗。"孔子的学生仲由以勇名世，可是在老师于陈、蔡被围7天，几近饿殍时，仲由却没有凭借勇武解救老师。宋玉获闻老师屈原投汨罗自杀的消息时，也没有感于师恩，随老师一命赴黄泉。"生教无奈寇仇何"，王真吾虽无法替师傅向敌寇复仇，却不再隐忍苟活在寇仇统治之下，毅然以死抗争，表现出不屈的节义。"山涯日暮悲风起，仙迹莫言海上多"，诗人感动于王真吾之壮举，他认为人们不应该羡慕那虚无缥缈的神仙，而应该学学为义殉身的现实中的人。

[鹧鸪天]（白云洞题壁）

黄公渚

金碧檀栾[1]出树颠，花宫钟磬[2]近钧天[3]。盘空路入逍遥谷，泼墨云吞邈遢[4]山。

丹灶客[5]，白云仙，飞翔华盖[6]列苍官[7]。缥黄[8]暮色雕龙嘴，目极沧溟万里船。

作者简介：

黄公渚，生平事迹见《青房并蒂莲》词。

注释：

[1] 檀栾：秀美貌。诗文中多用以形容竹。如唐王叡《竹》诗："成韵含风已萧瑟，媚涟凝渌更檀栾。"宋梅尧臣《和刁太傅新墅十题·移竹》诗："远爱檀栾碧径开，荷锄乘雨破秋苔。"

[2] 钟磬：是古代两种重要的击打乐器，它们各有不同的形制。钟是由铙发展演化而来的，磬是用石头磨制的，其起源时间可以上溯到石器时代。在古代乐器中，与磬相比，钟的地位更为重要。八音齐鸣，赖金以振声，钟是众乐之首。"钟鸣鼎食"是权势、地位的标志，钟又是古代朝聘、祭祀等礼仪活动的必备乐器，深受古人重视。

[3] 钧天：一意为天的中央，是古代神话传说中天帝住的地方。如宋苏轼《潮州韩文公庙记》："钧天无人帝悲伤，讴吟下招遣巫阳。"一意为"钧天广乐"的略语，指天上的音乐。如南朝刘勰《文心雕龙·乐府》："钧天九奏，既其上帝。"

[4] 邋遢：不整洁、利落。

[5] 丹灶客：指的是炼丹修炼的道士。

[6] 华盖：古星名。如《楚辞·九怀·思忠》："登华盖兮乘阳，聊逍遥兮播光。"唐杨炯《出塞》："明堂占气色，华盖辨星文。"

[7] 苍官：松柏的别称。如清曹寅《戏题》之三："生小苍官齾眼青，可堪丹粉上银屏。"

[8] 缥（xūn）黄：一意为黄昏。如《楚辞·九章·思美人》："指嶓冢之西隈兮，与缥黄以为期。"一意为绛与黄之间色。如《隋书·礼仪志五》："其车（翟车）侧饰以翟羽，黄油缥黄里。"此处应为后一意。

评析：

这首词气势豪壮，诗人从白云洞的视野描写壮阔景色，凌空盘旋的山路，白云洞传出声震九天的磬声，举手可摘的碧天繁星，密集的群峰，似在天边的帆船，从不同角度衬托出白云洞的雄奇形象。正因为白云洞的高崇，所以看到山路如悬空，磬声似乎直入九霄，星辰如在目前，远在万里之外的船帆也能眺见。

咏白龙洞[1]

李 岩

洞口翱翔[2]忆白龙，白龙飞去白云封。

沧田自识千年迹，邱壑应深一世慵[3]。

大海滩头惟闻水，仙人桥上但余松。

扶桑日月鞭驹过，数度晨钟又午钟。

作者简介：

李岩，明代文人，具体事迹不详。

注释：

[1] 白龙洞：在仙人桥北。由萧旺至太平宫，风景至此始奇。西倚危岩，东面大海，中祀玄君。其上摩崖刻丘真人长春诗20首。额篆白龙洞，乃周鲁书。每当夜深，万籁俱寂，涛声澎湃，松风飀飀，如万马奔腾。于秋宵声音特别响亮。

[2] 翱翔：鸟回旋飞翔。上下振翅为翱，展翅不动为翔。

[3] 慵：懒散。

评析：

"洞口翱翔忆白龙，白龙飞去白云封。"诗人歌咏白龙洞大有顾名思义的意趣，但诗人并不看重白龙洞是否曾有白龙翱翔而去，此地空余白龙洞，而是借此感叹世事变幻、时光易逝，"沧田自识千年迹，邱壑应深一世慵"，"扶桑日月鞭驹过，数度晨钟又午钟"，人世间无永恒的存在，日月则如白驹过隙。"大海滩头惟闻水，仙人桥上但余松"，则有感慨一时的显赫、荣耀将随时光的流逝灰飞烟灭意味。

白龙洞摩崖刻诗

丘处机

卓荦[1]鳌山出海隅，霏微灵秀满天衢[2]。

群峰削蜡几千仞[3]，乱石穿空一万株。

浮烟积翠远山城，叠嶂层峦簇画屏[4]。

造物建标东枕海，云舒霞卷日冥冥。

重岗复岭势崔嵬，照眼云山翠作堆。

路转山腰三百曲，行人一步一徘徊。

洞有嘉名号白龙，不知何代隐仙踪[5]。

至今万古人更变，犹自嵌岩对万松。

作者简介：

丘处机，生平事迹见《咏天柱山》诗。

注释：

[1] 卓荦：超出一般，出众。

[2] 天衢：天空广阔，任意通行，如世之广衢，故称天衢。如南朝刘勰《文心雕龙·时序》："驭飞龙於天衢，驾骐骥於万里。"唐皎然《奉陪郑使君谔游太湖至洞庭山登真观却望湖水》诗："突兀盘水府，参差沓天衢。"

[3] 仞：古计量单位，或曰一仞为七尺。如《列子·汤问》："太行、王屋二山，方七百里，高万仞。"唐王之涣《凉州词》诗："黄河远上白云间，一片孤城万仞山。"

[4] 画屏：有画饰的屏风，此处指崂山之美景如描绘的屏风。如南朝江淹《空青赋》："亦有曲帐画屏，素女彩扇。"五代韦庄《奉和观察郎中春暮忆花言怀见寄四韵之什》诗："落花带雪埋芳草，春雨和风湿画屏。"

[5] 仙踪：仙人的踪迹。如后蜀顾夐《甘州子》词："曾如刘阮访仙踪，深洞

客，此时逢。"

评析：

丘处机写白龙洞，大处渲染，群峰耸立、乱石穿空、浮烟积翠、叠嶂层峦、云舒霞卷，衬托出白龙洞所处的壮阔；小处落笔，"路转山腰三百曲，行人一步一徘徊"，山路之崎岖，跋涉之艰难，写出白云洞的艰险。"洞有嘉名号白龙，不知何代隐仙踪"，洞曰白龙，并有仙踪遗迹，写出了白龙洞的不凡不仅仅因为位置的奇险，还在于"有仙则名"。

明霞[1]夜坐

李佐贤

耸身已近斗牛[2]间，历历[3]星辰手欲攀。

万里风涛临大海，千林霜叶响空山。

秋光渐近蟾光[4]老，客梦浑如鹤梦[5]闲。

漫说蓬瀛人不到，蓬瀛今已在人间。

作者简介：

李佐贤，清代山东利津人，生平事迹不详。

注释：

[1] 明霞洞：在昆仑山前麓。由青山村西，上松风岭，即可望见。自下而上约2里许，修篁夹径，蹬道盘云，凡数百余级，成21折。密菁交荫，曦光不漏，人行其间，衣衫为绿，论者谓颇似西湖之韬光。级尽，平台出。洞隆然处绝岩下，系凿巨石而成，户牖皆备，门南开。四周峦峰回映如屏障，山外海光明澈如镜，向下俯视，悬崖深壑，真洞天胜观。洞上镌"明霞洞"三字，末署大安二年。洞开凿于金大定年间，据说原洞高大宽敞，明代道人孙紫阳曾静修于此。清康熙年间遭雷击，大半陷入地下。洞东巨石尚存，题刻有"天半朱霞"。洞前平崖如台，由此遥望大

海，空蒙浩渺；俯视崖下，沟壑纵横。崂山胜景明霞散绮即此。由洞后小径攀缘而上，经玄真洞可达昆仑极顶（俗称北大顶），上有天池。

[2] 斗牛：指斗牛星宿，北方七宿中的斗宿和牛宿。斗宿，也叫"南斗"，是北方七宿中的第一宿，有星六颗，因而"斗"是南斗六星，而不是紫微垣中的北斗七星。牛宿亦称"牵牛"，是北方七宿中的第二宿，有星六颗，其位置在牛郎星的南面。如唐王勃《秋日登洪府滕王阁饯别序》："物华天宝，龙光射斗牛之墟；人杰地灵，徐孺下陈蕃之榻。"

[3] 历历：清晰分明。

[4] 蟾光：指月色、月光。如南朝萧统《锦带书十二月启·太簇正月》："飘摇余雪，入箫管以成歌；皎洁轻冰，对蟾光而写镜。"唐皎然《溪上月》诗："蟾光散浦溆，素影动沧涟。"

[5] 鹤梦：超凡脱俗的向往。如唐司空图《与李生论诗书》："地凉清鹤梦，林静肃僧仪。"明谢榛《四溟诗话》卷四引栗道甫《游五龙山》诗："鹤梦通云岛，猿啼下石门。"

评析：

在《明霞夜坐》中，诗人情感的抒发一波三折。耸身近斗牛、星辰手可攀、大海怒涛吼、空山千林响，壮观的美景激起诗人高昂的情致。然而，诗人的情绪随"秋光渐近蟾光老，客梦浑如鹤梦闲"的吟诵，从万丈豪情霎时跌入颓丧空虚的深渊，大起大落。结句"漫说蓬瀛人不到，蓬瀛今已在人间"，诗人从情绪的高低起伏，进入心平气静的境界，仿佛身处仙境，忘却世间烦恼，心静如水。

明霞洞

康有为

别峰度岭涧潺潺[1]，巨石崔嵬松柏顽[2]。
万竹青青盘磴道[3]，明霞仙在海中山。

作者简介：

康有为（1858—1927），又名祖诒，字广厦，号长素，晚年别署天游化人，广东南海人，人称康南海。甲午战争后，康有为与诸举子，伏阙言国事，请求变法，七上变法书。马关条约签订之后，清朝政府才开始采纳康有为的变法主张，裁冗官，立学堂，废科举，力图变法自强。戊戌政变后，康有为亡命海外，游历欧美。民国初，回国寓居青岛，年七十卒。主要著作有《康子篇》、《孔子改制考》、《新学伪经考》。

注释：

[1] 潺潺：一意为水流的样子，一意为水流的声音。

[2] 顽：坚硬。

[3] 磴道：登山的石径。如南朝颜延之《七绎》："岩屋桥构，磴道相临。"唐袁郊《甘泽谣·懒残》："忽中夜风雷，而一峰颓下，其缘山磴道，为大石所拦。"

评析：

别峰度岭、巨石崔嵬、盘磴山道，写出了明霞洞所处位置的奇险，"明霞仙在海中山"，明霞洞俯视沧海，远处望之，洞如在海中仙山之上。诗人写明霞洞美景，赞美之情融入笔端，不露痕迹。

长春洞[1]诗

杨还吉

昔读长春[2]传，今入长春洞。

本自岩栖[3]人，乃为君洞动。

忆当西赴时，万里阴山冻[4]。

积雪没马鞭，诸戎劳转送。

若衷拟玩世，甘言类托讽[5]。

往迹已百年，名犹此山重。

故老谬传闻，昆仑辄伯仲[6]。

洞前双珠树，十围有余空。

道人指余言，西征于此种。

树老烟云生，山空鸾鹤痛。

远望疑飞帆，近视犹覆瓮[7]。

阿阁三五重，偃蹇[8]巢成凤。

有时风雨来，不为忧华栋。

洞前松柏声，洞里蝴蝶梦[9]。

想像洞中人，生涯犹聚讼[10]。

作者简介：

杨还吉，字启旋，自号充庵，即墨（今山东省即墨市）人。清康熙二十七年（1688）戊辰岁贡生。

注释：

[1] 长春洞：在神清宫处危岩下。其中湫湿不可居，传丘真人曾于此栖止。洞旁周鲁题洞天二字。

[2] 长春：丘处机号长春子。

[3] 岩栖：在山洞里住居，常用为隐居的代称。如五代韦庄《赠薛秀才》诗："欲结岩栖伴，何处好薜萝？"

[4] 忆当西赴时，万里阴山冻：这两句诗指的是丘处机带领18名弟子，到雪山见元太祖成吉思汗，劝太祖欲统治天下，一定不要屠杀过当，元太祖对丘处机以礼相待。

[5] 托讽：托物以寄讽谕之意。如明王世贞《艺苑卮言》卷三："延年《五君》忽自秀于它作，如'沉醉似埋照，寓辞类托讽'。"

[6] 伯仲：伯是排行老大，仲是老二。伯仲两字连用，表示相差不多，难分高下。如晋王羲之《与谢安书》："蜀中山水，如峨眉山夏含霜雹，碑板之所闻，昆仑之伯仲也。"唐杜甫《咏怀古迹》诗："伯仲之间见伊（伊尹）吕（吕尚）。"

[7] 覆瓮：倒置的瓮。如北朝郦道元《水经注·沔水上》："汉水又东迳万石城下，城在高原上，原高十馀丈，四面临平，形若覆瓮。"

[8] 偃蹇（yǎn jiǎn）：高耸貌。如屈原《离骚》："望瑶台之偃蹇兮，见有娀

之佚女。"王逸注："偓寉，高貌。"清戴名世《游天台山记》："大石偓寉负土出，长广数十丈。"

[9] 蝴蝶梦：指浮生如梦，变幻莫测。源出《庄子·齐物论》："昔者庄周梦为蝴蝶，栩栩然蝴蝶也，自喻适志与！不知周也。俄然觉，则蘧蘧然周也。不知周之梦为蝴蝶与，蝴蝶之梦为周与？周与蝴蝶，则必有分矣。此之谓物化。"

[10] 聚讼：众人争辩，是非难定。如南朝范晔《后汉书·曹褒传》："谚言：'作舍道边，三年不成。'会礼之家，名为聚讼，互生疑异，笔不得下。"

评析：

"洞前双珠树，十围有余空。道人指余言，西征于此种。"诗人看到丘处机西征之前在长春洞亲植的两棵树，如今粗有十围余，面对先贤遗泽，睹物思人。他赞赏丘处机不畏"万里阴山冻"，远赴西戎，"甘言类托讽"，劝止成吉思汗大肆屠戮的仁心善行。最后，诗人发出"想像洞中人，生涯犹聚讼"的感叹，如丘处机大彻大悟之人，言行犹不免后人指点，若我辈凡夫俗子，又怎能逃脱后人的是非评说。

仙鹤洞

许 铤

孤鹤飞来几万秋，因餐白石化丹邱。
回翔[1]似顾三标秀，振翮[2]疑登七磴楼。
流水桃花云片片，青天碧海日悠悠。
兴来跨鹤扬州去，海畔苍生[3]为勉留。

作者简介：

许铤，号静峰，武清（今天津市武清县）人，进士，明万历六年（1578）任即墨县知县。

注释:

[1] 回翔:盘旋地飞。

[2] 振翮 (hé):翮,鸟的翅膀。振翮,拍打着翅膀向上飞行

[3] 苍生:苍是指众多,茫茫一片的感觉。生是指生灵,生命。苍生就是众多的生命、所有的生灵。

评析:

几万年来,仙鹤洞如仙鹤回翔,眷恋人间美景,"餐白石化丹邱",守望在崂山之上。尽管时光似流水,诗人还是希望这美景永驻人间,如青天碧海亘古不变。

玄真洞[1]

周 鲁

白云留住须忘归,名利萦人两俱非[2]。
莫笑山僧[3]茅屋小,万山环翠雾中围。

作者简介:

周鲁,明代登州(今山东省蓬莱县)人,武举。

注释:

[1] 玄真洞:在崂山明霞洞上方有两著名的洞穴,西面较大的为玄真洞,东面较小的叫三丰洞,两洞相隔十几米,相传均是张三丰修炼时所为。

[2] 名利萦人两俱非:人们一生为追逐名利而忙碌,而最终才明白它是毫无价值的。

[3] 山僧:住在山寺的僧人。如北朝庾信《卧疾穷愁》:"野老时相访,山僧或见寻。"唐刘长卿《寻盛禅师兰若》诗:"山僧独在山中老,唯有寒松见少年。"

评析：

"斯是陋室，惟吾德馨"。茅屋虽小，山僧摆脱红尘名利羁绊，他就有无拘无束的宽广胸怀。诗人羡慕山僧，"白云留住须忘归"，功名利禄可以暂时抛却脑后，艳羡之余却无法超尘脱俗。

鹤山朝阳洞[1]

范炼金

鹤来石室静梳翎，几叩玄关[2]启玉扃[3]。

坐对海天一岛白，倚看山树四围青。

丹邱[4]日月春团圞，姑射[5]烟霞碧结屏。

人去千秋云未散，万桃深处半函[6]经。

作者简介：

范炼金，字大冶，明代即墨（今山东省即墨市）人。

注释：

[1] 朝阳洞：为鹤山北峰山巅的一处椭圆型天然石洞，系三巨石结架而成，洞口面东朝阳，高约1米，宽6米，深约10米。洞中宽阔，可容20余人。

[2] 玄关：原指佛教的入道之门，后来演变为厅堂的外门。这里指的是大门。

[3] 玉扃（jiōng）：玉饰的门户。如唐白居易《长恨歌》诗："金阙西厢叩玉扃，转教小玉报双成。"

[4] 丹邱：亦作丹丘，历史上的丹邱位于天台山附近，道教鼻祖葛玄曾在此地炼丹、种茶以养生。它是神话世界中仙人居住的地方，道家所神往的福地。

[5] 姑射：即姑射神人，得道的人。原指姑射山的得道真人。《列子·黄帝篇》记载："列姑射山在海河洲中。山上有神人焉，吸风饮露，不食五谷，心如渊泉，形如处女。不偎不爱，仙圣为之臣。"

[6] 半函：函，匣子、封套。半函是半匣、半套。

评析：

　　叩玄关，启玉扃，诗人登上鹤山朝阳洞，坐对海天一色，倚看山树葱茏。遥想那些曾经追求超尘脱俗的真人仙道，虽"人去千秋"，依然充满对他们的敬慕，"万桃深处半函经"，他们的仙踪遗韵就像一部读不透的经书，让诗人思索不已。

岛　屿

　　崂山海域有 60 多个岛屿，这些岛屿的名字有的是参考岛屿的形状取名，有的是根据传说、风俗，或根据岛上独具特色的物产命名。不少岛屿的名字和家禽家畜有关，如牛岛、兔子岛、驴岛、猪岛、鸭岛，还有的以动物的名字命名，像狮子岛、象里岛。这些名字的产生来自岛屿的形状和当地居民的约定俗成，比如猪岛因形似小猪而得名。除此之外，不少岛屿还因一段传说佳话获名，比如大福岛、小福岛，传说这里是秦始皇派遣徐福东渡的出发地。

徐福岛[1]

黄体中

东海茫茫万里长，水天何处是扶桑。

楼船一去无消息，徐福当年赚始皇[2]。

作者简介：

黄体中，字仁在，清即墨（今山东省即墨市）人。生而聪颖，9 岁即能临十七帖，入庠为诸生，候选州同知，不仕。晚年，黄体中入居崂山九水，悠游终身。黄体中工书亦工诗，写有《徐福岛》、《劳山》、《鱼鳞口瀑布》、《山居》等诗篇。其《徐福岛》一诗脍炙人口，《山居》共 30 首，是其隐居崂山之写照。著有《来山阁诗》一卷和《山水音》八卷。

注释：

[1] 徐福岛：在南窑半岛南海中，有大小二岛。传说，当年徐福为秦始皇寻觅长生不老的仙药，从此乘舟而去，因得名徐福。

[2] 楼船一去无消息，徐福当年赚始皇：指的是徐福东渡的故事。据《史记·秦始皇本纪》记载，秦始皇二十八年（前 219），徐福上书说海中有蓬莱、方丈、瀛洲三座仙山，有神仙居住。于是，秦始皇派他率领童男童女数千人，以及备好的三年粮食、衣履、药品和耕具入海求仙。徐福带着求仙团队漂洋过海，寻找虚无缥缈的三神山和灵丹妙药，却再也未回到中原。

评析：

诗人登上徐福岛，遥看水天相接之处，生发无限感慨：茫茫万里的东海尽处，应该是传说中的扶桑国，是两千多年前徐福入海求仙，寻找灵丹妙药的地方。徐福一去无音信，不可一世的始皇帝还在望眼欲穿地等待着神药以求长生不老，可悲可叹！但是这被愚弄欺骗的可叹之事，不是依然在继续发生着？

田横岛吊古

孙　镇

贤豪无近图，烈节[1]羞人下。

所输隆准公[2]，逐鹿[3]先得者。

岂唯齐田横，不能保家社。

其徒五百人，安不逃之野。

王侯如浮梗[4]，身世等飘瓦[5]。

杖剑尽从之，血流海波赭[6]。

汉廷何辉煌，如此高义寡。

万古怀英声，临流泪盈地。

作者简介：

孙镇，生平事迹见《不其山》诗。

注释：

[1] 烈节：刚正的操行。如东汉蔡邕《范丹碑》："君受天正性，志高行洁，在乎幼弱，固已巍然有烈节矣。"

[2] 隆准公：西汉司马迁《史记·高祖本纪》称"高祖为人隆准而龙颜"，隆准意思是高鼻，隆准公成为汉高祖刘邦的别称。如唐李白《梁甫吟》诗："君不见高阳酒徒起草中，长揖山东隆准公。"

[3] 逐鹿：争夺天下。如东汉班固《汉书·蒯通传》："秦失其鹿，天下共逐之，高材者先得。"唐魏征《述怀》诗："中原初逐鹿，投笔事戎轩。"

[4] 浮梗：漂流的桃梗。《战国策·齐策·孟尝君将入秦》："有土偶人与桃梗相与语……〔土偶〕曰：'今子东国之桃梗也，刻削子以为人，降雨下，淄水至，流子而去，则子漂漂者将何如耳！'"后来以浮梗比喻漂流无定。明高启《临顿里》诗："人世真浮梗，吾生岂系匏。"

[5]飘瓦：飘忽不定的事物。宋辛弃疾《卜算子·用庄语》："江海任虚舟，风雨从飘瓦。醉者乘车坠不伤，全得于天也。"

[6]赭（zhě）：红色。如《诗经·邶风·简兮》："赫如渥赭，公言赐爵。"西汉司马相如《子虚赋》："其土则丹青赭垩。"

评析：

"烈节羞人下"，因为羞于向隆准公称臣俯首，田横自杀于被诏见途中，这成为人们的共识。诗人"岂唯齐田横，不能保家社"，说出了不同的见解。汉初三大名将韩信、彭越、英布为汉朝定鼎立下赫赫战功，对隆准公忠心耿耿，最后皆以谋反之名身首异处，不得寿终正寝。"卧榻之侧岂容他人酣睡"，何况长有反骨的田横？田横的自尽是他清醒地看到了自己的末路，而不是因为"王侯如浮梗"，视王侯如粪土。"汉廷何辉煌，如此高义寡。"诗人愤怒的质疑，道出了封建统治者的共性，寡恩少义的何止汉廷？洪武帝诛杀功臣的手段比隆准公更毒辣残忍。

田横岛

赵熙煦

泛水炎炎来汉节[1]，偃师城外声呜咽[2]。

英雄慷慨掷头颅，霸业已随剑光灭。

同仇壮士把鱼肠[3]，却将颈血谢齐王[4]。

魄化青璘[5]依海屿，魂逐寒潮忆洛阳。

荥阳旧事还如昨，纪信一死高皇脱[6]。

乘传中道刭田横，可怜五百填沟壑。

沟壑千年恨未平，终当义气笑韩彭[7]。

藏弓烹狗[8]亦何为，至今侠骨[9]谁铮铮。

赤帝山河如转毂[10]，满眼兴亡难更仆。

岛云日暮黑漫漫，啾啾夜雨山鬼哭[11]。

作者简介:

赵熙煦,生平事迹不详。

注释:

[1] 汉节:汉朝使节。汉代使臣所持的节由皇帝授予,是国家和权力的象征。不仅汉廷派往匈奴等处的使者持节,皇帝派往分封于各地的诸侯王的使者,同样要持节。正由于使臣持节,故使节联称。

[2] 呜咽:低声哭泣。如东汉蔡琰《胡笳十八拍》诗:"夜闻陇水兮声呜咽,朝见长城兮路杳漫。"唐温庭筠《更漏子》词: "背江楼,临海月,城上角声呜咽。"

[3] 鱼肠:即鱼肠剑,也称鱼藏剑,据传是铸剑大师欧冶子为越王所制。他使用了赤堇山之锡、若耶溪之铜,经雨洒雷击,得天地精华,制成了五口剑,分别是湛卢、纯钧、胜邪、鱼肠和巨阙。

[4] 却将颈血谢齐王:指田横五百壮士的故事。西汉司马迁《史记·田儋列传》:"汉灭项籍,汉王立为皇帝,以彭越为梁王。田横惧诛,而与其徒属五百人入海,居岛中。高帝闻之,以为田横兄弟本定齐,齐人贤者多附焉,今在海中不收,后恐为乱。乃使使赦田横罪而召之。"并晓以利害,"'田横来,大者王,小者乃侯耳;不来,且举兵加诛焉。'田横乃与其客二人乘传诣洛阳。""未至三十里……止留。谓其客曰:'横始与汉王俱南面称孤,今汉王为天子,而横乃为亡虏而北面事之,其耻固已甚矣。……遂自刭。'""既葬,二客穿其冢旁孔,皆自刭。"其余五百人"闻田横死,亦皆自杀"。

[5] 青磷:磷光。

[6] 纪信一死高皇脱:纪信假扮汉王帮助刘邦逃跑的故事。公元前204年,项羽派兵攻打汉军,形势危急,纪信对汉王说:"情况紧急,臣有办法帮助汉王你逃走。"在得到刘邦同意后,由陈平写了降书,派人送交项羽,汉王夜晚出东门投降。到了半夜,城内的妇女都相拥而出,刘邦乘机从西门逃出。妇女走完了,天已经亮了。这时装成汉王模样的纪信,卧在一乘龙车上,一直用衣袖遮住自己的模样,楚兵以为是汉王出降,欣喜若狂,项羽出营审视,见车上坐着的人不是刘邦,便问:"你是何人,敢冒充汉王?"纪信答道:"我乃大汉将军纪信。"项羽又问:"汉王在

95

哪里?"纪信说:"早已离开这里了!"项羽极度愤怒,下令齐集火炬烧毁龙车,纪信被活活烧死。

[7] 终当义气笑韩彭:指韩信和彭越被诛杀的故事。韩信是西汉开国名将,为西汉立下汗马功劳,历任齐王、楚王、淮阴侯等,因其军事才能引起统治者猜忌。刘邦战胜主要对手项羽后,韩信的势力被一再削弱;最后,韩信被控谋反,被吕雉(即吕后)及萧何骗入宫内,处死于长乐宫钟室。彭越也是西汉开国功臣、著名将领,秦末聚兵起义,初在魏地起兵,后率兵归刘邦,拜魏相国、建成侯,与韩信、英布并称汉初三大名将,西汉建立后封为梁王。后因被告发谋反,被刘邦以"反形已具"的罪名诛杀三族,枭首示众。

[8] 藏弓烹狗:飞鸟射尽就把良弓收起,狡兔被捉尽就把捕兔的猎狗煮了吃肉。比喻统治者掌权后,杀害有功之臣。语出西汉司马迁《史记·越王勾践世家》:"范蠡遂去,自齐遗大夫种书曰:'蜚鸟尽,良弓藏;狡兔死,走狗烹。越王为人长颈鸟喙,可与共患难,不可与共乐,子何不去?'种见书,称病不朝。人或谗种且作乱,越王乃赐种剑……种遂自杀。"

[9] 侠骨:英武刚烈的性格与气质。如东晋张华《博陵王宫侠曲》诗:"生从命子游,死闻侠骨香。"唐王维《少年行》诗:"孰知不向边庭苦,纵死犹闻侠骨香。"

[10] 转毂(gǔ):车轮转动。如唐贾岛《古意》诗:"碌碌复碌碌,百年双转毂。"

[11] 啾啾夜雨山鬼哭:出自唐杜甫《兵车行》诗:"君不见青海头,古来白骨无人收。新鬼烦冤旧鬼哭,天阴雨湿声啾啾。"

评析:

"英雄慷慨掷头颅,霸业已随剑光灭。同仇壮士把鱼肠,却将颈血谢齐王。"诗人热情讴歌田横与其部下的生死情谊,田横自刎偃师城外,噩耗传来,五百壮士一同自杀,为知己者死。田横与五百壮士侠骨铮铮,真正义薄云天。"沟壑千年恨未平,终当义气笑韩彭。藏弓烹狗亦何为,至今侠骨谁铮铮。"而韩信、彭越为汉王浴血一搏的义气则让后人耻笑,鸟尽弓藏,兔死狗烹,他们之间只是为了利益的互相利用,根本没有义气一说。田横与壮士那种统治者与被统治者之间的义气,早已成为美好的传说。"赤帝山河如转毂，满眼兴亡难更仆"，此后封建君臣之间的关系，皆是刘邦与韩信、彭越关系的重演。

田横岛

周　璠

山函巨谷水茫茫，欲向洪涛觅首阳[1]。
穷岛至今多义骨，汉庭谁许有降王。
断碑卧地苔痕重，古庙无人祀典[2]荒。
识得灵旗[3]生气在，暮潮风卷早潮扬。

作者简介：

周璠，生平事迹见《游那罗延窟》诗。

注释：

[1] 首阳：首阳山，此处借用伯夷、叔齐的故事赞颂田横的骨气。伯夷、叔齐是商末孤竹君的儿子。相传孤竹君遗命要立次子叔齐为继承人，孤竹君死后，叔齐认为应让老大伯夷继位，伯夷不受，叔齐也不愿登位，先后都逃到周国。周武王伐纣，二人叩马谏阻。武王灭商后，他们耻食周粟，采薇而食，饿死于首阳山。

[2] 祀典：祭祀的仪礼。如南朝颜延之《皇太子释奠会作》诗："敬躬祀典，告奠圣灵。"

[3] 灵旗：神灵的旗子。唐刘禹锡《七夕》诗："河鼓灵旗动，嫦娥破镜斜。"宋文天祥《代醉解星文》："靡灵旗兮风翩翩，举天瓢兮酌天泉。"

评析：

"山函巨谷水茫茫，欲向洪涛觅首阳"，登上远连起伏山峰、位处茫茫沧海的田横岛，人们缅怀两千年前的田横，把他看作是坚持节义的伯夷、叔齐。"穷岛至今多义骨，汉庭谁许有降王。"诗人认为田横自

97

刎是迫不得已，因为他明白刘邦是不会对曾经的敌人完全放心的，而最应该赞颂的是荒岛上的义骨，那些本可以平安活下去，却为了义气而自杀的五百壮士。"断碑卧地苔痕重，古庙无人祀典荒"，就像断碑仆地、被人遗忘的荒凉的古庙，五百壮士的义气也早已被人遗忘得干干净净，人们只要苟活，早已将世间节义抛得干干净净。

田横岛

张　鹤

刎颈见陛下，神归兹岛中。

岛中五百人，心与二客同。

孰死不归土，孤屿生白虹[1]。

六国争得士，市道相罗笼。

食客[2]号三千，见危几人从。

乃知夫子贤，义高薄苍穹。

薤露[3]痛已晞，图画莫能工。

我来寻遗迹，剑瑘[4]血晕红。

吊古鬼雄多，怀抱纷横纵。

泪洒秋涛上，大海起悲风。

作者简介：

张鹤，生平事迹见《九水纪游》诗。

注释：

[1] 白虹：日月周围的白色晕圈。白虹贯日，白色的长虹穿日而过。古人认为人间有不祥的事，就会引起这种天象的变化。后引义为有较大变革发生之前，上天所降示的吉凶之征兆。如《战国策·魏策四》："聂政之刺韩傀也，白虹贯日。"《史记·鲁仲连邹阳列传》："昔者荆轲慕燕丹之义，白虹贯日，太子畏之。"

[2] 食客：古代寄食于贵族官僚、为主人出谋划策的人称之为食客。"食客"

之风起于春秋战国之际，"客"者依附于主人，主人则负责"养客"，如孟尝君门下食客多达三千人。

[3] 薤露：指《薤露歌》。它出自田横门人，汉高祖召田横，其不愿臣服，自杀，门人伤之，为作悲歌。词云："薤上露，何易晞。露晞明朝更复落，人死一去何时归！"

[4] 剑璏（zhì）：是古代装饰宝剑上的玉饰之一，穿系于腰带上，即可将剑固定于腰间。

评析：

"六国争得士，市道相罗笼。食客号三千，见危几人从。"战国末期，各诸侯国为了对付秦国的入侵和挽救本国灭亡的命运，竭力网罗人才。他们礼贤下士，广招宾客，以扩大自己的势力，最具代表的是战国四公子之一的孟尝君，门客号称三千，然而危险时刻有几人能称得上中流砥柱？只不过是一群鸡鸣狗盗之徒罢了。"岛中五百人，心与二客同"，田横自刎，岛中五百壮士却齐心赴黄泉。与之相比，所谓的战国之士难望其项背，他们只不过是为了"食有鱼"、"出有车"而蝇营狗苟于势利的小人。"乃知夫子贤，义高薄苍穹"，五百部下心甘情愿以生命殉田横之难，乃是因为田横的义薄云天。"吊古鬼雄多，怀抱纷横纵。泪洒秋涛上，大海起悲风。"田横与五百壮士"死亦为鬼雄"，尽管时光流逝，他们的慷慨义举依然感动无数骚人墨客，使他们心潮澎湃，泪洒秋涛。

田横岛

黄守湘

螺堆一点望嶙峋，落落英风不可寻。

四塞[1]河山归日角[2]，千秋义烈吊忠心。

青峰碧血[3]沦苍翠，大海生潮咽古今。

太息[4]田齐尚余此，咸阳宫阙几销沉。

作者简介：

黄守湘，明末即墨文人。

注释：

[1] 四塞：指四方边塞，边境。如《敦煌曲子词·定风波》："四塞忽闻狼烟起，问儒士，谁人敢去定风波？"

[2] 日角：额骨中央部分隆起，形状如日，旧时认为这是大贵之相。后喻指帝王。如唐李商隐《隋宫》诗："玉玺不缘归日角，锦帆应是到天涯。"

[3] 碧血：出自"血化为碧"故事。《庄子·外物》："人主莫不欲其臣之忠，而忠未必信，故伍员流于江，苌弘死于蜀，藏其血三年化而为碧。"后比喻忠贞的人格。

[4] 太息：叹息，长叹。如屈原《离骚》："长太息以掩涕兮，哀民生之多艰。"

评析：

"四塞河山归日角，千秋义烈吊忠心"，当英雄豪杰纷纷投怀送抱，臣服于汉高祖时，只有海隅一岛的田横不肯向皇权低头，以自刎表示对权力的不屈，其义烈千秋传颂。"太息田齐尚余此，咸阳宫阙几销沉。"咸阳宫阙几度销沉，封建皇权几番更迭，令人遗憾的是世间再无田齐之风，再也见不到面对权贵依然昂扬不屈的头颅。"落落英风不可寻"，英雄风采无法追寻，只有面对这荒芜的小岛，留下哽咽的泪水。

望田横岛

赵士哲

海波原不定[1]，回风始激成。

望中无数岛，只著一田横[2]。

作者简介：

赵士哲（1593—1655），字伯浚，号东山，明斋，世称文潜先生，山东莱州人，明末著名学者，山左大社的组织者。著有《黄纲录》、《建文年谱》、《逸史三传》、《莱史》、《辽宫词》等。

注释：

[1] 海波：大海的波浪。此处喻指社会动荡不安。

[2] 秦末原齐贵族田横起事，自立为齐王。汉朝建立，横率部属五百人逃亡海岛。高祖召之，横不欲臣服，于途中自杀。其部属闻之，悉于岛上自杀。事见司马迁《史记·田儋列传》。后以田横岛指忠烈之士亡命之处。

评析：

海上风波不定，回旋的狂风搅起海上的风暴。这两句起兴，为后面引出田横起事做铺垫。秦末田横起事，他的部下忠心耿耿，愿随赴义。田横岛上英雄的英魂，使天地为之震动，湖海为之胆战。海上岛屿无数，但充盈英雄之气的仅有田横岛一岛。表达了作者对田横及五百士的敬仰，也暗含诗人不屈的气节。

田横岛石砚歌

匡 源

泗上亭长[1]为天子，齐王东走沧海里。

洛阳一召不复还，五百义士岛中死。

碧血沈埋二千年，水底盘盘结石髓。

割取云腴[2]制砚田，温润不让端溪[3]紫。

广文[4]韩君家岛边，一苇可航去咫尺。

为言潮落鱼龙潜，始见岩根露平底。

此时畚锸[5]好施功，剥尽皮肤得肌理。

隆冬亲往冒严寒，铲雪敲冰僵十指。

磨之砻[6]之粗具形，函封遥寄长安市。

我与翰翁各得双，漆光照耀乌皮儿。

故人高谊[7]厚如何？绝胜琅玕与文绮。

我闻岛上有残碑，旧迹荒凉迷故垒[8]。

惟余废井长莓苔，甃碧沈沈波不起。

摩挲片石景遗徽[9]，烈士风规深仰止。

案头相对发古香。正合研朱读汉史。

作者简介：

匡源，生平事迹见《咏八仙墩》诗。

注释：

[1] 泗上亭长：汉高祖刘邦。西汉司马迁《史记·高祖本纪》："高祖为人，隆准而龙颜，美须髯，左股有七十二黑子。仁而爱人，喜施，意豁如也。常有大度，不事家人生产作业。及壮，试为吏，为泗水亭长，廷中吏无所不狎侮。"

[2] 云腴：茶的别称。如唐皮日休《奉和鲁望四明山九题·青棂子》："味似云腴美，形如玉脑圆。"

[3] 端溪：溪名，在广东省高要县东南，产砚石。制成砚台称端溪砚或端砚，为中国四大名砚之一。

[4] 广文：唐天宝九年设广文馆，设博士主持国学。明清时因称教官为广文，亦作广文先生。如唐杜甫《醉时歌赠广文馆学士郑虔》诗："诸公衮衮登台省，广文先生官独冷。甲第纷纷厌粱肉，广文先生饭不足。"

[5] 畚锸（běn chā）：亦作"畚插"。畚，盛土器；锸，起土器。泛指劳动工具。如宋范仲淹《送河东提刑张太傅》诗："呼兵就畚插，悦使咸忻忻。"

[6] 砻（lóng）：磨砺。如《荀子·性恶》："钝金必将待砻厉然后利。"曹植《宝刀铭》："造兹宝刀，既砻既砺。"

[7] 高谊：深情厚谊。如宋王安石《谢徐秘校启》："忽承高谊，特损谦辞，顾奖引之过中，非孤蒙之敢望。"清黄景仁《获港舟次遇徐逊斋太守罢官归滇南》

诗："仆也骑驴看山至，一榻陈蕃荷高谊。"

［8］故垒：旧堡垒。如唐刘禹锡《西塞山怀古》诗："今逢四海为家日，故垒萧萧芦荻秋。"清方文《赠马嘉甫》诗："故垒那能巢玉燕，明珠犹自握灵蛇。"

［9］景遗徽：景，仰慕；遗徽，逝者美好的德行。

评析：

这是一首借物喻志的咏物诗。"碧血沈埋二千年，水底盘盘结石髓。"田横石砚取材于田横岛之石，它是英雄鲜血化碧而成，凝结着英雄的灵气。"为言潮落鱼龙潜，始见岩根露平底。此时奋锸好施功，剥尽皮肤得肌理。隆冬亲往冒严寒，铲雪敲冰僵十指。"寒冬海潮退落之时，才可见到田横石的影子，友人荷奋锸以行，铲雪敲冰劳作，直至十指冻僵。"割取云腴制砚田，温润不让端溪紫。"得到珍贵的砚石，材质温润不逊端溪。"磨之砻之粗具形，函封遥寄长安市。"友人如切如磋如琢如磨，做成砚台寄给京城的诗人。故人高谊厚，诗人生感慨。"我闻岛上有残碑，旧迹荒凉迷故垒。惟余废井长莓苔，甃碧沈沈波不起。摩挲片石景遗徽，烈士风规深仰止。"睹物思人，诗人联想到遥远的田横，虽耳闻断碑仆地、寺庙荒芜，但田横的节义，"烈士风规"，仍让诗人产生难以抑制的仰慕感动。

山　村

　　崂山附近的村落有数百之多，深山密林中三五聚处者，随处可见。著名者如登窑村，平野数百亩皆植梨树，暮春花绽，如万顷雪海，昔有登窑梨雪之称；青山村则依山背海，数百户人家就山势高下结庐，如层楼复阁，古松异卉点缀其间，宛如丹青一幅。

登窑观梨花与道冲子厚金坡同游

黄公渚

登窑[1]万梨花，俨[2]入雪世界。

海国春较迟，三月寒未懈[3]。

东君[4]定如僧，为花一破戒[5]。

酝酿两日妛[6]，收效尔许快。

回皇[7]轻云容，十里极所届。

皜皜欲吞山，藏胸不芥蒂[8]。

翩如静女姝[9]，目成屏媒介。

横斜万玉钗[10]，一任臣冠絓。

靓妆[11]亘月明，欲下嫦娥[12]拜。

晚风起云涛，去去车已迈。

殷勤报一诗，入夜梦犹挂。

作者简介：

黄公渚，生平事迹见［戚氏］（崂山）词。

注释：

［1］登窑：登窑村在崂山沙子口东北3里，平野数百亩遍植梨树。登窑村从何时广植梨树，史料中无明确记载。从古人的游记诗文中可知，至少在清光绪之前，梨树栽植就颇具规模。光绪年间高密文人孙凤云在《游崂续记》中写道："前临沧海，后抱大山，梨园椒林，连阡接陌，乃土沃民肥之地也。"每到仲春梨花盛开时，望之如万顷雪海，有登窑梨雪之称。登窑梨雪这一胜景也随着中外游客的到来而名播海内外。

［2］俨：宛如，十分像。如明汤显祖《牡丹亭》："是那处曾相见？相看俨然。"

［3］懈：放松。如三国诸葛亮《出师表》："然侍卫之臣不懈于内。"唐魏征

105

《谏太宗十思疏》："忧懈怠，则思慎始而敬终。"

[4] 东君：司春之神。如唐王初《立春后作》诗："东君珂佩响珊珊，青驭多时下九关。方信玉霄千万里，春风犹未到人间。"宋辛弃疾《满江红·暮春》："可恨东君，把春去、春来无迹。"

[5] 破戒：违反戒约。宋陆游《买鱼》诗："一夏与僧同粥饭，朝来破戒醉新秋。"清曹寅《闻隔城荷香有作》诗："白头新破戒，彩笔各登场。"

[6] 姓（qíng）：夜雨停后，星辰闪烁。

[7] 回皇：彷徨不定。如南朝范晔《后汉书·刘表传》："回皇冢嬖，身靡业衰。"《梁书·本纪第五·元帝》："紫宸旷位，赤县无主，百灵耸动，万国回皇。"

[8] 芥蒂：本指细小的梗塞物，后比喻心里对人对事有怨恨或不愉快的情绪。如西汉司马相如《子虚赋》："吞若云梦者八九于其胸中，曾不芥蒂。"

[9] 姝：美好。如《诗经·邶风·静女》："静女其姝，俟我於城隅。"

[10] 玉钗：玉制的钗。如西汉司马相如《美人赋》："玉钗挂臣冠，罗袖拂臣衣。"唐李白《白纻辞》诗："高堂月落烛已微，玉钗挂缨君莫违。"

[11] 靓妆：美丽的妆饰。如南朝鲍照《代朗月行》诗："靓妆坐帷里，当户弄清弦。"

[12] 孀娥：嫦娥。宋吴潜《糖多令·答和梅府教》词："想孀娥、自古多愁。安得仙师呼鹤驾，将我去、广寒游。"清陈维崧《月中桂·咏丹桂》词："仙翁颜渥赭，带笑睨，孀娥幽独。"

评析：

"海国春较迟，三月寒未懈。东君定如僧，为花一破戒。酝酿两日姓，收效尔许快。"在春寒料峭，春的气息尚未弥漫之时，梨花却如得到春神青睐，抢先绽放。"登窑万梨花，俨入雪世界"，一夜梨花开，登窑成了雪白的世界。"回皇轻云容，十里极所届。皜皜欲吞山，藏胸不芥蒂。"十里山村，目光所至，梨花如白云徜徉，覆盖山峰小溪。"横斜万玉钗，一任臣冠絓。靓妆空月明，欲下孀娥拜。"梨花如靓妆少女，万千妙曼身姿，皎洁月光之下，花海如霰，一片晶莹的天地。"殷勤报一诗，入夜梦犹挂。"诗人对美丽自然的赞颂，一往情深，表现出对生活的热爱。

过钓龙嘴村[1]

程克勤

依山傍海两三家，不种榆桑[2]不种麻。

日落潮生孤艇入，儿童折柳贯[3]鱼虾。

作者简介：

程克勤，即程敏政，字克勤，安徽休宁人。明成化进士，明孝宗时官至礼部右侍郎。著有《新安文献志》、《宋遗民录》、《篁墩集》及《明文衡》等。《宋遗民录》十五卷，主要记录南宋遗民王炎午、谢翱等11人的事迹和遗文，及后人追挽的诗文。

注释：

[1] 钓龙嘴村：现隶属崂山区王哥庄街道，三面环山，东临大海，西南与华严寺为邻，北靠仰口风景区，南北长2公里，东西长1.5公里，占地3平方公里。村东海岸有一岬角深入海中，悬崖下插大海，石岩颜色赤黄，遥望形似龙头；海水烘托一大圆石悬空探出，酷似骊龙颔下珠，此石名为钓龙矶。

[2] 榆桑：桑树与榆树。

[3] 贯：穿，通，连。

评析：

本诗主要描述了诗人经过钓龙嘴村，所见的淳朴渔村景象。钓龙嘴村依山傍海，几家几户组成一个村落。"不种桑榆不种麻"，表现出傍海村落的生活方式，自然地引出下文孤艇入海，儿贯鱼虾。"日落潮生孤艇入，儿童折柳贯鱼虾"，表现出打鱼人的勇敢，直可孤艇入海，儿童也是深谙捕鱼之法，折下柳枝将捕到的鱼虾穿起来。一幅生动的"渔舟唱晚"图展现在读者眼前。

［鹧鸪天］（与袁道冲游石老人村口占）

黄公渚

沙口重来已十春，丹枫策策迓[1]车轮。云开雁路椵[2]舒绮，波撼蛟宫浪卷银。

形痀偻[3]，骨嶙峋，风晨雨夕阅千尘[4]。天荒地老无穷意，独立苍茫石老人。

作者简介：

黄公渚，生平事迹见［戚氏］（崂山）词。

注释：

［1］迓：迎接。如《左传·成公十三年》："迓晋侯于新楚。"

［2］椵：同"霞"。

［3］痀偻（jū lǚ）：驼背，曲背。如《庄子·达生》："仲尼适楚，出于林中，见痀偻者承蜩，犹掇之也。"

［4］千尘：尘土。

评析：

久违了的故地，10年后重游，诗人难掩内心的兴奋。"丹枫策策迓车轮"，茂密的血色枫林似一片丹心迎接诗人的重访。"云开雁路椵舒绮，波撼蛟宫浪卷银。"晚霞舒卷，鸿雁南飞，海浪拍岸，雪花四溅。这熟悉的美景，让诗人心花怒放。"形痀偻，骨嶙峋，风晨雨夕阅千尘"，经历了人世间的"风晨雨夕"，韶光消失，诗人腰弓背驼，瘦骨嶙峋，却如独立苍茫的石老人，"天荒地老无穷意"，天荒地老，也不改对这一方土地的深情和挚爱。

海　市

　　崂山海市的发生多在春秋季节，虽不如蓬莱之常现，然亦时有之。前人游记所载，或为楼阁，或为市廛，人物车马往来，历历如真，可成为崂山的一大奇观。

崂山观海市作歌

蒲松龄

山外水光连天碧，烟涛万顷玻璃色[1]。

直将长袖扪三台，马策欲挝天门开。

方爱澄波净秋练[2]，乍睹孤城景天半。

埤堄[3]横亘最分明，飘瓦鱼鳞参差[4]见。

万家树色隐精庐[5]，丛枝黑点巢老乌。

高门洞辟斜阳照，晴光历历非模糊。

褵属[6]一道往来者，出或乘车入或马。

扉阖忽留一线天，千人骚动谯楼[7]下。

转眼城郭化山丘，猎马百骑皆兜鍪[8]。

小坠腾骧逐两鹿，如闻鸣镝[9]声飕飗。

飙然风动尘埃起，境界全空幻亦止。

人生眼底尽空花，见少怪多勿须尔。

君不见，当年七贵[10]赫如云，炙手热焰[11]何腾熏！

作者简介：

蒲松龄，生平事迹见《白云洞》诗。

注释：

[1] 玻璃色：即琉璃色，指阳光下的海面五颜六色，变幻多端。据考证，真正的玻璃在清雍正年间传入中国，是在蒲松龄生后，蒲松龄应未见过真正的玻璃，而他的家乡却是琉璃的故乡。

[2] 方爱澄波净秋练：出自唐李白《金陵城西楼月下吟》诗："解道澄江静如练，令人长忆谢玄晖。"

[3] 埤堄（pí nì）：城墙。

[4] 参差：高低不齐的样子。

[5]精庐：佛寺，僧舍。如唐贾岛《宿山寺》诗："众岫耸寒色，精庐向此分。"宋辛弃疾《汉宫春·答李兼善提举和章》："心似孤僧，更茂林修竹，山上精庐。"

[6]襁（qiǎng）属：像钱串一样连贯，形容连续不断。如《新唐书·殷侑传》："岁中，流户襁属而还，遂为营田，丐耕牛三万，诏度支赐帛四万匹佐其市。"

[7]谯楼：钟鼓楼。如宋赵崇嶓《谯楼》诗："霜满谯楼报五更，道人睡稳几曾听。金街应有朝天客，佩马禁寒望晓星。"

[8]兜鍪：盔甲，亦借指士兵。如宋辛弃疾《南乡子·登京口北固亭有怀》："年少万兜鍪，坐断东南战未休。"

[9]鸣镝：鸣镝由镞锋和镞铤组成，具有攻击和报警的用途。

[10]七贵：西汉时七个以外戚关系把持朝政的家族。西晋潘岳《西征赋》："窥七贵于汉庭，谲一姓之或在。"李周翰注："汉庭七贵，吕、霍、上官、丁、赵、傅、王，并后族也。"后借指权贵。如唐李白《流夜郎赠辛判官》诗："昔在长安醉花柳，五侯七贵同杯酒。"明何景明《入京篇》诗："七贵家连凤城里，转日薰天势无比。"

[11]炙手热焰：即炙手可热，本意指热得烫手，比喻权势大，气焰盛，使人不敢接近。

评析：

周至元《崂山志》云："海市之观，多在春秋，虽不如登州之常现，然亦时有之。据前人游记所载，或为楼阁，或为市廛，人物车马往来。历历如真，亦奇观也。"虽然周至元说崂山海市"亦时有之"，但以文学形式记录下来的很少，蒲松龄的《崂山观海市作歌》是目前见到的较优秀的一首。写海市最著名的诗歌自然是苏轼的《登州海市》："东方云海空复空，群仙出没空明中。荡摇浮世生万象，岂有贝阙藏珠宫。心知所见皆幻影，敢以耳目烦神工。岁寒水冷天地闭，为我起蛰鞭鱼龙。重楼翠阜出霜晓，异事惊倒百岁翁。人间所得容力取，世外无物谁为雄。率然有请不我拒，信我人厄非天穷。潮阳太守南迁归，喜见石廪堆祝融。自言正直动山鬼，岂知造物哀龙钟。伸眉一笑岂易得，神之报汝亦已丰。斜阳万里孤鸟没，但见碧海磨青铜。新诗绮语亦安用，相与变灭随东风。"苏轼与蒲松龄的诗歌风格迥异，苏诗着重写观海市的感想和议论，蒲诗则写海市变幻不断的景象。“方爱澄波净秋练，乍睹孤城景天半。”蒲松龄写到自己正在观赏万里碧波时，突然远处一座孤城布满半边天空。“埤堄横亘最分明，飘瓦鱼鳞参差见。万家树色隐精庐，丛枝黑点巢老乌。高门洞辟斜阳照，睛光历历非模糊。襁属一道往来者，出或乘车入或马。扉阖忽留一线天，千人骚动谯楼下。转眼城郭化山丘，猎马百骑皆兜鍪。小坠腾骧逐两鹿，如闻鸣镝声飕飕。”海市中的城墙纵横，房屋青瓦历历可数，精舍在茂密的树林中闪现，乌鸦在枯枝老树上做巢栖息。城门下车水马龙，人头攒动。景象瞬间变化，高大巍峨的城郭变化为起伏不断的山丘，身披铠甲的众多骑兵，逐鹿山谷，弓张箭鸣。“飙然风动尘埃起，境界全空幻亦止。”诗人瞠目于这神奇瑰丽景象时，一阵狂风却将其吹得无影无踪。诗人面对美景的昙花一现，充满了无限惋惜和惆怅，他感叹道：“人生眼底尽空花，见少怪多匆须尔。君不见，当年七贵赫如云，炙手热焰何腾熏！”多少美丽珍贵的东西，都像过眼烟云，消失殆尽。权贵和威势也是这样，无论多么炙手可热，终归化为乌有。

崂山看海市

唐梦赉

望日天涯碧玉[1]限，番辕岭下化城[2]开。
五云缥缈芙蓉岛，百雉[3]崔嵬烟火台。
人物安期[4]应共住，市廛[5]徐福旧同来。
丽谯[6]乍卷青峦出，指点诸峰首重回。

作者简介：

唐梦赉（1627—1698），字济武，号岚亭，山东淄川人，其祖父、父亲皆为淄邑名儒，唐梦赉为清顺治六年（1649）进士。著有《志壑堂集》二十四卷、《后集》八卷。

注释:

[1] 碧玉: 比喻晶莹青绿的自然景物。隈 (wēi): 山水弯曲的地方。

[2] 化城: 指海市蜃楼, 它是一种因光的折射和全反射而形成的自然现象, 也简称蜃景, 是地球上物体反射的光经大气折射而形成的虚像。比喻虚无缥缈而不实际存在的事物。

[3] 百雉: 雉, 古代计量单位。古代城墙长三丈、高一丈为"一雉"。

[4] 安期: 亦称安期生, 仙人名。秦汉间齐人, 一说琅琊阜乡人。传说他曾从河上丈人习黄帝、老子之说, 卖药东海边。秦始皇东游, 与语三日夜, 赐金璧数千万, 皆置之阜乡亭而去, 留书及赤玉舃一双为报。后始皇遣使入海求之, 未至蓬莱山, 遇风波而返。一说, 生平与蒯通友善, 尝以策干项羽, 未能用。后之方士、道家因谓其为居海上之神仙。事见西汉司马迁《史记·乐毅列传》、西汉刘向《列仙传》等。

[5] 市廛 (chán): 店铺集中之处。廛, 古代指一户平民所住的房屋。

[6] 丽谯 (qiáo): 亦作丽樵, 华丽的高楼。《庄子·徐无鬼》: "君亦必无盛鹤列于丽谯之间。"郭象注: "丽谯, 高楼也。"宋林逋《钱塘仙尉谢君咏物楼成寄题》诗: "仙人多在丽樵居, 况对西山爽气余。"清曹寅《三月六日登鼓楼看花》诗: "煌煌丽谯藏圣谕, 草木畅茂当皇天。"

评析:

此诗为诗人与蒲松龄于康熙十一年 (1672) 四月东游崂山所作。据现有资料得知, 此次游览崂山, 共有唐梦赉、高珩、张绂、蒲松龄等8人。其游览过程, 唐梦赉在《志壑堂文集·杂记》中记载得颇为详细。诗人在崂山游玩时, 经过番辕岭, 微雨过后看到海市蜃楼。他认定见到的岛是芙蓉岛, 岛上城池巍峨, 烟火台高耸入云, 城里来往的一定是安期生、徐福等神仙人物。诗人的想象力极为丰富, 缥缈的海市蜃楼被诗人加入城池、人物, 变得丰富生动, 同时也表现出诗人对逍遥生活的向往。

道　观

　　道观是道士修炼处，道观和修道紧密相连。道教徒修道的方法有很多，如祈禳、存思、养性、内丹、外丹等。"清静无为"、"离境坐忘"，修道都需要安静的环境，不受外界干扰。道教徒为了避开喧嚣嘈杂的闹市，纷纷到深山老林修道。故大部分道观同佛寺一样位于安静、空旷、风景优美的山林之中，与世俗繁华隔绝，极力营造出道教中的十大洞天，三十六小洞天，七十二福地的境界。

　　崂山素以道观著称，唐代之前，已无法考证。宋太祖为华盖敕建道场，宫观始立。嗣后，王重阳之徒丘长春、李志明踵事增修，一时有九宫八观七十二庵之多。元明之后，其间虽有兴废，道观之存未替。

白云观[1]

白永修

到门无冗杂[2]，静气散空林。

白日松坛静，青山鹤芜[3]深。

壁间泉倒泻，几上海平临。

揽取幽岩胜，坚余学道心。

作者简介：

白永修（1841—1911），字君慎，又字澄泉，号旷庐，清代平度人。白永修"为诸生时，即以诗名冠莱郡"，在晚清平度以文才著称。光绪七年（1881），著名学者张百熙（后为清末首任学部大臣，《癸卯学制》的主要制订者）任山东学政，试莱州，颇为赏识白永修，拔为第一，并对其诗作大为赞赏，誉之为骚坛飞将。晚清东莱诗文巨擘掖县董锦章也赞扬白永修"能卓然于渔洋后自成宗派"。"白氏才高数奇"，终生困于乡举。今留存的作品，有由他亲自手订的诗集《旷庐集》及《续集》。

注释：

[1] 白云观：在白云洞东下，清乾隆间道人田白云所创，建神供洞中。道观倚山曲折而筑，错落有致，分东西两院，外院之南为贮云轩。悬崖结屋，下临深壑，依瞰沧海，若可把取。乱山翠色，争入户牖；午夜潮声，直送枕畔。秋冬之交，不出户，可观日出之胜。

[2] 冗杂：繁杂。

[3] 芜：杂草丛生。

评析：

"揽取幽岩胜，坚余学道心"，山林之景何以能使得诗人坚定修道之心？因为林泉之胜，白云、青山、泻泉、碧海荡涤了诗人的尘俗肺腑，"到门无冗杂"，所以坚定了诗人隔绝尘俗、一心向道的决心。

明道观[1]

蓝 水

游客稀到处，松阴常闭门。

山深人意静，地僻犬威尊。

飞鸟逐云影，流泉漱[2]竹根。

却看幽砌下，踏破碧苔痕[3]。

作者简介：

蓝水，生平事迹见《鱼鳞瀑》诗。

注释：

[1] 明道观：在白云洞西南，蔚竹庵正东，是崂山境内最高的庙宇，为孙昙采药山房遗址。清康熙五十三年（1714），道人宋天成，在遗址创建道观。分东、西两院，东院祀玉帝，西院祀三清。观西南有洞，洞东巨石上刻有高约丈许的观音像及孙昙像，雕刻生动，为崂山石刻之杰作。石刻旁镌有"天宝二年敕采药孙昙"、"敕孙昙采药山房"和"祭海求仙"等字。观后倚胡涂子岭，观前对天山，群山环绕，如重城复郭，棋盘石翼然峙于南，尤擅胜致。

[2] 漱（shù）：冲刷，冲荡。如北朝郦道元《水经注·江水》："悬泉瀑布，飞漱其间。"西晋左思《招隐诗》："石泉漱琼瑶，纤鳞或浮沉。非必丝与竹，山水有清音。"

[3] 苔痕：长满绿苔。如唐刘禹锡《陋室铭》："苔痕上阶绿，草色入帘青。"

评析：

诗人写明道观的特点就是静闲，"游客稀到处，松阴常闭门。山深人意静，地僻犬威尊。"山深游人稀少，所以"人意静"，深夜犬吠的咆哮之声，显示深山的僻幽。"飞鸟逐云影，流泉漱竹根"，飞鸟伴随浮云在随意翱翔，泉水在竹林中悠游不迫地静静流淌，这是真正"慢生活"的表现——闲。

塘子观[1]

林砥生

一

极目西南望，山腰屋数弓[2]。

竹间高树出，石底暗流通。

寂寞松阴绿，萧条[3]寺壁红。

遥看村叟过，策骞[4]小桥东。

二

回首斜阳没，归途屡屡看。

烟消山有骨，云冻水无澜。

古戍[5]余残垒，丛祠[6]剩古坛。

耸肩诗兴在，泥壁一灯寒。

三

暝色[7]四围合，苍然隐画屏。

山连残寺黑，天压暮潮青。

夜静泉喧石，洞深孤讽经[8]。

料无人迹到，依槛望春星。

作者简介：

林砥生，生平事迹见《白云洞眺月》诗。

注释：

[1] 塘子观：在文笔峰前麓，距萧旺三里。相传创建于宋，明万历八年（1580）重修，清光绪间道人吴介山重修，更名曰餐霞观，聘请林砥生于其中教授生徒。中祀真武，精舍旁列，前拥群峰，右临曲涧。松石瘦奇，院宇幽雅，最饶胜致。民国二十八年（1939），观被日军焚毁。

[2] 弓：丈量土地的计量单位，一弓为五尺，三百六十弓为一里。如唐陆龟蒙《送小鸡山樵人序》："自冢至麓，凡二百弓。"

[3] 萧条：一意为寂寞冷落，凋零。如《楚辞·远游》："山萧条而无兽兮，野寂漠其无人。"魏曹植《赠白马王彪》时："原野何萧条，白日忽西匿。"一意为疏散、稀疏。如汉扬雄《羽猎赋》："美漫半散，萧条数千里外。"宋陆游《登灌口庙东大楼观岷江雪山》诗："白发萧条吹北风，手持厄酒酹江中。"

[4] 策骞：策，鞭打。骞，指马。

[5] 古戍：古老的城堡、营垒。如宋韩琦《过故关》诗："古戍余荒堞，新耕入乱山。"明刘基《古戍》诗："古戍连山火，新城殷地笳。"

[6] 丛祠：乡野林间的神祠。如西汉司马迁《史记·陈涉世家》："又间令吴广之次所旁丛祠中。"

[7] 暝色：夜色。如晋谢灵运《石壁精舍还湖中作》诗："林壑敛暝色，云霞收夕霏。"唐李白《菩萨蛮》："暝色入高楼，有人楼上愁。"

[8] 讽经：念经。如明李贽《礼诵药师告文》："趁此一百二十日期会，讽经拜忏道场。"

评析：

诗人从不同时间、不同视角描写塘子观，首先是清晨从远处看，"山腰屋数弓"、"寂寞松阴绿，萧条寺壁红"，在半山之中，低矮的房屋掩映绿林丛，旭日照红了塘子观的墙壁；然后，斜阳之中回首看，"回首斜阳没，归途屡屡看"，"烟消山有骨，云冻水无澜。古戍余残垒，丛祠剩古坛"，烟消云敛，残垒荒祠，苍凉之感油然而生；最后在暮色中伫立，"暝色四围合，苍然隐画屏"，青山隐形，与暮色融为一体。"夜静泉喧石，洞深孤讽经"，只有听到泉声潺湲和修道者低沉的诵经声。"料无人迹到，依槛望春星"，在深山荒祠，诗人在孤寂中观望那稀疏星光的夜空。整首诗给人一种孤独、萧条的苍凉感。

塘子观赠林砥生

郭恩孚

吾爱林和靖[1]，全家住翠微。

到门鸡不去，见客鹤争飞。

生计竹千亩，行吟花四围。

风尘方澒洞[2]，谁道著书非。

作者简介：

郭恩孚，清代潍县（今潍坊市）文人，著有《果园诗钞》。

注释：

［1］林和靖（967—1028）：名逋，字君复，浙江宁波人，北宋隐逸诗人。他长期隐居杭州孤山，一生不娶不仕，以梅为妻，以鹤为子，有"梅妻鹤子"之说。林和靖年62卒，赐谥"和靖先生"。逋善为诗，名句如"疏影横斜水清浅，暗香浮动月黄昏"。

［2］澒（hòng）洞：弥漫无边的样子。

评析：

林砥生写塘子观的诗歌给人一种苍凉感，郭恩孚赠林砥生的诗歌从另一个角度写出了这种感受。郭认为林砥生就如林和靖，居住深山中，"全家住翠微"，虽非世外桃源，却真正与世隔绝，"到门鸡不去，见客鹤争飞"。"行吟花四围"，主人的哀乐只有对遍山野花诉说，在著述中一吐衷情。

太和观[1]

黄念昀

茅庵[2]天欲暮，候客敞柴扉[3]。

町疃[4]饶闲趣，林岚淡晚晖。

西溪渔子到，小径牧人归。

一酒高酣外，无劳说息机[5]。

作者简介：

黄念昀，清代即墨（今山东省即墨）人。道光二十年（1840）举人，经书举业，无不通晓。道光年间，曾任安州知州的即墨举人江恭先在崂山青峪村设青峪书院，黄念昀在此执教。同治十一年（1872），又在劳山书院任山长（即院长）。

注释：

[1] 太和观：在柳树台东北 2 里，一名北九水庙。观处北九水北岸，东南为内九水，西北为外九水，擅崂山景物之胜。观创于元天顺二年（1329），清乾隆时重修。壁上嵌有乾隆间山东抚军崔应阶诗碑一块。观在奇峰秀峦环抱之中，大涧当前，隔涧为九水亭，左右多西洋别墅。旧时门前修篁万竿，与青松、白石、澄潭相辉映，极为赏心悦目。日军占领后，竹斩伐殆尽，别墅相继倾圮，无复旧观。

[2] 茅庵：茅庐，草舍。如唐胡曾《自岭下泛鹢到清远峡作》诗："不为箧中书未献，便来兹地结茅庵。"

[3] 柴扉：柴门。如南朝范云《赠张徐州稷》诗："还闻稚子说，有客款柴扉。"唐李商隐《访隐者不遇成二绝》诗："城郭休过识者稀，哀猿啼处有柴扉。"清吴伟业《和王太常西田杂兴韵》诗："乱后归来桑柘稀，牵船补屋就柴扉。"

[4] 町疃（tǐng tuǎn）：田舍旁的空地，禽兽践踏的地方。如唐许敬宗《披庭山赋》："荫町疃之毛群，哷间关之羽族。"

[5] 息机：熄灭机心。如唐杜甫《将赴成都草堂途中有作先寄严郑公》诗："侧身天地更怀古，回首风尘甘息机。"宋王禹偁《前普州刺史康公预撰神道碑》：

"君子知命，达人息机。"

评析：

　　暮色中，诗人心念访客，倚杖候荆扉。看到"西溪渔子到，小径牧人归"，渔夫扁舟至，牧人赶着牛羊从山路归来，诗人慨叹"町疃饶闲趣"，乡村多有田园乐趣。他没有如王维"即此羡闲逸，怅然歌式微"，而是"一酒高酣外，无劳说息机"，忘掉世间的尔虞我诈，与友人酣畅狂饮。

太和观

王大来

合沓[1]碧玲珑，崎岖仗短筇。

冲云寻九水，溯涧转千重。

泉吼深宵雨，霞明近海峰。

道人疏懒[2]甚，不打饭前钟[3]。

作者简介：

　　王大来，生平事迹见《白云洞》诗。

注释：

　　[1] 合沓：重叠，攒聚。如西汉贾谊《旱云赋》："遂积聚而合沓兮，相纷薄而慷慨。"东晋谢灵运《登庐山绝顶望诸峤》诗："峦陇有合沓，往来无踪辙。"宋司马光《海仙歌》诗："东方曈曨景气清，庆云合沓吐赤精。"

　　[2] 疏懒：懒散而不习惯受约束。如《北齐书·李绘传》："下官肤体疏懒，手足迟钝，不能逐飞追走，远事佞人。"宋范仲淹《与朱氏书》："此间疏懒成性，日在池塘，或至欢醉。"

　　[3] 饭前钟：故事源自唐朝文人王播。王播祖籍太原，父亲王恕在扬州大都

督府任仓曹参军，父亲死后，家境窘困，王播请父亲生前挚友介绍，到木兰院寄居读书。王播与僧人一同吃饭，听见钟声就去斋堂，吃了就走。长此以往，僧人嫌弃他。一天，王播听见钟声去斋堂，僧人都已吃完。原来是僧人捉弄他，"饭前钟"变成了"饭后钟"。王播中进士后，以淮南节度使的身份到扬州上任。他重访木兰院，发现当年他写在墙上的诗句已被碧纱笼罩。百感交集之余，王播作诗《题惠昭寺木兰院》："上堂已了各西东，惭愧阇黎饭后钟。三十年来尘扑面，如今始得碧纱笼。"

评析：

连绵叠翠的群山，崎岖难行的山路，诗人在夜雨暴涨，山泉怒吼声中，"溯涧转千重"，循着千重百转的山涧，终于在中午时分，抵达太和观。艰辛和劳累中，流露出诗人的惬意轻松。

龙泉观[1]

周至元

陡觉[2]烟霞此地多，绀宫[3]寂寞寄岩阿。

苍松翠竹藏幽寺，丹壁峭崖缠薜萝。

老树枝疏无鹤至，断桥苔冷少人过。

翛然[4]空谷谁相伴，独对寒泉自啸歌[5]。

作者简介：

周至元（1910—1962），原名周式址，又名周式坤，号懒云，山东即墨人。周至元重视乡土历史资料的搜集和考察，曾著《崂山志》八卷。他从16岁开始考察崂山，30余年游览崂山数十次，足迹遍及崂山全境。为了纠谬补缺，1934年，他将自己搜集的崂山资料整理成篇，出版了《崂山小乘》和《游崂指南》。他有感于旧崂山志和有关文字过简，时有遗漏和谬误，立志编写一部全面、准确的《崂山志》。为此，他对崂山的一峰一石、一泉一瀑进行认真考察。对有价值的文史资料，他缜密求证，力求言而有据。从 1940 年开始，他在行医之余，历时 3 年，三易其稿，终成《崂山志》，1993 年由齐鲁书社刊行。

注释：

[1] 龙泉观：在南九水村北 5 里，俗称南九水庙，倚西岩下，前临涧水，境颇高爽。观分两院，东院祀真武，西为菩萨殿。后有老树数十株，相传树龄已 500 余年。创建年代失考，清道光间重修。

[2] 陡觉：突然觉得。如清查慎行《寒夜次潘岷原韵》诗："一片西风作楚声，卧闻落叶打窗鸣。不知十月江寒重，陡觉三更布被轻。"

[3] 绀（gàn）宫：指黑红色的房屋。如唐刘言史《山寺看海榴花》诗："琉璃地上绀宫前，发翠凝红已十年。"

[4] 翛（xiāo）然：无拘束，自由自在的样子。如《庄子·大宗师》："翛然而往，翛然而来而已矣。"五代韦庄《赠峨嵋山弹琴李处士》诗："如今世乱独翛然，天外鸿飞招不得。"

[5] 窬歌：无法入睡时唱歌。

评析：

诗人诗中描写龙泉观的幽寂境界，龙泉宫坐落岩阿之上，云雾缭绕，"烟霞多"；形势危险，故"少人过"；"空谷谁相伴"，空谷无人，龙泉观寂；"苍松翠竹藏幽寺，丹壁峭崖缠薜萝"，薜萝横生，峭壁遮天，苍松翠竹掩映，坐落其中的龙泉观幽。

大崂观[1]

黄 岩

山村人境寂，平地起琳宫。

鸟性犹惊网[2]，松涛自任风。

大崂峰独辟[3]。九水道初通。

入里尘嚣[4]静，幽深不可穷。

作者简介：

　　黄岩，字仪廊，即墨（今山东省即墨市）人，清代嘉庆二十三年（1818）贡生，工诗善文。

注释：

　　[1] 大崂观：在大崂村东南，南对芙蓉峰，背绕白沙河，地处平旷。观中祀真武，左右祀老君及王母。殿宇宏严，墉垣高峻，莅其中者，幽然如至玄都。观左有竹园，园中有龙潭湾，湾中产仙胎鱼，味极鲜美，为崂山特产。

　　[2] 惊网：网，捕鸟的工具。惊网意为禽鸟有惊恐之心。

　　[3] 辟：开，与闭相对。

　　[4] 尘嚣：世间的纷扰、喧嚣。如东晋陶潜《桃花源》："借问游方士，焉测尘嚣外。"宋陆游《村居闲甚戏作》诗："人厌尘嚣欲学仙，上天官府更纷然。"

评析：

　　诗人写大崂观位置的绝佳之处，在人境与仙境的交叠。大崂观前有山村，虽然"山村人境寂"，从"鸟性犹惊网"来看，却不是人迹罕至，而是充满了人间气息。大崂观后有奇峰壁立，"入里尘嚣静，幽深不可穷"，从大崂观向里，是幽深绵远的大山，寂静幽独，远隔尘嚣世俗，为修道者提供了必备的静境。

宿大崂观

王卓如

斜阳下西岭，炊烟远弄影[1]。

道人知客来，伫立[2]久延颈。

山深天易暝，连床人尚醒。

万籁[3]寂无闻，泠然[4]一声磬。

作者简介：

王卓如，清代文人，生平事迹不详。

注释：

[1] 弄影：影子摇晃或移动。如南朝鲍照《舞鹤赋》："叠霜毛而弄影，振玉羽而临霞。"宋张先《天仙子》："沙上并禽池上暝，云破月来花弄影。"

[2] 伫立：长时间地站立。

[3] 万籁：自然界万物发出的响声。

[4] 泠然：清越激扬的声音。如《晋书·裴楷传》："绰子遐，善言玄理，音辞清畅，泠然若琴瑟。"宋沈括《梦溪笔谈·异事》："（古镜）今扣之，其声泠然纤远。"

评析：

诗人在斜阳西下，炊烟袅袅之时，经过艰难的跋涉，终于到达大崂观，探望久违的友人。"道人知客来"，则说明诗人与道士是朋友，这次见面是相约，所以道士知道诗人将来；"伫立久延颈"，表明道士对诗人朋友的热切期待。"山深天易暝，连床人尚醒"，已是深夜时分，诗人与道士还连床夜语，说不尽的知心话语，表示了俩人的亲密关系。

凝真观[1]

蓝 水

削壁[2]倚如城，门临绿野平。

穿花看蝶梦，近竹讶禽声。

云去山如醒，松深月失明。

道人能好静，石上对棋枰[3]。

作者简介：

蓝水，生平事迹见《明道观》诗。

注释：

[1] 凝真观：在三标山东，群山半围，面临平野。创建于元至大间，明弘治二年（1489）重修，中祀真武。院庭宽敞，松竹蔚茂，与深山观刹气象迥异。

[2] 削壁：陡峭的山崖。如明徐弘祖《徐霞客游记·粤西游日记三》："两门外俱削壁千丈，轰列云表。"

[3] 棋枰：棋盘，棋局。如唐司空图《丁巳元日》诗："移居荒药圃，耗志在棋枰。"清纳兰性德《满庭芳》："须知今古事，棊枰胜负，翻覆如斯。"

评析：

凝真观与深山观刹气象迥异，诗人是如何表现其特点的？"削壁倚如城"，后有高山峭立，"门临绿野平"，前有绿野平旷，背依高山，面临旷野，四周云山松林环绕，表现出的是凝真观雄壮气象。

太平宫[1]

高　出

密树俯跻攀[2]，虚涵[3]沧海间。

藤萝怒怪石，风雨暝前湾。

暮鸟投花隐，山童斫药还。

驻颜[4]应有术，解道不如闲。

日出田横岛，潮回不夜城。

涛声悬殿阁，云气结蓬瀛。

梦寐忆前世，虚宫即太清。

奇峰相拱揖，下界异阴晴。

作者简介：

高出，生平事迹见《石竹涧》诗。

注释：

[1] 太平宫：在晓望村南3里，宋初敕建道场，初号太平兴国院，简称上苑。明嘉靖间重新修葺，王九成为之记。清顺治时，再次修筑。位处群峰之阴，境颇幽邃。正殿有三清塑像，照壁上有"海上宫殿"四字。附近诸胜有白龙洞、仙人桥、犹龙洞、槐树洞、狮子峰等，而仙人桥上听泉、狮子峰头宾日尤为绝胜。宫中祀三清，左为精舍茅斋3间，冷然清绝，夜半松响涛拍，令人尘梦一扫。

[2] 跻攀：犹攀登。如唐杜甫《白水县崔少府十九翁高斋三十韵》诗："清晨陪跻攀，傲睨俯峭壁。"宋刘克庄《沁园春·送孙季藩吊方漕西归》："尽缘云鸟道，跻攀绝顶。"

[3] 虚涵：包含，包罗。

[4] 驻颜：使容颜不衰老。如宋苏轼《洞霄宫》诗："长松怪石宜霜鬓，不用金丹苦驻颜。"

评析：

前有密林层层，藤萝缠绕怪石，下有沧海怒涛，海雾如雨，景象令人惊心动魄。而太平宫则是另一番天地，"暮鸟投花隐，山童斫药还"，翔鸟暮宿花丛，山童采药从深山缓缓归来。"涛声悬殿阁，云气结蓬瀛"，云雾簇拥，涛声低吟。"梦寐忆前世，虚宫即太清"，诗人如在梦中，仿佛忆及前世，忘却今生。

咏太平宫

蓝昌伦

一径岩峣[1]道院幽，海天万里望中收。
阶前云拥千岩列，松下风生六月秋。
龙洞深如巢父[2]谷，狮峰高比尹真楼。
相逢羽客消清尽，仿佛嵩阳观[3]里游。

作者简介：

蓝昌伦，字斯广，号彝庵。康熙丙甲岁贡生，山东省即墨人。敕授修职佐郎，曾官寿张县训导。

注释：

[1] 岧峣（tiáo yáo）：山高峻貌。如魏曹植《九愁赋》："践蹊隧之危阻，登岧峣之高岑。"唐崔颢《行经华阴》诗："岧峣太华俯咸京，天外三峰削不成。"

[2] 巢父：传说中的高士。晋皇甫谧《高士传·许由》："尧又召为九州长，由不欲闻之，洗耳于颍水滨"。

[3] 嵩阳观：唐朝时，嵩阳书院叫嵩阳观。嵩阳书院为我国四大书院之一。

评析：

一条险峻山径通往幽静的太平宫，诗人伫立宫前，海天万里的壮阔景象尽收眼中，阶前云雾拥抱，千峰耸立，松涛阵阵，送来秋风般的凉爽。诗人与道徒相逢，如在嵩阳书院，谈古论今，而不是在清幽的道观。

上清宫[1]

黄宗臣

秋林多佳气，古寺层岩下。

前有双乔木，樾荫[2]连精舍。

幽岩返照来，石路清泉泻。

跫然[3]闻足音，黄冠[4]忽相讶。

短垣半已颓，庇屋惟藤架。

庭际起高飙，空翠落古瓦。

我来慕静理，玄谈[5]向深夜。

愿言忘得丧，陶陶[6]观物化[7]。

作者简介：

黄宗臣，字我臣，号邻庭，明代即墨（今山东省即墨市）人。崇祯十二年（1639）举人，工于诗画，与兄宗庠齐名。为人廉直，寡言笑，乐施舍，曾纂古今嘉言，名《四警编》，著有《淡心斋诗集》。撰有《宿狮子峰》、《华严庵》、《望海》、《白云庵》等崂山诗篇。

注释：

[1] 上清宫：又称上宫，在明霞洞南，距青山村约3里许，坐落于谷底。四周峦峰，蜿蜒孕抱不露，幽而不隘，深而不邃。

[2] 樾（yuè）荫：林荫。如宋王安石《游北山》诗："客坐苔纹滑，僧眠樾荫清。"

[3] 跫（qióng）然：脚步声。如《庄子·徐无鬼》："夫逃虚空者，藜藋柱乎鼪鼬之径，踉位其空，闻人足音跫然而喜矣。"宋黄庭坚《奉和文潜赠无咎篇末多以见及以既见君子云胡不喜为韵》诗："北寺锁斋房，尘钥时一启。晁张跫然来，连璧照书几。"

[4] 黄冠：道士之冠，亦借指道士。如唐唐求《题青城山范贤观》诗："数里缘山不厌难，为寻真诀问黄冠。"宋陆游《书喜》诗："挂冠更作黄冠计，多事常嫌贺季真。"清纪昀《阅微草堂笔记·滦阳消夏录四》："黄冠缁徒，恣为妖妄，不力攻之，不贻患于世道乎？"

[5] 玄谈：佛学术语，对佛教义理的阐述。如《华严玄谈》、《十玄谈》。

[6] 陶陶：和乐貌。如《诗经·王风·君子阳阳》："君子陶陶，左执翿，右招我由敖，其乐只且。"《晋书·刘伶传》："先生于是方捧罂承槽，衔杯漱醪，奋髯箕踞，枕麹藉糟，无思无虑，其乐陶陶。"

[7] 物化：事物的变化。如《庄子·齐物论》："昔者庄周梦为胡蝶，栩栩然胡蝶也；自喻适志与！不知周也。俄然觉，则蘧蘧然周也。不知周之梦为胡蝶与？胡蝶之梦为周与？周与胡蝶，则必有分矣。此之谓物化。"汉扬雄《甘泉赋》："于是事变物化，目骇耳回。"宋陆游《东篱杂书》诗："老人观物化，隐几独多时。"

评析：

诗人先写层岩下的古寺，林荫遮掩精舍，风景优美，以此衬托上清宫的荒凉萧条。"短垣半已颓，庇屋惟藤架。庭际起高飙，空翠落古瓦"，房倒墙塌，残瓦破院，显然很少有人光顾。"跫然闻足音，黄冠忽相讶"，突然有人不约而至，道人既惊讶又欣喜。"玄谈向深夜"，道人与诗人如至交挚友相见，清谈至深夜不休。"我来慕静理"、"愿言忘得丧，陶陶观物化"，诗人解释道，我是为忘掉世俗得失，求得内心的宁静而来，不是为了观赏风景，在对东道主盛情款待表示谢意之时，也给予了体贴的安慰。

太清宫[1]

高 出

峻嶒山势入无垠，潮汩云根灏气[2]新。

锦石繁花天上出，珠宫疏树镜中真。

春浓已负看鱼鸟，海吼时闻怒鬼神。

怅望[3]安期生不见，恍疑风雨下仙人。

作者简介：

高出，生平事迹见《石竹涧》诗。

注释：

[1] 太清宫：在青山村南3里，俗称下宫。三面环山，正临大海，局势之雄，当为崂山第一。地气甚暖，苍竹修篁，较他处尤盛。一径深入，如浴绿海，清冷潇洒，使人尘襟散涤。院中紫薇、黄杨、牡丹等颇为繁盛，有传为张三丰手植的耐冬，尤属苍老，古干虬盘，新枝铁劲，雪中绽放，鲜艳夺目。

[2] 灏（hào）气：弥漫于天地间的气息。如唐柳宗元《始得西山宴游记》："悠悠乎与灏气俱，而莫得其涯，洋洋乎与造物者游，而不知其所穷。"宋曾巩《八月二十九日小饮》："烦蒸翁已尽，灏气乃浮薄。"清吴伟业《缥缈峰》："灏气

凌汔寥，一身若冰雪。”

[3]怅望：惆怅地向往。如南朝谢朓《新亭渚别范零陵》：“停骖我怅望，辍棹子夷犹。”唐杜甫《咏怀古迹》之二：“怅望千秋一洒泪，萧条异代不同时。”

评析：

　　高出此诗写出了太清宫的全景，太清宫背对连绵不绝的峻峰，面临海雾笼罩下的汹涌波涛，山上春芳烂漫如锦，道观伫立林荫如在镜中。身处此中，虽不见仙人，诗人却如同成仙。

太清宫

周　绅

夜起爽[1]星汉，波声撼殿阁。

中宵不成眠，披衣起磅礴[2]。

郁迂[3]穿林麓，岩洞纷漠漠。

木魅冲人啸，怪石惊错愕。

三面云峰峻，当中海潮恶。

极目信浩渺，怀人入寥阔[4]。

雪浪骇长鲸，天风骄海若[5]。

广陵[6]渺秋涛，龙门轻禹凿。

心动余欲还，月向西山落。

作者简介：

　　周绅，字蕴青，清代即墨（山东省即墨市）人。幼孤，事母尽孝，克恭于兄，笃于学。康熙三十八年（1699）贡生，工于诗文，有《中溪诗集》。游览崂山时，写下了《九水》、《华严庵》、《夜游下宫海上》、《华楼》等诗篇。

注释：

［1］爽：明朗，明亮。

［2］磅礴：箕坐。如元金灏《竹深处》："净扫苍苔夜留客，解衣磅礴兴无穷。"

［3］郁迂：绕远地走。

［4］寥阔：空旷，广阔。如明归有光《思子亭记》："徘徊四望，长天寥阔。"清蒲松龄《聊斋志异·成仙》："仆寻至，急驰之，竟无踪兆。一望寥阔，进退难以自主。"

［5］海若：海神的名字。若，海神名，如《庄子·秋水》："于是焉，河伯始旋其面目，望洋向若而叹。"

［6］广陵：战国时属楚，其历史、人文、地理与楚文化有着密不可分的渊源关系。西汉初为荆，后分别立吴、江都、广陵国。汉代广陵国的地域大约包括今天的江苏扬州市、泰州市及南京六合、淮阴盱眙、安徽天长等地。

评析：

周绸此诗写了月夜下的太清宫。三面峻峰，前面大海，波涛汹涌澎湃，"波声撼殿阁"，震撼的涛声使诗人无法入睡，"中宵不成眠，披衣起磅礴"，在银汉灿烂，月光皎洁的夜晚，诗人徘徊山径；"木魅冲人啸，怪石惊错愕"，林涛呼啸，乱石耸立，诗人内心忐忑；"雪浪骇长鲸，天风骄海若"，此前听到的海涛之声，此时以滔天巨浪的形象伴随烈烈海风出现在诗人眼帘，此景增添了心中的惊恐之情。"心动余欲还，月向西山落"，诗人在惊恐之中，趁着残月的余晖返回了太清宫的住处。

太清宫

黄　岩

闲著屐[1]裙步晚晴，洞天深处白云横。

海从碌石滩中转，人在青山道里行。

远树层层分日影，洪涛汩汩[2]杂泉声。

扶筇直登憨山阁，一抹烟痕见太清。

岩峤楼阁任攀寻，静境悠然物外[3]临。

竹色一坡经雨净，松风万壑带镜沉。

张仙塔下云常满，徐福岛^[4]中水正深。

安得琳宫^[5]无个事，篆香杳霭散琴音。

作者简介：

黄岩，生平事迹见《大崂观》诗。

注释：

[1] 屐：木鞋。如唐李白《梦游天姥吟留别》诗："脚着谢公屐，身登青云梯。"

[2] 泪泪：水急流的样子。如汉枚乘《七发》："怳兮忽兮，聊兮栗兮，混汩泪兮。"唐韩愈《流水》诗："泪泪几时休，从春复到秋。"

[3] 物外：世俗之外。如宋叶梦得《石林诗话》："渊明正以脱略世故，超然物外为适，顾区区在位者，何足概其心哉？"

[4] 徐福岛：徐福即徐芾，秦代齐地的方士。自石老人东去，经过以产金钩海米著称的姜哥庄和沙子口镇，在南窑半岛南端的海中并列着两个小岛。面积稍大者为大徐福岛，小者为小徐福岛，传说是徐福入海求仙的出发地。

[5] 琳宫：即仙宫，亦为道观、殿堂的美称。如唐吴筠《游仙》诗："上元降玉阆，王母开琳宫。"清顾炎武《华阴县朱子祠堂上梁文》："睇琳宫之绚烂，悲木铎之幽沉。"

评析：

黄岩此诗是写暮色中高处眺望的太清宫。晚霞洒在远处层层密林之上，曲折山径时有行人出没，海中涛声与山中泉声混杂，山壑云雾飘荡。向下俯瞰，云雾散尽的太清宫，悠然矗立山壑之中，竹林碧绿，苍松风动，"安得琳宫无个事，篆香杳霭散琴音"，诗人希望仙境一般的太清宫，永远保持着如此的平和安静。

冬游太清宫

尹琳基

我慕东海崂，翩然辞巍阙[1]。

卜居即墨城，光阴迅十月。

每欲策杖游，离群兴转遏[2]。

忽遇餐霞客[3]，邀我访古刹。

路过修真庵，奇峰插万笏[4]。

崎岖四十里，樵路细如发。

危岫上凌云，惊涛下堆雪。

陵苕昔何崇[5]，经霜齐摧折。

绿萝托高林，柔姿转衰歇。

独有松与竹，森然挺峻节。

悲风西北来，清音满岩穴。

怪石海底奔，冷泉带冰咽。

远岛浮空起，势若争兀刻[6]。

刻露见精神，繁华岂足悦。

行行至太清，意境忽轩豁[7]。

三面列青山，前对沧海阔。

灼灼耐冬花，孤芳自高洁。

道人取琴弹，泠泠音清越。

叶落鸟不惊，梦恬烟雾窟。

叩此悟仙真，何事汞丹诀[8]。

作者简介：

尹琳基，字琅若，清代日照（今山东省日照市）人。同治四年（1865）进士，授翰林院编修，官至祭酒，因直言罢官。光绪九年（1883）四月，到崂山太清宫，拜道士韩谦让为师，在太清宫建宅院一处，名为翰林院，自题匾额"东海餐霞"。他倾慕东汉经学家郑玄为人高洁，见崂山康成书院旧址已成废墟，便在此建祠堂，供奉大司农郑康成。

注释：

[1] 巍阙：又作魏阙。古代宫门外的建筑，是朝廷发布政令的地方，后作为朝廷的代称。如《庄子·让王》："身在江海之上，心居乎魏阙之下。"唐孟浩然《自浔阳泛舟经湖海》诗："观涛壮枚发，吊屈痛沉湘。魏阙心常在，金门诏不忘。"

[2] 遏：阻止。如《列子·汤问》："声振林木，响遏行云。"高适《和贺兰判官望北海作》诗："风行越裳贡，水遏天吴灾。"唐李商隐《歌舞》诗："遏云歌响清，回雪舞腰轻。"

[3] 餐霞客：指修仙学道的人。如唐卢拱《中元日观法事诗》："久慕餐霞客，常悲习蓼虫。"唐施肩吾《秋夜山居》诗："幽居正想餐霞客，夜久月寒珠露滴。"唐顾非熊《送内乡张主簿赴任》诗："松窗久是餐霞客，山县新为主印官。"

[4] 万笏：笏，封建时代大臣朝见皇帝时手执的狭长木板。万笏比喻群山丛立。如清林则徐《即目》诗："万笏尖中路渐成，远看如削近还平。"

[5] 崇：高。如《礼记·檀弓》："于是封之，崇四尺。"司马迁《史记·屈原贾生列传》："明道德之广崇。"

[6] 兀刻：高耸的样子。

[7] 轩豁：敞亮。如唐韩愈《南海神庙碑》："乾端坤倪，轩豁呈露。"宋王禹偁《月波楼咏怀》诗："兹楼最轩豁，旷远西北陬。"

[8] 丹诀：道家修道成仙的方法。

评析：

诗人游历太清宫，却将笔墨重点放在通往太清宫的路上，写路途之艰辛、山路之艰险，以此衬托太清宫的壮阔景观。"崎岖四十里，樵路细如发。危岫上凌云，惊涛下堆雪"，崎岖狭窄的山路，上有凌云山峰，下临汹涌大海，"怪石海底奔，冷泉带冰咽。远岛浮空起，势若争兀刻"，海底怪石峥嵘，远处孤岛隐现，"悲风西北来，清音满岩穴"，凄厉的寒风，在山中呼啸。诗人在压抑、凄清中艰难前行，"行行至太清，意境忽轩豁，"眼前的太清景观，使诗人豁然开朗。"三面列青山，前对沧海阔"的太清宫，耐冬花灼灼开放，在严寒中孤芳自赏，泠泠琴声清越悠扬。"叶落鸟不惊，梦恬烟雾窟"，静谧闲逸的太清宫就是人间仙境，所以诗人感叹道："叩此悟仙真，何事秉丹诀。"不必再追求得道成仙了。

宿太清宫道房

白永修

投宿指云宫，攀援倍藤葛[1]。

新月耀辉辉，入门清景豁。

可喜绛桃花，春残犹未脱。

静室肃心魄，明灯息机栝[2]。

岩空夜气高，星河断若割。

怪石立中庭，揖人似欲活。

激湍泻竹间，归鸿响云末。

喧寂两难言，但觉异嘈聒[3]。

劳顿倚欠伸，欢然拥短褐。

谈余就枕眠，片梦海天阔。

作者简介：

白永修，生平事迹见《白云观》诗。

注释：

[1] 葛：豆科多年生草本植物，茎长二三丈，缠绕他物上，花紫红色。茎可编篮做绳，纤维可织葛布。根可提制淀粉，又供药用。

[2] 机栝：计谋，心思。

［3］嘈：杂乱，喧闹。聒：吵闹，使人烦。

评析：

暮春的月夜，诗人经过漫长的艰难跋涉，终于到达太清宫。春山的夜空，星汉灿烂，竹林泉声潺潺，云间归鸿长鸣，这异于世间的幽静，使诗人欣然进入恬逸的梦乡。

［西江月］（崂山太清宫）[1]

蒲松龄

独坐松林深处，遥望夕阳归舟，激浪阵阵打滩头，惊醉烟波钓叟[2]。

苍松遮蔽古洞，白云霭岫[3]山幽。逍遥竹毫拿在手，描写幻变苍狗[4]。

作者简介：

蒲松龄，生平事迹见《白云洞》诗。

注释：

［1］《西江月·崂山太清宫》词在蒲松龄的《聊斋词集》中并未见收，但我们不能因此断定这不是蒲氏所作。高智怡在《蒲松龄词稿手迹题记》说："详细细读（蒲氏词作），感觉词意诙谐，生动有趣。惜仅有四十二纸，且残缺不全，但与《聊斋志异》却有异曲同工之妙。"高智怡肯定了《聊斋词集》的残缺，因此我们不能否定《西江月·崂山太清宫》是蒲氏之作，只希望有新的材料能够证明它确是蒲氏的词作。

［2］烟波钓叟：苍茫大海上的渔翁。

［3］霭（ǎi）岫（xiù）：霭，轻雾。如唐王维《终南山》诗："白云回望合，青霭入看无。"岫：一意山洞，一意山峰，此处应为山洞。如宋辛弃疾《添字浣溪沙》："山上朝来云出岫，随风一去未曾回。"

[4] 白云苍狗：云朵的形状。苍狗，黑色的狗，后指世事变化无端。如杜甫《可叹》诗："天上浮云如白衣，斯须改变如苍狗。古往今来共一时，人生万事无不有。"

评析：

这首词描写的是蒲松龄夕阳之下独坐太清宫观望到的景色。山上苍松密布，山下白云飘散，海上激浪奔涌，一叶归舟，渔夫颠簸于风口浪尖，与大自然搏斗，蒲松龄诗兴大发，希望用彩笔描绘出这一壮丽景观。

华楼宫[1]

周　缃

石路渺秋毫[2]，萦回攀萝薜。
绝壁荫长松，纷披烟光丽。
直讶虬龙[3]缚，还疑鬼怪砌。
天风下缥缈，豁然遗尘世。
飞仙属何代，秃蜕悬崖闭。
感叹百年身，极目川流逝[4]。
奇峰走海隅，翠屏矗云际。
且复援良朋，徘徊听鹤唳。

作者简介：

周缃，生平事迹见《太清宫》诗。

注释：

[1] 华楼宫：位于华楼山南，聚仙台以西。宫为元代泰定二年（1325）创建，明代天顺年间重修，有老君、玉皇、关帝三殿，房舍简朴，庭院雅洁，庙内外有

松、银杏等古树 20 余株。宫前临夕阳涧，杂树葳蕤，翠竹婆娑，此处有一种竹子名叫金怀玉，竹竿色黄，枝杈之沟色青翠。殿后为碧落岩，岩半有一泉，名为金液泉。华楼宫周围环境优美，秋高气爽之时，远山近峦一览无余，使人乐而忘返。

[2] 秋毫：鸟兽在秋天新生的细毛，比喻细微之物。如《孙子·形》："举秋毫不为多力，见日月不为明目，闻雷霆不为聪耳。"晋葛洪《抱朴子外篇·自叙》："秋毫之赠，不入于门，纸笔之用，皆出私财。"

[3] 虬龙：传说中的一种龙。如《楚辞·天问》："焉有虬龙，负熊以游？"唐贾岛《望山》诗："虬龙一掬波，洗荡千万春。"后以此比喻盘屈的树枝。如宋苏轼《后赤壁赋》："予乃摄衣而上，履巉岩，披蒙茸，踞虎豹，登虬龙，攀栖鹘之危巢，俯冯夷之幽宫，盖二客不能从焉。"

[4] 川流逝：此句出自《论语》："子在川上曰：逝者如斯夫，不舍昼夜。"后用来指时间像流水一样不停的流逝，感慨人生世事变换之快，有惜时之意。

评析：

"石路渺秋毫，萦回攀萝薜"，通往华楼宫的石径细如毛发，曲折蜿蜒，藤萝遮蔽。山上古松如虬龙缠绕，路边石壁千仞，如鬼斧神工造就。诗人登上华楼宫，目睹百川入海，不舍昼夜，不禁感叹人生百年亦不过如此，转眼即逝。"且复援良朋，徘徊听鹤唳"，诗人大有"昼短苦夜长，何不秉烛游"的情怀，要与良朋好友尽情欣赏这美丽风景，享受隔绝尘俗的静寂。

华楼宫

纪　润

林深人静夜森森，侵早犹寒起拥衾[1]。

何处晓钟催老衲，满山古木叫幽禽。

千重嶂[2]曙天初动，百道泉飞月未沉。

长啸一声空谷应，浮生多少隔云岑[3]。

作者简介：

　　纪润，清代即墨（今山东省即墨市）人。康熙年间诸生，画入逸品，诗亦清雅。游览崂山，多有著述，写有《八仙墩》、《劳山头》、《山游同沈仲知、黄介眉》等诗篇。另撰有《劳山记》游记一篇。

注释：

　　[1] 衾：被子。如唐杜甫《茅屋为秋风所破歌》诗："布衾多年冷似铁，娇儿恶卧踏里裂。"唐白居易《长恨歌》诗："鸳鸯瓦冷霜华重，翡翠衾寒谁与共？"

　　[2] 嶂：高险像屏障一样的山峰。如宋范仲淹《渔家傲》："千嶂里，长烟落日孤城闭。"

　　[3] 云岑：云雾缭绕的高山。如东晋陶潜《归鸟》诗："翼翼归鸟，晨去于林。远之八表，近憩云岑。"唐杜甫《过津口》诗："和风引桂楫，春日涨云岑。"

评析：

　　诗人夜宿华楼宫，寒冷清晨被华楼钟声惊醒，早起的禽鸟在山中丛林鸣叫，千重山峰在晨曦中连绵起伏，残月西坠，山泉飞泻。诗人兴奋激昂，仰天长啸，声音在空谷回荡。

华 楼

邹 善

千岩万壑境萧疏[1]，几日寻幽得自如。
叠石遥连沧海色，华楼高接太清居。
仙人洞悟阳生[2]候，玉女盆迎日照初。
试问同游蓬岛侣，可能此地即吾庐？

作者简介：

　　邹善，号颖泉，明江西安福（今江西安福县）人，明嘉靖年间进士，山东提学。年游崂山，他撰写的《游崂山记》赞美崂山胜境：海之奇，尽上苑，山之奇，尽华楼。

注释：

[1] 萧疏：萧条，荒凉。如唐杜牧《八六子》诗："辞恩久归长信，凤帐萧疏，椒殿闲扃。"宋张孝祥《鹊桥仙·戏赠吴伯承侍儿》："野堂从此不萧疏，问何日，尊前唤客。"

[2] 阳生：冬至。如唐韩愈、李正封《晚秋郾城夜会联句》："雪下收新息，阳生过京索。"

评析：

诗人在深冬季节，进入萧条荒凉的崂山，"几日寻幽得自如"，欲在冗杂的公务中寻得几日清闲。登上华楼宫，迎着初升的旭日，诗人放眼远望，"叠石遥连沧海色，华楼高接太清居"，连绵群山与辽阔沧海连为一片，伸向遥远天际，华楼高峻，直插云霄，势压三山五岳。"试问同游蓬岛侣，可能此地即吾庐？"诗人面对这壮丽美景，禁不住生发出像仙人一样长居此地，逍遥终生的念头，但是对他们这些没有自由身的官僚来说，他更明白这只能是奢侈地幻想一次而已，它永远是水中月、镜中花，一个美丽却无法实现的愿望。

聚仙宫[1]

陈　沂

遥观海上有仙家，楼倚群峰住赤霞。

来就青沧[2]息嘉树[3]，道人于此饭胡麻[4]。

作者简介：

陈沂，生平事迹见《登巨峰》诗。

注释：

［1］聚仙宫：在烟云涧以东，一名韩寨观，后倚危岩，南朝大海。局势与太清宫相同，唯风景稍逊。宫为元泰定间李志明、王志真创建，学士张起岩为之记。旧时殿宇宏丽，有玉皇、真武、三清等殿，今皆损毁。有桂花数株，均为600年前所植。

［2］青沧：沧为大海。青沧为碧蓝的大海。

［3］嘉树：佳树，美树。如《左传·昭公二年》："既享，宴于季氏，有嘉树焉，宣子誉之。"屈原《九章·橘颂》："后皇嘉树，橘徕服兮。"唐刘禹锡《早夏郡中书事》诗："华堂对嘉树，帘庑含晓清。"

［4］胡麻：亚麻科亚麻属一年生草本，是古老的韧皮纤维作物和油料作物。油用型亚麻又叫做胡麻，胡麻在中国至少有1000年栽培历史，胡麻油可食用。

评析：

从海上远观，聚仙宫背倚群峰，坐拥云霞，如人间仙境。"来就青沧息嘉树"，诗人在聚仙宫歇息，得到了道人的热情接待，"道人于此饭胡麻"，诗人愉悦心情溢于言表。

神清宫[1]道中

孙笃先

翠烟深处一峰孤，岚气[2]玲珑[3]半有无。

扶杖漫随樵径转，穿林唯听鸟声呼。

须臾[4]似现三山影[5]，咫尺新开五岳[6]图。

几岁别来成恍惚[7]，频寻野老问前途。

作者简介：

孙笃先，生平事迹见《登浮山远眺》诗。

注释:

［1］神清宫:在芙蓉峰西路,其地林木荟蔚,洞壑深幽,危石古松,殿宇巍峨。东山有大玉顶,石窟玲珑,有水池经年不涸,为养鱼池。宫之内外有长春洞、自然碑、摘星台、会仙台诸胜。游其中者,泠然神清,名与实符,诚不虚矣。

［2］岚气:山林间的雾气。如东晋谢灵运《晚出西射堂》诗:"步出西城门,遥望城西岑。连障叠巘崿,青翠杳深沈。晓霜枫叶丹,夕曛岚气阴。"

［3］玲瑽(cōng):似玉的美石。

［4］须臾:瞬间,指时间短。如《荀子·劝学》:"吾尝终日而思矣,不如须臾之所学也。"

［5］三山:即传说中的海中三神山。西汉司马迁《史记·秦始皇本纪》载:"齐人徐福等上书,言海中有三神山,名曰蓬莱、方丈、瀛洲,仙人居之。"三山是神仙居住的地方,故古人颇为神往。

［6］五岳:中国最著名的五座山,东岳泰山之雄,西岳华山之险,北岳恒山之幽,中岳嵩山之峻,南岳衡山之秀闻名世界。

［7］恍惚:迷惘,不清晰。如《韩非子·忠孝》:"世之所为烈士者……为恬淡之学而理恍惚之言。臣以为恬淡,无用之教也;恍惚,无法之言也。"唐杜甫《西阁夜》诗:"恍惚寒江暮,逶迤白雾昏。"

评析:

此诗抒发了诗人重访神清宫的感受。云雾弥漫、峻峰耸立的山中,诗人扶杖攀登崎岖蜿蜒山路,荒山人迹罕至,只有野鸟鸣声相伴。诗人在筋疲力尽之时,似乎看到了神清宫模糊的影子,定睛再望,却是又一片苍茫的群山。"几岁别来成恍惚,频寻野老问前途。"诗人苦笑自己几年不到神清宫,竟如入迷途,不得不向村夫山民询问前程。而此句也暗喻前面会有更加艰难的路程。

神清宫

黄念昀

溪上望东南，崒嵂[1]但修岭。

坐起时褰裳[2]，许久到异境。

临壑地愈高，负山丹房整。

东户岩为屏，杂花发新颖[3]。

北眺多松荫，欲登空延颈[4]。

出门循西麓，攀援陟其顶。

倚卧得盘石，侧看西阳景。

复下沿间流，仿佛洗耳颖[5]。

道人呼晚餐，山岩宿未省。

灭烛不成眠，泛人山气冷。

热酒破寂寞，待月阒深静。

不令仙犬吠，却将灯火屏[6]。

时出观山壁，朦胧卉木[7]影。

意境增肃然，心神亦清迥[8]。

无言悄相对，幽窗渐耿耿[9]。

作者简介：

　　黄念昀，清代即墨（今山东省即墨市）人。道光二十年（1840）举人，曾任安州知州的即墨举人江恭先在崂山青峪村设青峪书院，黄念昀在此执教。同治十一年（1872），在劳山书院任山长（即院长）。

注释：

　　[1] 崒嵂：高耸貌。如唐杜甫《桥陵诗三十韵因呈县内诸官》诗："高岳前崒嵂，洪河左滢潆。"宋陆游《大寒》诗："为山傥勿休，会见高崒嵂。"

　　[2] 褰裳（qiān cháng）：褰，揭起，用手扯起。裳，下身衣裳。褰裳即挽起

衣裳。如《诗经·郑风·褰裳》："子惠思我，褰裳涉溱。子不我思，岂无他人。"

[3] 颖：原意为物体尖锐的末端。此处指花苞。

[4] 延颈：伸长脖子，表示期盼的意思。如西汉司马迁《史记·游侠列传》："自关以东，莫不延颈愿交焉。"杜甫《八哀》诗："归老守故林，恋厥悄延颈。"

[5] 洗耳颖：颖是颖水河，颖水洗耳的故事来自许由。许由是上古时代一位志行高洁之士，相传尧帝要把君位让给他，他推辞不受，逃至箕山下，农耕而食；尧帝让他做九州长官，他到颖水边洗耳，表示不愿听到这些世俗浊言。后世把许由和他同时代的隐士巢父，并称为巢由或巢许，用以指代隐居不仕者。尧、舜禅让的故事，成为千古美谈，许由也因此成为古代隐士中最早名声显赫的一位。据传他曾做过尧、舜、禹的老师，后人因此亦称他为三代宗师。

[6] 屏：遮挡。

[7] 卉木：草木。如《诗经·小雅·出车》："春日迟迟，卉木萋萋。"南朝刘勰《文心雕龙·隐秀》："故自然会妙，譬卉木之耀英华；润色取美，譬缯帛之染朱绿。"

[8] 清迥：清明旷远。如南朝鲍照《舞鹤赋》："钟浮旷之藻质，抱清迥之明心。"唐张九龄《秋夕望月》诗："清迥江城月，流光万里同。"

[9] 耿耿：明亮。如唐白居易《长恨歌》诗："迟迟钟鼓初长夜，耿耿星河欲曙天。"

评析：

"坐起时褰裳，许久到异境"，诗人摄衣褰裳，经过长久辛苦跋涉才到达仙境般的神清宫。神清宫坐落峻峰之上，岩石遮挡门户，杂花缤纷。北面山上苍松古木，高不可攀。"出门循西麓，攀援陟其顶。倚卧得盘石，侧看西阳景"，出门从西面登上山顶，上有盘石，坐卧其上，可观赏落日晚霞。沿着山泉下到神清宫，诗人得到道人友好款待，而夜宿于此，肃然境界，让诗人感到神清心迥。

咏斗母宫[1]

周至元

隔山闻钟声，到岭始见寺。

寺宇亦何高，缥缈在空翠。

解骑拾级登，数步辄一憩。

夹径尽修篁[2]，掩映天光蔽。

级尽平台处，豁然[3]尘世异。

回看四围峰，万朵争献媚。

山外海光露，清澈似可挹[4]。

忽生出尘想，早有凌云意。

西邻斗母宫，精室悬崖置。

入空无纤埃[5]，疑是清虚至。

岚光杂云影，海色与蜃气[6]。

悠悠万象[7]呈，历历一窗备。

道人更爱客，留我竹床睡。

到耳风泉声，终夜不成寐。

作者简介：

周至元，生平事迹见《龙泉观》诗。

注释：

[1] 斗母宫：在昆仑山南路，原在明霞洞上，祀玉皇。明隆庆年间洞欹宫倾，遂移建于其西。清朝末年，又在殿西建观音殿三间。殿倚危岩，庭宇雅靓，南为精舍，尤为整洁，傍崖而筑，势若凌空。窗嵌玻璃，明净无尘，凡岚光、云影、海色、蜃气历历置几案间，真胜景胜地。

[2] 修篁（huáng）：修竹，长竹。如唐司空图《二十四诗品·冲淡》："犹之惠风，荏苒在衣。阅音修篁，美曰载归。"

[3] 豁然：开阔、开朗貌。如唐岑参《上嘉州青衣山中峰题惠净上人幽居寄兵部杨郎中》诗："绝顶访老僧，豁然登上方。"

[4] 挹：舀。如《荀子·宥坐》："弟子挹水而注之。"《诗经·小雅·大东》："维北有斗，不可以挹酒浆。"

[5] 纤埃：微尘。如晋潘岳《藉田赋》："微风生于轻幰，纤埃起于朱轮。"宋苏舜钦《和彦猷晚宴明月楼》之二："落晚天边燕席开，溪山相照绝纤埃。"

[6] 蜃气：一种大气光学现象，光线经过不同密度的空气层后发生折射，使远处景物显现在半空中或地面上的奇异幻象，常发生在海上或沙漠地区。古人误以为这种现象是蜃吐气而成，故称蜃气。如明袁可立《甲子仲夏登署中楼观海市》诗："须臾蜃气吐，岛屿失恒踪。"

[7] 万象：道家术语，是宇宙间的一切事物或景象。如南朝谢灵运《从游京口北固应诏》诗："皇心美阳泽，万象咸光昭。"唐杜甫《宿白沙驿》诗："万象皆春气，孤槎自客星。"

评析：

　　此诗堪称是周至元关于斗母宫的完整游记。"隔山闻钟声，到岭始见寺"，在山外就听见从遥远山中传来的钟声，翻过道道山岭才见到斗母宫的身影，由此可见斗母宫的幽僻。"寺宇亦何高，缥缈在空翠"，寺庙在缥缈的高山密林闪现，可见斗母宫的高峻；"解骑拾级登，数步辄一憩"，攀登数步就不得不驻足喘息，则以劳累体验说明寺庙的险峻。"回看四围峰，万朵争献媚。山外海光露，清澈似可挹。"四周群峰如俯首献媚，远处碧海荡漾，似清澈可掬。"入空无纤埃，疑是清虚至。岚光杂云影，海色与蜃气"，风烟俱静，碧空无云，山光海色，辉映一体，从视野上渲染了斗母宫的巍峨。"道人更爱客，留我竹床睡。到耳风泉声，终夜不成寐。"诗人被道人留宿斗母宫，松风泉声使其彻夜难寐，从侧面衬托了斗母宫的幽静。

遇真庵[1]

高 出

到山犹问讯，石路细如发。

树蒙草根滑，登顿[2]屡结袜。

早窥豀梦势，海潮送残月。

声撼松树际，天昊见出没。

渍浮兹山灵，迥立疑臲卼[3]。

岩洞存想像，仙迹亦消歇。

始轫[4]已惬当[5]，啸歌[6]时间发。

终念屏尘容[7]，了愿炼金骨。

作者简介：

高出，生平事迹见《石竹涧》诗。

注释：

[1] 遇真庵：在鹤山滚龙洞下，创建于宋嘉定间，元至正时复修。分三殿，下祀真武，中祀老君，最上祀玉皇。庵处山巅，四围岩峦环映，饶有洞天之胜。阒而不逼，幽而不邃，于二崂观刹中别创一格。

[2] 登顿：上下，行止。如东晋谢灵运《过始宁墅》诗："山行穷登顿，水涉尽洄沿。"金元好问《沁州刺史李君神道碑》："太夫人以六盘路险，登顿殊甚，山外高寒，非老人所堪。"

[3] 臲卼（niè wù）：动摇不安貌，不安的样子。如唐卢注《酒胡子》诗："盘中臲卼不自定，四座清宾注意看。"清黄景仁《遇雨止云谷寺》诗："不祷得神庇，我心滋臲卼。"

[4] 轫（rèn）：古人驾车时，御者拉紧缰绳，驾车的马停步，车便停止。车不用时，防止车轮滚动，则要在车轮前，垫塞物件加以阻挡。通常用木头削成楔形，塞在轮下，这块木塞，古人称为轫。如屈原《离骚》："朝发轫于苍梧兮，夕余至乎县圃。"

[5] 惬当：恰当，适当。如北齐颜之推《颜氏家训·文章》："今世文士，此患弥切，一事惬当，一句清巧，神厉九霄，志凌千载，自吟自赏，不觉更有傍人。"

[6] 啸歌：长啸歌吟。如《诗经·小雅·白华》："啸歌伤怀，念彼硕人。"西晋左思《招隐》诗："何事待啸歌，灌木自悲吟。"

[7] 尘容：俗态。如南朝孔稚珪《北山移文》："焚芰制而裂荷衣，抗尘容而走俗状。"唐卢纶《得耿湋司法书因呈河中郑仓曹畅参军昆季》诗："尘容带病何堪问，泪眼逢秋不喜开。"

评析：

诗人写遇真庵的险峻，先写攀登的艰难，"石路细如发"，山径如发丝一般狭窄而又弯曲。遇真庵远离大海，在此能够看到"海潮送残月"的景观，视野的空旷衬托出了遇真庵的高峻。"迥立疑巇嵼"，长久地站立在遇真庵，仿佛有一种摇摇欲坠的感觉，这是对地势之险峻最形象贴切的描写，此句可说是整首诗的"诗眼"。

遇真庵避乱

左 灿

避地远人烟，山深太古[1]天。
潮回沙路出，树老石根穿。
落日收渔网，寒风护稻田。
故园隔烽火[2]，客里欲经年。

作者简介：

左灿，字贞淑，一字楚卿，明代莱阳人。祖父左之宜，明万历丙子（1576）举人，庚辰（1580）进士，官至云南道监察御史。父亲左懋赏，贡生，官至扬州府海运同知，明末与史可法抗清淮扬，明亡后不复出仕。左灿为左懋赏第五女，左懋第侄女，其祖父母、父母及兄弟姐妹，都工于诗文，左灿从小受到浓厚的家庭文化的熏陶，吟诗作文，才华出众，成为当时的名媛。明末，左灿因避乱随族人逃至即墨鹤山，留有《题鹤山》、《鹤山避乱》、《送表弟东归》、《鹤山早行》、《鳌山观海》等诗词，其中不乏妙词佳句。

注释：

[1] 太古：久远的时期。

[2] 烽火：指战乱。如唐杜甫《春望》诗："烽火连三月，家书抵万金。"

评析：

左灿是明末有名的女诗人，她到遇真庵是因为故园烽火频起，"避地远人烟"，躲到幽静僻远之地，苟活性命。从遇真庵看到的一切，在她笔下不是激荡澎湃的壮景，而是风平浪静的温馨港湾。"潮回沙路出，树老石根穿。落日收渔网，寒风护稻田"，细浪沉吟的沙岸，安如磐石的古树，日落归返的渔夫，随风轻摇的稻田，一切平静而温馨。而这些正是饱尝战乱的女诗人惊恐内心的渴望。

遇真庵

高宏图

碧尖[1]千个送青天，道是崂山又不然。

裂破圌阆[2]聊去去，抽来飞动更前前。

曾谁冒险巢云巧，待我狂题著墨鲜。

正好荒唐[3]方外诀，松前拾得悟真篇[4]。

作者简介：

高宏图（1553—1645），字子猷、研文，号经斋，明代胶州人。明万历三十八年（1610）中进士，授中书舍人。先后任陕西监察御史、

太仆寺少卿、左金都御史、左都御史、工部右侍郎等职。崇祯十五年
（1642），清兵进犯胶州，高宏图卖家产招募义勇，与参将谈震采一起
协助知州郭文祥日夜登城坚守，城池得保。崇祯得知，于次年召补南京
兵部侍郎，继而升任户部尚书。崇祯十七年（1644），李自成攻破北
京，崇祯自缢，福王朱由崧在南京被拥立为新主，高宏图任礼部尚书兼
东阁大学士。南京失守，流寓会稽，1645 年，绝食 9 日而终。

注释：

　　［1］碧尖：指碧峰。

　　［2］囫囵：整个。

　　［3］荒唐：荒诞。指思想、言行不符合常理人情，使人感到离奇。如唐韩愈
《桃源图》诗："神仙有无何眇芒，桃源之说诚荒唐。"

　　［4］悟真篇：即《悟真篇》，北宋张伯端著，道教丹道论著，书以诗、词、曲
等体裁阐述内丹理论，认为修炼金丹是修仙的唯一途径。作者在《序》中将道教
方术分为两类，称行气、导引、辟谷、房中术等为"易遇而难成"，认为"劳形按
引皆非道，服气餐霞总是狂"，"休妻谩遣阴阳隔，绝粒徒教肠胃空，草木金银皆
滓质，云霞日月属朦胧，更饶吐纳并存想，总与金丹事不同"。唯有炼金丹，是难
遇而易成，即难于炼成，而一旦炼成即可成仙。

评析：

　　诗人写出了看到遇真庵时的新奇、惊喜，"碧尖千个送青天，道是
崂山又不然"，遇真庵坐落之处的群山山峰耸立云霄之中，似崂山的山
峰却又有不同，"裂破囫囵聊去去，抽来飞动更前前"，遇真庵的山峰
突兀凌厉，有灵动飞翔之势。"曾谁冒险巢云巧，待我狂题著墨鲜"，
遇真庵巧夺天工的构建，使诗人惊喜兴奋，禁不住挥毫洒墨。

醒睡庵[1]

黄宗臣

古寺层岩几度[2]过，高林残月影婆娑[3]。

当年睡醒传幽胜[4]，今日云山入梦多。

作者简介：

黄宗臣，生平事迹见《上清宫》诗。

注释：

[1] 醒睡庵：在豹山下，地名井水汪，创建无考，祀玉皇，相传原在山巅，明隆庆间，道人许阳仙始移建今所，进士王九成有重修建碑记。庵三面峭岩，一径前通，竹树清深，别有邃趣。

[2] 几度：几次，不确指。

[3] 婆娑（pó suō）：姿态优美。如明高濂《玉簪记·谭经》："看镜中消息，素改婆娑。我把芳年虚度，老大蹉跎。"

[4] 幽胜：幽静而优美。

评析：

这首诗是以睡醒庵的"睡醒"为主题的。诗人多次路过睡醒庵，今日再次经过，内心却生发了异样的感受，"高林残月影婆娑"，落月余辉，树影摇曳，仿佛进入梦境，"当年睡醒传幽胜，今日云山入梦多"，诗人陶醉于美景之中，不愿醒来。

醒睡庵

黄 垍

到此春将暮，危桥[1]芳草分。

钟声过涧水，香霭逐溪云。

风定林花落，日高山鸟闻。

禅房聊一憩，下界[2]隔尘氛[3]。

作者简介：

黄垍，生平事迹见《白鹤涧》诗。

注释：

[1] 危桥：高耸的桥。如唐许浑《南楼春望》诗："野店归山路，危桥带郭村。"南唐冯延巳《酒泉子》："芳草长川，柳映危桥桥下路。"

[2] 下界：指人间。如唐白居易《曲江醉后赠诸亲故》诗："中天或有长生药，下界应无不死人。"

[3] 尘氛：尘俗的气氛。如唐牟融《题孙君山亭》诗："长年乐道远尘氛，静筑藏修学隐沧。"

评析：

诗人以睡醒庵的清幽来表现"下界隔尘氛"的主题。暮春之时的睡醒庵，春风拂煦，落英缤纷，涧水潺潺，绿草如茵，群山如屏，鸟鸣悠扬，这人间静地能荡涤诗人尘俗肺腑，"禅房聊一憩，下界隔尘氛"。

修真庵[1]

翟 启

未见二崂胜，到此心已适[2]。

人家隔花林，池馆连翠壁。

客径覆莓苔，村肆[3]临川泽。

开轩[4]山入户，移榻[5]竹拂席。

昼坐无微尘，夜禅有余寂。

山麓犹如此，明发将奚似[6]。

伏枕一想像，愈觉兴难已。

作者简介：

翟启，生平事迹不详。

注释：

[1] 修真庵：在王哥庄村中，创建已不可考。明天启年间，全真道人李真立重建，其徒边永清、杨绍慎又大修之。正殿祀玉皇、三清，东祀文昌，西为王母殿。嗣后嘉庆、光绪间皆有续修。其地前横清溪，遥环群山，处市廛之中，而尘嚣不染。

[2] 适：舒适，满足。如宋苏辙《武昌九曲亭记》："扫叶席草，酌相劳，意适往反，往往留于山上。"清李渔《闲情偶寄·种植部》："是芙蕖也者，无一时一刻不适耳目之观。"

[3] 村肆：店铺。如《庄子·外物》："吾得升斗之水然活耳，君乃言此，曾不知早索我于枯鱼之肆。"

[4] 开轩：开窗。如魏阮籍《咏怀》诗："开轩临四野，登高望所思。"唐孟浩然《过故人庄》诗："开轩面场圃，把酒话桑麻。"

[5] 榻：床。《玉台新咏·古诗为焦仲卿妻作》："移我琉璃榻，出置前窗下。"范晔《后汉书·徐稚传》："蕃在郡不接宾客，唯稚来特设一榻，去则悬之。"

[6] 奚似：何似。如清况周颐《蕙风词话续编》卷二："戊子二月，余自蜀入

都，始识半塘，即以《看山楼词》见贻，并云：'斯人甚好名，若有人为之著录，不知其欣慰奚似。'"

评析：

"未见二崂胜，到此心已适"，诗人以先抑后扬的手法写修真庵，久闻崂山胜景，原以为崂山山脚的修真庵景色不值得一看。花林、翠壁、苔径、川泽，开门面对青山，卧榻目睹竹影。昼无喧嚣，夜有静寂。景色之美出乎诗人意料，想到山中更有胜景待赏，诗人一夜都兴奋不已，"伏枕一想像，愈觉兴难已"。

宿修真庵

黄 埨

贝阙珠宫[1]气象[2]殊，仙居远在海东隅[3]。

林泉风暖宜丹灶，霜露秋深长白榆[4]。

鹤舞千年松树老，客游三径[5]月明孤。

夜来更向蓬山上，醉我琼浆[6]满玉壶。

作者简介：

黄埨，生平事迹见《白鹤涧》诗。

注释：

[1] 贝阙珠宫：用珍珠贝壳装饰的宫殿，形容房屋华丽。如屈原《九歌·河伯》："鱼鳞屋兮龙堂，紫贝阙兮朱宫。"宋黄庭坚《宫亭湖》诗："贝阙珠宫开水府，雨栋风帘岂来处。"

[2] 气象：景色，景象。如唐阎宽《晓入宜都渚》诗："回眺佳气象，远怀得山林。"宋范仲淹《岳阳楼记》："朝晖夕阴，气象万千。"

[3] 隅：角落。如《诗经·邶风·静女》："静女其姝，俟我于城隅。"汉乐府

《陌上桑》："日出东南隅，照我秦氏楼。"

[4] 白榆：也称榆树，榆科落叶乔木。

[5] 三径：亦作"三迳"，指归隐者的家园。如东晋陶潜《归去来辞》："三径就荒，松竹犹存。"唐孟浩然《秦中感秋寄远上人》诗："一丘常欲卧，三径苦无资。"

[6] 琼浆：仙人的饮料，指美酒。如宋玉《楚辞·招魂》："华酌既陈，有琼浆些。"宋杨万里《谢陈希颜惠兔靰》诗："偷将缺吻吸琼浆，蜕尽骨毛作仙子。"

评析：

"贝阙珠宫气象殊，仙居远在海东隅"，诗人以夸饰的手法塑造了远在海东一隅的修真庵这一人间仙境，它如贝阙珠宫，气象不凡。林泉、丹灶、霜露、仙鹤、枯松、残月，皆非人间气象，这是玉壶琼浆醉饮之后，醉眼蒙眬中的修真庵，是"我见青山多妩媚，料青山见我应如是"的心态表白。

修真庵

白永修

道院荒村外，当门古石坛[1]。

磬飞松顶袅[2]，泉泻竹根寒。

经有诵残本，鼎藏烧干丹[3]。

前山气象满，朝夕得闲看。

作者简介：

白永修，生平简介见《白云观》诗。

注释：

[1] 石坛：石头筑的高台，古代多用于祭祀。如班固《汉书·郊祀志下》：

"紫坛伪饰女乐、鸾路、骅骝、龙马、石坛之属，宜皆勿修。"唐许浑《重游飞泉观题故梁道士宿龙池》诗："云开星月浮山殿，雨过风雷遶石坛。"

　　[2] 袅：缭绕，缠绕。

　　[3] 丹：丹指道家炼的长生不老药仙丹。

评析：

　　同样是修真庵，黄坦与白永修笔下的形象相比，何啻天壤之别。也许白永修的修真庵是繁华过后的形象，荒村之外，这里不再有人们乐道的幽静，而是没有生气的死寂，枯松、寒泉、残经、陋鼎，繁华之后的凄凉，令人唏嘘不已。

寿阳庵[1]

范九皋

涧路何重重，烟云锁碧峰。

黄精[2]初煮后，红蕊正凌冬[3]。

绝壁看栖鹤，深山数晓钟。

不知尘世外，几多羽人[4]踪。

作者简介：

　　范九皋，字莘田，清代即墨（今山东省即墨市）人。雍正年间诸生，少负异才，于书无所不读，暮年尤耽心古礼。清代《即墨县志》称："一邑文献所徵悉推九皋。"著有《唾余集》及《劳山十咏》一卷。游崂山诗有《烟云洞》、《三水》、《八仙墩》等。

注释：

　　[1] 寿阳庵：在烟云涧，创建无考。清乾隆时重修，中祀三官。殿东一室内贮铜像甚夥，相传巨峰诸庵废后，移置于此者。殿之后，旧有玉皇阁，今圮。

[2] 黄精：又名老虎姜、鸡头参，为百合科植物滇黄精、黄精或多花黄精的干燥根茎。黄精以根茎入药，具有补气养阴，健脾，润肺，益肾功能。用于治疗脾胃虚弱、体倦乏力、口干食少、肺虚燥咳、精血不足、内热消渴等症。

[3] 凌冬：越冬，过冬。如唐虞世南《赋得临池竹应制》："欲识凌冬性，唯有岁寒知。"

[4] 羽人：身长羽毛或披羽毛外衣能飞翔的人，最早在《山海经》称之为羽民。

评析：

诗人描写了寿阳庵"羽人"的生活，在山路崎岖宛转、云遮雾绕的寿阳庵，"羽人"即道士们在修道养身，他们食黄精，诵道经，"绝壁看栖鹤，深山数晓钟"，这种"不知有汉，无论魏晋"的生活，融入了诗人的喜爱之情。

寿阳庵

蓝　水

宫倚危岩[1]起，嵎岈[2]势欲吞。

拂檐花冒雪，隔岸竹藏村。

水去石余怒，云来门忽屯[3]。

苍苔[4]阶下满，一一屐留痕。

作者简介：

蓝水，生平事迹见《鱼鳞瀑》诗。

注释：

[1] 危岩：高耸的岩石。

[2] 嵎岈：深邃的山谷。

[3] 屯：阻塞。

[4] 苍苔：青色苔藓。如唐杜甫《醉时歌》诗："先生早赋《归去来》，石田茅屋荒苍苔。"南宋叶绍翁《游园不值》诗："应怜屐齿印苍苔，小扣柴扉久不开。"

评析：

范九臯写寿阳庵属于写意手法，蓝水的写法则是写实。他写了寿阳庵的位置和形势，寿阳庵背负高山"危岩"，前临深壑，"嶙岈势欲吞"，寿阳庵似乎被深壑吞没。花团簇拥，云雾缭绕。"苍苔阶下满，一一屐留痕"，此处很少行人，石阶长满青苔，是非常幽静的处所。

蔚竹庵[1]

王大来

玄都[2]近在最高峰，石磴追寻樵客[3]踪。
履下泉声三十里，杖边山色一千重。
深藏胜境[4]疑无路，绿到仙宫[5]遍是松。
更喜道人闲似我，邀看万朵碧芙蓉。

作者简介：

王大来，生平事迹见《白云洞》诗。

注释：

[1] 蔚竹庵：在凤凰崮下，地名蔚儿铺，由太和观东去约五里。西北峭壁紧抱，东南峰峦环筜，修竹深邃，苍松巨石，层层压殿宇，空庭藓封，白日生寒，幽寂之景，为山外诸庵所不及。东庑为客舍，房宇雅洁。迤东有清风塔，再东有路可达棋盘石。

[2] 玄都：传说中神仙居处。如唐杜甫《冬日洛城北谒玄元皇帝庙》诗："配

极玄都阔，凭高禁御长。"

　　[3] 樵客：砍柴人。如南朝王僧孺《答江琰书》："或蹲林卧石，籍卉班荆，不过田畯野老、渔父樵客。"唐刘威《游东湖黄处士园林》诗："樵客出来山带雨，渔舟过去水生风。"

　　[4] 胜境：佳境，风景优美的地方。如清陈廷焯《白雨斋词话》卷八："贺老小词，工于结句，往往有通首渲染，至结处一笔叫醒，遂使全篇实处皆虚，最属胜境。"

　　[5] 仙宫：天上神仙的居处。如前蜀贯休《阳春曲》："魏公姚公宋开府，尽向天上仙宫闲处坐，何不却辞上帝下下土，忍见苍生苦苦苦！"南朝江淹《杂体诗·颜特进延之侍宴》："列汉构仙宫，开天制宝殿。"

评析：

　　泉声三十里，脚下万重峰，写出了蔚竹庵的高峻；通往蔚竹庵的山径只有樵夫的足迹，人迹罕至，写出了蔚竹庵的艰险。"深藏胜境疑无路"，山重水复疑无路，写出了诗人探访蔚竹庵的辛苦。"绿到仙宫遍是松"，写出了诗人一路艰难跋涉，到达目的地的欣喜。"更喜道人闲似我，邀看万朵碧芙蓉"，写出了诗人对东道主热情接待的感激。

蔚竹庵

孙凤云

古庙结云巅[1]，谁知何代传。

无名花满树，是处路通天。

乱石杂修竹，双峰挂瀑布。

千岩万壑里，到此即仙缘[2]。

作者简介：

　　孙凤云，字瑞亭，号半楼，清代高密（今山东省高密市）人。诸生，工诗善文，喜游山水。游崂山时留有《狮峰观日出》、《八仙墩》、

《明霞洞》、《劳山观日出》等诗篇。其《狮峰观日出》七言律诗，镌刻于崂山上苑狮子峰顶西侧。

注释：

[1] 云巅：巅，山峰。云巅，指高耸入云的山峰。

[2] 仙缘：与神仙有缘分，指具有做神仙的慧根。

评析：

诗人直接描述了蔚竹庵的险峻，"古庙结云巅"，庵坐落云雾之上，写出了其位置之高；"是处路通天"，蔚竹庵的山路似乎通往苍天，写出了其路途的险；"千岩万壑里，到此即仙缘"，写出了到达蔚竹庵的艰难，只有与仙有缘，才能不为艰险，走过千岩万壑，攀上蔚竹庵。

百福庵[1]

王悟禅

怪石崚嶒[2]百福蟠，仙家风月[3]古桃源[4]。

水通夹涧流东海，山映高标枕左垣[5]。

息养[6]真人[7]成道果[8]，爱留后世启玄门[9]。

至今遗像松阴下，仿佛音容课[10]我勤。

作者简介：

王悟禅，生平事迹见《登棋盘石看云》诗。

注释：

[1] 百福庵：在不其山西南麓，创建于宋宣和间。相传旧为佛刹，清康熙中，蒋云石道人始改建道观。中祀玉皇，前奉三清。倚山临壑，松石秀奇。门外修竹清泉，尤有幽致。

[2] 峻嶒：高耸突兀的样子。如南朝沈约《钟山诗应西阳王教》诗："郁律构丹巘，峻嶒起青嶂，势随九疑高，气与三山壮。"唐陈子昂《送魏兵曹使嶲州》诗："勿以王阳叹，邛道畏峻嶒。"

[3] 风月：清风明月泛指美好的景色。如唐吕岩《酹江月》："倚天长啸，洞中无限风月。"

[4] 古桃源：即东晋诗人陶渊明笔下的桃花源，指人间仙境。

[5] 左垣：又称太微左垣，天文学专有名词，它是室女座的一颗恒星。

[6] 息养：即休养生息。如《魏书·邢峦传》："若臣之愚见，谓宜修复旧戍，牢实边方，息养中州，拟之后举。"《旧唐书·突厥传上》："我众新集，犹尚疲羸，须且息养三数年，始可观变而举。"

[7] 真人：道家、道教称修真得道（成仙）之人。庄子、列子、关尹子在唐代皆封为真人。如《庄子·天下》："关尹、老聃乎，古之博大真人哉！"晋葛洪《上元夫人步玄之曲》："忽过紫微垣，真人列如麻。"唐韩愈《奉酬卢给事云夫四兄曲江荷花行见寄》："上界真人足官府，岂如散仙鞭笞鸾凤终日相追陪。"

[8] 道果：通过修道成正果。

[9] 玄门：道教徒常用"玄门"作为道教的代称，如道教徒常自称"玄门弟子"。玄门也是对佛门的另一种称呼，佛法深妙，有信得入，故曰玄门。佛教中有十玄门：释门、法门、缁门、玄门、真门、道门、空门、谛门、祖门、宗门。

[10] 课：核验，考核。如《韩非子·定法》："操杀生之柄，课群臣之能者也。"《管子·七法》："成器不课不用，不试不藏。"

评析：

　　王悟禅笔下的百福庵是人间仙境，世外桃源。百福庵盘踞在高山之上，仿佛扪参历井，手可摘星，山涧泉水澎湃入海，一去不返。诗人于桃源仙境之中，自劝自勉，一心修炼成正果。这首诗充满道气，也可以说是诗人的自勉诗。

游白榕庵[1]

黄宗臣

朝行陟高冈[2]，旭日阴初上。

轻烟散林薄，樵径人孤往。

循林入幽邃[3]，零露沾草莽[4]。

结庐有幽人，悠然寄元想[5]。

枯藤屋上垂，暗水阶前响。

乔木多蔽亏，石牖[6]转清朗。

我来赋玄虚[7]，喜未罗尘网[8]。

古人亦已远，遗风[9]在吾党。

作者简介：

黄宗臣，生平事迹见《上清宫》诗。

注释：

[1] 白榕庵：在三标山西北，明孙介庵所建，今圮。

[2] 高冈：高耸的山脊。如《诗经·周南·卷耳》："陟彼高冈，我马玄黄。"

[3] 幽邃：幽深，深邃。如唐柳宗元《小石潭记》："坐潭上，四面竹树环合，寂寥无人，凄神寒骨，悄怆幽邃。"唐元稹《莺莺传》："时愁艳幽邃，恒若不识，喜愠之容，亦形罕见。"

[4] 草莽：丛生的杂草。如东晋陶渊明《归园田居》诗："常恐霜霰至，零落同草莽。"

[5] 元想：元，始，开端。如南朝刘勰《文心雕龙·原道》："人文之元，肇自太极。"元想，对本始的思考。

[6] 石牖：牖，窗子。石牖，石窗。如老子《道德经》："凿户牖以为室，当其无，有室之用。"

[7] 玄虚：指玄远虚无的道。如《韩非子·解老》："圣人观其玄虚，用其周行，强字之曰道。"《后汉书·仲长统传》："安神闺房，思老氏之玄虚。"

[8] 尘网：指人在世间受到种种束缚。如汉东方朔《与友人书》："不可使尘网名缰拘锁，怡然长笑，脱去十洲三岛。"东晋陶潜《归园田居》诗："误落尘网中，一去三十年。"唐王维《普提寺禁口号又示裴迪》诗："安得舍尘网，拂衣辞世喧。"

[9] 遗风：前代或前人遗留下来的风教。如屈原《哀郢》诗："哀州土之平乐兮，悲江介之遗风。"西汉司马迁《史记·货殖列传》："故其民犹有先王之遗风。"

评析：

诗人在草木零落、朝露为霜的深秋清晨，踏上崇山峻岭，循着幽邃的山径，穿越山林薄雾，寻访深山庵中的友人。"结庐有幽人，悠然寄元想"，白榕庵友人甘于清贫孤寂，石牖、茅屋，一心修炼。"我来赋玄虚，喜未罗尘网"，诗人摆脱世间束缚，也来共同追求玄远虚无之道。"古人亦已远，遗风在吾党"，他鼓励友人，昔人远逝，弘扬此道却需吾辈加勉。

浮山朝海庵

黄作孚

浮山雄海畔，乘兴[1]一登临。

拂草寻幽径，攀萝陟峻岑[2]。

水天连共远，岛屿接还深。

纵览乾坤阔，擎杯发啸吟[3]。

作者简介：

黄作孚，字汝从，即墨（今山东省即墨市）人，明嘉靖三十二年（1553）癸丑科进士。

注释：

[1] 乘兴：趁着一时的高兴。如宋苏轼《题永叔会老堂》："乘兴不辞千里远，

放怀还喜一樽同。"

[2] 峻岑：高山。如唐裴度《蜀丞相诸葛亮祠堂碑铭》："蜀国之风，蜀人之心，锦江清波，玉垒峻岑，入海际天，如公德音。"

[3] 啸吟：啸歌。如清孙枝蔚《竹中》："久坐凭风雨，闲行有啸吟。"

评析：

诗人"拂草寻幽径，攀萝陟峻岑"，攀着荒芜的山路，登上雄峙海畔的浮山朝海庵，远处水天相连，岛屿隐现，壮阔的景色激发诗人的阔大情怀，诗人禁不住举杯畅饮，纵情高歌。

太清宫

耿义兰

大劳小劳天下奇，海岳名山世间稀。

修真[1]野客能避世，万古长春道人居。

东海名高上鳌峰，初开茅庵是太清。

恩深一观明帝主，敕谕[2]颁来道藏经。

作者简介：

耿义兰，字芝山，高密（今山东省高密县）人。明正德四年（1509）生，嘉靖年间进士，后弃家入道，卒于万历三十四年（1606）。

注释：

[1] 修真：道教中学道修行，求得真我，去伪存真为修真。后又延伸出多种修真门派及修真相关理论。

[2] 敕谕：皇帝的诏令。如班固《汉书·东平王刘宇传》："上于是遣太中大夫张子蟜奉玺书敕谕之。"

评析：

耿义兰与憨山的恩怨纠缠，掺杂了说不清的是是非非。当时即仁者见仁智者见智，褒贬不一，难以厘清事实。而海印寺毁弃，太清宫复建，其中闪现着政治的角力却是不争的事实。耿义兰此诗也毫不避讳地炫耀了这一点，"恩深一观明帝主，敕谕颁来道藏经"，正如杜荀鹤所说的"任是深山更深处，也应无计避征徭"一样，如涉及利益之争，即使身处多么幽僻之处，超脱红尘之心如何坚决，皆无法躲避权力的阴影。

黄石宫[1]

崔应阶

曲径逶迤上下分，清游到此乃无氛[2]。

仙宫高出凌黄石，古洞行穿碍[3]白云。

壁底流泉添夜雨，阶前柏子拂朝曛。

名山胜迹今初步，足力犹堪领后群。

作者简介：

崔应阶，生平事迹见《美人峰》诗。

注释：

[1] 黄石宫：在华阴北山，元时建，祀三清，明崔道人成道于此。旧有上宫、下宫，清光绪间俱圮。

[2] 氛：尘埃。如东汉张衡《西京赋》："消氛埃于中宸，集重阳之清澄。"

[3] 碍：阻止。如南朝吴均《与朱元思书》："游鱼细石，直视无碍。急湍甚箭，猛浪若奔。"唐岑参《与高适薛据同登慈恩寺》诗："四角碍白日，七层摩苍穹。"

评析：

"曲径逶迤上下分"，一条蜿蜒的山路隔绝了尘世的喧嚣，"清游到此乃无氛"，诗人至此进入了人迹罕至的黄石宫仙境，耸立于山峰之上的黄石宫，坐拥四周白云，流泉山涧激荡，阶前松柏森森，迎日出送日落。"足力犹堪领后群"，寂静的仙境使诗人愉悦兴奋，增添了清游的兴趣。

黄石宫

王秉和

一径仙凡自此分，琼岩绀宇[1]绝尘氛。

浇花泉引峰头水，步月坪[2]生足底云。

石上华芝[3]风正暖，坛边清磬日初曛。

留侯[4]一去无消息，此地应联鸾鹤群。

作者简介：

王秉和，生平事迹不详。

注释：

[1] 绀宇：佛寺的别称。如唐王勃《益州德阳县善寂寺碑》："朱轩夕朗，似游明月之宫；绀宇晨融，若对流霞之阙。"

[2] 坪：指山区和丘陵地区局部的平地。

[3] 华芝：即灵芝。如唐李商隐《东还》诗："自有仙才自不知，十年长梦采华芝。"

[4] 留侯：秦末张良运筹帷幄，辅佐刘邦平定天下，以功封留侯，后常以此称颂功臣。如西晋刘琨《重赠卢谌》诗："白登幸曲逆，鸿门赖留侯。"

评析：

此诗与崔应阶的诗皆点出了黄石宫的特点，一条山路隔尘氛，区隔了尘俗与仙境。仙境中的黄石宫，黄昏时分，泉水潺潺，足底生云，华芝绽放，磬声悠扬。美中不足的是"留侯一去无消息"，自从张良仙去，此地再无如此仙界高人，故诗人希冀"此地应联鸾鹤群"，再有仙风道骨之人骑鸾驾鹤莅临此处。黄石公是下邳人，在今江苏邳州，与崂山有千里之遥，与黄石宫难以扯到一起。诗人用此典故，是知识的疏漏，抑是以文学的手法故意为之？

黄石宫

周知佺

回环细路杳[1]难分，履进圯桥[2]破晓氛。

古木晴飞千嶂雨，灵源瀑泻一溪云。

醉眠萝洞天初小，梦到华胥[3]日未曛。

亲见安期何足计，翩翩八百自为群。

作者简介：

周知佺，清代乾隆年间即墨文人，撰有《二劳山人诗稿》二卷。

注释：

[1] 杳：昏暗，迷茫难分。如屈原《山鬼》："杳冥冥兮羌昼晦，东风飘兮神灵雨。"

[2] 履进圯（yí）桥：出自《史记》圯桥进履的故事。西汉司马迁《史记·留侯世家》记载："良（张良）尝闲从容步游下邳圯上；有一老父，衣褐，至良所，直堕其履于圯下，顾谓良曰：'孺子，下取履！'良鄂然，欲殴之。为其老，强忍，下取履。父曰：'履我！'良业为取履，因长跪履之。父以足受，笑而去。良殊大惊，随目之。父去里所，复还，曰：'孺子可教矣。后五日平明，与我会此。'"

[3] 华胥：华胥是伏羲的母亲华胥氏。相传华胥踩雷神脚印，有感而受孕，生伏羲。据学者研究，华胥氏的历史比黄帝要长得多，华胥国的传统服饰为长袍，后来发展成为具有长袍特点的汉服，也与华胥国有关。华胥在今陕西蓝田境内。

评析：

"回环细路杳难分，履进圯桥破晓氛"，诗人在山径昏暗难辨的拂晓时分，踏上通往黄石宫的路途，圯桥是汉代张良为黄石公进履之处，诗人在此用这个典故，显然也是将江苏邳州发生的历史故事，移花接木到崂山。诗人穿过云雾，经过密林，踏过泉溪。到达黄石宫时筋疲力尽，所以一枕梦黄粱，"梦到华胥日未曛"，身心都体会了历经仙境的愉悦。

[青玉案]（上清宫）

丘处机

长春真人于大安己巳自胶西醮事完后，与道众东游鳌山，道多雅士，命黄冠士奏空洞步虚毕，乃作词一首，名曰青玉案。

乘舟共约烟霞侣[1]，策杖寻高步，直上孤峰尖险处，长吟法事[2]，浩歌幽韵，响遏行云[3]住。

凭高目断周四顾，万壑千岩下无数。匝地[4]洪涛吞岛屿，三山不见，九霄凝望，似入钧天[5]去。

作者简介：

丘处机，生平简介见《咏天柱山》诗。

注释：

[1] 烟霞侣：指游山玩水的伴侣。如清孙枝蔚《清明日泛舟城北》诗："素心能几人？经年成间阻。今日莺花前，重聚烟霞侣。"

[2] 法事：寺院道场重要行事之一。在所举办的法事当中，有的是自我忏悔的方式，如忏摩；有的是经大众附议通过者，如布萨；有的是对大众宣说佛法，如升座说法。

[3] 响遏行云：声音高入云霄，阻挡了飘浮的云彩，形容歌声嘹亮。如《列子·汤问》："抚节悲歌，声振林木，响遏行云。"

[4] 匝地：遍地，此处应是处处的意思。如唐王勃《还冀州别洛下知己序》："风烟匝地，车马如龙。"宋赵崇璠《蝶恋花》词："风旋落红香匝地，海棠枝上莺飞起。"

[5] 钧天：天的中央，神话传说中天帝住的地方。如宋苏轼《潮州韩文公庙记》："钧天无人帝悲伤，讴吟下招遣巫阳。"

评析：

这首词名为丘处机之作，内容却与丘处机身份不协调。一写壮举，与羽人同道攀上孤峰险处，"长吟法事"，以至于"浩歌""响遏行云"，有如此慷慨激昂诵经者？一写壮怀，凭高望尽万壑千岩，洪涛岛屿，"九霄凝望，似入钧天去"，仰望碧空，大有"俱怀逸兴壮思飞，欲上青天揽明月"之势，这种逸兴似乎难以从超脱红尘的胸中生发。这首词更像胸怀"修身齐家治国平天下"宏愿的儒士所为。

下清宫

黄公渚

海印基残[1]竹万丛，耐冬[2]花老梦成空。

诛茅[3]还与山争地，羽士能专十亩宫。

作者简介：

黄公渚，生平事迹见［戚氏］（崂山）词。

注释：

[1] 海印基残：荒废的海印寺遗址。海印寺位于太清宫前，创建于明代万历十六年（1588）。明代高僧憨山于万历十三年（1585）起在太清宫三清殿前建海印寺，万历十六年（1588）建成。万历二十八年（1600），皇帝降旨毁寺复宫，现仅存该寺遗址。

[2] 耐冬：又名山茶、曼陀罗、玉茗，山茶科常绿植物，叶片呈倒卵形至椭圆形，花朵硕大，有红、白两种。北方气候本不适应它的花期，崂山却是个例外。据传，崂山的耐冬是由元代道士张三丰从海岛移植而来

[3] 诛茅：芟除茅草。南朝沈约《郊居赋》："或诛茅而剪棘，或既西而复东。"

评析：

茂密竹林丛中的那堆断壁残砖，曾是繁华可与五台、普陀媲美的海印寺，可惜憨山的梦想如耐冬花艳丽一现就凋零了，海印寺被彻底毁弃。"诛茅还与山争地，羽士能专十亩宫"，诗人对耿义兰的行为表示指责，耿义兰为何对憨山要赶尽杀绝，难道在崂山佛道就不能互相容忍、平安相处？

访李一壶[1]新庵留宿次海客韵

董　樵

贫病稀佳况，寻君一解颜[2]。

浓花侵客座，双鸟语空山。

戎马[3]何年息，乾坤此地安。

相期重载酒，乘月醉潺湲。

作者简介：

董樵，生平事迹见《游石门山》诗。

注释：

[1] 李一壶：佚其名，不知何许人。明亡后，着黄冠道衣，客居于崂山，貌顾而长，须眉疏秀，行必以一壶自随，时称一壶先生。喜饮酒，一壶辄止，醉向南山而哭，佯狂自放，读书则唏嘘流涕。人问而不答，居崂山日久则去之，不复又归来，而容愈戚，哭愈哀。清康熙年间，自缢于僧舍，邑人黄坪葬之栗里，时常携酒一壶祭其墓。

[2] 解颜：开颜，笑貌。如魏曹植《七启》："雍容闲步，周旋驰暍，南威为之解颜，西施为之巧笑。"唐钱起《送夏侯审校书东归》诗："傥寄相思字，愁人定解颜。"

[3] 戎马：古代驾兵车的马，借指战乱、战争。如北齐颜之推《颜氏家训·风操》："汝曹生于戎马之间，视听之所不晓，故聊记录，以传示子孙。"唐杜甫《登岳阳楼》诗："戎马关山北，凭轩涕泗流。"

评析：

李一壶"醉向南山而哭，佯狂自放"，来无影去无踪，神秘莫测。但有一点是可以肯定的，他是不屈服于满清的明遗民，满清统治者不许汉人着汉服，他则"着黄冠道衣"以示抗争。清初著名文人戴名世记载："（李一壶）酒酣大呼，俯仰天地，其气犹壮也，忽悲愤死，一瞑而万世不视，其故何哉！"何故？戴名世明知却不敢直写，李一壶为何死不瞑目？因为他痛恨生为大明人，却死成满清鬼。董樵与李一壶都是满清的反抗者，差别在于暴力与非暴力，"戎马何年息"，董樵已疲惫于多年的刀光剑影，逃避到崂山，"浓花侵客座，双鸟语空山"，面对鸟语花香的世外桃源，仍无法消解内心的苦闷，"寻君一解颜"，他寻访李一壶，一醉解烦忧，"相期重载酒"，并相约再次相聚。只有与君一席谈，才少解无尽的忧伤，与君倾壶醉，才泯失心中的绝望。

宿华严庵

钟惺悟

风尘[1]征客面，相见愧山僧。

拳菜供宵饭，禅机[2]话古灯[3]。

雁过霜正肃，犬吠月初升。

夜半闻钟梵，云峰最上层。

作者简介：

钟惺悟，清代文人，生平事迹不详。

注释：

[1] 风尘：尘土。如西晋陆机《为顾彦先赠妇》诗："京洛多风尘，素衣化为缁。"唐王昌龄《从军行》诗："大漠风尘日色昏，红旗半卷出辕门。"

[2] 禅机：佛教禅宗谈禅说法时，用含有机要秘诀的言辞、动作或事物来暗示教义，使人得以触机领悟，后用以称能发人深省、富有哲理的妙语。

[3] 古灯：是古代以燃料燃烧作为光源的照明工具，包括火炬、油灯和烛台。

评析：

鸿雁南飞，霜染秋林，孤寂夜月，磬声悠荡。诗人在以"拳菜"为晚餐后，与山僧的一番倾心交谈，"如听仙乐耳暂明"，三省吾身，不仅为自己蝇营狗苟于尘俗名利，羞愧不已。

暮投华严庵止宿

黄公渚

至味[1]伊蒲馔[2]，元机[3]法象庐[4]。

海尘吹埏马[5]，林籁杂笙鱼[6]。

峰落蓬瀛外，云开草昧^[7]初。

归禽先入定^[8]，禅地月如如。

作者简介：

黄公渚，生平事迹见［戚氏］（崂山）词。

注释：

[1] 至味：最鲜美的滋味。如《吕氏春秋·本味》："汤得伊尹，被之于庙，爝以爟火，衅以牺狠。明日，设朝而见之，说汤以至味。"

[2] 伊蒲馔：斋供素食。如清赵翼《素食招梦楼佩香小集寓斋》："客中破寂赖吟明，小治伊蒲馔尚能。"

[3] 元机：奥秘，妙理。如唐马总《赠日本僧空海离合诗》："增学助元机，土人如子稀。"

[4] 法象：自然界的现象。如《周易·系辞上》："是故法象莫大乎天地，变通莫大乎四时。"

[5] 埜马：埜同"野"。野马，春天阳气生成，远望原野或沼泽之中游气浮动，状如奔马。如《庄子·逍遥游》："野马也，尘埃也，生物之以息相吹也。"

[6] 亝鱼：亝古"参"字，参鱼是生活在北方的一种很常见的淡水鱼，个小，侧扁，比拇指略宽，体长不超过十六七厘米，嘴微翘，鳞极细，全身银白色。

[7] 草昧：天地初开时的混沌状态；蒙昧。如《梁书·本纪第一·武帝纪上》："自草昧以来，图牒所记，昏君暴后，未有若斯之甚者也。"

[8] 入定：即入于禅定。有时得道者的示寂也称为入定。定为三学、五分法身之一，能令心专注于一境，可区分为有心定、无心定等种。

评析：

诗人夜宿华严庵，"归禽先入定"，他自己也似乎随之入定，"至味伊蒲馔，元机法象庐"，斋饭淡乎寡味，却有至味，正所谓"至味无味"；自然永恒不变，却奥秘无穷，值得无尽探索。这都是诗人参透禅机所感。

书　院

　　创建于崂山的书院，唐宋失考，明清时至少有三座：康成书院、华阳书院、劳山书院。康成书院，康成为东汉经学大师高密人郑玄之字。据史书记载，汉末黄巾起义时，郑玄与门人客居"东莱"，避难于"不其山"下，潜心于释典、注经、讲学。汉时不其山，后人以为即今之铁骑山。明正德七年，即墨知县高允中将其改建为书院。华阳书院，遗址位于华楼山与五龙山之间的华阳山下，为明朝即墨人蓝章所建。明正德十二年，蓝章自南京刑部右侍郎任上乞休致仕归乡，于崂峰中之华阳山筑别墅，建"华阳书院"，自号"大劳山人"。蓝章子蓝田读书书院中进士，蓝田退出官场后，常居于此处著文会友，又将书院扩建。劳山书院，为乾隆二十五年即墨知县叶栖凤创建。道光二十五年，知县王九兰倡导官民捐资购地680亩，县民黄凤翔、黄凤文又捐荒田250余亩，田产收入以为书院灯烛膏火耗费用资。蓝水《崂山志·人物·名宦》之"叶栖凤"条言，叶栖凤"于劳之太和观建劳山书院以课士，教育规章一遵白鹿"。太和观位于北九水，近年已重建。劳山书院坐落于崂山深处，书院管理遵循宋朱熹所创白鹿洞书院教规。康成书院以奉祀郑玄为意，存世不长，华阳书院又有家族性质，看来只有劳山书院才是真正意义上的书院。

康成书院[1]

周如锦

三鳣[2]讲堂坠，不见一经存。

何似书连屋，仍留草护门。

崔王摭拾[3]好，袁孔表章[4]尊。

吾道信东[5]矣，家家绿满盆。

作者简介：

周如锦，生平事迹见《小蓬莱观海》诗。

注释：

[1] 康成书院：在不其山东麓，据传为后汉郑玄设教处。《三齐记》载："不其山为郑玄教授之所，有草丛生，叶如薤，长尺许，坚劲异常，降冬亦青，名书带草；又有树名篆叶楸。"院舍久圮，明正隆间，即墨令高允中为康成立祠于其地，并建石坊，未几，均遭毁，书带草、篆叶楸亦绝迹。但康成书院之名却流传至今。

[2] 三鳣（shàn）：东汉杨震博学多才，屡召不应，有鹳雀衔三鳣鱼飞集讲堂前，人谓蛇鳣为卿大夫服之象，数三，为三台之兆。后杨震果位至太尉，事见《后汉书·杨震传》。后以此典指登公卿高位的吉兆。

[3] 摭拾：拾取。如唐柳宗元《裴瑾崇丰二陵集礼后序》："自开元制礼，大臣讳避去《国恤》章……由是累圣山陵，皆摭拾残缺，附比伦类，已乃斥去，其后莫能征。"

[4] 表章：即表彰，显扬的意思。如东汉班固《汉书·武帝纪赞》："卓然罢黜百家，表章《六经》。"宋叶绍翁《四朝闻见录·洛学》："时上方崇厉苏氏，未遑表章程氏也。"

[5] 吾道信东：即"吾道东矣"，故事出自东汉郑玄。南朝范晔《后汉书·郑玄传》："郑玄，字康成，北海高密人也。玄少为乡啬夫，得休归，常诣学官，不乐为吏，父数怒之，不能禁。遂造太学受业，师事京兆第五元先，始通《公羊春秋》、《京氏易》……《九章算术》。又从东郡张恭祖受《周官》、《礼记》、《左氏春秋》、

《韩诗》、《古文尚书》。以山东无足问者，乃入西关。因涿郡卢植，事扶风马融。融门徒四百余人，升堂进者五十余生。融素骄贵，玄在门下，三年不得见，乃使高业弟子传授于玄。玄日夜寻诵，未尝怠倦。会融集诸生考论图纬，闻玄善算，乃召见于楼上，玄因从质诸疑义，问毕，辞归。融喟然谓门人曰：'郑生今去，吾道东矣。'玄自游学十余年，乃归乡里。"

评析：

诗人身处康成书院，面对先贤遗泽，从书带草写起，表达了对先贤的景仰、崇拜之情。郑玄放弃高官厚禄，隐居东莱，传道授业，使儒道东传。"何似书连屋，仍留草护门"，"吾道信东矣，家家绿满盆"，先贤的影响濡染至今。

书带草[1]歌

黄 埙

不其城[2]东山环聚，奇峰万叠[3]海东注。

山隙旧院遗址存，康成先生读书处。

先生卜居[4]近烟岛，读书万卷气浩浩。

至今相去千余年，父老犹传书带草。

草名书带不概见，灵根[5]独产康成院。

君子考德[6]兼考物，一草一花焉可没。

忆昔先生注苴经[7]，鸟兽草木皆知名[8]。

山川陵谷发其英，特生经草报先生。

草之叶，青之带，堪与先生纫兰佩[9]。

草之花，皎如雪，堪与先生比清节[10]。

草之香，淡以永，堪与先生解酲酊。

草之露，清且寒，堪与先生滋砚田。

区区一草何足荣，从来物皆以人称。

睹物思人怀令德[11]，如见先生旧典型。

远拟召公棠[12]，近比莱公柏[13]。

遥遥百世系人思，常留古道照颜色。

我今吊古崂山麓，寂寞寒烟锁空谷。

山高水长人已去，山中书带年年绿。

俯仰千秋一凭吊[14]，不尽悲风吹古木。

作者简介：

黄坦，生平事迹见《小蓬莱望海》诗。

注释：

[1] 书带草：《三齐记》载："不其山为郑玄教授之所，有草丛生，叶如薤，长尺许，坚劲异常，降冬亦青，名书带草。"

[2] 不其城：位于崂山西北部，不其山（即铁骑山）西15公里，胶州湾东岸3.5公里。《太平寰宇记》载："不其城，汉置，古城约周十余里，后汉属东莱郡，晋于此置长广县。"清《即墨县志》载："不其城，县西南二十七里，故址犹存，汉置县，属琅琊郡。""不其"之名的来源，王献唐《炎黄氏族文化考》中说，原始社会末期，在不其山周围生活着"不族"和"其族"，山以二族得名。不其城是一座土城，设4门，城墙高约4米，城平面略呈长方形，东西长约700米，南北宽约800米，总面积约0.56平方公里。秦时所建之县署，西汉太始四年（公元前93），汉武帝来不其时东迁，原址改为行宫。东汉建武六年（30），伏湛改建行宫为都署。

[3] 叠：层层堆积。

[4] 卜居：择地居住。如南朝萧子良《行宅》诗："访宇北山阿，卜居西野外。"唐杜甫《寄题江外草堂》诗："嗜酒爱风竹，卜居必林泉。"

[5] 灵根：对植物根苗的美称。如唐柳宗元《种术》："戒徒斸灵根，封植闷天和。"宋司马光《和昌言官舍十题·石榴花》诗："灵根逐汉臣，远自河源至。"

[6] 考德：查核德行。

[7] 葩经：韩愈《进学解》云："《易》奇而法，《诗》正而葩。"后因称《诗经》为"葩经"。如明徐渭《商大公子像赞》："公子为谁，特专葩经。"

[8] 鸟兽草木皆知名：语出自《论语·阳货》："小子何莫学夫诗？诗可以兴，可以观，可以群，可以怨。迩之事父，远之事君，多识于鸟兽草木之名。"

[9] 纫：绳掇。如屈原《离骚》："纫秋兰以为佩，岂惟纫夫蕙茝。"

[10] 清节：高洁的节操。如班固《汉书·王贡两龚鲍传赞》："春秋列国卿大夫及至汉兴将相名臣，怀禄耽宠以失其世者多矣！是故清节之士于是为贵。"东晋陶渊明陶潜《咏贫士》之五："至德冠邦闾，清节映西关。"

[11] 令德：美德。如《左传·襄公二十四年》："子产寓书于子西，以告宣子曰：'子为晋国，四邻诸侯不闻令德，而闻重币，侨也惑之。'"

[12] 召公棠：西汉司马迁《史记·燕召公世家》："召公之治西方，甚得兆民和。召公巡行乡邑，有棠树，决狱政事其下，自侯伯至庶人各得其所，无失职者。召公卒，而民人思召公之政，怀棠树不敢伐，歌咏之，作《甘棠》之诗。"后遂用"召公棠、棠政、召棠、棠荫"等称颂惠政及官吏的惠施惠行。如宋刘筠《禁中庭树》诗："宁知千载后，只美召公棠。"

[13] 莱公柏：寇准（961—1023），字平仲，华州下邽（今陕西渭南）人，宋太平兴国五年（980）进士，次年外放巴东知县。寇准在巴东，跋山涉水，体察民情，了解百姓疾苦。他上奏朝廷，请求减轻农民赋税；劝农稼穑，将中原先进的农耕技术传授给当地人，使巴东县成为"无旷土、无游民"之地，政通人和，百业兴旺，社会安定。寇准在县衙门前亲手植下的双柏，因寇准曾被封为莱国公，故后人谓之莱公柏。

[14] 凭吊：对着遗迹、遗物缅怀。如清徐夜《富春山中吊谢皋羽》诗："疑向西台犹恸哭，思当南宋合酸辛。我来凭吊荒山曲，朱鸟魂归若有神。"

评析：

郑玄已逝千余年，"山隙旧院遗址存，康成先生读书处"，当年郑玄耕读之处，仅留旧院遗址。"至今相去千余年，父老犹传书带草"，唯一表明先贤精神尚存、让人心生敬慕的就是"灵根独产康成院"的书带草。正如诗人所说"区区一草何足荣"，"君子考德兼考物，一草一花焉可没。"书带草是先贤品德的体现，故"从来物皆以人称"。"草之叶，青之带，堪与先生纫兰佩。草之花，皎如雪，堪与先生比清节。草之香，淡以永，堪与先生解酩酊。草之露，清且寒，堪与先生滋砚

179

田。"诗人以草喻人，郑玄节操如白花般皎洁，如草露般清纯，其影响如草香平淡而悠远。"睹物思人怀令德，如见先生旧典型。"先贤已去，后人睹物思贤，抒发不尽的思念。

康成书院

周　璠

三征不起老生徒[1]，汉业中屯[2]未易扶。

赤帝[3]但知容党锢，黄巾偏识拜真儒。

只今闾里[4]传通德[5]，在昔山灵觋啬夫[6]。

欲向讲堂寻妙绪[7]，离离书带系芳模。

作者简介：

周璠，生平事迹见《游那罗延窟》诗。

注释：

[1] 三征不起老生徒：指的是东汉郑玄的故事。汉灵帝末年，大将军何进听说郑玄很有才能便征召他，郑玄穿戴普通人服饰来拜见何进，住了一夜就逃走了。后来袁隗上表推荐他担任侍中，因为父亲去世没有就任。当时大将军袁绍在冀州统领大军，派使者邀请郑玄，举荐郑玄为茂才，上表推荐出任左中郎将，郑玄未就任。后来朝廷征召他为大司农，送给他一辆安车，规定郑玄经过的地方，主管官吏都要亲自迎送，郑玄却借口有病请求回家。

[2] 屯：难也，艰难、困顿。如唐项斯《落第后归觐喜逢僧再阳》诗："见僧心暂静，从俗事多屯。"

[3] 赤帝：一是赤帝即炎帝，少典之子，号为神农。西汉刘安《淮南子·时则训》："南方之极，自北户孙之外，贯颛顼之国，南至委火炎风之野。赤帝、祝融之所司者万二千里。"一是赤帝即汉高祖刘邦。据司马迁《史记·高祖本纪》："高祖被酒，夜径泽中，令一人行前。行前者还报曰：'前有大蛇当径，愿还。'高祖醉，曰：'壮士行，何畏！'乃前，拔剑击斩蛇，蛇遂分为两，径开。行数里，醉，

因卧。后人来至蛇所，有一老妪夜哭。人问何哭，妪曰：'人杀吾子，故哭之。'人曰：'妪子何为见杀？'妪曰：'吾子，白帝子也，化为蛇，当道，今为赤帝子斩之，故哭。'人乃以妪为不诚，欲告之，妪因忽不见。"汉代学者根据邹衍的五德始终说，认为汉以火德王，火赤色，因神化刘邦斩蛇的故事，称刘邦为赤帝子。

[4] 闾里：里巷，平民居住之所。如唐韩愈《寄卢仝》诗："水北山人得名声，去年去作幕下士。水南山人又继往，鞍马仆从寒闾里。"

[5] 通德：指通德门，东汉时，为表彰郑玄之美德在其故乡所造之门。故址在今山东省高密市西北。范晔《后汉书·郑玄传》："昔东海于公仅有一节，犹或戒乡人侈其门闾，矧乃郑公之德，而无驷牡之路！可广开门衢，令容高车，号为'通德门'。"

[6] 啬夫：低级官吏。郑玄少时在家乡做过啬夫。汉代在乡设啬夫，以听讼、收赋税为职务。

[7] 妙绪：精妙的思绪、思想。如清蒲松龄《聊斋志异·青凤》："耿生略述涂山女佐禹之功，粉饰多词，妙绪泉涌。"

评析：

这首吟咏郑玄的诗歌，充满了强烈的现实感。"汉业中屯未易扶"，表面上说的是汉家帝业日薄西山，病入膏肓，已到不可救药的险境，实际上是诗人对自己所处时代的真实反映。明代从万历朝开始，整个帝国是江河日下，气息奄奄。为何造成这种局面，诗人激烈地抨击道："赤帝但知容党锢"，统治阶级上层陷入是非不分的党争之中，政局的动荡混乱，顺我者昌、逆我者亡的排挤手段，造成了大批正直文人才华无法施展。"黄巾偏识拜真儒"，统治者视贤士如草芥，而他们所蔑视的"毛贼草寇"却礼贤有加。封建文人如此赞扬"乱民"的举动，确实有远见、有魄力。

华阳书院[1]

杨士钥

华阴高冈矗天齐，咫尺空濛[2]望转迷。

栖鸟榜檐微雨过，轻烟笼树[3]野云低。

穿林雁阵翻红叶，夹岸松关枕碧溪。

问道辋川[4]何处是，横秋[5]一幅画中题。

作者简介：

杨士钥，字庭可，号丹峰，清代即墨（今山东省即墨市）人。雍正四年（1726）举人，曾任建平县知县，工诗，著有《山人瓢》、《浙游草》等。杨士钥游崂山诗有《华阳书院》、《黄山观海》等。

注释：

[1] 华阳书院：在华楼山南麓，明司寇即墨蓝章所建。前有紫云阁，上有文昌阁，背岩俯溪，颇擅胜致。明朝御史黄宗昌《崂山志》中记载："华阳书院在华楼南麓，盖少司寇蓝公伤心时事，退休大崂之侧，卜筑于此者也。即其所自号'大崂山人'者可知矣！于是时，其子田登乡荐，已二十年。所称博学名儒，实自得于华阳者深耳。故继公为名御史，其谏大礼，可谓仁至义尽矣！君子而卓然自立，即一丘一壑，大业在斯也。安在其不可以千古哉！"至清道光中，其裔孙希文又增建山楼一座，民国后全废。书院南边溪石上，刻有谈经地、枕石漱流、曲水流觞等字。东下为松关，石上刻有八仙台、仙境、重游旧地等石刻。书院之西有仙人桥、天然碑。二里外有华阳洞。

[2] 空濛：迷茫、缥缈貌。如南朝谢朓《观朝雨》诗："空濛如薄雾，散漫似轻埃。"唐杜甫《渼陂西南台》诗："仿佛识鲛人，空濛辨鱼艇。"宋苏轼《饮湖上初晴后雨》诗："水光潋滟晴方好，山色空濛雨亦奇。"

[3] 轻烟笼树：形容云雾迷蒙，笼罩树林。

[4] 辋川：位于陕西蓝田县城南5公里的峣山间，是终南山北麓一条风光秀丽的川道，川水自峣关口流出蜿蜒流入灞河，从高山俯视下去，川溪辐辏轮连，宛若

车辋，故得名辋川。唐诗人王维中年以后，购得蓝田辋川宋之问别墅，在此过着亦官亦隐的山林生活。

[5] 横秋：天地间充满浓厚的秋意。如南朝孔稚珪《北山移文》："风情张日，霜气横秋。"唐李白《悲清秋赋》："水流寒以归海，云横秋而蔽天。"宋范仲淹《和运使舍人观潮》诗："长风方破浪，一气自横秋。"

评析：

诗人的华阳书院不是具有书卷气而是带有隐逸气，"问道辋川何处是"，诗人寻觅的是如王维隐居的辋川，"栖鸟榜檐微雨过，轻烟笼树野云低。穿林雁阵翻红叶，夹岸松关枕碧溪"，微雨、烟树、红叶、碧溪，如画景色，幽静、闲逸，是隐居的好去处。

冬日读书华阳书院次二兄见怀

蓝海庄

当户岚光[1]日又斜，惜阴[2]应不念离家。
登楼喜有书堪读，闭户曾无酒可赊。
蝌蚪[3]含烟留古篆[4]，薜萝积雪印苔花。
何当聚首空山内，黄卷青灯[5]映紫霞。

作者简介：

蓝中高（1720—1778），字季登，号海庄。清乾隆十八年（1753）拔贡生，乐善好施、豁达豪爽，族中有不举火者，以资相助，不计有无。乾隆三十六年（1771）官日照教谕，课诸生黜华崇实，提携后进，多所成就。卒于官，柩归之日，士林学子挽送至百里外。著有《海庄诗集》、《南游草》等诗文集。

注释：

[1] 岚光：雾霭在日光照射下发出的七色光彩。如唐白居易《代春赠》诗：

"山吐晴岚水放光，辛夷花白柳梢黄。"唐李绅《若耶溪》诗："岚光花影绕山阴，山转花稀到碧琇。"宋梅尧臣《依韵和资政侍郎雪后登看山亭》诗："更临危树看群岫，雪色岚光向酒浮。"

　　[2] 惜阴：珍惜时间。如宋五迈《白发吟》诗："忆昔随群儿，总角混青衿。纵弱不好弄，既冠知惜阴。"

　　[3] 蝌蚪：即蝌蚪文，书体的一种，因头粗尾细形似蝌蚪而得名。蝌蚪文的名称是汉代以后才出现的，意指先秦时期的古文。目前中国发现有待破解或正在破解的原始文字或符号共八种，即仓颉书、夏禹书、夜郎天书、贵州的红崖天书、四川的巴蜀符号、云南的东巴文、浙江绍兴禹庙的岣嵝碑文字和仙居蝌蚪文。浙江仙居的蝌蚪文发现年代最早，也最难解读。

　　[4] 古篆：即篆书，有大篆、小篆，使用于春秋战国时期及秦代。如明文徵明《题黄应龙》诗："古篆依稀赣州字，先宋流传非一日。"

　　[5] 黄卷青灯：即青灯黄卷，指光线青荧的油灯和纸张泛黄的书卷，借指清苦的读书生活。

评析：

　　这首诗真正写出了读书人的情怀，"当户岚光日又斜"，时光匆匆，时不我待，"惜阴应不念离家"，应惜时如金，珍惜得之不易的读书机会。"登楼喜有书堆读"，对知识的渴望使他们忘却了生活的艰难，"闭户曾无酒可赊"。沉浸于"蝌蚪"、"古篆"，也忘却了"积雪印苔花"的陋室苦寒。"何当聚首空山内，黄卷青灯映紫霞"，表达了对曾与兄长寒窗苦读时光的留恋。

华阳书院

张　侗

千岩飞雨洗虹桥，桥上仙人吹洞箫[1]。

梦与弄珠[2]游九水，一时落尽海门潮。

作者简介：

张侗，字同人，号石民，清代安丘（今山东省安丘县）人。少年时，适逢明崇祯十五年（1642）清兵入侵，财产荡尽，无钱买笔墨，常以炭习字。及长，才华超众，诗、书、画冠绝一邑，诗词喜用奇语，淡泊仕禄，爱好游历，以山水友朋为乐。常聚四方文士，酬唱于放鹤园，并在卧象山与诸名流隐居不仕。卒年 80 岁，著有《放鹤村文集》五卷、《其楼诗集》一卷、《卧象山志》一卷。

注释：

[1] 仙人吹洞箫：萧史、弄玉的故事。相传，春秋时秦穆公的爱女弄玉酷爱音乐，尤喜吹箫。一晚，她梦见一位英俊青年，极善吹箫，愿同她结为夫妻。穆公按女儿梦中所见，派人寻至华山明星崖下，果遇一人，羽冠鹤氅，玉貌丹唇，正在吹箫，此人名萧史。使者引至宫中，与弄玉成了亲。一夜两人在月下吹箫，引来了紫凤和赤龙，于是萧史乘龙，弄玉跨凤，双双腾空而去。

[2] 弄珠：玩珠。指汉皋二女事。张衡《南都赋》："耕父扬光于清冷之渊，游女弄珠于汉皋之曲。"李善注引《韩诗外传》："郑交甫将南适楚，遵彼汉皋台下，乃遇二女，佩两珠，大如荆鸡之卵。"如唐李白《岘山怀古》诗："弄珠见游女，醉酒怀山公。"

评析：

书院是莘莘学子头悬梁、锥刺股，面壁十年图破壁的学堂，生活的清苦，精神的贫瘠，书院绝不是人们心向神往的乐土，它是士子不得不渡过的苦海。张侗笔下的华阳书院一改本质，简直成了纨绔子弟的歌楼舞院。张侗的本性也一如既往，不改明末文人游戏人生，玩世不恭的姿态。据说崇祯帝自缢之时，曾悔恨万分地血书皆众臣误我，应该说不是臣工贻误陛下，而是陛下培养出众多明朝江山的掘墓人，本是皇朝中流砥柱的文士却成了大厦将倾时的蛀虫。张侗在国朝丧亡之后，还能将山庄美其名为"放鹤园"，诗酒度日，与其另一位著名的纨绔本家张岱在人生境界上真有天壤之别。瀑布悬流，雨后虹霓，张侗写华阳书院位处这美丽景色中，合情合理。"梦与弄珠游九水"，在清苦之地，梦想着与艳女调情嬉戏，游赏九水，则有点文不对题，所谓不着调了。

和匡谏议再入崂山访赵隐君[1]

周念东

城市君真隐，深山更访人。

角巾[2]原自惯，黄石[3]转相亲。

马熟林间路，花知洞口春。

同心有巢许[4]，耐可往来频。

作者简介：

周念东，生平事迹不详。从诗题来看，周念东为明代成化年间文人。

注释：

[1] 太古堂：在华阴村，为胶西高文忠公弘图别墅。其地原为赵隐君山林，赵隐君是山东寿光人，明成化二十三年（1487）官居吏部尚书，后辞官隐居。太古堂所在地曾筑有皆山堂、白雪轩，后以授高文忠，始更为太古堂。

[2] 角巾：方巾，有棱角的头巾，古代隐士冠饰，借指隐士。如唐高适《答侯少府》诗："江海有扁舟，丘园有角巾。"清赵翼《黄天荡怀古》诗："建炎第一功终属，太息西湖竟角巾。"

[3] 黄石：从诗意来看应指黄石公，以黄石公借指赵隐君。黄石公，秦末汉初的五大隐士之一，后得道成仙，被道教纳入神谱。《史记·留侯世家》称其避秦世之乱，隐居东海下邳。张良因谋刺秦始皇不果，亡匿下邳，于下邳桥上遇到黄石公。黄石公三试张良后，授予《素书》，临别时有言："十三年后，在济北谷城山下，黄石公即我矣。"张良后来以黄石公所授兵书辅佐汉高祖刘邦夺得天下，十三年后，在济北谷城下找到了黄石，取而葆祠之。后世流传有黄石公《素书》和

《黄石公三略》。

[4] 巢许：指巢父、许由。相传二人均为尧时人，隐居不仕，尧知他们有才能，先后要把君位让给他们，皆避而不受。后以巢许作为隐士的代称。如唐贾岛《长孙霞李溟自紫阁白阁二峰见访》诗："古寺期秋宿，平林散早春，漱流今已矣，巢许岂尧臣？"宋陆游《雪中寻梅》诗："正是花中巢许辈，人间富贵不关渠。"

评析：

"角巾原自惯，黄石转相亲"，写赵隐君放弃高官厚禄，辞职归隐，是缘于夙缘。"同心有巢许，耐可往来频"，则写匡谏议与赵隐君有相同的志趣，不慕世间名利，有志于隐居山林，所以与远在深山的赵隐君往来频繁。"马熟林间路"，紧扣诗题，标名"再入"，因为这不是第一次入崂山，坐骑都很熟悉山路。

楼　阁

　　高官达贵厌倦名利之争，文人雅士逃避尘世喧嚣，大都隐身山林，追求逍遥自在的闲适生活。崂山作为风景名胜之地，从明代开始，便兴起了构建别墅、楼阁之风，这些建筑与山林红绿相间，也增添了幽僻之处的人间气息，成为崂山的另一道风景。

一水山房[1]即事

黄邻素

九曲溪流处处间，锦屏岩下远生寰[2]。

茅檐织就桥通径，篱槿编成户对山。

鱼煮仙胎[3]堪果腹[4]，菜烹瓠叶亦和颜。

邻村寥阔[5]宾朋少，谁与白云约往还。

作者简介：

黄邻素，生平事迹不详。从蓝中高《丁丑三月同黄邻素昆季送别翼庭宿马鞍山得晓字》来看，黄邻素应为清乾隆时期即墨文人。

注释：

[1] 一水山房：即墨黄邻素所筑，在九水之一水，久圮。

[2] 寰：辽阔的地方。

[3] 仙胎：即仙胎鱼，为崂山独有的名贵鱼种。清《即墨县志》载："仙胎鱼出白沙河，从九水来，山回涧折，其流长而清湛不染泥尘，鱼游于清泉白石中者也，大可五六寸，鲜美异常。"崂山仙胎鱼九、十月份沿白沙河入海口产卵繁殖，翌年初夏，成鱼逆游于清水急流中，以浮游生物及藻类为食，鱼体长3—4寸，重1—2两，被鳞片，口方，唇边生豆瓣状物，肉鲜美，具黄瓜香味。

[4] 果腹：填饱肚子。如唐柳宗元《憎王孙文》："充嗛果腹兮，骄傲欢欣。"《明史·倪岳传》："故朝廷有糜廪之虞，军士无果腹之乐。"

[5] 寥阔：空旷、广阔。如明归有光《思子亭记》："徘徊四望，长天寥阔。"

评析：

诗人从喧嚣闹市来到幽僻山村，内心充满了新鲜感，"茅檐织就桥通径，篱槿编成户对山"，山村低矮的茅屋，曲折的小径，条编的门扉，对诗人来说是不曾熟悉的风景。"鱼煮仙胎堪果腹，菜烹瓠叶亦和颜"，在诗人眼中，青黄不接时，渔夫以鱼代饭、以菜代粮的艰难生活同样也充满快乐。据此可知，诗人的胸怀与"穷年忧黎元，叹息肠内热"的杜甫还真不可同日而语，与"何不食肉糜"的晋惠帝倒好有一比。"邻村寥阔宾朋少，谁与白云约往还"，当你以不关痛痒的局外人身份与村夫相处，自然是"宾朋少"，独自享受这难得的清净，独"与白云约往还"。

尹琅若别墅[1]

王大来

松篁深处绿云堆，面壁[2]潜修[3]绝点埃。
一闭洞天终不出，衲衣叶叶绣莓苔。

作者简介：

　　王大来，生平事迹见《白云洞》诗。

注释：

　　[1] 尹琅若别墅：在太清宫，今其室犹被称之为翰林院。

　　[2] 面壁：佛教用语，面对墙壁默望静修。如宋黄庭坚《渔家傲·江宁江口阻风戏效宝宁勇禅师作古渔家傲》："面壁九年看二祖，一花五叶亲分付，只履提归葱岭去。"

　　[3] 潜修：专心修养，潜心修炼。如明方孝孺《治要》："未见鈇钺而畏威，未见鞠讯而远罪，潜修默改于闾阎田里之中。"

评析：

　　尹琅若（琳基）是清末翰林，他在二崂深处的别墅，绿云环绕，松篁遮蔽，正是他静心寡欲，面壁潜修的佳处。他"一闭洞天终不出"，"三省吾身"后，是否有"凤凰涅槃"般的新生、愉悦？

雨中登楼作

黄宗庠

对酒闻秋雨，登楼视远山。

尘中缘乍息[1]，物外意多闲。

天地容高枕，江湖老闭关[2]。

坐怜明镜里，白发改朱颜[3]。

作者简介：

黄宗庠，字我周，号仪庭，明即墨（今山东省即墨市）人。崇祯十六年（1643）进士，为人简重有威，性恬淡，淡于仕途，在崂山华楼山西北白鹤峪筑镜岩楼隐居，读陶诗，学颜楷，自号镜岩居士，著有《镜岩楼诗集》。黄宗庠写了许多盛赞崂山的诗篇，其《白鹤峪悬泉咏》一诗中有"千金买山陬，所惬在一泉"之句，即指其别墅镜岩楼。危岸四环，境甚幽肃，今废。

注释：

[1] 息：停止、停息。如《诗·郑风·狡童》："维子之故，使我不能息兮。"杜甫《羌村》："兵革既未息，儿童尽东征。"

[2] 闭关：关口闭塞，比喻不与外界往来。另指佛教用语，僧人独居，静修佛法，不与任何人交往，满一定期限才外出。

[3] 朱颜：红润美好的面容。如南朝鲍照《芙蓉赋》："陌荆姬之朱颜，笑夏女之光发。"南唐李煜《虞美人》："雕栏玉砌依然在，只是朱颜改。"

评析：

"尘中缘乍息"，诗人隐居深山别墅，"物外意多闲"，超然物外，隔绝尘世名利攘夺，别有一番"意多闲"的心得。"天地容高枕，江湖老闭关"，关闭与名利的往还，便觉天宽地广。更令诗人欣喜的是"坐怜明镜里，白发改朱颜"，仿佛时光倒流，白发换朱颜，年轻的是外貌，更深层的还是心灵的回归。

玉蕊楼[1]

黄宗昌

四山菡萏[2]玉嶙峋[3]，中有危楼[4]耸出新。

十亩长松半亩竹，康成书院北为邻。

作者简介：

黄宗昌，字长倩，号鹤岭，明即墨（今山东省即墨市）人。天启二年（1622）进士，曾任雄县、青苑县知县。崇祯初年，官授御史，后因被排挤，于崇祯十年（1637）罢归故里。

崇祯十五年（1642），即墨遭清兵围困，黄宗昌变卖家产充军饷，率众护城，抗击清兵，次子黄基被清兵射死。两年后，郭尔标、黄大夏等率众围困即墨城，知县仓皇逃走，黄宗昌率即墨士绅进行抵抗，起义军围城40余日后撤走。黄宗昌晚年，在崂山康成书院南的楼上村，筑玉蕊楼隐居，接纳明亡后隐居崂山之遗臣、文士。他撰写《崂山志》，未竟去世，由其子黄坦续完。《崂山志》共8卷，详载崂山的古迹、名胜、人物、诗文等，辑存了崂山许多有价值的史料。

注释：

[1] 玉蕊楼：在三标山西，为即墨明御史黄宗昌所建。宗昌自言系景慕康成郑公所建，今圮，地归赵氏所有，居民犹以楼上呼之。

[2] 菡萏（hàn dàn）：荷花的别称。如南唐李璟《摊破浣溪沙》："菡萏香销翠叶残，西风愁起绿波间。还与韶光共憔悴，不堪看。"宋欧阳修《西湖戏作示同游者》："菡萏香清画舸浮，使君宁复忆扬州。"

[3] 嶙峋：山势高峻。如唐韩愈《送惠师》诗："遂登天台望，众壑皆嶙峋。"

[4] 危楼：高楼。如唐李端《度关山》诗："危楼缘广漠，古窦傍长城。"

评析：

诗人景慕郑玄之高风亮节，"康成书院北为邻"，邻近康成书院构筑玉蕊楼。四面群山环翠，峰峦绵亘，绿竹起伏，玉蕊楼坐落其中，诗中流露出诗人的喜爱之情。

过玉蕊楼

张允抡

高楼暝色[1]接层岑，薄霭霏微裛[2]客襟。

饮涧归牛依曲巷，择枝倦鸟入幽林。

无家泪溅芳春色，没齿[3]愁生落日心。

最羡虞卿[4]工著作，蹉跎虚愿[5]到于今。

作者简介：

张允抡，字并叔，号季栎，别号栎里子，明莱阳（今山东省莱阳市）人。崇祯七年（1634）进士，曾任户部主事，后授江西饶州知府。明亡，入崂山隐居不仕，曾在崂山玉蕊楼、张村等处授徒10余年，晨夕樵汲，日夕陪伴者唯一老仆。著有《希范堂集》、《廉吏高士传》及诗文11卷。张允抡遍游崂山名胜，其《栎里子游崂山记》中，收有游记13篇，诗70余首，对崂山的人文景观和自然景观记载甚详，所记年代有据可查者，上起清顺治六年（1649），下迄康熙十四年（1675）。

注释：

[1] 暝色：夜色。如东晋谢灵运《石壁精舍还湖中作》诗："林壑敛暝色，云霞收夕霏。"唐李白《菩萨蛮》："暝色入高楼，有人楼上愁。"

[2] 裛：通"浥"，湿润。如唐王维《渭城曲·送元二使安西》诗："渭城朝

雨浥轻尘，客舍青青柳色新。"

[3] 没齿：终身，终生。如《论语·宪问》："人也，夺伯氏骈邑三百，饭疏食，没齿无怨言。"西汉司马迁《史记·梁孝王世家》："是后成王没齿不敢有戏言，言必行之。"

[4] 虞卿：战国时邯郸人，原名不详。虞卿游说赵王，赵孝成王初见虞卿，赐黄金百镒、白璧一双，再见时封其为上卿，故名虞卿。他工于战略，在长平之战前，主张联合楚、魏迫秦媾和，邯郸解围后力斥赵郝、楼缓的媚秦政策，坚持以赵为主联合齐、魏抵抗秦国。后因拯救魏相离开赵国，终困于梁遂，发愤著书。著有《虞氏征传》、《虞氏春秋》15 篇（今佚）。

[5] 虚愿：不切实际的愿望。

评析：

这首诗充满了亡国丧家的悲哀。暝色入高楼，有人楼上愁。暮色淹没了高耸的玉蕊楼，远离故乡的游子矗立其上，远望归牛返巷，倦鸟入林，这一幅洋溢着农家温馨的田园美景引起诗人无限伤感，"无家泪溅芳春色，没齿愁生落日心"，无尽哀伤涌上心头，这是明朝遗民有家难归的亡国哀伤。故国覆灭，覆巢之下安有完卵？"最羡虞卿工著作，蹉跎虚愿到于今。"即使想如虞卿一样埋头著作，也成为一场虚愿。

紫霞阁[1]观日出

黄 垍

凭栏[2]东望气雄哉，雪浪横空[3]岛影开。
此去扶桑三万里，六鳌飞送赤轮[4]来。

作者简介：

黄垍，生平事迹见《小蓬莱望海》诗。

注释：

[1] 紫霞阁：在小蓬莱，明即墨文人周如锦所建。依山面海，凭眺绝佳。后归蓝氏，重加修葺，并立石坊。今阁已废，石坊犹存。

[2] 凭栏：倚栏杆。如南唐李煜《浪淘沙》："独自莫凭栏，无限江山。"宋岳飞《满江红》："怒发冲冠凭栏处，潇潇雨歇。抬眼望，仰天长啸，壮怀激烈。"

[3] 横空：横越天空。如唐虞世南《侍宴应诏赋得前字》诗："横空一鸟度，照水百花然。"宋陆游《醉中作》诗："却骑黄鹤横空去，今夕垂虹醉月明。"

[4] 赤轮：指烈日。如清沈名荪《悯旱》诗："其奈望雨雨竟绝，赤轮天半高悬悬。"

评析：

这首诗描写了诗人于紫霞阁凭栏东望所看到雄壮景色，"凭栏东望气雄哉"，"雪浪横空岛影开"，雪浪横空，渔岛隐现。"此去扶桑三万里，六鳌飞送赤轮来。"日出沧海，光芒万丈。

紫霞阁

杨还吉

凭高极目出危楼，暮色冥冥[1]大海秋。

一径自容麋鹿到，浩歌[2]顿失古今愁。

樽开石上鸥来下，潮落滩头网未收。

更欲闲寻灵宝[3]迹，苍茫烟雾起瀛洲。

作者简介：

杨还吉，生平事迹见《长春洞》诗。

注释：

[1] 冥冥：天色幽暗。如屈原《九章·涉江》："深林杳以冥冥兮，猿狖之所

居。"宋范仲淹《岳阳楼记》："日星隐曜，山岳潜形；商旅不行，樯倾楫摧；薄暮冥冥，虎啸猿啼。"

[2] 浩歌：高歌。如屈原《九歌·少司命》："望美人兮未来，临风恍兮浩歌。"

[3] 灵宝：仙人的遗迹。

评析：

　　暮色冥冥之时，诗人登上紫霞阁"凭高极目"，通往紫霞阁的山径逶迤曲折，延伸到深邃山脚，海上鸥鸟上下翻飞，自由翱翔，岸边勤劳的渔夫暮色中劳作不辍，这些景象使诗人心胸豁然开朗，弥满豪情。放弃了寻觅仙人遗迹，乘风归去的幻想，"苍茫烟雾起瀛洲"，还是驻足人间，享受俗世的情趣。

藏经阁[1]

蓝　水

峭绝藏经阁，人怜[2]小住佳。

奇峰檐角立，曲径竹里埋。

浩浩滔滔海，高高下下崖。

舟从天上落，归逐晚风偕[3]。

作者简介：

　　蓝水，生平事迹见《鱼鳞瀑》诗。

注释：

　　[1] 藏经阁：在华严寺寺门上面，建于清康熙二十七年（1688）。阁外环有走廊，画栋雕梁，势甚庄严，凭栏眺望，海山胜景，一览无余。阁中藏经，为清雍正间所颁，总720部，每部10本。

[2] 人怜：人爱。

[3] 偕：一起，共同。如《诗经·郑风·女曰鸡鸣》："宜言饮酒，与子偕老。"宋范仲淹《岳阳楼记》："登斯楼也，则有心旷神怡，宠辱偕忘，把酒临风，其喜洋洋者矣。"

评析：

诗人开始就写"峭绝藏经阁"，认为峭绝也就是险峻是藏经阁的特点。接着诗人用一系列的形象来衬托藏经阁的险峻，"奇峰檐角立，曲径竹里埋"，高耸的山峰似乎偃伏在藏经阁房檐下，院中茂密的竹林遮掩了崎岖蜿蜒的山路。"舟从天上落，归逐晚风偕"，从阁中望去，远处小舟从海天相连处顺风驶来，势如从天降落。这一系列壮阔的景象，来自高峻的视角，这个视角就是藏经阁。所以壮阔的景象衬托出了藏经阁的险峻。

宿贮云轩

周至元

庐结悬崖上，前探[1]大壑深。

窗中峰乱入，案上海平临。

时有闲云[2]宿，更无尘虑[3]侵。

竹床清不寐，一夜听潮音。

作者简介：

周至元，生平事迹见《斗母宫》诗。

注释：

[1] 探：头或身体向前伸出。

[2] 闲云：悠然飘浮的云。如唐王勃《滕王阁》："闲云潭影日悠悠，物换星

移几度秋。"唐李白《赠丹阳横山周处士惟长》诗:"当其得意时,心与天壤俱。闲云随舒卷,安识身有无。"

〔3〕尘虑:俗念。如唐刘禹锡《游桃源一百韵》诗:"道芽期日就,尘虑乃冰释。"金元好问《少林雨中》诗:"重美禅栖客,都无尘虑侵。"

评析:

诗意紧扣诗题展开,"庐结悬崖上,前探大壑深",壑深故悬崖高峭,贮云轩坐落悬崖之上,故能俯视大海,胸怀白云,"时有闲云宿"。整夜只有听到海涛的声音,没有其他杂音,故"清"。身处其中,所以诗人有"更无尘虑侵"的感受。

祠　庙

　　用来祭祀圣贤、忠臣的建筑物，也称为庙或祠。帝王一级的称为庙，孔子是"大成至圣先师"，关羽死后封为帝君，岳飞死后封为鄂王，都是帝王一级，所以有孔庙、关帝庙、岳王庙。其下一级，如杜工部祠、屈子祠、苏文忠公祠，就只能称祠而不能称庙。崂山的祠多数属于这一种，是为纪念造福一方的已逝官员而立，如童公祠是为祭祀纪念汉代不其令童恢、康公祠是为祭祀清代康熙时即墨县令康霖生。

康公祠[1]

杨还吉

康公祠宇[2]华楼东，伏腊[3]年年走野翁[4]。

堂上一碗脱粟饭，里中十里野椒封。

桐乡自古悲召父[5]，国士知君赖武公[6]。

后有华阳前姑墓[7]，千秋遗爱将无同。

作者简介：

杨还吉，生平事迹见《长春洞》诗。

注释：

[1] 康公祠：在华阴集东，祀清康熙间即墨县令康霖生。康霖生，清磁州（今河北磁县）人。即墨知县任内，他惩治腐败官员，清量土地，为农民减赋，屡破奇案，帮助百姓引种花椒致富，仅40岁就因劳累过度死在任上。康霖生在任仅两年，但他兢兢业业，深受百姓爱戴。康霖生死后，即墨人对这位清正爱民的父母官非常怀念，分别在即墨城北之北斗庵和县东南40里的华阴集东建造了两座康公祠，四时奉祀。

[2] 祠宇：族人祭祀祖先或先贤的场所。祠宇除用于崇宗祀祖外，宗族内婚、丧、寿、喜等事，也将其作为活动场所。宗族商议族内的重要事务，也利用祠宇作为会聚场所。

[3] 伏腊：古代祭祀的名称。伏在夏季伏日，腊在农历十二月。如西汉司马迁《史记·留侯世家》："留侯死，并葬黄石，每上冢伏腊，祠黄石。"西汉杨恽《报孙会宗书》："田家作苦，岁时伏腊，烹羊炮羔，斗酒自劳。"

[4] 野翁：山野之人。如宋释文珦《野翁》诗："野翁百不为，白发老岩洞。宁肯慕膏粱，且复饱藜苋。"

[5] 召父：西汉南阳太守召信臣，他和东汉时期的南阳太守杜诗，任内皆有善政。召父开通沟渠，建水门堤闸数十处，可灌溉农田"多至三万顷"。还为百姓订立用水规则，"刻石立于田畔，以防纷争"。移风易俗，大兴节俭，禁止婚丧嫁

娶奢侈浪费，约束官吏及其子弟。"吏民亲爱信臣"，尊称他为召父。史载，杜诗"修治陂池，广拓土田，郡内比室殷足"。故南阳人歌之曰：前有召父，后有杜母。将杜诗誉为杜母。后将"召父杜母"作为颂扬地方官政绩的套语。

[6] 武公：历史上春秋战国时期有数个武公，根据本诗的含义，此处武公应指周武王。武王灭商后，在政治上采取了许多政治措施。首先，安抚殷商遗民，他封纣王之子武庚为殷侯，继续治理殷民。同时，将殷商王畿（京城周围千里）内之地分为卫、庸、邶三个小国，派遣三个弟弟分别治理，负责监视武庚，号称三监。其次，采取封邦建国的方略，把全国分成若干个诸侯国，由天子分封给姬姓亲族和有功之臣；各诸侯可以拥兵，但必须随时听从天子调遣，定期向天子纳贡、朝贺；允许封侯世代承袭，并可在封国内分封卿、大夫；天子对诸侯有赏罚予夺之权，对封国中分封卿、大夫也有权过问。武王实行的封邦建国方略，相对于商朝那种原始小邦林立的现象来说，确有统天下于一尊的意义。

[7] 华阳前姑：即华阳姑，是古代文人眼中的中国西南一带的美女。上古时代的华阳国，指长江上游一带。

评析：

人生的价值是什么？当然在康霖生的清代，人们不懂得什么是价值，那时人们所赞道的天地良心，就是人生的价值。古人司马迁说，人固有一死，或重于泰山，或轻于鸿毛。今人臧克家说，有的人活着，他已经死了；有的人死了，他还活着。义出同理。康熙时即墨县令康霖生任职仅仅两年，便累死于任上。他的死于即墨乡民来说就是重于泰山的一类，是虽死犹生的一类。康公骑鹤仙去百多年，康公祠宇香火依然不断，"伏腊年年走野翁"，虔供"堂上一碗脱粟饭"。康公已死，而其施予百姓的惠泽依然绵延至今，"里中十里野椒封"，令乡民感恩不以。"千秋遗爱将无同"，那些以良心待民的官吏，百姓也将没世不忘。

经神祠[1]

林砥生

穷经沧海上，栗主[2]肃千年。

潮势近遮屋，山根远入山。

书堂萦带草，石鼎[3]冷茶烟。

党锢[4]谁遗祸，黄巾[5]胜尔贤。

作者简介：

林砥生，生平事迹见《白云洞眺月》诗。

注释：

[1] 经神祠：在太清宫东，日照尹琅若所建，以祀汉司农郑公康成。

[2] 栗主：古代练祭（古代亲丧一周年的祭礼）时所立的神主，用栗木做成，故称栗主，后称宗庙神主为栗主。如《旧唐书·礼仪志六》："东都太庙，不合置木主，谨按典礼，虞主用桑，练主用栗，重作栗主，则埋桑主。"

[3] 石鼎：陶制的烹茶用具。如北朝庾信《周柱国大将军拓跋俭神道碑》："居常服玩，或以布被、松琳；盘案之间，不过桑杯、石鼎。"唐皮日休《冬晓章上人院》诗："松扉欲启如鸣鹤，石鼎初煎若聚蚊。"

[4] 党锢：指东汉的党锢之祸。东汉桓帝、灵帝时，宦官、外戚两派交替专权。宦官党有侯览、曹节、王甫等，他们任用私人，败坏朝政，为祸乡里。外戚一党的窦武等人比较清正，贵族李膺、太学生郭泰、贾彪等人与外戚一党联合，对宦官集团进行激烈的抨击，这些人通常被称作士人，即后来的士大夫。宦官以党人罪名禁锢士人终身，前后共发生过两次。党锢之祸以宦官诛杀士大夫一党几尽而结束，当时的言论以及日后的史学家多同情士大夫一党，认为党锢之祸伤汉朝根本，为黄巾之乱和汉朝的最终灭亡埋下伏笔。

[5] 黄巾：即黄巾起义，是东汉晚期的农民战争，也是中国历史上规模最大的一次以宗教形式组织的暴动。公元184年（甲子年），张角约信众在3月5日以"苍天已死，黄天当立，岁在甲子，天下大吉"为口号起义反汉。根据五德始终说

的推测，汉为火德，火生土，而土为黄色，所以众信徒都头绑黄巾为记号，象征要取代腐败的东汉。它对东汉朝廷的统治产生了巨大的冲击，导致了东汉的灭亡与三国时期的到来。

评析：

"穷经沧海上，栗主肃千年。"在偏僻的山陬海澨，经神祠里郑玄的神主仍然享受着人们的祭祀敬拜。"书堂萦带草，石鼎冷茶烟。"祭祀郑玄是因为至今人们还难以忘怀他放弃名利，在僻乡山野传道解惑的功绩。"党锢谁遗祸，黄巾胜尔贤"，在诗人看来，郑玄远离故土、远离官场耕读东莱，是才华不得重用而选择的人生之路，诗人愤怒指责那些视才士如草芥的统治者，认为他们还不如那些被称为"逆贼草寇"的黄巾军有识才慧眼。诗人的惊世之论，显然是有感而发。

塔

　　塔缘起于古代印度，称作窣堵坡（梵文 stûpa），是佛教高僧的埋骨之所。随着佛教在东方的传播，窣堵坡这种建筑形式也在东方广泛扩散。明清两代还出现了文峰塔这一独特的类型，为改善本地风水而在特定位置修建的塔，文峰塔的出现使得明清两代出现了一个筑塔高潮，许多塔都是以文峰塔的形式出现的。在东方文化中，塔的意义不仅仅局限于建筑学层面。塔承载了东方的历史、宗教、美学、哲学等诸多文化元素，是探索和了解东方文明的重要媒介。在崂山中较为著名的塔有为华严寺祖师圆寂建造的慈沾塔。

张仙塔^[1]

蓝 水

三丰^[2]何处去，孤塔矗^[3]山根。

仙迹^[4]谁能近，涛来势欲吞。

当年驱鬼斧，终古此朝暾。

有意崂游客，岩前设有墩。

作者简介：

蓝水，生平事迹见《鱼鳞瀑》诗。

注释：

[1] 张仙塔：在崂山头覆盂峰东，系乱石堆叠而成。相传为张三丰所筑，旁有耐冬，谓亦当时所植。山甚险峻，人不能到，乘舟从海中始可望见。

[2] 三丰：即道教人物张三丰。张三丰的名号籍贯向来众说纷纭，一般认为张三丰名通，又名金、思廉、玄素、玄化、君宝、全一，字君实、玄玄、三峰、元一、铉一、三丰，道号元元子、玄为子、玄玄子，他还有一个世人熟知的别号"邋遢"。张三丰祖籍江西龙虎山，于南宋淳祐丁未年（1247）生于辽阳懿州，他自幼聪敏颖悟，5岁时双目失明，多方求医而无效。全真龙门派碧落宫主持云庵道长收他为徒，并携其出家。云庵道长一面给张三丰医治眼疾，一面以道学相授。后来三丰双眼复明，博通道经。14岁时，他参加乡试高中，被视为神童。但张三丰不慕名利，出家修道，云游寻访明师高人。1277年，张三丰第一次来到崂山。他在明霞洞后山的洞中修行了10多年，开始西行和南游继续寻师，希望得到真正的道门明师的指点。1314年，张三丰67岁时在全真道祖庭所在地——陕西终南山，得拜"希夷高弟子"火龙真人为师，蒙其授修真要道。此后，张三丰精研勤修内丹养生之学及武学技击之法，使其道家内外双修功夫达到出神入化的境界。张三丰于1334年第二次到崂山，他先后在太清宫前的驱虎庵、玄武峰下的明霞洞等处修行多年，其道学修养达到"散则为气，聚则成形"的境界。《张三丰先生全集》中不少篇章就是此时写成的，其中的《玄机直讲》、《道言浅近说》、《玄要篇》、《无根树词》

等对后来的道教产生了巨大影响。明朝开国皇帝朱元璋几次下诏敦请"神仙"张
三丰出山，皆被其辞却。明朝屡次敕封张三丰为"通微显化真人"、"韬光尚志真
仙"、"清虚玄妙真君"，张三丰也成为历代崂山道士中受皇帝敕封最多的一位。明
永乐二年（1404），张三丰第三次回到崂山，埋名隐居。他移栽花木对崂山道教宫
观的园林建筑作出了巨大贡献，尤其是他移植了"耐冬"山茶。据明代崇祯年间
御史黄宗昌编撰的《崂山志》记载："永乐年间，张三丰者，尝自青州云门来于崂
山下居之。邑中初无耐冬花，三丰自海岛携出一本植于庭前，虽隆冬严雪，叶色愈
翠。正月即花，蕃艳可爱，龄近二百年，柯干大小如初。"这株植于太清宫三官殿
的耐冬山茶，至今犹存，高近7米，合围近1.8米，树龄约600余年。

　　[3] 矗：高耸地立着。如唐杜牧《阿房宫赋》："五步一楼，十步一阁……矗
不知其几千万落。"

　　[4] 仙迹：仙人遗存的东西。此处指张仙塔。

评析：

　　传统意义上的塔为佛教徒遗骨安放处，张仙塔则突破了传统，也算
是崂山对传统文化的创新。原因一是张仙不是佛界人物，而是著名的道
教徒；二是张仙塔不是存放张三丰遗骨处，而是活着的张三丰自己筑就
的。也许因此张仙塔便有了与众不同之处，"三丰何处去，孤塔矗山根。
仙迹谁能近，涛来势欲吞。"张仙塔高不可攀，人迹罕至，只能从海上
远观，无从近赏。故诗人感慨道："当年驱鬼斧，终古此朝暾。"张仙
塔虽为乱石叠成，却如鬼斧神工，历代受人仰慕。

慈沾塔[1]

仁　济

塔势巍峨[2]足七重[3]，交柯[4]围抱有双松。
苔浸斑染梵文[5]润，月上荫遮道气浓。
干篸枝横栖宿鸟，皮皴鳞起疑盘龙[6]。
乘风吹送涛声远，好共潮音到海峰。

作者简介：

仁济，清代华严寺僧人。

注释：

[1] 慈沾塔：在华严寺前，为华严寺祖师圆寂处，凡7级。前有堂门东向，四周缭以垣墙。院多古松，有两株抱塔之顶，如虬龙蟠踞，洵属奇观。

[2] 巍峨：高大耸立的样子。如唐孟郊《自叹》诗："太行耸巍峨，是天产不平。"

[3] 七重：七层。

[4] 交柯：树木枝条交错。如南朝任昉《落日泛舟东溪》诗："交柯溪易阴，反景澄馀映。"唐杜甫《树间》诗："交柯低几杖，垂实碍衣裳。"

[5] 梵文：是印度雅利安语早期（约公元前1000年）名称，印度教经典《吠陀经》即用梵文写成，其语法和发音均被当作一种宗教礼仪而毫无变化地保存下来。19世纪，梵语成为重构印欧诸语言的关键语种。

[6] 盘龙：像盘踞的龙。

评析：

仁济将慈沾塔的厚重历史，通过景物描写淋漓尽致地表现了出来。"交柯围抱有双松"，院中两株古松环抱慈沾塔顶，古松"干耸枝横栖宿鸟，皮皴鳞起疑盘龙"。七重塔身"苔浸斑染梵文润"，仿佛诉说着日月的沧桑。物是人非，斯人已去。亘古不变的是澎湃的涛声，连绵起伏的山峰。

释　刹

崂山最古老的寺院是建于魏元帝景元五年（264）的崇佛寺（俗称荆沟院）。东晋义熙八年（412），到印度等地求经的僧人法显泛海归国，遇飓风漂泊到不其县崂山南岸栲栳岛一带登陆，在其登岸处创建了石佛寺（即潮海院）。隋、唐两代，狮莲院、荆沟院和慧炬院等著名寺院得以重修，规模宏伟，香火日渐旺盛。唐代，僧人普丰由四川峨嵋山来到崂山，在今王哥庄镇大桥村东修建了大悲阁，内祀大悲观世音菩萨，后改称峡口庙。宋、元两代，佛道两教一直和睦相处。万历十一年（1583）明代四大高僧之一的憨山和尚来到崂山，在崂山太清宫三清殿前耗巨资修建了气势恢宏的海印寺，后因与太清宫道士发生纠纷，进士出身的道人耿义兰进京告御状，万历二十八年（1600）朝廷降旨毁寺复宫，憨山亦被远戍雷州。崂山佛教虽遭此打击，但并未一蹶不振，据粗略统计，明、清两代创建的寺院有 20 余处，其中最有影响的是清顺治时创建的华严寺。这座寺院规模宏伟，藏有清雍正年间刊印的《大藏经》一部，还有元代手抄本的《册府元龟》。直到清末民初，华严寺与有着 1500 多年历史的石佛寺、法海寺仍被称为崂山佛教的三大寺院。

华严寺[1]

黄 坦

林杪[2]晚生烟，寒光与树连。
云归山雨后，松落海涛前。
疏磬[3]传清夜，长波没远天。
一时人境寂，不复梦游仙。

作者简介：

黄坦，字朗生，号惺庵，黄宗昌长子，即墨（今山东省即墨市）人。明崇祯十二年（1639）副榜，后为贡生，任浦江县知县，勤政清廉，后以家事去任，宦囊如洗，幸赖士民助之而归。明亡后，继父志补成《崂山志》，并继承其父生前意愿，捐资鸠工，与即墨准提庵僧人慈沾，共建华严庵。黄坦著有《秋水居诗集》两卷。

注释：

[1] 华严寺：旧名华严庵，在那罗延山东麓，是崂东独有的一座佛刹。寺三面环山，左襟大海，涧壑泉石之清奇，殿宇楼阁之壮丽，为二崂巨擘。从海滨大陆西折前进，路旁有一巨石，叫砥柱石，上镌"山海奇观"四个大字。字径一丈，是乾隆十五年（1750）山东巡抚惠龄游崂时所题，为崂山最大之石刻。游者自海滨觅径盘回西上，夹道苍松古木，荫蔽如幄，林中大石卓立万状，凡数十纡折始达寺门。寺系明侍御即墨黄宗昌所创建，未成，以兵毁。其子坦与慈沾上人完成。寺因山而筑，每进益高。中为大殿，清顺治九年（1670）所建，内供那罗古佛。僧寮客舍居左，右最上为大悲殿，殿之西为祖师堂。其前画栋飞甍，高出竹松上者，为藏经阁。阁之西，接建十二楼。登阁凭眺海山之奇，一览无余。而涧底白云，时笼罩于峦峰竹松之间。

[2] 林杪：树梢。如晋陆机《感时赋》："猿长啸于林杪，鸟高鸣于云端。"唐柳宗元《与崔策登西山》诗："连袂渡危桥，萦回出林杪。"

[3] 疏磬：稀少的磬声。如五代温庭筠《宿云际寺》诗："高阁清香生静境，

夜堂疏磬发禅心。"

评析：

山雨过后，海涛拍岸，月光如霜，人闲松针落，磬声出空山，诗人置身其中，如入仙境，陶醉其中，不复梦中成仙。

访华严寺

高凤翰

为访华严海上行，仙山楼阁眼初明。

盘空磴[1]折松为槛，挂月峰[2]高玉削成。

孤塔遥连潮色动，危岩倒看涧云生。

不知下界[3]通何处，一路烟霞接上清。

作者简介：

高凤翰，生平事迹见《白云洞望海》诗。

注释：

[1]盘空磴：盘空，凌空。磴，山上的石头台阶。盘空磴，形容台阶很高，如在凌空盘旋。

[2]挂月峰：山峰很高，月亮如挂在山峰上。

[3]下界：指人间。如唐白居易《曲江醉后赠诸亲故》诗："中天或有长生药，下界应无不死人。"清赵翼《瓯北诗话·高青邱诗》："独青邱如半天朱霞，映照下界，至今犹光景常新，则其天分不可及也。"

评析：

诗人从两个角度描写华严寺，从远处"海上"观赏华严寺所在，华严寺坐落的山峰高耸入云，石阶凌空盘旋；登上华严寺眺望，孤塔与沧海相连，脚下云雾飘荡。诗人没有直接描写华严寺，却衬托出仙山楼阁的壮景。

华严寺

汪　沂

松盘石径逶迤通，足蹑云根到梵宫[1]。

无际浪花连屋白，几株园树傍溪红。

藏经龙听三生[2]偈[3]，浴日[4]鲸吞万里风。

横膝一琴舒朗[5]抱，海天清籁叶仙翁。

作者简介：

汪沂，生平事迹不详。

注释：

[1] 梵宫：佛寺。如唐朱庆馀《夏日访贞上人院》诗："流水离经阁，闲云入梵宫。"

[2] 三生：佛教用语，指前生、今生、后生。

[3] 偈（jì）：梵语"颂"，即佛经中的唱词。

[4] 浴日：指太阳初从水面升起。语出《淮南子·天文训》："日出于旸谷，浴于咸池。"如唐张说《奉和圣制初入秦川路寒食应制》诗："香池春溜水初平，预欢浴日照京城。今岁随宜过寒食，明年陪宴作清明。"唐杨巨源《寄昭应王丞》诗："光动泉心初浴日，气蒸山腹总成春。"

[5] 舒朗：舒适开心。

评析：

"无际浪花连屋白，几株园树傍溪红"，远处乡村茅舍与翻卷浪花融为一片，近处溪边几株园树桃红柳绿，而此景是诗人在"浴日鲸吞万

里风"，日出海上光芒万丈之时，"足蹑云根到梵宫"攀登上华严寺
所见。

华严寺

蓝中珪

结骑遵[1]海滨，寻胜[2]华严道。
仙岭重重度，万叠松风老。
崎岖盘云根，仰蹲身欲倒。
钟声穿林际，层塔矗天表[3]。
望海跨云楼，浴日寅宾[4]早。
翘首[5]扶桑外，恍接蓬莱岛。
兴酣恣磅礴，一气但浩浩。
岱宗[6]有风雨，会当通缥缈。
夜来春雨落，青翠连树杪。
涧底轰灵派，烟云浑缭绕[7]。
海涵星河动，山挂天月小。
卧云空色相[8]，风清花如扫。
众石入膏肓[9]，俯仰醉怀抱。
永得结静缘，抛去尘中恼。

作者简介：

蓝中珪，字汝封，即墨人。乾隆戊子（1768）岁贡生，官苑县训
导。著有《紫云阁诗集》。

注释：

[1] 遵：沿循。如《诗经·豳风·七月》："女执懿筐，遵彼微行。"西晋陆机
《文赋》："遵四时以叹逝，瞻万物而思纷。"

[2] 寻胜：游赏名胜。如唐李复言《续玄怪录·张逢》："策杖寻胜，不觉极远。"清陈维崧《月华清·为蒋元肤催妆》词："怪何处北阮疏狂，约来朝西山寻胜。"

[3] 天表：犹天外。如东汉班固《西都赋》："排飞闼而上出，若游目于天表，似无依而洋洋。"唐李白《金乡薛少府厅画鹤赞》："形留座隅，势出天表。"

[4] 寅宾：恭敬导引。如《书·尧典》："分命羲仲，宅嵎夷曰旸谷，寅宾出日。"孔颖达疏："此令羲仲恭敬导引将出之日。"

[5] 翘首：抬头眺望远处，比喻盼望或思念之殷切。如魏阮籍《奏记诣蒋公》："群英翘首，俊贤抗足。"唐韩愈《贺皇帝即位表》："天下翘首以望太平。"

[6] 岱宗：泰山的别称。泰山又称岱山、岱宗、岱岳、东岳、泰岳等。泰山同衡山、恒山、华山、嵩山合称五岳，因地处东部，故称东岳。如《尚书·舜典》："岁二月，东巡守，至于岱宗。"唐杜甫《望岳》诗："岱宗夫如何？齐鲁青未了。"

[7] 缭绕：回环缠绕。

[8] 空色相：佛教认为所有相，包括佛相都是虚妄的，见法身如来的条件就是"见诸相非相"，也就是慧眼所见的空相，或者是法眼所见的"色即是空"，它的意思就是"见一切相如同见空空寂寂的相"。而想达到"无我"的境界，简单、有效而唯一的方法就是对一切境界不思量、不分别、不执着，就是无心，是念而不执。

[9] 膏肓：中医学中人体部位的名称，膏指心下部分，肓指心脏和横隔膜之间。旧说膏与肓是药力达不到的地方。

评析：

蓝中珪写华严寺采用的是移步换景的方法，从登山开始，人走景移，随着视角的变换，不断展现新画面。"仙岭重重度，万叠松风老。崎岖盘云根，仰蹲身欲倒"，写山路之崎岖艰险和一路风光。"望海跨云楼，浴日寅宾早。翘首扶桑外，恍接蓬莱岛"，写华严寺眺望之壮景。"洞底袤灵派，烟云浑缭绕。海涵星河动，山挂天月小"，写华严寺俯视之仙境。诗人被美景深深吸引，陶醉其中，"众石入膏肓，俯仰醉怀抱"，故生希冀："永得结静缘，抛去尘中恼。"

华严寺

李佐贤

白云洞中方宿宿，醒来窗牖明朝旭。

重扶竹杖下山行，乱石荦确[1]不容足。

峰回路转入华严，华严何有有修竹。

谷鸣应合号筼筜[2]，行行照我须眉绿。

丛筸尽足现禅关[3]，嵯峨石磴云间矗。

崇冈峻岭起楼台，曲径禅房[4]绕花木。

饭罢忽惊海月升，衾[5]开双镜辉光触。

蛟宫贝阙激空明，鲸波怒息鱼龙伏。

清风爽飒入襟怀[6]，万壑千崖秋气肃。

眺罢山僧更索书，静夜虚空烧明烛。

持去由来听座人，一挥何妨三十幅。

作者简介：

李佐贤（1807—1876），字仲敏，号竹朋，山东利津县人，清代著名金石学家。道光八年（1828）乡试夺魁，十五年（1835）中进士，先后任翰林院编修、汀州知府等职。著有《古泉汇》、《书画鉴影》、《石泉书屋类稿》等，尤以《古泉汇》著称。李佐贤中进士后留馆授礼部庶常，转翰林院编修，任文渊阁校理、国史馆总纂。李佐贤居国史馆，阅读抄录了大量的古籍，为研究金石书画奠定了基础。特别是借抄《永乐大典》中关于"古泉"一类，让他对明以前的币种有了系统的了解。

道光二十六年（1846），李佐贤出守福建汀州府，他清廉正直，与百姓以心相见，竭力施治，刚满三年，汀州词讼稀少，世安民乐。后因审断命案遭权贵诬陷，撤任留省。朝廷觉察后给他官复原职，但李佐贤心灰意冷，坚辞不就，于咸丰二年（1852）辞归故里，毕生潜心于金石书画诗文之中。

注释:

[1] 荦(luò)确:怪石林立的样子。如唐韩愈《山石》:"山石荦确行径微,黄昏到寺蝙蝠飞。"宋苏辙《墨竹赋》:"山石荦埆,荆棘生之。"

[2] 篔筜(yún dāng):一种皮薄、节长而竿高的竹子。如苏轼《文与可画篔筜谷偃竹记》:"因以所画篔筜谷偃竹遗予,曰:'此竹数尺耳,而有万尺之势。'篔筜谷在洋州,与可尝令予作洋州三十咏。"

[3] 禅关:禅门。如唐李白《化城寺大钟铭》:"方入于禅关,睹天宫峥嵘,闻钟声琐屑。"另指悟彻佛教教义必须越过的关口。如清龚自珍《夜坐》诗:"万一禅关砉然破,美人如玉剑如虹。"

[4] 禅房:僧徒尼姑静修居住、讲经诵佛的房屋,也泛指寺院。如唐常建《题破山寺后禅院》诗:"曲径通幽处,禅房花木深。"

[5] 奁:古代盛梳妆用品的匣子。如唐李商隐《骄儿诗》:"凝走弄香奁,拔脱金屈戌。"

[6] 襟怀:胸襟、胸怀。

评析:

李佐贤写华严寺也是采用移步换景的手法,与蓝中珪的差异在于顺序的不同,蓝中珪从下写到上,而李佐贤是从上写到下。"重扶竹杖下山行,乱石荦确不容足。"扶杖下山,沿着崎岖狭窄的山路,看到的是"丛篁尽足现禅关","曲径禅房绕花木"。"饭罢忽惊海月升,奁开双镜辉光触。蛟宫贝阙激空明,鲸波怒息鱼龙伏",俯视远处,明月升起,碧波荡漾,滟滟辉光平铺万里。"清风爽飒入襟怀,万壑千崖秋气肃。"诗人身处千山万壑的肃杀秋气中,尘俗之心被清风爽飒荡涤殆尽。

还华严寺

昌 仁

业海[1]茫茫十数年，归来松竹尚依然。

重开丈室[2]安吟榻[3]，细补轩窗置砚田[4]。

一事无成深自愧，千篇有在许人传。

山中毕竟胜朝市[5]，日上三竿[6]犹复眠。

作者简介：

昌仁，字义安，俗姓矫。幼聪慧而性沉静，父母死后遂削发出家于崂山华严寺。年长后到京受戒，因通书翰，一时名流争相延接，四处云游多年，后于光绪年间归崂山华严庵久住。昌仁和尚面貌清癯，仪态潇洒，恂恂雅静，有儒者风度。闲居除禅定外，以诗自娱，著有《山居诗稿》。

注释：

[1] 业海：比喻使人沉沦的种种罪恶。《地藏菩萨本愿经》关于业海的片段叙述：海东万由旬，又有一海，其苦倍此。彼海之东，又有一海，其苦复倍。三业恶因之所招感，共号业海，其处是也。圣女又问鬼王无毒曰，地狱何在。无毒答曰，三海之内，是大地狱，其数百千，各各差别。如纪昀《阅微草堂笔记》："业海洪波，回头是岸。"

[2] 丈室：佛教语。相传毗耶离（在中印度）维摩诘大士以称病为由，与前来问疾的文殊等讨论佛法，妙理贯珠。其卧疾之室虽一丈见方而能容纳无数听众。唐显庆年间，王玄策奉敕出使印度，过维摩诘故宅，乃以手板纵横量之，仅得十笏，因号方丈、丈室。后以丈室称寺主的房间。如宋张元干《西江月·和苏庭藻》："维摩丈室久空空，不与散花同梦。"清赵翼《游狮子林题壁》："维摩丈室走终日，长房缩地称仙术。"

[3] 吟榻：吟诗坐卧之榻。如宋陆游《池上》诗："旋移吟榻并池横，欲出柴门复懒行。"宋陈师道《雪中寄魏衍》诗："遥知吟榻上，不道絮因风。"

[4] 砚田：砚台。文人恃文墨为生，故谓砚为砚田。如宋唐庚《次泊头》诗："砚田无恶岁，酒国有长春。"

[5] 朝市：指尘世。如唐张祜《题润州金山寺》诗："因悲在朝市，终日醉醺醺。"宋秦观《和孙莘老游龙洞》诗："更欲仗筇留顷刻，却疑朝市已千龄。"

[6] 日上三竿：太阳升起有三根竹竿那样高。形容时间不早了，也形容人起床太晚。如《南齐书·天文志上》："永明五年十一月丁亥，日出高三竿，朱色赤黄。"

评析：

历史有惊人的相似之处，明朝末年，有"僧不诗，则其为衲不清。士大夫不与诗僧游，则其为士大夫不雅"的风气。身处清末的昌仁也经受了这样的"洗礼"，昌仁在京受戒后，因通书翰，一时名流争相延接。他四处云游多年后，才于光绪年间归崂山华严庵久住。经过名利场的奔波后，昌仁"重开丈室安吟榻，细补轩窗置砚田"，感喟："一事无成深自愧"、"山中毕竟胜朝市"。我们有理由相信这是真实的彻悟。

与昌仁上人夜话

王大来

游客投山寺，环回过几峰。

海云迷古径，风磬出深松。

梵呗[1]中霄坠，诗僧月下逢。

孤灯挑不尽，挥麈[2]到晨钟。

作者简介：

王大来，生平事迹见《白云洞》诗。

注释：

[1] 梵呗（bài）：是指佛教徒在菩萨前歌颂、供养、止断、赞叹的颂歌，后来

泛指传统佛教音乐。中国最早创作梵呗的是曹魏时代陈思王曹植，相传陈思王曹植游览东阿境内的鱼山之时，"忽闻空中梵天之响，清雅哀惋"，"乃慕其音，写为梵呗"。曹植是佛教音乐中国化的创始人，佛教音乐在中国的传播，首先由印度入西域，再由西域进入中原地区，又从中国传入韩国，进而由朝鲜半岛进入日本。

[2] 挥麈：麈是指鹿一类动物的尾巴，可做拂尘。挥麈，挥动麈尾，以掸灰尘。晋人清谈时，常挥动麈尾以为谈助。后因称谈论为挥麈。

评析：

这首诗围绕诗题的"夜话"展开，"梵呗中霄坠，诗僧月下逢。"夜晚山中迷路，幸逢僧人。投宿古寺，更令诗人兴奋的是山寺遇知己，"孤灯挑不尽，挥麈到晨钟。"一夜促膝而谈，意犹未尽。

华严寓居

赵似祖

一

山僧爱客远相迎，入竹穿林地不平。

暮雨庵中参[1]佛像，白云峰上听经声。

网来海物形容怪，制得山茶气味清。

晓起随人闲寓目[2]，琪花瑶草[3]不知名。

二

山色迎人不断青，入门松竹满空庭。

观音[4]高托莲花座，墨客闲翻贝叶经[5]。

暮雨声中千佛寺，夕阳影里半山亭。

野人不省人间事，一枕沉沉睡未醒。

三

前有楼台后有山，小桥日夜水潺湲。

我来绿雨春三月，僧让白云房一间。

刺眼青藤休乱折，齐腰新笋莫轻删。

此行也比天台路，景物流连何日还。

四

少不成名老复狂，游人如到白云乡。

树阴斫药衣全绿，花里题诗字亦香。

一盏青灯[6]明佛阁[7]，五更残月下回廊[8]。

晓来空院无人迹，卧听钟声出上方。

作者简介：

赵似祖，字小晋，号秋谷，清代海阳（今山东省海阳市）人。进士，官知府，清同治年间曾栖居崂山华严寺多年，有崂山题咏多篇。有《望二劳》、《寄居华严寺庵即事》、《一壶道人歌》、《边道人歌》、《劳山导引法曲》等，其中《寄居华严庵即事》为赵似祖寄居华严寺时之游山诗，共24首七律诗。

注释：

[1] 参：领悟。

[2] 寓目：观看。如宋洪迈《夷坚丁志·仙舟上天》："仰空寓目，见一舟凌虚直上。"

[3] 琪花瑶草：琪、瑶是美玉。琪花瑶草是古人传说中的仙境花草。如唐王毂《梦仙谣》："前程渐觉风光好，琪花片片粘瑶草。"

[4] 观音：又作观世音菩萨、观自在菩萨、光世音菩萨等，是四大菩萨之一。他相貌端庄慈祥，经常手持净瓶杨柳，具有无量的智慧和神通，大慈大悲，普救人间疾苦。当人们遇到灾难时，只要念其名号，便前往救度，所以称观世音。

[5] 贝叶经：就是写在贝树叶子上的经文，源于古印度。在造纸技术还没有传到印度之前，印度人就用贝树叶子书写东西，佛教徒们也用贝叶书写佛教经典和画佛像，贝叶经的名字由此而来。贝叶经有2500多年的历史，是用"斋杂"和"瓦都"两种文字写的，有的是用针刺的。

[6] 青灯：青荧的油灯，借指佛门寂寞的生涯。如清曹雪芹、高鹏《红楼梦》第118回："可怜绣户侯门女，独卧青灯古佛旁！"

[7] 佛阁：佛教建筑中供养佛陀的楼阁。如唐白居易《月夜登阁避暑》诗：

"行行都门外，佛阁正岧峣。"

[8] 回廊：指在建筑物门斗、大厅内设置在二层或二层以上的回形走廊。

评析：

诗歌首起"山僧爱客远相迎"，似乎预示整首诗将写诗人与山僧的情谊。但从"晓起随人闲寓目"、"野人不省人间事，一枕沉沉睡未醒"、"此行也比天台路，景物流连何日还"、"晓来空院无人迹，卧听钟声出上方"等句来看，诗人之意"在乎山水之间也"，是抒发挣脱官场樊笼的闲适、恬淡之情。

华严寺

孙凤云

名山十载重相见，仿佛犹识故人面。

欢呼一笑素筵[1]开，薇蕨[2]满前恣欢宴。

我来正值雨初晴，山犬吠客鸟鸣散。

峰峦岚巘[3]深且幽，云树明灭[4]隐复现。

松磴屈曲绕僧廊，楼台突兀见佛殿。

流水瑽琤[5]鸣琴筑，怪石谽岈森戟剑。

奇花异草竹连空，参差红翠岩壑乱。

峰回路转见洪涛，闪烁波光接云汉[6]。

鲸雾恍惚幻蜃楼[7]，蛟龙怒吼风雷战。

人生何必苦营营，名缰利锁自牵绊。

独恨流光速如电，青山如故朱颜换。

安得茅屋住此山，芒鞋[8]布袜从吾便。

作者简介：

孙凤云，字瑞亭，号半楼，清代高密（今山东省高密市）人。诸生，工诗善文，喜游山水。游崂山时留有《狮峰观日出》、《八仙墩》、《明霞洞》、《劳山观日出》等诗篇。其《狮峰观日出》七言律诗，镌刻于崂山上苑狮子峰顶西侧。

注释：

[1] 素筵：没有荤腥的僧饭。

[2] 薇蕨（wēi jué）：薇和蕨，嫩叶皆可作蔬的野生植物。如东汉张衡《西京赋》："草则葳莎菅蒯，薇蕨荔芨。"唐孟郊《长安羁旅行》诗："野策藤竹轻，山蔬薇蕨新。"

[3] 岌嶪（jí yè）：山势高峻貌。如唐杜甫《九成宫》诗："曾宫凭风回，岌嶪土囊口。"宋陆游《登城》诗："九衢百万家，楼观争岌嶪。"

[4] 明灭：忽明忽暗。如唐王维《山中与裴迪秀才书》诗："夜登华子冈，辋水沦涟，与月上下，寒山远火，明灭林外。"唐李白《梦游天姥吟留别》诗："越人语天姥，云霓明灭或可睹。"

[5] 瑽琤（cōng chēng）：原意为玉石碰撞声，也引申为流水的声音。如清朱彝尊《题汪检讨楫乘风破浪图》诗："中山君长搓手迎，道旁张乐声瑽琤。"

[6] 云汉：银河、天河。源出《诗·大雅·云汉》："倬彼云汉，昭回于天。"如唐李白《月下独酌》诗："永结无情游，相期邈云汉。"

[7] 蜃楼：亦称海市蜃楼，是光折射形成的一种现象。宋沈括《梦溪笔谈》："登州海中，时有云气，如宫室、台观、城堞、人物、车马、冠盖，历历可见，谓之海市。或曰：'蛟蜃之气所为。'疑不然也。欧阳文忠曾出使河朔，过高唐县，驿舍中夜有鬼神自空中过，车马人畜之声一一可辨，其说甚详，此不具纪。问本处父老，云：二十年前尝昼过县，亦历历见人物。土人亦谓之海市。与登州所见大略相类也。"

[8] 芒鞋：草鞋，用植物的叶或秆编织的鞋子。如苏轼《定风波》："莫听穿林打叶声，何妨吟啸且徐行，竹杖芒鞋轻胜马，谁怕？一蓑烟雨任平生。"

评析：

"名山十载重相见，仿佛犹识故人面。"诗人十年红尘沉浮，再入名山，虽是故貌，却有崭新感受。"我来正值雨初晴，山犬吠客鸟鸣散",诗人重返故地,以亲切的笔触赞美华严的魅力:峰峦青幽、云树明灭、流水琤琤、怪石森戟、红翠参差,禁不住感慨"青山如故朱颜换",青山依旧美丽,人生再无年少。而"人生何必苦营营,名缰利锁自牵绊"句,似乎看到了诗人的大彻大悟。现实中,面对荡涤肺腑的美景时,凡夫俗子也会产生这种激情的"彻悟",而真正彻悟却非易事。

华严寺

周至元

那罗延山势东注[1],岩峦回亘[2]幻幽谷。

中有禅宫曰华严,辉煌高踞山之腹。

海滨拾级入松林,一径盘回深复深。

涧底清风生飒飒,顶上绿盖荫沉沉。

林间巨石多奇状,虎踞狮蹲怒相向。

琪花迎客衣袂[3]香,空翠扑人肌骨爽。

松径尽处竹更幽,高高古塔矗天陬[4]。

门前饱贮方塘水,竹根流泉似箭抽。

幽篁深处禅关辟,四围积翠浓欲滴。

磬音[5]低来涧底萦,危楼高自松梢出。

深深花木护禅房,累累怪石压回廊。

红叶满庭僧意静,青松绕院鹤梦长。

波光岚影[6]满高阁,凭栏顿教双瞳[7]阔。

东南大海似镜明,西北群峰如玉削。

俯视来处路已无,但见翠波万顷[8]铺。

空明乍疑莅三岛,高敞直可凌清虚。

视久忽讶乱峰失,始悟身在白云里。

最爱清听听不足,梵音方歇潮音起。

作者简介：

周至元，生平简介见《玉清宫》诗。

注释：

[1] 东注：水势浩大，向东流去。如宋苏轼《和王游》诗："白发故交空掩卷，泪河东注问苍旻。"

[2] 回亘：亘，连续不绝，回亘，山势回环连绵不绝。如南朝鲍照《登庐山》诗："霞石触峰起，回亘非一形。"

[3] 袂：衣袖。如唐白居易《长恨歌》诗："风吹仙袂飘飘举，犹似霓裳羽衣舞。"

[4] 陬：偏远的角落。如东汉张衡《南都赋》："若夫天封大胡，列仙之陬。上平衍而旷荡，下蒙笼而崎岖。"

[5] 磬音：磬，佛寺中使用的一种钵状物，用铜铁铸成，既可作念经时的打击乐器，亦可敲响集合寺众。磬音即磬声。如唐常建《题破山寺后禅院》诗："万籁此皆寂，惟闻钟磬音。"

[6] 岚影：岚是山间雾气，岚影指弥漫的云雾。

[7] 双瞳：瞳即瞳仁。双瞳在此指双眼。

[8] 万顷：百亩为一顷，万顷形容面积广阔。如宋范仲淹《岳阳楼记》："春和景明，波澜不惊；上下天光，一碧万顷。"

评析：

读此诗，仿佛是导游带你游览华严寺，先说华严寺所居方位、位置，接着介绍如何登山路攀至华严寺，一路给你介绍沿途风光，至华严寺后详述其幽静的景色，在华严寺观海的感受。"视久忽讶乱峰失，始悟身在白云里"，海雾升腾，提醒你该是下山的时候了。描写华严寺很详尽，却无法让读者产生深刻的印象。

峡口庙[1]道中

黄守缃

清游[2]不用有人从，闲访樵渔云外踪。

路出村前皆荦确，山来深处渐葱茏[3]。

陂陀[4]秀麦连高下，花竹围篱间淡浓。

到此红尘[5]洗欲净，烟岚万叠一声钟。

作者简介：

黄守缃，即墨（今山东省即墨市）人，清代咸丰二年（1852）贡生，善诗文。

注释：

[1] 峡口庙：在三标山北，旧名大悲阁。相传为唐普丰僧所创建，祀如来。

[2] 清游：清雅游赏。如西晋潘岳《萤火赋》："翔太阴之元昧，抱夜光以清游。"宋范成大《送汪仲嘉侍郎使虏》诗："清游不可迟，日日檥船待。"

[3] 葱茏：形容草木青翠茂盛。如唐柳宗元《酬贾鹏山人郡内新栽松寓兴见赠》诗："积雪表明秀，寒花助葱茏。"

[4] 陂陀（pō tuó）：倾斜不平貌。如西汉司马迁《史记·司马相如列传》："登陂陀之长阪兮，坌入曾宫之嵯峨。"唐李华《含元殿赋》："靡迤秦山，陂陀汉陵。"

[5] 红尘：原意是指繁华的都市，后指纷纷攘攘的世俗生活。如南朝徐陵《洛阳道》诗："绿柳三春暗，红尘百戏多。"唐王建《从军后寄山中友人》诗："夜半听鸡梳白发，天明走马入红尘。"

评析：

"路出村前皆荦确，山来深处渐葱茏。陂陀秀麦连高下，花竹围篱间淡浓。"坎坷山路、葱茏密林、村舍竹篱、田间稼穑，这平淡的山野景色，就使得诗人"红尘洗欲静"，真可谓是"清游"。

法海寺[1]

周如砥

一

云尽寒山石窦开，西风古寺一徘徊[2]。

树当十月犹青色，碑载前朝半绿苔。

说法[3]似闻仙犬吠[4]，听经曾有夜龙来，

须知胜地[5]宜杯酒，未许斜阳促客回。

二

幽岩欲尽见浮屠[6]，削级穿云百尺孤。

四面山风围翠霭，千年花雨暗平芜[7]。

人寻鸟道[8]迷南北，篆杂蜗纹[9]半有无。

欲问慈航[10]何处是，斜阳满树一啼乌。

作者简介：

　　周如砥，字季平，号砺斋，明代即墨人。万历十七年（公元1589）进士，官至国子监祭酒。著有《青藜馆集》四卷。

注释：

　　[1] 法海寺：在石门山西，规模宏大，西有三塔。一为元泰定时建的圆通寿塔，其二为明永乐时所建广进寿塔和玉住寿塔。

　　[2] 徘徊：往返回旋、来回走动。如东汉张衡《南都赋》："揔万乘兮徘徊，按平路兮来归。"宋苏轼《前赤壁赋》："少焉，月出于东山之上，徘徊于斗牛之间。"

　　[3] 说法：宣讲宗教教义。如南朝慧皎《高僧传·译经中·鸠摩罗什》："什以说法之暇，乃寻访外道经书。"明吴承恩《西游记》第58回："都到七宝莲台之

225

下，各听如来说法。"

[4] 犬吠：狗叫声。如唐刘长卿《逢雪宿芙蓉山人》诗："日暮苍山远，天寒白屋贫。柴门闻犬吠，风雪夜归人。"

[5] 胜地：风景优美的知名地方。

[6] 浮屠：梵语 Buddha 的音译，指佛塔。如北朝郦道元《水经注·河水一》："阿育王起浮屠于佛泥洹处，双树及塔，今无复有也。"

[7] 平芜：平旷的原野。如南朝江淹《去故乡赋》："穷阴匝海，平芜带天。"唐李山甫《刘员外寄移菊》诗："秋来缘树复缘墙，怕共平芜一例荒。"明许承钦《过李家口》诗："枣香来野径，麦秀满平芜。"

[8] 鸟道：只有鸟儿才能经过的道路，形容又狭窄有高峻的危险山路。如唐李白《蜀道难》诗："西当太白有鸟道，可以横绝峨眉巅。"

[9] 蜗纹：是西周早期铜器上的纹饰，从出土和传世的铜器来看，蜗纹总装饰在特定的器物上，且装饰的部位相对固定。

[10] 慈航：谓佛、菩萨以慈悲之心度人，如航船之济众，使脱离生死苦海。如南朝萧统《开善寺法会》："法轮明暗室，慧海渡慈航。"

评析：

"说法似闻仙犬吠"，身处法海寺，诗人感受的确非同凡人，"须知胜地宜杯酒"，感受不凡，举止则更让人惊讶，佛寺清静之地，竟也成为诗人铺糟歠醨之处。如此，"欲问慈航何处是"，恐怕是很难有答案的。

雨后对月有怀石门庵[1]

李宪乔

苦爱澄清[2]月，初晴望浩然[3]。

乱云归大壑，凉露失空天。

天净无留影，潭虚得静缘[4]。

因思道门[5]友，永夜[6]独安禅[7]。

作者简介：

李宪乔，字子乔，号少鹤，清代高密（今山东高密市）人。乾隆三十年（1765）拔贡，时年19岁，议叙当授县令，乾隆皇帝因其年幼，恐难以担当重任，而未允出任。乾隆四十一年（1771）召试举人，四十五年时，出任广西岑溪县令，后任归顺知州，卒于任上。李宪乔是清代高密诗派的中坚人物。

注释：

[1] 石门庵：在石门山南麓，后为危峰，前临陡涧，中祀观音。创建无考，清乾隆间重修。

[2] 澄清：清澈、明亮。如西晋陆云《南征赋》："闲夜冽以澄清，中原旷而暧昧。"宋苏轼《六月二十日夜渡海》诗："云散月明谁点缀，天容海色本澄清。"

[3] 浩然：广大壮阔貌。如《管子·内业》："精存自生，其外安荣，内藏以为泉原。浩然和平，以为气渊。"西汉刘安《淮南子·要略》："诚通其志，浩然可以大观矣。"

[4] 静缘：指心要保持虚静，并能顺应事物之理。如唐张说《虚室赋》："理涉虚趣，心阶静缘。室惟生白，人则思玄。"

[5] 道门：指的是悟道的方法。

[6] 永夜：指长夜。如唐骆宾王《别李峤得胜字》诗："寒更承夜永，凉景向秋澄。"

[7] 安禅：佛教语，指静坐入定，俗称打坐。如唐王维《过香积寺》诗："薄暮空潭曲，安禅制毒龙。"宋陆游《病退》诗："美睡三竿日，安禅半篆香。"

评析：

清代乾嘉时期的高密诗派是寒士诗人群体，他们出身底层，有寒士情怀，步趋张籍、贾岛诗歌的苦吟风格。生活上的艰难困窘，精神上的孤寂潦倒，清寒的诗歌意境，精神上的契合使高密诗派远隔千年的时空，与张、贾产生强烈共鸣。诗人自道苦爱"清"，月清、云清、天清、潭清，还有"永夜独安禅"的僧人，诗歌意境清僻，寒意逼人。

朝阳庵[1]

黄玉瑚

莘确荒山寺，禅扉[2]掩白云。

泉从松顶落，径自岭头分。

飞鸟樵风引，午钟隔溪闻。

遥知戒坛[3]月，花散晚纷纷。

作者简介：

黄玉瑚，清代即墨文人，生平事迹不详。

注释：

[1] 朝阳庵：在浮山之巅，明时建，倚岩俯海，境颇高敞。

[2] 禅扉：一是指禅房。如唐戴叔伦《越溪村居》诗："年来晚客寄禅扉，多话贫居在翠微。"一是指佛寺之门。如清陈维崧《花心动》词："叩罢禅扉谁应？剩花底经幡，烟中斋磬。"

[3] 戒坛：僧徒传戒之坛。如唐白居易《大唐泗州开元寺明远大师塔碑铭》："十九，从泗州灵穆律师受具戒，五夏，通《四分律》、《俱舍论》，乃升讲座，乃登戒坛。"

评析：

诗人写山寺之"荒"，不是写野草丛生之"荒"，而是写远离喧嚣尘世的幽静。白云环绕，泉水潺湲，鸟声宛转，钟声悠扬，但这幽静之地并不荒凉，"遥知戒坛月，花散晚纷纷。"落花缤纷的季节，正是僧人忙碌的戒坛之月。

同一了道人^[1]游大石台观海寺

王大来

携琴共上钓鳌台^[2]，天外惊涛脚底回。

雪浪怒喷摧石骨^[3]，银山砯倒^[4]散珠胎^[5]。

涵空色挟千峰雨，动地声喧万壑雷。

欲奏清商^[6]写怀抱，望洋一叹却归来。

作者简介：

王大来，生平事迹见《白云洞》诗。

注释：

[1] 一了道人：清代胶西（今山东省胶州市）人，庠生，因家庭遭受变故，在太平宫出家为道士。

[2] 钓鳌台：崂山地名。

[3] 石骨：坚硬的岩石。如宋王炎《游砚山》诗："涧水抱石根，石骨多绀碧。"

[4] 砯（pīng）倒：砯，水击岩石声，砯倒比喻轰然倒下。如唐李白《蜀道难》诗："飞湍瀑流争喧豗，砯崖转石万壑雷。"

[5] 珠胎：蚌体中正在成长的珠子，此处比喻浪花四溅如散开的珍珠。如班固《汉书·扬雄传上》："（雄）因《校猎赋》以风，其辞曰……'椎夜光之流离，剖明月之珠胎。'"唐张说《卢巴驿闻张御史张判官欲到不得待留赠之》诗："旧庭知玉树，合浦识珠胎。"

[6] 清商：也称为清商乐，是汉魏六朝的乐府音乐。清商即高的商调，它比本调高半个音。商声是古代五音之一，古谓其调凄清悲凉，故称。如晋葛洪《抱朴子·畅玄》："夫五声八音，清商流徵，损聪者也。"唐杜甫《秋笛》诗："清商欲尽奏，奏苦血沾衣。"

评析：

"欲奏清商写怀抱"，诗人登寺观海欲抒发胸中不平之气，但面对自然的壮观，雪浪怒喷、银山砑倒，震撼之余，如同河伯观海，不觉望海兴叹。

朝阳寺

李宪乔

不识朝阳寺，牵萝[1]度石门。

海云青蠹蠹，山气郁魂魂。

半壁灵湫[2]大，悬崖古佛尊。

更寻南涧水，危坐听潺潺。

作者简介：

李宪乔，生平事迹见《雨后对月有怀石门庵》诗。

注释：

[1] 牵萝：牵扯藤萝。如唐杜甫《佳人》："侍婢卖珠回，牵萝补茅屋。"

[2] 灵湫（qiū）：深潭，大水池。古时以为大池中往往多灵物，故称灵湫。如唐王度《古镜记》："此灵湫耳，村间每八节祭之，以祈福祐。"宋曾巩《喜雨》诗："更喜风雷生北极，顿驱云雨出灵湫。"

评析：

诗人首句说"不识朝阳寺"，即看不到朝阳寺，是从反面衬托寺庙的幽僻，此后描写的藤萝遮掩，云环雾绕，悬崖古佛，泉水潺潺，则从正面描写朝阳寺的幽僻。

海印寺访憨山上人[1]不遇

刘月川

吾道沉冥[2]久，谁倡齐鲁风[3]。

闲来居海上，名误落山东。

水接田横岛，云连慧炬峰。

相寻不相见，踏遍法华[4]中。

作者简介：

刘月川，生平事迹不详。从《海印寺访憨山上人不遇》来看，应为明万历年间非山东籍文人。

注释：

[1] 憨山上人：上人是对道行高深的佛教徒的尊称，憨山上人即憨山。憨山（1546—1623），明代高僧，俗姓蔡，名德清，字澄印，号憨山，又称憨山大师，全椒古蔡浅人（今安徽和县）人。生于明代嘉靖二十五年（1546）。万历十一年（1583）四月，憨山因慕崂山之盛名，由五台山来此，先在崂山那罗延窟修禅。万历十三年（1585）建海印寺，万历十六年（1588）建成。万历十七年（1589），进士出身的太清宫道士耿义兰控告憨山强占庙产，万历十九年（1591）又去京师上告，万历二十三年（1595），憨山以私建寺庙罪，被充军到广东雷州。获释后，结庵庐山五乳峰下，居4年，又到广东曲江县东南25公里的曹溪宝林寺，潜心著述。天启三年（1623）憨山病逝于曹溪，年78岁。

[2] 沉冥：埋没冥寂。如唐皎然《苕溪草堂自大历三年夏新营泊秋及春弥觉境胜因纪其事简潘丞述汤评事衡四十三韵》诗："蹈善嗟沉冥，履仁伤埋阨。"唐白居易《东南行一百韵》诗："沉冥消意气，穷饿耗肌肤。"

[3] 齐鲁风：指的是齐气，齐气典型地概括了齐人的文化品格。齐人性格舒缓之外，具有潜在的自负意识和明快的贯通意识。这些带有明显地域性的齐俗特征，与齐地特殊的地理位置和悠久的文化传统密切相关。

[4] 法华：《法华经》是佛陀释迦牟尼晚年所说教法，《法华经》也誉为"经

中之王"，众多寺庙也以法华为名。此处法华应指海印寺。

评析：

　　憨山上人至崂山构建海印寺之前，崂山寺庙香火确实不旺。所以诗人在感叹"吾道沉冥久，谁倡齐鲁风"之余，对憨山给予了厚望，对其功德也充满敬佩。诗人在"闲来居海上，名误落山东"后，决定不辞辛苦"踏遍法华中"，拜访憨山上人。"相寻不相见"，慕名而来不得相见，更增加了诗人渴慕之情。

吊海印寺故址

江如瑛

楼阁当年亦壮哉，香台此日尽成灰。

云封古偈[1]埋黄土，雨洗残钟长绿苔。

莲社[2]已同流水散，山花自向夕阳开。

至今夜月潮声急，飞锡[3]犹疑过海来。

住锡[4]何年卜筑成，花香馥馥夜谈经。

而今秋色斜阳里，惟有潮声似梵声。

作者简介：

　　江如瑛，字渭仁，号梅岭，清代即墨（今山东省即墨市）人。乾隆十五年（1750）举人，任冠县教谕，著有《梅岭诗集》。游崂山有《吊憨山海印寺废址》、《青山道中》、《登那罗延窟》、《吊海印寺故址》、《九水》等诗。

注释：

　　[1] 古偈：偈是佛经中的唱词，古偈是刻在石上的经文。

　　[2] 莲社：东晋时，慧远大师集儒释精英慧永、慧持、道生、刘遗民等123

人，于东林寺结白莲净社，共同发愿往生西方。莲社是佛教徒活动的组织。

[3] 飞锡：佛教语，僧人执锡杖飞空。如东晋孙绰《游天台山赋》："王乔控鹤以冲天，应真飞锡以蹑虚。"宋王安石《寄国清处谦》诗："近有高僧飞锡去，更无余事出山来。"

[4] 住锡：谓僧人在某地居留。

评析：

当年可与五台、普陀媲美的海印寺，如今只剩下故址供人凭吊：香台成灰、土埋古偈、残钟长苔。楼阁壮伟、信徒云集的辉煌已去，只剩下山花寂寞开，潮声似梵声。今昔对比，诗人的惋惜之情早已融入诗句。不需评论，臧否已在其间。

海印寺

林砥生

寂寂如来[1]去，何人翩法门[2]。

遗迹荒海寺[3]，古树冷云根。

雨久山皴黑[4]，潮多浪影昏。

暮年藤葛断，对此定忘言[5]。

作者简介：

林砥生，生平事迹见《白云洞眺月》诗。

注释：

[1] 如来：即释迦牟尼佛，原名乔达摩·悉达多，古印度释迦族人，生于今尼泊尔南部，佛教创始人。成佛后的释迦牟尼，被尊称为佛陀，意思是大彻大悟的人；民间信仰佛教的人也常称呼佛祖、如来佛祖、我佛如来。在佛教中记载着农历的四月初八是佛教鼻祖释迦牟尼佛诞辰日。

[2] 法门：佛教用语，指修行者入道的方法。

[3] 荒海寺：废弃的海印寺。海印寺位于崂山区王哥庄镇太清宫前，创建于明代万历十六年（1588）。

[4] 皴黑：黝黑。

[5] 忘言：心中领会其意，不须用言语来说明。源出《庄子·外物》："言者所以在意，得意而忘言。"如魏曹植《苦思行》诗："中有耆年一隐士，须发皆皓然，策杖从我游，教我要忘言。"

评析：

憨山上人欲弘扬佛法，却遇到耿义兰之辈，落得个毁寺流放。诗人面对海印寺遗迹感慨万端，"雨久山皴黑，潮多浪影昏"，雨多之后群山变为黝黑，浪涛澎湃海水变为浑浊，盛名之下人自身也就难保。即使远离名利的深山僧道，依然难免红尘讥语，岂不令人心寒？"暮年藤葛断，对此定忘言"，诗人认为憨山的遭遇，归根到底还是尘缘未断，若如枯老葛藤，与尘缘彻底断绝，定不会产生尘俗纠纷。

赠慧炬院白云上人

袁继肇

一杖虚无力，群峰次第[1]飞。
芙蓉开佛座[2]，薜荔挂僧衣。
海月传灯过，岩云作雨归。
怪来称净土[3]，无自著尘机[4]。

作者简介：

袁继肇，生平事迹不详。

注释：

[1] 次第：依次。如唐刘禹锡《秋江晚泊》诗："暮霞千万状，宾鸿次第飞。"

宋陆游《书事》诗："闻道舆图次第还，黄河依旧抱潼关。"

[2] 芙蓉开佛座：一方一净土，一笑一尘缘，一念一清净，心是莲花开。在佛教中，有"莲花藏世界"之说。大千世界，名利熙攘，形同淤泥。莲花本自淤泥生，却圣洁、清雅不群，成为佛教之花。大乘佛教，皆用莲花为佛座。万变菩萨，不变佛座。

[3] 净土：是指清净的地方，是清净功德所在的庄严的处所。大乘佛教认为它是诸佛菩萨为度化一切众生，在因地发广大本愿力所成就者。因为有十方三世一切诸佛菩萨，因此也就有十方无量的净土，如弥勒净土、弥陀净土、药师净土、华藏净土、维摩净土。

[4] 尘机：尘俗的心计与意念。如唐孟浩然《腊月八日于剡县石城寺礼拜》诗："愿承功德水，从此濯尘机。"宋贺铸《怀寄寇元弼》诗："何日芦轩下双楹，满持尊酒洗尘机。"

评析：

赠诗既然是赠给别人的诗歌，诗中多恭迎奉承的话语，也是人之常情。而要避免落入拍马屁的尴尬境地，就要掌握分寸，把握尺度。诗人要赠诗给慧炬院的和尚白云，自然应该赞美白云"做一天和尚撞一天钟"，尽职尽责。"芙蓉开佛座，薜荔挂僧衣"，说的是白云一心向佛，心无他念。"怪来称净土，无自著尘机"，诗人称赞白云净土修炼，道行日深，彻底抛弃了尘俗杂念。诗句贴切，尺度适中。

慧炬院[1]

宗维翰

东麓招提[2]境，荒凉碧涧阿。

颓垣[3]过鹿雉，残偈隐松萝。

法象花龛合，藏书壁阁多。

哲人[4]今杳矣，惆怅意如何。

作者简介：

宗维翰，清代江南诸生，生平事迹不详。

注释：

[1] 慧炬院：在华阴集北，凤凰山下。前有石柱涧，岩峦回护，境致清幽。院建于隋开皇二年（582），祀如来。元大德中重修，成化间僧圆永又重修。相传海印寺圮后之经幢、佛像曾移置于此，今已废。

[2] 招提：梵语音译为拓斗提奢，省作拓提，后误为招提，其义为四方。四方之僧称招提僧，四方僧住处称为招提僧坊，后遂为寺院的别称。如南朝谢灵运《答范光禄书》："即时经始招提，在所住山南。"

[3] 颓垣：坍塌的墙。如南朝宋武帝《登作乐山》诗："坏草凌故国，拱木秀颓垣。"宋苏轼《濠州七绝·四望亭》诗："颓垣破础没紫荆，故老犹言短李亭。"

[4] 哲人：智慧卓越的人。如《诗经·大雅·抑》："其维哲人，告之话言，顺德之行。"

评析：

荒凉的山脚下，断壁颓垣，残偈横地，这就是曾经辉煌一时慧炬院。诗人面对物非人非的慧炬院遗迹，"惆怅意如何"，世间万事东流水，繁华过后尽凋零。

印象崂山

　　对故土的依恋，乡土观念的浓厚，没有任何地方可以和崂山相比。"千难万难不离崂山"，一句最淳朴的谚语就是最形象的诠释。生于斯长于斯的崂山人，依恋崂山，"一夜返家山，梦绕依稀是"，独在异乡为异客，梦中依然是崂山，因为"我住崂山久，画图终日逢。霞飞金洞竹，潮压汉祠松。我住崂山久，连村事事佳。野樵斫枯竹，海客醉浮槎。潮落儿争蛤，春深女摘茶。我住崂山久，仙乡俗最醇。垂纶花绕港，醒酒竹宜人。嫁娶欣从俭，盘飧不厌贫"。而慕名而来者，则称"自此一山奠海右，截然世界称域中"，"此山之高过岱宗，或者其让云雨功"，梦想着"何时结屋倚长松，啸歌山椒一老翁"。这就是崂山的魅力，崂山的印象。

赠王屋山人[1]

李 白

我昔东海上，崂山餐紫霞[2]。
亲见安期生，食枣大如瓜。
中年谒[3]汉主，不惬[4]还归家。
朱颜谢春晖，白发见生涯。
所期就金液[5]，飞步升云车[6]。
愿随夫子天坛上，闲与仙人扫落花。

作者简介：

李白（701—762），字太白，号青莲居士，唐朝浪漫主义诗人，被后人誉为"诗仙"。祖籍陇西成纪（今甘肃天水市），出生于碎叶城（当时属唐朝领土，今属吉尔吉斯斯坦）。李白存世诗文千余篇，有《李太白集》传世。公元762年病逝，享年61岁。李白和杜甫并称"李杜"。他的诗歌总体风格清新俊逸，既反映了时代的繁荣景象，也揭露了统治阶级的荒淫和腐败，表现出蔑视权贵，反抗传统束缚，追求自由和理想的积极精神。

注释：

[1] 王屋山人：即孟大融。孟子第32代后人，唐玄宗屡召不仕，后隐居于王屋山。

[2] 紫霞：紫色云霞。道家谓神仙乘紫霞而行。餐紫霞，即把紫霞化作食物。典自颜延年的诗句"本自餐霞人"。表达诗人在崂山采集仙气。

[3] 谒：拜见；汉主，暗指唐玄宗。

[4] 惬：心满意足。不惬，有不满意之意。

[5] 金液：古代方士炼的一种丹液。谓服之可以成仙。

[6] 云车：传说中仙人的车乘。仙人以云为车。

评析：

崂山，自古以来就被称为"海上仙山"。崂山在唐代作为海上仙山名气更盛。因为唐代帝王自称是老子李聃的后裔，奉行崇道政策。唐玄宗曾为《道德经》作注，贺知章弃官去做道士得到唐玄宗的赞赏等事迹使谈经论道成为文人中一项时髦的事情，李白也深受影响。

李白41岁时拜谒唐玄宗，怀着"天生我材必有用"的抱负进京为官，却只得到了翰林学士的闲职。也就有了"中年谒汉主，不惬还归家"的念头。于是和吴筠一同游崂山。李白游历了崂山后，于天宝三年（744）的冬天，约了杜甫一起渡过黄河，去王屋山（在今河南省济源市西北，自古为道教圣地，号称"清虚小有洞天"，位居道教十大洞天之首）寻访道士华盖君，但没有遇到。这时他们遇到了一个叫孟大融的人，志趣相投，所以李白挥笔给他写了这首诗。

这首诗前四句交代了崂山的地理位置及李白多年以前崂山所见。崂山地处东海，仙气萦绕。于崂山上见到千岁翁安期生，品尝集崂山仙气而生的如瓜大枣。五六句感叹自己怀才不遇，壮志难酬。在长安虚待三年绝望了，厌倦了，便辞官归家。七八句中可以看出，李白眼看自己年事已高，仕途无望，济世之志便转为出世之想。《抱朴子·内经》曾记载人服下金液即可成仙。李白在后四句中表达了自己对成仙的向往。希望能服下金液，腾云驾雾，乘坐仙人的云车。李白深深地沉浸在自己的想象中，在天上生活，悠闲地和仙人扫着落花。"愿随夫子天坛上"，希望效法孟大融，过安期生式的生活。

李白的这首诗传到京城，唐玄宗阅后对崂山产生极大兴趣。于天宝七年（748）派道士王旻、李华周和孙昙来崂山采药，明道观就是采药山房，并将崂山改称为"辅唐山"。自此，崂山名扬天下，成为道士文人游览、学仙和论道的地方。

望大崂山

戴 良

稍入东胶界，即见大崂山。

峰攒侔[1]剑戟，嶂叠类云烟。

棱棱插巨海，渺渺漾中川。

波涛共突兀，天日相澄鲜[2]。

祇若[3]栖岛屿，观宇[4]连树阡。

既馆茹茅士[5]，亦巢遁[6]世贤。

客行积昏旦，水宿倦舟船。

兹焉[7]思独住，结茅征愿言[8]。

柁师[9]不我从，太息归中原。

作者简介：

戴良（1317—1383），字叔能，因世居九灵山，自号九灵山人。籍贯婺州浦江。著名元末遗民。元亡后，不忘故君旧国，誓不改节。洪武六年（1373）南还，改姓埋名隐于四明山，和故元耆儒遗老宴集赋诗。诗文多为悲凉感慨、怀念故元之作，寓磊落抑塞之音。洪武十五年（1382），明太祖召至京师，欲与之官，托病固辞，致因忤逆太祖意入狱。戴罪之日，作书告别亲旧，仍以忠孝大节为语。次年，卒于狱中。曾学医于朱震亨，学经史古文于柳贯、吴莱，学诗于余阙，博通经史，旁及诸子百家，诗文并负盛名，其诗尤胜。《四库全书总目提要》称"其诗神姿疏秀，亦高出一时"。著有《春秋经传考》、《和陶诗》、《九灵山房集》等。《明史》有传。

注释：

[1] 侔（móu）：相等，等同。

[2] 澄鲜：新鲜。

［3］祗（zhī）若：敬顺。

［4］观宇：宫殿楼阁。亦指道观佛寺。

［5］茹茅士：应为"茹芝士"，具体出处不明，大概也是指贤德的隐士。

［6］巢：隐居。遁：回避。

［7］兹焉：这里，这样。

［8］结茅：亦作结茆，编茅为屋，谓建造简陋的屋舍；征：求；愿言：希望。

［9］柂师：船上掌舵的人。柂，同"舵"。

评析：

这首诗为戴良泛海，抵登、莱时所作。作为元末遗民，他的一生几乎都在漂泊和避难中度过。这样的经历导致戴良的诗歌多为伤时悯乱的主题。

本诗则是戴良望"道家仙山"——崂山所作。前十句描述了崂山的地理位置、形貌和景观。稍入胶东，即可看到崂山。山峰雄奇似剑，层峦叠嶂似云烟一般的崂山矗立在海上，太阳在澎湃的波涛和蔚蓝的天空的映衬下显得十分可爱。崂山周围多有岛屿，山上树木郁郁葱葱。诗人看到这样的景象，又由于坚守气节、苟全性命、不被社会所容纳等多重因素的影响，使他不禁起了归隐于此的念头。他坚持遗民气节，拒不出仕，但不被世俗理解的孤独的生活，使作为遗民的戴良更加思念家乡，心系故国。也就有了"柂师不我从，太息归中原"的感叹。戴良此时期诗歌的整体基调是凄凉悲情，"既馆茹芝士，亦巢遁世贤"是其归隐愿望的写照。

崂　山

蓝　章

遥望山色层层碧，渐觉溪流汩汩[1]深。

匹马迳寻萧寺[2]树，老僧应识野人[3]心。

行云何意遮奇石，啼鸟多情和苦吟。

不是将身许明代，便从逢子[4]老山岑。

作者简介：

蓝章（1453—1525），字文绣，即墨人，明成化二十年（1484）进士，初任婺源令，后调任潜山令，皆有政声。升任贵州道监察御史，巡按山西。因弹劾不避权贵，转任金都御史；后因触犯宦官刘瑾，被贬为抚州通判。后刘瑾被除，蓝章复起，升任陕西巡抚。时朝廷催陕西造毡帐若干，需巨额银两，蓝章抗疏停之。明正德三年（1508），四川以鄢本恕、蓝廷瑞为首聚众数万，于湖南、陕西一带打家劫舍。蓝章率军前往，出奇制胜，平息叛乱。升任南京刑部右侍郎，奉敕清理两淮长芦盐法，因奏事不准，乞休归里。著有《大劳山人遗稿》、《八阵合变图说》、《西巡录》等。祀即墨名宦、乡贤祠（摘自《即墨县志》）。

注释：

[1] 汩（gǔ）汩：水流动的声音或样子。

[2] 迳：同"径"，小路。萧寺：唐李肇《唐国史补》卷中："梁武帝造寺，令萧子云飞白大书'萧'字，至今一'萧'字存焉。"后因称佛寺为萧寺。

[3] 野人：士人自谦之称。暗含诗人隐逸之感。

[4] 逄子：应为逄子，逄萌，汉朝人，字子康，一为子庆，汉北海郡都昌县（今山东省昌邑市）人。家境贫困，曾任亭长。县尉路过驿亭，逄萌候迎拜谒，感慨不已，喟然叹曰："大丈夫岂能为他人服役！"遂去长安就学，研读《春秋》。在长安时闻听王莽杀其子王宁，逄萌对友人说："三纲绝矣，不去，祸将及人。"于是悬冠于长安东郭城门，回归故里，携家渡海到辽东居住。建武元年（25），东汉光武帝即位后，逄萌又从辽东来到崂山，隐居在不其山（今崂山之铁骑山）下，讲学授业，"养志修道，人皆化其德"。汉明帝曾屡次下诏征其出仕，逄萌佯作疯狂拒之，后以寿终。明代即墨文人周如锦有诗赞曰："逄萌悯三纲，举世无枉足。辽东不可留，崂山栖黄鹄。"岑，山峰。

评析：

本诗从遥望崂山开篇，顺汩汩溪流入山，入山后只身寻访，观崂山行云遮奇石，闻啼鸟多苦吟。心情也随着空间景物发生变化。望崂山环翠，眼前一亮，心中豁然开朗，沉醉于眼前的自然风光，不觉痴痴前行，听见水流由清越泠泠转为低沉汩汩，才发觉入山已深。这时的诗人心情平淡明朗，骑着马去找能让心灵暂时休憩的驿站——佛寺。释家的"本来无一物，何处惹尘埃"和此时诗人的野人心产生共鸣。而此时诗人看到行云遮奇石，便想到自己为官时为官清正，不畏权贵而遭到排挤，就像奇石被云雾所遮，自己壮志难酬。听到鸟儿的鸣叫，似乎在同情自己，又似自述伤心之事。诗人的情绪逐渐低落，起了隐逸的念头。但是治国平天下则是他一生的目标，即便归隐山水，亦当效法逄萌，讲学授业，德化民人。

崂　山

陈　沂

蓬莱之山乱插天，大崂小崂青可怜[1]。

清秋播荡[2]入沧海，落日缥缈生晴烟。

眼前此景出人世，便可羽化[3]凌飞仙。

挹取南溟酌北斗[4]，枕石大醉云峰巅。

作者简介：

陈沂，生平事迹见《登巨峰》诗，

注释：

[1] 可怜：可爱。

[2] 播荡：流离动荡。

[3] 羽化：古人认为仙人能飞升变化，因此把成仙叫作羽化。

[4] 挹取：挹，舀，把液体盛出来。挹取：汲取。南溟：亦作南冥，南方大海。酌：舀取。北斗：斗宿六星，形似古代盛酒的斗，因在北方称为北斗。如《诗

经·小雅·大东》："维南有箕，不可以簸扬。维北有斗，不可以挹酒浆。"此处反其意而用，北斗可以舀取南溟的水，可挹酒浆。屈原《九歌·东君》："操余弧兮反沦降，援北斗兮酌桂浆。"

评析：

诗人游历崂山，看到高耸的山峰如利剑直插云霄，山上郁郁葱葱煞是可人。萦绕在山头朦朦胧胧的云雾在落日余晖的映照下如同仙境的云烟一般。这样明净爽朗的秋景不似人间所有，看得久了，似乎连自己都要飘起来飞到天上！空气中弥散着醉人的芬芳，诗人此时似乎忘却了凡尘中的一切，什么功名利禄，什么恩怨纠葛，全都在这迷人的山景中融化蒸发掉了。忘记了凡尘琐事的诗人，胸中豪气激荡，谁说"北维有斗，不可把酒浆"？我偏要以北斗盛南海的水，在这山的最高处喝个酩酊大醉！醉了，便在山上以石为枕，以山为床，美美地睡上一觉。陈沂甚是喜爱崂山的风光，曾多次游历崂山，其间留下了许多诗文。

崂山次韵

蓝　田

山中停车日已颓[1]，山僧披衲[2]送茶杯。
自言禅榻龛[3]中老，惊见使星[4]天上来。
麋鹿缘崖呼侣下，岩花和露向人开。
十年苦为风尘扰，绝顶登临未拟回[5]。

作者简介：

蓝田，生平事迹见《登三标山》诗。

注释：

[1] 颓：落，落下。

　[2] 披衲：披僧衣。

　[3] 禅榻：禅床。龛（kān）：佛堂，佛塔。

　[4] 使星：使者。如《后汉书·李郃传》："和帝即位，分遣使者，皆微服单行，各至州县观采风谣。使者二人当到益部，投合候舍。时夏夕露坐……郃指星示云：'有二使星向益州分野。'"后因称使者为使星。

　[5] 拟：打算，准备。未拟回：不打算回去。

评析：

　夕阳伴着诗人在崂山中游览自然风光，山寺中的僧人为诗人送上茶水，一同探讨佛理。崂山僧说："我这一生不被凡尘俗事所羁绊，只是诵经礼佛，自己在山寺中慢慢变老，已忘记年岁。没想到有一天，竟有天上的使者来教引我。"诗人听到这种通灵之事，更加留恋这座仙山。看到"瑞兽"——麋鹿通人性地沿着山崖呼叫自己的同伴，崖边的山花如明艳少女朝着诗人微笑。诗人沉醉于充盈着灵气的崂山，想到自己多年被凡尘俗事所扰，便打算隐居于此，不再离开。"绝顶登临未拟回"却是诗人一时意气大发，他的内心是矛盾的。诗人提到的"麋鹿"，这一意象在中国文化中是福禄和官宦的象征，而麋鹿又是属于山泽，这表现了诗人在"居庙堂"和"处江湖"之间的矛盾。从"十年苦为风尘扰"中可以看出，诗人的仕途并不是平坦顺遂的。而诗人和所有士大夫一样，被同样的问题——出仕做官与自己个性发展之间的矛盾所困扰，即使说出"绝顶登临未拟回"，内心依旧是矛盾的。

和憨山韵送达观禅士西游

黄嘉善

一

数语怜君为我宽，乍逢苜蓿共盘飧[1]。

云山飞锡飘蓬[2]后，风雨连床会面难。

袖里烟霞[3]随处满，眼中湖海向谁看。

悬知杖履[4]经行地，会使关门紫气[5]寒。

二

岁月逍遥一杖藜，翩翩独鹤任东西。

乾坤何地非苍狗，踪迹从人试木鸡。

剑阁云寒留紫翠，峨眉春晓逗清凄。

怀中抱得片珠在，蜀道虽难不自迷。

作者简介：

黄嘉善（1549—1624），字惟尚，号梓山，明代即墨（今山东省即墨市）人。端庄伟然，读书过目能诵，万历五年（1577）进士，历陕西三边总督，官至兵部尚书，守山西、宁夏、延绥、甘肃边防20年，居功至伟，即墨城里、关外为其树立的牌坊有7座之多。万历四十三年（1615）引疾归乡，此年即墨遇大灾，黄嘉善出资赈济灾民。万历四十八年（1620），万历、泰昌二帝相继殡天，两受顾命，成为朝廷重臣。天启皇帝即位，内忧外患，危机四伏，他兵柄一身，积日劳累，不安寝食，终于病不能支，请归故里，从此伏枕不问门外事。天启四年（1624）病逝，熹宗辍朝一日致哀，褒赠"四世一品"坊。著有《抚夏奏议》、《总督奏议》、《大司马奏议》、《见山楼诗草》。

注释：

［1］苜蓿：豆科。一年或多年生草本，重要牧草和绿肥。叶互生，复叶由三片小叶组成。花蝶形，呈紫色，结荚果。分布于欧洲、非洲和亚洲。古代专指紫苜蓿，现也作为紫苜蓿、南苜蓿等的统称。此处用苜蓿这一意象，表现出二人虽是萍水相逢，但惺惺相惜，为高山流水之交。盘飧：盘盛食物的统称。

［2］飘蓬：比喻漂泊无定。

［3］烟霞：泛指山水、山林。

［4］悬知：料想，预知。杖屦：老者所用的手杖和鞋子。

［5］紫气：紫色云气，古人以为祥瑞。附会为帝王、圣贤等出现的预兆。

评析：

　　本诗为两首送别诗，描述了诗人与达观禅师相遇，达观禅师为诗人解惑。两人即将分别，诗人的不舍以及对达观禅师的钦佩和赞赏。诗人与达观禅师萍水相逢，但达观禅师能为诗人宽解心结，诗人十分感激。得知禅师要西游，此去漂泊无定，不知何日能再见，诗人十分不舍，感觉山川再壮丽秀美，湖海再宽广澎湃，无知音相伴，美景也只能令人厌烦，使人无味。达观禅师佛法精深，所行之处必然受佛法笼罩，无俗尘所染。第二首还有祝禅师西行顺利的意思。诗人和憨山禅师的《那罗延窟赠达观禅师》表达对达观禅师的送别之情，表现出诗人对佛法的敬仰。

崂山道中

左懋第

匹马西风去路赊[1]，几家茅屋趁山斜。

白云争捧如花女，尽日溪头独浣纱。

作者简介：

　　左懋第（1601—1645），字仲及，号萝石，山东莱阳人。明崇祯四年（1631）登进士第，历官韩城知县、户科给事中。南明为赴清谈和使者，后被清扣押，宁死不降，后人称"明末文天祥"。著作有《梅花屋诗抄》一卷，《萝石山房文抄》四卷等。

注释：

　　[1] 赊：长，远。如唐王勃《滕王阁序》："北海虽赊，扶摇可接。"

评析：

　　本诗描写了诗人在崂山所见。诗人乘马伴着西风在崂山山道上越行越远，看到山中几户人家的茅屋随着山势而建，尽显古朴自然。白云似乎为山中如花少女所倾倒，怕溪头浣纱少女寂寞，环绕在少女身边。诗人此时的心情在山中清新空气的洗涤下变得十分轻松，看到深山中居住的平民，淳朴无争，在这世外桃源中吐出一口浊气，在崂山道中"迷不知返"了。

游崂山道中作

高　出

出门病旋已[1]，马首戴春花。

天柱双峰卓，风帆一点斜。

君平[2]非避世，向子[3]即辞家。

千载青莲后，谁人餐紫霞。

作者简介：

高出，生平事迹见《石竹涧》诗。

注释：

[1] 旋：随即。病旋已，病随机痊愈。

[2] 君平：指严君平（公元前86—公元10），西汉道家学者，思想家。名遵（据说原名庄君平，因避汉明帝刘庄讳，改写为严君平），蜀郡成都市人。50岁后归隐、著述，授徒于此，91岁逝后也埋葬于此，在平乐山生活了40多年，培养出了得意弟子扬雄，写出了一生最重要的两部著作——《老子道德真经指归》和《易经骨髓》。

[3] 向子：犹言一会儿。一说向子指向秀。

评析：

在"泰山虽云高，不如东海崂"的崂山面前，诗人沉压在心中的浊气逐渐化开，疾病竟然不知不觉地好了起来。看到天柱峰的卓然风姿，看到海上的点点白帆，诗人明白，自己疾病并非汤熨针石所能医治，实是心气郁结，在这海上仙山面前，心立时豁然开朗。后四句诗人既是自比，又是怀念谪仙人——李白。李白曾游历崂山所作《赠王屋山人》，认为崂山是仙山，可餐紫霞。自己并非愤世嫉俗，要脱离现实，而是和李白一样，向往着潇洒自由、浪漫恣意的生活。而"千载青莲后，谁人餐紫霞"透出诗人瑶琴弦断无人听的伤感。寻到先人足迹，先人已逝，再无知音。

崂山怀古

周如锦

田横

田横客五百，慷慨殉所感。

至今岛中魂[1]，犹惊天吴胆[2]。

童恢[3]

虎不早渡河[4]，童公伏其辜[5]。

豚鱼[6]固可格，岂必在咒符[7]。

郑玄[9]

崒崒不其山，司农驻书屋[8]。

绛帐[9]乐无声，书带草犹绿。

逢萌

逢萌悯三纲，举世无托足[10]。

辽东不可留，崂山栖黄鹄[11]。

作者简介：

周如锦，生平事迹见《小蓬莱观海》诗。

注释:

［1］岛中魂:指田横和五百壮士的英灵。

［2］天吴:水神名。岛上五百壮士英魂,使水神为之惊叹。

［3］童恢(生卒年不详):字汉宗,东汉琅琊姑幕(今山东诸城市西南)人,城阳有史记载以来的第一任县令。百姓在他的治理下安居乐业,牢狱里竟然没有关押一个罪犯,被大家誉为"青岛史上两千年不倒的清官"。

［4］虎不早渡河:即化用童恢伏虎的典故。表现出童恢为民除害,突出童恢"好官"形象。

［5］童公:即童恢。辜:罪。伏辜,服罪。

［6］豚鱼:豚和鱼,多比喻微贱之物。此处代之老虎。

［7］咒符:即符咒。表现出童恢的清官之誉深入民心。真正的爱民亲民才能真正地管束人民,是求神拜佛之所不及。

［8］司农:即司农,指汉经学家郑众。因其曾官大司农,故称。后亦用以称誉博学的人。此处指郑玄。

［9］绛帐:《后汉书·马融传》:"融才高博洽,为世通儒,教养诸生,常有千数……居宇器服,多存侈饰。常坐高堂,施绛纱帐,前授生徒,后列女乐,弟子以次相传,鲜有入其室者。"后因以"绛帐"为师门、讲席之敬称。

［10］托足:容身,立脚。

［11］黄鹄:比喻高才贤士。此处指逄萌。

评析:

诗人游历崂山,怀念先人,便为四位与崂山有关的先人作诗,既是怀古,又是自我勉励。田横有气节,宁死不屈,宁义不辱。他的部下忠心耿耿,愿随田横赴义。田横岛上英雄的英魂,使天地为之震动,湖海为之胆战。也表达了作者对田横五百士的敬仰,和诗人不屈的气节。童恢勤政爱民,为民除害,是一位难得的清官;郑玄隐居山林,潜心著书立说;逄萌感时运不济,归隐山林。这四位先人的人生,也表现出诗人的人生观的转变,从一腔热血为忠义的少年心性,变为为百姓鞠躬尽瘁的入仕思想。后又变为潜心向学,成一家之言的学者思想,最后看空一切，便想如逢萌一般"崂山栖黄鹄"了。周如锦游崂山怀古，也可从侧面看出崂山历史悠久，文化底蕴很深，难怪文人总想隐居于此了。

海印寺[1]访憨山上人

周日灿

地迥[2]空诸界，天围敞四封[3]。

泉鸣深浅涧，云驶往来峰。

法象留遗蜕，经声起梵钟[4]。

虽云开五叶[5]，到此总归宗[6]。

作者简介：

周日灿，明代人，生卒年不详，字灿之，广东东莞人，著有《云园藏稿》。

注释：

[1] 海印寺：万历十一年（1583），憨山大师东行到牢山（今山东崂山）结庐修行，万历十四年（1586），神宗皇帝印赠十五部大藏经，皇太后特意送一部到牢山，并为憨山造寺，赐额"海印寺"。

[2] 迥：远。

[3] 四封：四境之内，四方。

[4] 梵钟：佛寺中的大钟。

[5] 开五叶：五代，五世。开五叶，分开五代，即分开很久。即"一花开五叶"，《大藏经·诸宗部·少室六门（1卷）》载达摩语："吾本来中土，传法救迷情。一华开五叶，结果自然成。江槎分玉浪，管炬开金锁。五口相共行，九十无彼我。"一花：佛教传入我国后，禅宗以达摩为祖，称"一花"；五叶：随着禅宗的发展，禅宗六祖惠能及其门下，形成了南禅五家：沩仰、临济、曹洞、法眼、云门，以后的禅学发展，大抵不出这五家范围。

[6] 归宗：出嗣异姓别支或流落在外的人，还归本宗。比喻禅宗五家终归一宗，亦指自己的追求与憨山大师的求佛是殊途同归。

评析：

阅山光水色，闻鸟语潮音，感四界皆空；听晨钟暮鼓，观送往迎来，觉四围无物。遂见憨山上人。此时憨山上人已不在崂山海印寺，但诗人看见憨山上人遗迹，直指自心，明心见性，顿悟成佛，立见般若实相，就如同见到憨山大师听他讲说佛法一般。梵音阵阵，便觉入人生净土，内心清明。即使儒释不同道，即使时间相隔，但对内心清明的修行是殊途同归的。由"法象留遗蜕"可看出诗人没有访到憨山大师，但他内心已见般若实相，与访到憨山大师无异。

送李象先[1]游二崂

法若真

百余里外接长松，一片青山万万重。

铁骨泥[2]塞仙子冢，火雷石劈巨人峰[3]。

碑悬邈逼千年句，客睡华阴[4]小市钟。

俱说童恢驱虎后，二崂不借黑云[5]封。

作者简介：

法若真（1613—1696），山东胶州人，字汉儒，号黄石，亦号黄山，明末清初著名书画家、诗人。崇祯十五年（1642），为避兵乱随父迁居铁橛山隐居读书3年。顺治三年（1646）与伯兄法若贞同中进士，先后在福建、浙江、安徽任职，秉公执法，明辨曲直体恤下情，兴利除弊，为政清廉，深得民心，后官至江南右布政使。康熙十八年（1679）被举荐博学宏词科，因病未能应试。后弃官剃发隐居黄山10年，回乡一年后病逝，葬于隐珠镜台山。编有《黄山年略》，著有《黄山诗留》16卷、《黄山集》20卷。历来论者谈及法若真书法，皆认为此人才气横溢、不受拘束，书法"惟其意所欲为"。法若真为官颇有政声，学识不凡，但真正扬名于世的当数其诗书画。《四库全书总目》云："若真诗、古文、词，少宗李贺，晚乃归心少陵，不屑梘比字句，依倚门户，惟其意所欲为，不古不今，自成一格。"

注释：

[1] 李象先：即李焕章，字象先，号织斋，乐安县李家桥（今广饶县大王镇李桥村）人，明万历四十一年（1613）生，明末诸生。痛心于明亡，遂弃举子业，专肆力于诗古文词，"立志坚隐，即天荒地老不复萌仕宦意。"隐入青州法庆寺内读书，时人将李焕章与寿光的安致远、诸城的李澄中、安邱的张贞合称"青州四大家"。

[2] 铁骨泥：一种坯料。

[3] 巨人峰：崂山的山峰。传说一对兄妹在乡亲的帮助下制伏了作恶多端的大鳌鱼，并为了看守它，化成了崂山的"美人峰"和"巨人峰"。

[4] 华阴：崂山地名。

[5] 黑云：比喻反动势力。

评析：

本诗题目为《送李象先游崂山》，并无感伤离别之意，倒像是向李象先介绍崂山的风景和文化。远望崂山，满眼郁郁葱葱，随着山势的变化显现出深浅不同的绿色。有风仙道骨的道士，供奉仙人的观庙。峰峰奇伟，都有它动人的故事传说。碑石遗刻记录着崂山的过往，名家手泽述说着崂山的沧桑。通过童恢驱虎说明崂山不是什么荒蛮未化之地，而是人杰地灵的仙山。这首诗浓缩了崂山的风景及文化，展现了一座名副其实的海上仙山。只是读诗，就令人沉醉于崂山美景之中流连忘返了。

雨中望崂山

黄宗庠

云山乍明晦，倏忽千万态。

风回岩岫[1]边，雨洒原野内。

良苗怀新茎，远村迷苍霭。

村幽烟火疏，地僻衣冠[2]废。

我来坐暇旷[3]，高坐成玄对[4]。

新诗答海鸥，白眼酬时辈[5]。

流光若易掷，即景还生慨。

富贵未可求，聊[6]从吾所爱。

作者简介：

黄宗庠，生平事迹见《雨中登楼作》诗。

注释：

[1] 岩岫：峰峦。

[2] 衣冠：借指文明礼教。

[3] 暇旷：空闲。

[4] 玄对：玄对山水，一种超越世俗的人格特质。《世说新语·容止》载庾亮"方寸湛然，固以玄对山水"，指以玄学飘逸洒脱的精神，超脱世俗、寄情山水。

[5] 白眼：语出《世说新语·简傲》。刘孝标注引《晋百官名》："嵇喜字公穆，历扬州刺史，康兄也。阮籍遭丧，往吊之。籍能为青白眼，见凡俗之士，以白眼对之。及喜往，籍不哭，见其白眼，喜不怿而退。康闻之，乃赍酒挟琴而造之，遂相与善。"眼珠向上翻出或向旁边转出眼白部分，表示看不起人或不满意。与"青眼"相对。酬：应对。时辈：当时有名的人物。

[6] 聊：姑且，暂且。

评析：

山雨欲来之时，崂山在雨云环绕中忽隐忽现，如含羞少女半遮面纱，又如爽朗少年赤膊招手。雨前的崂山姿态倏忽万变，令人舍不得眨眼，生恐漏掉崂山仙姿。山上的植被贪婪地吮吸着上天赐予的甘露，风也似通人性不忍把雨丝吹乱，一直在峰峦旁边徘徊。诗人看到笼罩在雨帘中的村庄，点点火光，透着自然之气。望上去虽是朦朦胧胧，显得格外淳朴和澄澈透明。此处没有什么文明礼教和繁文缛节的约束，在此处可以找到真实的自己，不必虚与委蛇假意应酬，可以乐我所乐，恶我所恶。席地而坐，湿润的水汽润湿心中那方清明透亮的山水，不禁感慨流光易逝，沧海桑田不过转瞬。何必拼命追逐于名利，倒不如留在自己的那方山水中潇洒。

崂　山

黄宗辅

寂寞黄花路，秋光处处幽。

山头衔日晓，树杪[1]见泉流。

辇路[2]秦碑断，离宫[3]汉址留。

长生[4]如可学，从此访丹邱[5]。

作者简介：

黄宗辅，即墨（今山东省即墨市）人，明万历年间贡生。本诗见于《质木斋诗集》。

注释：

[1] 树杪：树梢。

[2] 辇路：天子车驾所经的道路。

[3] 离宫：帝王在都城之外的宫殿，也泛指皇帝出巡时的住所。

[4] 长生：指道家求长生的法术。

[5] 丹邱：亦作"丹丘"，传说中神仙所居之地。

评析：

诗人秋季游览崂山，别有一般滋味。秋光在朵朵黄花上荡漾，秋日依偎在崂山山峰旁，仰望崂山，泉水似乎是从树梢上流出。自然总是能令人惊艳于它的奇瑰。在自然的宽广胸怀中，使人不禁感慨自己的渺小。秦始皇统一六国，汉武帝文治武功，最后还是葬于一抔黄土。剩下的不过是颓断的辇路秦碑和破旧的汉宫旧址。人生不过须臾，如何能抱明月而长终？愿求得一仙方，能与明月共存，与江水同生。此处诗人想要长生，与追求长生不老的帝王不同。诗人想要长生，是文人追求自己的象牙塔和现实矛盾所产生的。与其说是诗人追求长生，倒不如说是追求一种清明澄澈、无尘无杂的本真生活。

送王子文游崂山

刘铨城

山势临沧海，乘风到上清[1]。

帆从天外落，日向夜中生。

远步鹤踪引，高吟龙睡惊。

成连[2]何处访，一望足移情。

作者简介：

刘铨城，生平事迹不详。

注释：

[1] 乘风：驾着风，凭借风力。上清：上天，天空。

[2] 成连：春秋时一位有名的琴师，伯牙之师。

评析：

这首诗描写出崂山不俗的风光。最后两句化用成连为使伯牙移情，划船带他去蓬莱山的典故。崂山的景色，就像当年成连所说能移人情的老师，可使人感受到生命的美好。最后两句是对崂山的总结和评价，若将最后一句作为首句开始品味这首诗，别有一番滋味。崂山如成连所说的那样移人情，是怎么样的景色呢？高耸的山峰破海直插云霄，处在仙气缭绕的山中，似乎可以乘风飞上天空一般。此时思维也突破了常人，感觉高声吟唱可惊醒天上的睡龙，走向远处可寻到天上的仙鹤。崂山如此，真可移情遣意，海上仙山，名副其实。

赠崂山道人

黄宗扬

木青青[1]兮欲发，鸟关关[2]兮鸣春。

泉澌澌[3]兮触石，山巃嵸[4]兮入云。

山中之人兮何为[5]，将采药兮山根。

鹿豕[6]游兮道上，虎豹蹲兮河濆。

石巉岩[7]兮无路，山嵚崟兮少人。

锄茯苓[8]兮松下，掘黄精兮石门。

入城市兮易[9]酒，聊混[10]迹兮红尘。

卧黄垆[11]兮沉醉，歌慷慨兮消魂。

问姓字兮不答，指东山兮嶙峋[12]。

日薄暮[13]兮归来，入山径兮黄昏。

海月上兮皎皎[14]，离犬吠兮狺狺[15]。

山既高兮水长，将终老兮此村。

作者简介：

　　黄宗扬，字显清，宗昌弟，明代万历四十年（1612）举人。

注释：

　　[1] 青青：草木茂盛的样子。

[2] 关关：鸟类雌雄相和的鸣声。后亦泛指鸟鸣声。如《诗经·关雎》："关关雎鸠，在河之洲。"

[3] 湉湉：象声词，水流冲击山石发出的声音

[4] 嶐嶐：高耸貌。

[5] 何为：干什么，做什么。用于询问。

[6] 鹿豕：鹿和猪。比喻山野无知之物。

[7] 巉岩：形容山势峭拔险峻。

[8] 茯苓：中药名。别名云苓、白茯苓。寄生在松树根上的一种块状菌，皮黑色，有皱纹，内部白色或粉红色，包含松根的叫茯神，都可入药。如《淮南子·说山训》："千年之松，下有茯苓。"高诱注："茯苓，千岁松脂也。"

[9] 易：交换。

[10] 混迹：谓使行踪混杂在大众间。常有隐身不露的意思。

[11] 黄垆：亦作"黄卢"、"黄庐"、"黄垆"，大地。如清王夫之《石崖先生传略》："悠悠苍天，荡荡黄垆，抱愚忱以埋幽壤，吾兄弟之志存焉。"

[12] 东山：据《晋书·谢安传》载，谢安早年曾辞官隐居会稽之东山，经朝廷屡次征聘，方从东山复出，官至司徒要职，成为东晋重臣。又，临安、金陵亦有东山，也曾是谢安的游憩之地。后因以"东山"为典。指隐居或游憩之地。嶙峋：形容山峰、岩石、建筑物等突兀高耸。

[13] 薄暮：傍晚，太阳快落山的时候。

[14] 皎皎：明亮貌。

[15] 狺（yín）狺：犬吠声。

评析：

本诗由崂山之景引入，在树木葱茏，禽鸟啁啾，清泉潺湲，山巅如云的环境中，有什么样的人居住呢？自然引出了山中的道人。又通过设问"山中之人兮何为"，引出下文崂山道人脱俗的生活。在山脚下采药，与山中鹿豕虎豹相伴，突出道人的脱俗，不与世人同流合污。在人迹罕至的空荡山谷中，挖取松下茯苓，掘取地下黄精。为何挖取这些草药？仅仅为在城中换点美酒。不禁让人想到唐寅"又折花枝换酒钱"。藏身于人世中仍能自得其乐，能够纵情高唱，发出自己内心的呼唤。若

有人请问姓名，只是指指突兀高耸的东山。此处"东山"可理解为隐居之地，不答姓名表现出崂山道人早已超脱俗尘，已忘记俗名，指向隐居之地，更能凸显出崂山道人远离红尘，超然物外的形象。得酒归来，已是黄昏。海上生明月，离犬吠狺狺，这样的黄昏景色最为原始，却更令人向往——"山既高兮水长，将终老兮此村"。

山游即景

李　岩

倚仗行来踏翠微[1]，白云流径湿沾衣。
涛声日与松声和，山气时连海气飞。
岸上珠玑经手润[2]，滩头鱼蛤待潮肥。
逢萌遁迹知何处，到此徘徊未忍归。

作者简介：

李岩，明代文人，具体事迹不详。

注释：

[1] 倚杖：拄着手杖。翠微：青翠的山色，也指青山。
[2] 珠玑：珠玉。此处指岸边的山石。

评析：

山径的青草上印上了屐齿和拐杖的痕迹，是诗人游历崂山留下的纪念。崂山带给诗人的是白云和着流水的伴奏，流动萦绕在诗人身边。海浪拍石，风扫松林，这是一场坚韧不屈的歌剧；山雾迷离，海气缥缈，这是一场潇洒浪漫的舞蹈。这样的歌剧和舞蹈时时刻刻在崂山上演，让人想不沉迷于此都难。山上的石头就像珠玉一般，触手生温，似乎通人性。岸边水产丰富鲜美。这样的仙山宝地，令人舍不得离开。最后两句用逢萌归隐与崂山的典故，不仅进一步突出了崂山的美好，也表达了作者想效仿古人，过着以心役形的自由生活。"到此徘徊未忍归"既是说逢萌归隐，也是作者自己的真情实感。

崂山歌

顾炎武

崂山拔地九千丈，崔嵬[1]势压齐之东。

下视大海出日月，上接原气[2]包鸿濛。

幽岩祕洞难具状，烟云合沓来千峰。

华楼[3]独收众山景，一一环立生姿容[4]。

上有巨峰最崷崒[5]，数载榛荒[6]无人踪。

重崖复岭行未极，涧壑窈窕[7]来相通。

天高日入不闻语，悄然众籁如秋冬。

奇花名药绝凡景，世人不识疑天工[8]。

云是老子曾过此，复有济北[9]黄石公。

至今多作神仙宅，凭高结构留仙宫。

吾闻东岳泰山最为大，虞帝柴望[10]秦帝封。

其东直走千余里，山形不绝连虚空[11]。

自此一山奠海右[12]，截然世界称域中[13]。

以外岛屿不可计，纷纷出没多鱼龙[14]。

八神祠宇[15]在其内，往往旗置生金铜[16]。

古言齐国之富临淄次即墨[17]，何以满目皆蒿蓬[18]。

捕鱼海之涯，伐木山之中。

犹见山樵与村童，春日会鼓声彭彭，

此山之高过岱宗，或者其让云雨功。

宣气[19]万物理则同，磅礴万古无终穷[20]。

何时结屋[21]倚长松，啸歌山椒一老翁。

作者简介：

　　顾炎武（1613—1682），南直隶（清改江南省）苏州府昆山县（今江苏苏州昆山）人，本名继坤，改名绛，字忠清。明亡后，由于慕文天祥学生王炎午为人，改名炎武，字宁人，又因为一度侨居南京钟山下，所以有时自号蒋山佣，学者尊为亭林先生。顾炎武是明末清初著名的思想家、史学家、语言学家，知识渊博，志向远大，与黄宗羲、王夫之并为明末清初三大儒。1657年冬来即墨，下榻于黄坦家，大约住了十几天。他的此行目的当属于政治，活动内容则大多在文化方面。他在即墨崂山会见了许多文人志士，游览了崂山这座海上仙山，还为黄宗昌的《崂山志》撰写了序言。顾炎武此行，被后来发生的"黄培文字狱"牵涉进去几将不能自拔，但他在崂山所留下的足迹、诗文实为崂山文化大增异彩。

注释：

　　[1] 崔嵬：高耸的样子。

　　[2] 原气：活力，生命力。

　　[3] 华楼：即崂山华楼。华楼是崂山九个主要游览区之一，它地处白沙河畔，总面积为22.6平方公里，整个景区以奇峰名石、自然山林景观和道院华楼宫著称。华楼山向有"海上名山第一"之美誉，海拔409米，其中山顶奇石"华楼峰"海拔350米，被称为是崂山第一奇峰。

　　[4] 姿容：外貌，仪容。

　　[5] 峛屼（zè lì）：高大峻险貌。

　　[6] 榛荒：丛生的荒草。

　　[7] 窈窕：深远貌，比喻溪水幽深。

　　[8] 天工：天然形成的工巧，与人工相对。

　　[9] 济北：济北国，汉和帝永元二年，分泰山郡置。故地今属济南市。

　　[10] 虞帝：舜帝，传说目有双瞳而取名"重华"，号有虞氏，故称虞舜。柴

望：古代两种祭礼。柴，谓烧柴祭天；望，谓祭国中山川。亦泛指祭祀。

[11] 虚空：天空，空中。

[12] 奠：稳固地安置。海右：指黄河、东海以西地区。方位以西为右，故称。

[13] 截然：整齐貌，整肃貌。世界：境界。城中：寰宇间，国中。

[14] 鱼龙：鱼和龙。泛指鳞介水族。

[15] 八神祠宇：八神，旧谓主宰宇宙之八神。如西汉司马迁《史记·封禅书》："八神，一曰天主，祠天齐。天齐渊水，居临菑南郊山下者。二曰地主，祠泰山梁父。盖天好阴，祠之必于高山之下，小山之上，命曰'畤'；地贵阳，祭之必于泽中圜丘云。三曰兵主，祠蚩尤。蚩尤在东平陆监乡，齐之西境也。四曰阴主，祠三山。五曰阳主，祠之罘。六曰月主，祠之莱山。皆在齐北，并勃海。七曰日主，祠成山。成山斗入海，最居齐东北隅，以迎日出云。八曰四时主，祠琅邪。琅邪在齐东方，盖岁之所始。"祠宇：祠堂，神庙。

[16] 金铜：即金铜仙人，汉武帝曾于元鼎二年（115）建神明台，上铸铜仙人以掌托铜盘盛露，然后取下和玉屑而饮，妄图求得长生。唐李贺有《金铜仙人辞汉歌》诗。

[17] 临淄：齐国故城，在山东省淄博市。周初封吕尚于齐，建都于此，名营丘，齐胡公迁都薄姑，齐献公元年又迁回，称临淄。春秋战国时先后作为姜齐与田齐的国都达630多年，是当时东方重要的政治、经济、文化中心，亦为列国中最繁华的都市之一。故城包括大城与小城两部分，总面积超过15平方公里。城内文化遗存丰富。城东北有韶院村，传为孔子在齐闻《韶》乐，三月不知肉味之地。解放后故城内设临淄文物管理所，辟有出土文物陈列室。即墨：古地名，今属青岛市。战国时为齐邑，秦置县，北齐废。

[18] 蒿蓬：蒿和蓬，泛指杂草。

[19] 宣气：谓发散阳气，以生万物。

[20] 终穷：终极，穷尽。

[21] 结屋：构筑屋舍。

评析：

本诗是顾炎武游崂山时所著，形容贴切逼真，情真意浓，读后令读者如身临其境，回味无穷。拔地而起的崂山划出本诗开端，诗歌开头两句崂山给读者树立一个耸立挺拔的形象。这为下文可俯瞰大海，近览日月，接元气包鸿蒙做铺垫。随着空间变化作者描述了崂山的几大著名景观——"华楼宫"、"巨峰"等。曲径幽壑相同连，重崖复岭行未及的景象使人震撼，加上诗人勾勒出的"悄然寂静山色图"，更令人觉得此处绝非凡景，诗人也有了"世人不识疑天工"的感叹。此句"世人不识疑天工"是承上启下的过渡句，既承接上文"绝凡景"的崂山风光，也引出下文崂山的人文及神话色彩。老子的游迹，黄石公的旧址，以及如今的琳宫梵宇，崂山的"仙山"之名当之无愧。后文将崂山与五岳之首泰山相对比，更突出了崂山的不凡。从"古言齐国之富临淄次即墨"后开始简略描述了一下崂山人的生活方式，以捕鱼砍柴为生，农桑之事当地人并不在意。"农事"和"渔樵"代表"凡尘俗务"与"恬淡归隐"，从"本真"这一方面突出崂山胜过受世人祭奠膜拜的五岳之首泰山。最后两句是诗人的美好愿望，愿结庐于此，从此不为凡尘俗务所扰，于山顶长啸，听自己心灵的呼唤。

移居崂山

杨连吉

懒性常闭门，所畏在征逐[1]。

移居向南北，始惬此幽独。

结茅依岩阿[2]，前后绿树覆。

散发坐深林，坦臂入空谷。

驱犊耕晓云，课童种原菽[3]。

朝看山之巅，夕看山之麓。

山色朝夕异，豁然悦心目。

作者简介：

杨连吉，字汇征，明即墨（今山东省即墨市）人，杨鲲第三子。

明崇祯年间诸生，癖耽烟霞，酷爱山水，工诗有文名。明亡后，与其兄遇吉于崂山乌衣巷隐居，览山赋诗，寄情山水。著有《处处草自序》。

注释：

[1] 征逐：特指不务正业，唯有吃、喝、玩、乐上的往来。

[2] 岩阿：山的曲折处。

[3] 原菽：泛指粮食。

评析：

诗人不愿被吃喝玩乐的酒肉朋友打扰，也不愿意有什么应酬。便移居于崂山，闭门谢客，过着幽静的独居生活。依岩结庐，绿树绕墙。隐居于此可不必被世上所谓礼数所羁绊，可以散发坐在深林，露着手臂走在空谷中。自在地在山中耕地种田，仰望山巅俯瞰山麓，从早到晚都在干净纯粹的山间度过。看到山色的千姿百态、赏心悦目，诗人豁然开朗，心灵在空灵的山色的洗涤下变得澄澈清明。

赠崂山隐者

王士禛

何处藏名地，泰山海上[1]深。

半夜白日出，风雨苍龙[2]吟。

静侣[3]行道处，不闻樵采[4]音。

清泠鱼山梵[5]，寂寞成连琴。

晓就诸天食[6]，暝栖葡萄林。

因知安居法[7]，一契[8]无生心。

我亦山中客，悠悠悔陆沉[9]。

作者简介：

王士禛，本名士禛，避雍正讳改士正，乾隆赐名士禎，字贻上，号阮亭，别号渔洋山人，山东新城人。清初著名诗人。清顺治十四年（1657）进士，初官扬州推官，入为部曹，转至翰林，任国史副总裁、刑部尚书。康熙四十三年（1704）罢官归里。工诗词，论诗创神韵说。未仕时赋《秋柳》诗，崭露头角；官扬州五年，得江山之助，诗名大起。王士禛素有山水之癖，每当投身大自然便诗兴澎湃，一发而不可收。著作甚丰，有《带经堂集》、《渔洋山人精华录》、《居易录》、《池北偶谈》等。

注释：

[1] 海上：海边，海岛。此处指崂山。

[2] 风雨：比喻艰难困苦。此处指崂山久经沧桑、历史悠久。苍龙：即太岁星，古人以之代表凶神。

[3] 静侣：指退居林下的同伴。

[4] 樵采：打柴。不闻樵采音，指人迹罕至，杳无人烟。

[5] 清泠：指人的风神俊秀或心地清洁。鱼山梵：《法苑珠林》卷四九："〔陈思王曹植〕赏游鱼山，忽闻空中梵天之响，清雅哀婉，其声动心，独听良久……乃摹其声节，写为梵呗，撰文制音，传为后式。梵声显世，始于此焉。"后遂用为咏佛教梵呗的典实。

[6] 天食：谓禀受于自然。

[7] 安居：古印度婆罗门在雨期禁足的习惯。后为佛教沿用，在古印度雨季的三个月（约5月至8月）里，禁止僧尼外出，说外出易伤草木小虫，应在寺内坐禅修学，接受供养。这段时期称"安居期"。在中国，安居期在夏历四月十六日至七月十五日。

[8] 一契：谓符契相合为一，后即借指全部相合。

[9] 陆沉：也作"陆沈"。比喻隐居或埋没不为人知。

评析：

本诗是诗人为其隐居于崂山的朋友所作。前四句引出崂山。"海上仙山"——崂山可与五岳之首泰山相提并论，突出了崂山不凡。崂山几经风雨沧桑，更增雄伟奇诡。五到十句描写了崂山隐者的生活。隐于崂山的同伴在静谧的山中独行，只有在这种远离世俗喧嚣的地方，慢慢褪去心上的浮尘，诚心朗诵佛经聆听佛音。心变得空灵澄澈，在移人性情的山水中奏一首属于自己的曲子。累了在葡萄架下席地而坐，看着斑斑光点洒在自己身上，尽情享受自然的馈赠。最后四句是诗人的自谓。诗人也是这山林中的野士，自己隐居埋没在这山林中，不禁有些后悔。诗人既向往自由潇洒的隐逸生活，却又不甘心埋没不为人知。这是古代文人共有的矛盾心理。在"居庙堂"和"处江湖"之间难以抉择。

游崂山

施闰章

十里山嶙嶒[1]，蛟宫[2]寄一僧。

飞楼安石礴[3]，悬壁攫[4]云层。

越险苍藤接，盘空细路[5]登。

棹回怀重把，鲈脍出鱼罾[6]。

作者简介：

施闰章（1618—1683），清代人，字尚白，号愚山、愚道人、玉溪外史、愧萝居士，安徽宣城人。顺治六年（1649）进士，授刑部主事。十八年举博学鸿儒，授侍讲，预修《明史》，进侍读。著名诗人，善写五言诗，词清句丽，与同邑高咏等唱和，其诗时号"宣城体"，有"燕台七子"之称，与宋琬有"南施北宋"之名，位"清初六家"之列，处"海内八大家"之中，在清初文学史上享有盛名。其家有"一门邹鲁"之称，为理学家的后裔。著有《学馀堂文集》、《试院冰渊》等。

注释：

[1] 嶙嶒：形容山石突兀。

　　[2] 蛟宫：龙宫。

　　[3] 飞：高楼。石罅：石头的缝隙。

　　[4] 攫：用爪迅速抓取。此处将石壁拟人化，高耸的石壁穿过云层，似乎要抓住白云一般。

　　[5] 盘空：绕空，凌空。细路：狭小的路径。

　　[6] 鲈脍：亦作鲈鲙，鲈鱼脍。如《晋书·文苑传·张翰》："翰因见秋风起，乃思吴中菰菜、莼羹、鲈鱼脍，曰：'人生贵得适志，何能羁宦数千里以要名爵乎！'遂命驾而归。"后因以"莼羹鲈脍"用为思乡辞官的典故。鱼罾：渔网。

评析：

　　诗人游历崂山，记下了在崂山的所见。崂山山石突兀，怪石嶙峋，如此奇伟壮观的崂山孕育了佛教。"蛟宫寄一僧"，将矗立海上的崂山比作一僧，苍茫浩瀚的大海比作龙宫，生动的突出了佛教对于崂山的重要性。佛寺高楼似乎驻在山石缝中，更突出佛教与崂山融为一体。崂山自古称"海上仙山"，以道教为重。后来憨山大师在崂山建立佛寺，使佛教在崂山也占有一席之地。"悬壁攫云层"，运用拟人手法，表现出崂山悬崖峭壁直入云层，其形态如爪如钳，似乎要抓住旁边的云彩。赋予悬壁以生命，将直入云端的山石写得活灵活现。随着诗人攀越狭路险峰，到达山巅，饱览美景后，突然思乡之情涌上心来。诗人通过渔网中的鲈鱼映射自身，"莼羹鲈脍"有思乡辞官的意向，表达了诗人离开官场后，迫不及待返乡的心情。

山　行

蓝　湄

策蹇[1]崂山道，俯看万壑低。

眼前黄叶满，杖底白云齐。

鸥鸟迎相狎[2]，海天望弗迷[3]。

何来钟声运，矫首日沉西。

作者简介：

蓝湄，字伊水，号素轩。康熙三十八年（1699）贡生，官曲阜县训导。为文古奥，诗则冲淡和雅，见赏于宋澄岚。著有《素轩诗集》。

注释：

[1] 策蹇：乘跛足驴。喻工具不利，行动迟慢。

[2] 相狎：彼此亲昵、接近。

[3] 弗迷：不迷。

评析：

"策蹇崂山道"，诗人乘着跛足的毛驴行于崂山道中，但诗人并不因为行动迟缓而心焦，而是在缓行中欣赏崂山的山景。仅从前两句就可看出诗人心境平和恬淡。也只有这样的心态，才能领悟到仙山的美景。"眼前黄叶满，杖底白云齐"，通过黄白相间的颜色，为崂山染上了一层奇异色彩。白云犹在诗人杖底，表现出崂山之高，云雾缭绕，为崂山增添缥缈之感。海鸥和鸟儿飞到诗人身边，遥望海天，更加心旷神怡。听到钟声阵阵，抬头一看，才发现日已西沉，时间在诗人沉醉于自然中偷偷跑到了前面。本诗表达了诗人平和恬淡的心情，以及对自然的热爱与陶醉。

东山即事

黄　壎

秋原劳杖屦[1]，迢递[2]入云堆。

松露侵衣重，山风拂马来。

羡鱼时近浦，采药更登台。

村酒聊成醉，归心落照[3]催。

作者简介：

黄壎，字子友，即墨（今山东省即墨市）人，清康熙八年（1669）贡生，工诗善文，饱学之士，有《友晋轩诗集》。

注释：

[1] 秋原：秋日的原野。杖屦：手杖与鞋子。

[2] 迢递：高耸的样子。如唐李商隐《安定城楼》诗："迢递高城百尺楼，绿杨枝外尽汀洲。"

[3] 归心：回家的念头。落照：落日的余晖。

评析：

秋日的原野甚是难行，但难行的并不一定是路，也有诗人悲秋的情感。秋叶铺满路面，瑟瑟秋风撩起叶子扔到诗人脚边、杖旁。诗人的情绪被秋风吹凉，寂寞中登高望远，隐没在缭绕云雾中。衣服被山中的露水打湿，山风吹来阵阵马嘶，心情变得更加低落悲凉。谁心中没有美好的愿望呢？想得到鱼，要先找到河；想采到药，要先登上高山。心中的理想和追求，就要靠自己的努力才能实现啊！诗人内心郁闷，几杯酒下肚，便有了醉意。自己现在所追求的，不就是能回家吗？心中这样想着，似乎连落日都在催促诗人快些回归了。

山游同沈仲知、黄介眉

纪　润

山光水色莽[1]无垠，诗酒年年此乐群[2]。

千顷汪洋黄叔度[3]，一峰瘦削沈休文[4]。

仰天时见高秋雁，近岛长生跨海云。

安得随风吹我去，碧城顶礼小茅君[5]。

作者简介:

纪润,清代即墨(今山东省即墨市)人。康熙年间出生,画入逸品,诗亦清雅。游览崂山,多有著述,写有《八仙墩》、《劳山头》、《山游同沈仲知、黄介眉》等诗篇。另撰有《劳山记》游记一篇,记述了自华楼历经九水、登窑、巨峰、上清宫、太清审、华严寺、太平宫、王哥庄、小蓬莱、鹤山、铁骑山等景点之游程,是一篇周游崂山的游记,其中摘录崂山大量楹联,是该文尤为可取之处。纪润之《劳山记》曾于 1919 年由青岛墨林印书馆正式印刷发行,书名为《最新崂山记》。

注释:

[1] 荈:广大,辽阔。

[2] 乐群:谓与友朋相处无违失。

[3] 黄叔度:名宪,汝南慎阳(今河南正阳)人。出身贫贱,以德行著称。成为汉末乱世的一个道德楷模,被历代士人尊称为颜渊、人镜,同时代的荀淑、戴良、陈蕃等达官显宦清流人物对黄叔度更是推崇备至。

[4] 沈休文:即沈约(441—513),字休文,吴兴武康(今浙江湖州德清)人,南朝史学家、文学家。沈约孤贫流离,笃志好学,博通群籍,擅长诗文。历仕宋、齐、梁三朝。在宋仕记室参军、尚书度支郎。在齐仕著作郎、尚书左丞、骠骑司马将军。齐梁之际,萧衍重之,封建昌县侯,官至尚书左仆射,后迁尚书令,领太子少傅。著有《晋书》、《宋书》、《齐纪》、《高祖纪》、《迩言》、《谥例》、《宋文章志》,并撰《四声谱》。作品除《宋书》外,多已亡佚。

[5] 碧城:《太平御览》卷六七四引《上清经》:"元始(元始天尊)居紫云之阙,碧霞为城。"后因以碧城为仙人所居之处。顶礼:跪下,两手伏在地上,用头顶着所尊敬的人的脚。茅君:指传说中在句容句曲山修道成仙的茅氏兄弟。道家传说中的三神仙,即茅盈及其弟茅固、茅衷。据传为汉景帝时咸阳人,先后隐句曲山(后名三茅山,简称茅山,在今江苏句容县),得道成仙,太上老君分别授为司命真君、定箓真君、保命仙君。世称三茅君。道教清微派尊为教祖。见《茅山志》卷五。

评析：

　　崂山的山光水色无边无垠，赏玩其中已是平生快事。诗人又有知己相伴，一路喝酒吟诗，仅仅是心中那份快意，都快要把人熏醉了。"千顷汪洋黄叔度，一峰瘦削沈休文"，诗人将好友沈仲知比作南朝史学家沈休文，黄介眉比作"人镜"黄叔度。表现出两位友人的美好的品质和不凡的才华。"千顷汪洋"和"一峰瘦削"表现了屹立在汪洋上的崂山，巧妙地将山游和友人的品质联系起来。仰望蓝天可见秋雁高飞，眺望沧海可见海云飘过，这如同仙境一般的景色，很难不使人有成仙的感觉。诗人便想乘风羽化，飞到仙人居住的天界，去拜谒一下成仙的"三茅君"。

过友人山居

黄 垍

远山十里见平沙[1]，亭树参差近水涯[2]。

玉树风高拟谢宅[3]，黄花香满似陶家[4]。

烟霞入户诸峰近，杖履穿云一径斜。

我爱故人潇洒甚，竹阴深处诵南华。

作者简介：

　　黄垍，生平事迹见《小蓬莱望海》诗。

注释：

　　[1] 平沙：指广阔的沙原。

　　[2] 参差：不齐貌。水涯：水边。

　　[3] 玉树：美丽的树。此处暗用典故，南朝宋刘义庆《世说新语·言语》："谢太傅问诸子侄：'子弟亦何预人事，而正欲使其佳？'诸人莫有言。车骑答曰：'譬如芝兰玉树，欲使其生于阶庭耳。'"后以"玉树"称美佳子弟。风高，风仪高

超，仪表不凡。谢宅：南朝宋诗人谢灵运的宅院。常用以喻指贵族家园。

[4] 黄花：菊花。陶家：指晋诗人陶潜。陶潜有诗"采菊东篱下，悠然见南山。"

评析：

　　全诗描写了隐于崂山的友人所居住的环境以及崂山隐者所做的事。前四句描写了崂山隐者所居住的环境：远处的山峰似与海边沙原相连，亭亭如盖的树木参差不齐的在水边生长。友人结庐于此，有美丽的树木绕屋，有清雅的菊花环舍，就像到了谢灵运和陶渊明的家一样。通过"玉树"表现出友人的人品佳美，"菊花"代表了诗人淡泊名利的品性。"谢宅"和"陶家"则是对友人山中宅院的赞美。后四句表现出诗人隐居于崂山的所见所做：山上仙气缭绕，连友人的家都充盈着仙界的气息。平日里挂杖山游，悠闲地沿着弯弯曲曲的山路找属于自己的本真。诗人甚是羡慕友人的潇洒自由，坐在"幽篁"中诵读《南华经》。诗中表达了诗人对自由的向往和对恬淡生活的热爱。

岁暮寄山中友人

周　绅

人事我支离[1]，天机君清妙[2]。

何处最关情[3]，岩畔屡相招。

风纫绮兰佩，月泛沧波钓[4]。

俯仰[5]迹已陈，入夜梦登眺。

共君三五人，历历渡海峤[6]。

清冷列子御，澹荡苏门啸[7]。

晓来往远山，积雪浮寒照[8]。

重游未有期，寂寞滞欢笑。

作者简介：

周绷，生平事迹见《太清宫》诗。

注释：

[1] 人事：人情世事，人际关系。支离：分散，残缺不全。表达了诗人对于人情世故不够圆滑。《庄子·人间世》举了支离疏（人名）形体不全却避除了许多灾祸的例子，并认为"夫支离其形者，犹足以养其身，终其天年，又况支离其德者乎"，提出支离之用和无用之用，表达了辩证而又洒脱的人生态度。

[2] 天机：这里是指道家天人合一、清静无为之道。清妙：如西汉刘安《淮南子·天文训》："清妙之合专易，重浊之凝竭难，故天先成而地后定。"清妙指轻清的天体，而在这里则是指"山中友人"对道家真谛的领悟。

[3] 关情：动心，牵动情怀。

[4] 沧波钓：指东汉隐士严光垂钓之事。严光，字子陵，与光武帝刘秀是同窗好友。刘秀登基做了皇帝后，回忆起少年时期的往事，想起严子陵，便多次征召其为谏议大臣，严子陵婉拒，垂钓富春江畔，终老于林泉间。

[5] 俯仰：低头和抬头，此处形容时间极短。"俯仰迹已陈"，化用王羲之《兰亭集序》"俯仰之间，已为陈迹"，快乐的事，总是很快过去，变成旧事。

[6] 历历：（物体或景象）一个一个清清楚楚的。海峤：海边山岭。

[7] 澹荡句：澹荡，犹放达。苏门啸：典出《晋书》卷四十九《阮籍列传》："籍尝于苏门山遇孙登，与商略终古及栖神导气之术。登皆不应，籍因长啸而退。至半岭，闻有声若鸾凤之音，响乎岩谷，乃登之啸也。"后以"苏门啸"指啸咏。亦比喻高士的情趣。

[8] 寒照：寒天的日光。

评析：

这是一首送别诗，诗人在年末和友人游于崂山，即将分别。但诗的开篇并未提到分别，而是在回味与友人经历的光景。诗人说他自己对于人事不够圆滑，但自己的友人却深谙人情世故。此处表达了诗人对友人的赞赏，也因为友人懂得人情，自然引出下文友人"何处最关情，岩畔屡相招"。友人的盛情邀请牵动着诗人的情怀，和友人畅游崂山是一件享受的事。风吹拂过他们华丽的玉佩，月夜泛舟，在碧波中垂钓，但这些快乐的事情过得那么快，转眼之间，变成了回忆。共游的场景，只有在梦里上演。还是像这次一样，还是我们朋友几人，还是一同登上崂山，向远处眺望。"清冷列子御，澹荡苏门啸"，通过列子御风和苏门长啸的典故，暗比自己和友人，表达出诗人对彻底解除精神负担的逍遥追求和对君子不拘泥俗套精神的向往。梦醒时分，已是寒日的阳光照射在白雪上的清晨，是分别的时候了。最后两句，才明显提出分别：不知何日重聚，笑容都已凝滞脸上。通过前面相聚游山，入梦重游的欢乐畅快，更加突出分别的伤感与不舍。

赠山中何老

高凤翰

野人^[1]有何老，世外旧山^[2]家。

九折当门水，千里覆屋花^[3]。

问年失甲子，话客但桑麻^[4]。

何日成邻叟^[5]，峰头共紫霞。

作者简介：

高凤翰，生平事迹见《白云洞望海》诗。

注释：

[1] 野人：借指隐逸者。

[2] 世外：尘世之外，世俗之外。旧山：故乡，故居。

[3] "九折当门水"两句：指门前流水曲曲折折，花海千里，甚至覆盖了屋顶。

[4] "问年失甲子"两句：问何老贵庚，他却忘记了年岁，与人交谈，只谈论

农作物和农事。孟浩然《过故人庄》有"开轩面场圃，把酒话桑麻"。

[5] 邻叟：邻家老人。

评析：

  诗人游于崂山，见到一位隐居于此的老者，看到他过着自然本真的生活，不禁产生了敬佩向往之情。诗名虽为《赠山中何老》，也是诗人自己热爱田园生活真情表达。不与世俗同流的何老，归隐于崂山。曲曲折折的河流，在他面前，仅仅当做门前的小溪，遍布满山的秋叶残花，在他眼中，仅仅当作屋上的落花。他已忘记了年岁，忘记了凡尘俗事，他只记得田园农事。也许只有忘记了一切俗物，才能做到真正的返璞归真，就像何老一样，如此脱俗。诗人对何老的敬佩油然而生，发出了"何日成邻叟，峰头共紫霞"的感叹。

访李一壶留题

赵　瀚

寻胜[1]时孤往，兹来更破颜[2]。

眼中无俗子[3]，榻畔即真仙。

树满莺声合，庭虚蝶梦[4]闲。

最宜永夜[5]坐，依月醉潺湲[6]。

作者简介：

  赵瀚，明末文人，赵士喆之子，今山东省莱州市人。

注释：

[1] 寻胜：游赏名胜。

[2] 兹：这样一来。破颜：露出笑容，笑。

[3] 俗子：指见识浅陋或鄙俗的人。

[4] 蝶梦：源出《庄子·齐物论》："昔者庄周梦为胡蝶，栩栩然胡蝶也……俄然觉，则蘧蘧然周也。不知周之梦为胡蝶与？胡蝶之梦为周与？"

[5] 永夜：长夜。

[6] 潺湲：流水，流水声。如王维《辋川闲居赠裴秀才迪》诗："寒山转苍翠，秋水日潺湲。"

评析：

诗人独自游赏名胜，却无半点孤寂伤怀，反而笑逐颜开，因为他寻访到了佯狂放荡于崂山的李一壶。后六句则是描写李一壶的隐居生活，表达了对李一壶的敬佩和诗人对隐逸生活的向往。李一壶无视各种见识浅陋的鄙俗之人，目空一切凡尘琐事，做到了"心远地自偏"，即使在卧榻旁，也能成仙。也只有如此心境，才能聆听满树的黄莺歌唱。在庭院中小憩一会儿，效仿庄生梦蝶，便得身心闲适。如水的长夜，最适合对月独坐，听着潺潺水声，像是自然在为人斟酒，草木清香，就像馥郁的酒香，人，就在这样的夜中缓缓醉去。

望崂山

黄大中

东南林壑美，天外削奇峰。

爽接沧州[1]月，翠挂岱岳松。

人烟环岛屿，村舍傍鱼龙[2]。

那得长康[3]笔，云山画几重。

作者简介：

黄大中，即墨人，字元徽，号劳村。康熙十六年（1677）举人，曾任浙江武康县令，是继黄坦之后即墨黄氏家族又一重要成员。

注释:

[1] 爽:明亮貌。沧州:此处可理解为沧洲,滨水的地方。古时常用以称隐士的居处。如魏阮籍《为郑冲劝晋王笺》:"然后临沧洲而谢支伯,登箕山以揖许由。"

[2] 鱼龙:鱼和龙。泛指鳞介水族。

[3] 长康:晋代顾恺之的字。顾恺之(346—407),东晋画家,字长康,小字虎头,晋陵(今江苏无锡)人。义熙初年(405)任通直散骑常侍,博学多能,工诗善书精丹青。沉浸艺术,孜孜不倦,有"才绝、画绝、痴绝"之称。长康笔,比喻如同顾恺之一样高超的画艺。

评析:

崂山山峰奇美,就像天外神仙手琢刀削造就的。山林壑谷之美,让人豁然开朗,联想到最宜隐居的滨水之处——沧洲;山上松树苍翠遒劲,它的伟岸不屈直可比岱岳迎客松。居住在此处,环岛而居,炊烟海雾为崂山罩上一层纱;临海而驻,人声与鱼声为崂山唱响一曲朴实的歌。这样的景象,就算顾恺之再世,也无法描绘出这样淳朴自然的崂山美景。本诗是诗人对崂山风景的描写和赞美。最后一句"那得长康笔,云山画几重",进一步突出崂山美的特点,也表现出诗人不能将崂山美景"(绘成图)带走"的遗憾,从侧面突出了诗人对自然的热爱和对自由朴实生活的向往。

山 居

黄体中

一

莫恨少朋侪[1],空山正复佳。

林疏风入榻,云破月当阶。

未老扶藤杖,先春结笋鞋[2]。

无才堪应世[3],养静有茅斋[4]。

二

闭户经年[5]惯，闲云[6]日日来。

虚庭[7]临碧水，曲境[8]老苍苔。

药向春前种，筼[9]从雨后栽。

息机依海上，鸥鹭亦忘猜。

作者简介：

黄体中，生平事迹见《徐福岛》诗。

注释：

[1] 朋侪：朋辈，朋友。

[2] 笋鞋：用竹箬编结的鞋。

[3] 堪：能，可以。应世：应付世事。

[4] 养静：在宁静环境中修养身心。茅斋：亦作"茆斋"，茅草盖的屋舍。斋，多指书房、学舍。

[5] 闭户：指不预外事，刻苦读书。经年：经年累月，经历很多年月，形容时间很长。

[6] 闲云：悠然飘浮的云。此处比喻诗人闲适自由的生活。

[7] 虚庭：空旷的庭院。

[8] 曲境：指幽深的环境。

[9] 筼：竹子。

评析：

这两首诗是诗人居住在山中所作，可以分开欣赏，联系起来读，也有一番滋味。

第一首，诗人言道："莫恨少朋侪"，似是在安慰自己独居空山的孤独。不要怨独居空山，没有朋友相伴，现在的山景正是极其美好的。风穿过门前的几棵树，送来缕缕清风，月光透过层云，在门前石阶上撒上一层银色。拄着藤杖，踏着竹鞋，与软红隔绝，返璞归真。这时诗人自嘲起来：我本无应付世事的本事，这清净无尘的地方才是真的适合我。诗中不免有诗人自己说服自己的感觉，告诉自己，没有朋友，却有月明风清。自己本是不善应世，居此空山便可静养。有种无可奈何的感觉。

第二首，"闭户经年惯"，仅此一句就可看出诗人的心境与上一首不同。上一首告诉自己，要习惯孤独的生活，而这一首直接表达出自己的独居之感——"惯"。接着下一句说明为何会"惯"，因为"闲云日日来"。诗人不是孤独的，有纯洁的自然与他相伴。庭前碧水，曲径苍苔，不都是友人吗？春来种草药，雨后栽绿竹。"聊乘化以归尽，乐天命复奚疑！"不正是诗人此刻的心声吗？想到此处，诗人豁然开朗，何不委心任去留？这时的心态，连鸥鸟都可以没有戒心，和诗人和睦地生活在一起。

这两首诗表现了诗人心境的转变，也可以看出山水确实可以"移人性"，使人心境更加平和，悟得死生之道，对于生活，也更加清楚明白。

送方我素入大崂

冯文玠

拂袖归来云外香，僧家行脚[1]道家装。

蒲团[2]坐破千山月，铁笛[3]吹飞万树霜。

龙攫[4]明珠沧海稳，鹤梳晓翎碧天长。

他年蓬岛[5]如相见，好授人间不老方。

作者简介：

冯文玠，即墨人，清代书画家，著作《柏荫堂诗稿》。

注释：

[1] 行脚：谓僧人为寻师求法而游食四方。此处指鞋子。

[2] 蒲团：用蒲草编成的圆形垫子。多为僧人坐禅和跪拜时所用。

[3] 铁笛：铁制的笛管。相传隐者、高士善吹此笛，笛音响亮非凡。

[4] 攫：抓取。此处引申为抓住。

[5] 蓬岛：即蓬莱山。

评析：

这是一首送别诗，但前六句没有直说送别，只是在最后提到他年相见——"他年蓬岛如相见，好授人间不老方。"但为何相见便可授"不老方"？为何入崂山便可寻得"不老方"？便要从前几句看起。崂山究竟是个什么地方？是一座道教和佛教同样繁荣的仙山。诗中分别通过"僧家行脚"、"道家装"、"蒲团"、"铁笛"等事物表现出崂山的集佛教、道教于一山的特点。"千山月"，"万树霜"，暗示出当时的季节是秋天，霜月给人一种清冷之感，描绘出崂山的空阔，玲珑剔透。虽是令人感伤的秋天，但有了"蒲团坐破"，"铁笛吹飞"，似乎是打破了崂山的冷清，带走了离别的伤感。龙王是佛教的尊神，鹤是道家成仙的坐骑，这两个意象，一个使沧海稳，另一个使碧天长，进一步突出了崂山的佛教道教文化。崂山自古被称为"海上仙山"，徐福、安期生等传说中长生不老的人都居住在此地，自己的朋友入崂山，便可寻得不老之方。这是诗人对友人的祝愿，希望他能一切顺遂，同时也借教授不老仙方含蓄地表达了与友人再次相会的愿望。

崂　山

尤淑孝

一人金鳌信口占[1]，何须觅句断须拈[2]。

客惊峻岭悬崖上，农爱游人越石尖。

境比田盘^[3]偏傍海，松多黄麓尽如髯^[4]。

琳宫梵宇^[5]徜徉遍，随处因缘^[6]仙佛兼。

作者简介：

尤淑孝，字孟仁，大兴人，拔贡，举孝廉方正。乾隆十九年（公元
1755），授即墨知县。历任 10 余年，洁己爱人，兴利除弊。开泉庄河，
民享其利；修坝、修城，相继举行。邑志自前明许公铤修后已百六十
年，尤淑孝采辑旧闻，重修为 12 卷，体例精详，邑民肖像祀之。与其
祖父尤三省相隔 86 年分别在鳌山卫和即墨县主政，两人均洁身爱民，
兴利除弊，为百姓所称颂。

注释：

[1] 金鳌：原指神话海中金色巨龟。如唐王建《宫词》诗："蓬莱正殿压金
鳌，红日初生碧海涛。"宋柳永《巫山一段云》："几回山脚弄云涛，仿佛见金鳌。"
后比喻地位高贵者。如明方孔炤《苍天》诗："万岁山折苍天崩，金鳌社鼠同一
坑。"此处比喻临水山丘。宋陆游《平云亭》诗："满榼芳醪何处倾？金鳌背上得
同行。"信口：随口，谓出言不假思索。

[2] 觅句：指诗人构思、寻觅诗句。断须拈：频频搓转胡子，以致搓断了几
根。形容写诗时反复推敲的情态。如清曾朴《孽海花》第 35 回："因为这种拈断
髭须的音调，在这个书斋里，不容易听到的。"

[3] 田盘：地名。

[4] 黄麓：地名。髯：两腮的胡子，亦泛指胡子。

[5] 琳宫梵宇：道观和佛寺。

[6] 因缘：佛教用语。佛教谓使事物生起、变化和幻灭的主要条件为因，辅助
条件为缘。

评析：

诗人畅游崂山，震撼于崂山美景，思如泉涌，出口即可成诗。从
"何须觅句断须拈"可以看出，崂山的感染力极强，若是寻常风光，为

之作诗需得诗人搜索枯肠，斟字酌句。此处的风光，美到人的心里，美到可以与人产生共鸣。游人惊叹于奇峻秀颀的悬崖山峰，当地的居民看到络绎不绝的游人，也不禁自豪起来。此处土地肥沃，临滨近海。山上树木繁茂，就如同怒髯直竖。最后两句表现出崂山丰富的文化内涵，在崂山可畅游佛寺道观，得到心灵的休憩。从"随处因缘仙佛兼"中可以看出，崂山是集道教佛教为"一山"的名山。由于道观佛寺之多，道教和佛教甚是兴盛，即可随处求缘拜佛。突出了崂山"海上仙山"的形象。

游崂山

蔡绍洛

一

忽动游思嗟[1]莫挠，壮情[2]肯让昔人豪。

已携蜡屐寻三岛，又踏芒鞋到二崂。

地险谁愁投足隘[3]，天低才觉置身高。

平生不少登临处，饱看名山第一遭。

二

花明柳暗有余春[4]，陟觉[5]烟霞气味亲。

怪石嵯峨[6]如猛将，奇峰突出似高人[7]。

风翻碧海惊涛壮，雨湿苍苔古黛皴[8]。

叠巘[9]层峦三百里，闲云一路伴闲身[10]。

作者简介：

蔡绍洛，清咸丰年间御史。曾参与咸丰年间铸行大钱。

注释：

[1] 游思：游山玩水的心思。嗟：慨叹。

[2] 壮情：豪壮的情怀、抱负。

[3] 隘：险要的地方。投足隘：走在险峻的路上。

[4] 花明柳暗：垂柳浓密，鲜花夺目。形容柳树成荫，繁花似锦的春天景象。如宋陆游《游山西村》诗："山重水复疑无路，柳暗花明又一村"。余春：暮春，残春。

[5] 陡觉：突然感觉。

[6] 嵯峨：山高峻貌。

[7] 高人：高士。

[8] 皴（cūn）：中国画技法之一，是表现山石、峰峦和树身表皮的脉络纹理的画法。画时先勾出轮廓，再用淡干墨侧笔而画。表现山石、峰峦的，主要有披麻皴、雨点皴、卷云皴、解索皴、牛毛皴、大斧劈皴、小斧劈皴等；表现树身表皮的，有鳞皴、绳皴、横皴等。古黛皴，用青黑色的颜料，通过国画皴的技法画出的图像。

[9] 叠巘：重叠的山峰。

[10] 闲云：悠然飘浮的云。闲身：古代指没有官职的人。

评析：

这两首诗为诗人游崂山所作，但所表达的情感不同。第一首，乍见如此美景，觉得以往所游所见在二崂面前相形见绌，发出"饱看名山第一遭"的感慨。第二首，游览崂山，被崂山仙气所感染，心情甚是欢愉，只觉一身轻松，"闲云一路伴闲身"如此轻松自在。

第一首诗，诗人遐思翩翩，发出"壮情肯让昔人豪"的感叹。因为慨叹昔人杰出才情，便四处游访。先去蓬莱、方丈、瀛洲这三座仙山去寻仙，又来到二崂游访。崂山险峻的地势使人举步维艰，登山不知不觉中发现天似乎离自己更近了，崂山是如此的高耸。通过"天低才觉置身高"侧面突出崂山的高耸，也暗示了崂山风景的迷人，一路走去，不知不觉已登上山巅。最后两句是诗人对崂山的高度赞美，平生游览山水无数，而饱览如此仙山美景，却是平生头一次。

第二首诗，崂山的暮春景色并不会引起人的伤春之感，花儿仍是鲜艳，柳树依然茂盛。诗人看见这样的景色，一股暖流涌上心头，似乎对崂山有种莫名的亲近之感。从"陡觉烟霞气味亲"开始就有点将崂山拟人化。后面"怪石嵯峨如猛将，奇峰突出似高人"彻底把崂山写成了"人"。将嶙峋的山石比作威武的猛将，秀颀的山峰比作方外高士。这样描写崂山，不仅生动形象表现出崂山的外观，也暗示崂山的丰富文化——方术之事。同时也可以看出诗人当时的心情，若不是心情爽朗愉悦，也不能将崂山写"活"。接着写站在崂山远眺，风翻碧浪，惊涛拍岸。视角转到山上，雨水润湿的苍苔，就像是一幅用皴法画出的黛色画卷。一路随赏随行，不知不觉已走了很远，此时可有随行同伴？"闲云一路伴闲身"。表现出当时诗人闲适恬淡的心情，也暗示出崂山"移人情"的魅力。

崂山杂咏

韩梦周

芒鞋拟到二崂边，此事沉吟已十年。

不笑山人有顽骨[1]，许分海上一峰烟。

极目峻嶒尘外[2]寒，灵旗仿佛见仙坛[3]。

流泉百道云中落，散入天风作紫澜[4]。

巨峰十万八千丈，大海东来接混茫[5]。

半夜鸡鸣红日涌，不知何处是扶桑。

耐冬花发雪初晴，一片晶光入太清。

便是蓬瀛真世界，祖龙枉自射长鲸。

青州九点载灵鳌[6]，帝遣神功压海涛。

直上云霄一长啸，果然泰岳不如高。

闻说仙方蛇代龙[7]，昔人曾此得相逢。

丹砂也是痴人梦[8]，好听华严[9]半夜钟。

作者简介：

韩梦周（1729—1798），字公复，号理堂，清初理学名儒，潍县（今山东省潍坊市）人。乾隆二十二年（1757）中进士，乾隆三十一年（1766）任安徽来安县知县。晚年移居草庙子村，建书房五间，名为"西园草堂"，嘉庆三年（1798）病逝。著作有《周易解》、《中庸解》、《大学解》、《阴符经解》、《理堂文集》、《理堂诗集》、《理堂日记》、《山禾集尺牍》、《圩田图三记》、《养蚕成法》、《文法摘抄》等。他的《养蚕成法》，作为专讲养蚕的书籍，在我国历史上是最早的，对我国养蚕事业做出很大贡献。1983年，农业出版社将《养蚕成法》一书与《樗茧谱》、《山蚕辑略》加以校论，以《柞蚕三书》为名重新刊印出版。

注释：

[1] 顽骨：顽固，不喜世事的心态。

[2] 极目：纵目，用尽目力远望。尘外：犹言世外。

[3] 仙坛：指仙人住处。

[4] 散入天风句：天风，即风。风行天空，故称。紫澜：紫色的波浪。

[5] 混茫：亦作混芒，指广大无边的境界。

[6] 青州：古九州之一，在远古时为东夷之地。传说大禹治水后，按照山川河流的走向，把全国划分为青、徐、扬、荆、豫、冀、兖、雍、梁九州，青州是其中之一。中国最古老的地理著作《尚书·禹贡》中称"海岱惟青州"。海即渤海，岱即泰山。据《周礼》记载"正东曰青州"，并注释说："盖以土居少阳，其色为青，故曰青州。"灵鳌：神话传说中的巨龟。如《楚辞·天问》："鳌戴山抃，何以安之？"

[7] 闻说仙方句：化用孙思邈救蛇得仙方的典故。传说孙思邈因救一条小青蛇（实为泾阳府王之子），得到龙宫仙方，造福后代。

[8] 痴人梦：比喻幻想不可靠或根本办不到的事。

[9] 华严：佛教语。天台宗所说"五时"教之一。指释迦牟尼成道之初在菩提树下所说的大乘无上法门。因其高深，解悟者少。亦指华严宗所说的大乘境界。

评析：

本诗为"杂咏"，随事吟咏，随想随写，显得很自然。诗人思路改变，感慨也随着天马行空的思绪，挥洒成这首《崂山杂咏》。想到游览崂山，已是10年前的旧事了，但现在回想起来，记忆犹新。与崂山的隐者"套套近乎"，还能和山人一样"餐紫霞"。极目远眺，看见陡峭的山崖，震撼之余不敢相信这是人间。看见灵旗当空，仿佛看见了仙人的住处。山高耸入云，山溪流水似乎是从云中流下，伴着山风，舞动成泛着紫色光亮的波浪。巨峰有十万八千丈之高，上可接天，大海从东北奔涌而来，流到地的尽头。如此高的山峰，半夜鸡一叫，连太阳都被叫醒，太阳不从东边的扶桑树而来，而是直接在崂山之上升起。雪后太阳升起，冰雪晶莹洁白反射太阳的光芒，直入云霄。此处就是秦始皇心中追求的仙境，可惜他破海去寻，错过了。青州人杰地灵，大禹在此治水，从此大海不再泛滥。功德之高，连泰山都比不上！听说孙思邈救了青蛇得到龙宫仙方，这种因缘是可遇而不可求的。要是想靠炼丹服药得到什么成仙不老的仙方，真是痴人说梦。倒不如在此处听听半夜佛寺钟声，洗涤一下自己被世尘覆盖的内心。本诗极具想象力，充满浪漫的气息。随所见，产生非凡之想。赞美崂山之"仙"，用秦始皇寻不老仙方未果和孙思邈因缘得仙方做对比，表达了诗人对追求长生不老的不屑，表现出诗人随缘自适的恬淡。

崂山纪游

林　溥

玉晨宫观郁[1]崔嵬，绕殿风涛日夜来。

元气[2]混茫吞渤海，仙云沆瀣[3]近蓬莱。

鳌矶月冷潮逾[4]壮，蜃市秋高瘴[5]不开。

仙鹤未归丹灶[6]晚，松花如雪洒香台[7]。

作者简介：

林溥，字少紫，江苏甘泉（今扬州）人。咸丰二年（1852）进士，后在即墨、东平等州县做官。长于诗画，工墨梅，丰神洒落，气韵古秀。同治十一年主修《即墨县志》，历经 5 年修成。县志自先秦下迄清乾隆二十八年，以清代为主。全志 12 门，71 目，附图 13 幅，是了解青岛历史、自然、地理、艺文等方面的重要史料。县志中载有林溥作《修劳（崂）山书院记》一文，叙述了重修崂山书院的经过，葺修之资由林溥倡聚"绅富"等县民捐集，修缮自当年九月始，十一月竣工，共耗资财"京钱二千五缗"——千文为一缗。其时的书院主持人为孝廉黄念昀。书院所在，其时人皆知，县志无载，只简言"在县治东"。

注释：

[1] 玉晨：道观名。郁：树木丛生。

[2] 元气：指天地未分前的混沌之气。泛指宇宙自然之气。

[3] 沆瀣（hàng xiè）：夜间的水气，露水。旧谓仙人所饮之水。

[4] 鳌（áo）矶：崂山伏鳌，是崂山有名的景点之一。传说渤海东汪洋中五座仙山由巨鳌背负着，丘处机游崂山时，将崂山改名为鳌山。逾：更加。

[5] 蜃市：海市。滨海和沙漠地区，因折光而形成的奇异幻景。瘴：瘴气。指南方山林间湿热蒸郁致人疾病的气。

[6] 仙鹤：神话传说中仙人骑乘和饲养的鹤。鹤为长寿仙禽，具有仙风道骨，以此意象来表现崂山的仙气。丹灶：炼丹用的炉灶。

[7] 松花：又叫松黄，即松树开的花。香台：烧香之台。

评析：

诗人游览充盈着道家仙气的崂山，被崂山的仙气所感染，诗中几乎句句离不了"仙"。在郁郁葱葱的树林中露出玄色的屋顶，道观高耸，傲然立在崂山重重绿色中。深深吸一口山中的空气，带着海的气息。渤海也被崂山的自然之气笼罩，蓬莱仙山亦是罩上了一层仙云。水雾露水就像是仙人一时不慎洒下的仙露，如此润湿的空气任凭人怎么也吸不够。崂山的伏鳌石在凄冷的月夜中默默数着一重强过一重的海浪，秋天的瘴气，和迷蒙的海市蜃楼混在了一起。最后一句写出了崂山的"悠闲"。仙鹤飞去还未归来,仙丹还没炼好。这些都不重要,如雪的松花使香案更添香气。本诗主要描写了崂山的景色,和崂山中充盈的闲适的仙气。

望二崂

赵似祖

泰岳东望云冥冥[1],春风吹海玻璃声[2]。

海岱[3]之门皆奇怪,二崂天半落空青[4]。

我亦不知东西磅礴[5]几百里,

高下几千寻[6],缥缈一气空。

人心弥望何崷崒[7],万朵青芙蓉[8]。

白云不落地,灵秀[9]育其中。

精蓝梵宇[10]亦何多,群仙醉倒金叵罗[11]。

往往晴天白日闻笙歌[12]。

尘中遥望空嵯峨,二崂二崂奈若何[13]。

作者简介:

赵似祖,生平事迹见《华严寓居》诗。

注释:

[1] 泰岳:即东岳泰山。冥冥:渺茫,高远。

[2] 玻璃声:形容海浪声清脆悦耳。

[3] 海岱:海岱是今山东省渤海至泰山之间的地带。海:渤海。岱:泰山。

[4] 天半:犹言半空中。空青:雀石的一种,又名杨梅青。产于川赣等地。随铜矿生成,球形、中空、翠绿色。可作绘画颜料,亦可入药。此处指青色的天空。

[5] 磅礴:广大无边貌。

[6] 千寻:古以八尺为一寻。千寻形容极高或极长。

[7] 弥望:满目。崷崒:形容山势高峻。

[8] 青芙蓉：寿山石的一种。此处将崂山的山石比作青芙蓉石，突出崂山山石的美。

[9] 灵秀：秀美。

[10] 精蓝：佛寺，僧舍。精，精舍。蓝，阿兰若。梵宇：佛寺。

[11] 金叵罗：金制酒器。《北齐书·祖珽传》："神武宴寮属，于坐失金叵罗，窦泰令饮酒者皆脱帽，于珽髻上得之。"宋吴曾《能改斋漫录·事实一》："东坡诗：'归来笛声满山谷，明月正照金叵罗。'按《北史》，祖珽盗神武金叵罗，盖酒器也。"

[12] 笙歌：合笙之歌。亦谓吹笙唱歌。

[13] 奈若何：无可奈何，有什么办法。

评析：

本诗一反常人赞美崂山的诗歌：先言崂山美，道观佛寺多，便起求仙问佛之心。"海岱之门皆奇怪"即是从另一个视角看崂山——奇怪，突出了崂山的震撼。最后也没有求仙的渴望——"尘中遥望空嵯峨，二崂二崂奈若何"。

泰山东望是一片云雾迷茫，听到了海水在春风柔软的抚摸下，发出的清脆之声。原来这便是与众不同的海岱之门——二崂。二崂像是落在半空中的翠玉，山势连绵，横贯东西，高耸矗立，直入云端。满目苍翠，奇秀的崂山就如同块块寿山石砌成，在白云的摇篮中越发的秀美。后几句却是看到崂山精美的道观佛寺，失落之感油然而生，只觉"缥缈一气空"。山上如此多的红岩绿瓦，其间的神仙却已各自醉倒在人们往日供奉的香火中，白日也寻欢作乐，又哪来的神仙庇佑？连崂山自己，对这种现象都无可奈何。在我们凡人眼光看来，崂山不过是空具一个高峻奇秀的外表罢了。

送李君莲塘[1]同历下陈雨人游崂山

黄立世

向叙不可作[2]，千载谁仿佛[3]。
龙门兼太邱[4]，乃有神仙骨。

陈君最高旷[5]，李君谢簪笏[6]。

二公二仲流[7]，遄飞[8]兴何勃。

我来自崂山，一一[9]问所阅。

奇胜[10]何可穷，大端为抄撮[11]。

双崂[12]不其东，汹穆溯天阙[13]。

溟渤入浑混[14]，尾闾司蓄泄[15]。

仙宫[16]曰太平，狮峰独巉嵲[17]。

稍南有绀宇，奇灵尽融结[18]。

峭壁凿天池，池蒲为九节[19]。

鸡足[20]护眼前，云封那罗窟。

虬松千万株，浓阴争郁阏[21]。

清籁[22]杂飞潮，钟磬骇鞺鞳[23]。

上宫复下宫[24]，惝恍弄奇谲[25]。

渭川[26]绿千亩，憨山泽不歇。

仙墩施鬼斧，地维[27]忽然裂。

一线[28]路悬空，猿猱缘木末[29]。

逶迤出平原，天风起寥沉[30]。

昆冈玉俱焚[31]，云母屏[32]先列。

赤箭与青芝[33]，繁星竟点缀。

怒涛万里来，霹雳走林樾[34]。

凛乎不可留，尘心为之洁。

南下将百里，华楼扼空阔。

其下为九水，一山一奇绝[35]。

或如禹鼎[36]铸，或如昆刀[37]切。

若如人拜跪，或如马嚼啮[38]。

或如龙凤翔，或如金玉屑。

山则窅[39]然深，水则清而冽。

入耳绝鸡犬[40]，到眼积冰雪[41]。

日影刚欲移，坐对澄潭澈。

流连未及终，迎踞只一瞥。

瀑布自天来，海河一时决。

珠帘一千丈，寒声日活活[42]。

巨峰去天尺[43]，横空势千叠。

岱岳何足云，行云不能越。

大东富流峙[44]，幽奇为一发[45]。

其它难具陈，十已略七八。

齐谐[46]所不备，山经[47]亦未设。

诸公烟霞人[48]，笑我等蚁垤。

相牵作壮游，细纤拟搜抉[49]。

为蜡谢公屐，为鼓渔父枻[50]。

杖底曳流云，袖中贮明月。

扪石拜汉碑[51]，攀萝读秦碣[52]。

入海狎[53]鱼龙，天东挂虹蜺[54]。

游历无倦时，转以姿饕餮[55]。

假道过东武，岩壑尽曲折。

九仙达五莲[56]，笋屃[57]入突兀。

凿险而缒幽[58]，豪气真雄烈。

倒樽浮大白[59]，诗坛促击钵[60]。

大醉一长吟，鸾鹤[61]声不辍。

洗眼[62]待归来，海云湿毛发。

巨细皆无忘，觌缕[63]为人说。

人生须快意，底是绊羁绁[64]。

作诗送公行，相看忽超忽。

作者简介：

黄立世（1727—1786），字卓峰，号柱山，黄贞麟孙，即墨人，乾隆甲戌明通进士，学识人品为后学所尊崇，在广东任过多个地方的县令。受聘修《长子县志》，与当时邑内名士郭廷翕、蓝中高、蓝中珪有诗书唱和书画交流。著作有《遂初文集》、《四中阁诗集》。

注释：

［1］李君莲塘：即李宪暠（1739—1782），清代诗人、学者、书画家，"高密诗派"三领袖之一。字叔白，号莲塘，李怀民弟，李宪乔兄。乾隆四十五年（1780），宪乔以例授任广西岑溪知县，随居住其治，越岁罹疾，卒。工诗，学孟郊、贾岛，与兄怀民、弟宪乔称为"三李"，共同开创"高密诗派"。

［2］向叙：字叔礼。叙为慈溪诸生。倭寇入侵，以县无城，携母出避。遇贼，踣叙而斫其母。叙急起抱母颈，大呼曰："宁杀我，毋杀我母！"贼如其言，母获全。（事载雍正《浙江通志》、光绪《慈溪县志》卷二十八。）作：当成，充当。

［3］仿佛：像，类似。此处指比得上。

［4］龙门：洛阳城南25华里处的龙门山，青山对峙，伊水中流。闻名中外的我国古代三大石窟艺术宝库之一龙门石窟，就密布在伊水两岸、东西两山的峭壁上。太邱：即陈寔（104—187），因任太邱县的县长而得名。陈寔字仲弓，颍川许（今河南许昌长葛市古桥乡陈故村）人，东汉学者。与子纪、谌并著高名，时号"三君"。又与同邑钟皓、荀淑、韩韶等以清高有德行闻名于世，合称为"颍川四长"。

［5］陈君：此处指友人陈雨生。高旷：豁达开朗。

［6］李君：此处指友人李莲塘。簪笏：冠簪和手版。古代仕宦所用。比喻官员或官职。谢簪笏：辞官归隐。

［7］二公二仲流：二公指东园公、黄石公，是秦末汉初五大隐士中的两位；二仲，指羊仲、裘仲，汉赵岐《三辅决录》："蒋诩字元卿，舍中三迳，唯羊仲、裘仲从之游。二仲皆推廉逃名。"后用二公二仲泛指廉洁隐退之士。

［8］遄飞：逸兴遄飞。谓超逸豪放的意兴勃发飞扬。

［9］一一：详细说。

［10］奇胜：谓景物非常优美。

[11] 大端：主要的部分，重要的端绪。大概。抄撮：摘录。

[12] 双崂：即二崂，大崂山和小崂山合成二崂。

[13] 汨（mì）穆：深微貌。天阙：天上的宫阙。

[14] 溟渤：大海。浑混：混乱。

[15] 尾闾：古代传说中海水所归之处（语见《庄子·秋水》），现多用来指江河的下游。司：掌管。蓄泄：积聚与分散；蓄存与泄放。

[16] 仙宫：神仙的宫殿。

[17] 狮峰：崂山狮子峰，与绵羊石相邻的一座山峰，犹如一只强悍威猛的雄狮傲视苍海，因而被称为狮子峰。巀（jié）嶪：高耸。

[18] 融结：融合凝聚。语出晋孙绰《游天台山赋》："融而川渎，结而为山阜。"

[19] 九节：药草名，菖蒲的一种。茎节密，每寸达九节以上，故名。

[20] 鸡足：鸡足山，位于云南境内，因山势前列三峰，后带一岭，形似鸡足而得名。为中国佛教名山之一。

[21] 郁阅：亦作"郁遏"，犹郁滞。

[22] 清籁：犹清响。

[23] 钟磬：佛教法器。指钟、磬之声。鼙鼓：钟鼓声。

[24] 上宫句：古代帝王陵墓地面上的建筑叫上宫、下宫，用于祭祀和模仿生前宫殿。此处用作对道观的敬称。

[25] 恍恍：模糊不清。奇谲：奇特怪异。

[26] 渭川：即渭水，亦泛指渭水流域。

[27] 地维：维系大地的绳子。古人以为天圆地方，天有九柱支持，地有四维系缀。故亦指地的四角。

[28] 一线：即为崂山巨峰景观，一线天。

[29] 猿猱：泛指猿猴。缘木：爬树。

[30] 天风：风。风行天空，故称。寥沴（xuè）：此处指天空。

[31] 昆冈玉俱焚：化用"火炎昆冈，玉石俱焚"句意。

[32] 云母屏：是指镶嵌着云母装饰物的屏风。此处将崂山比作云母屏风。

[33] 赤箭：天麻的别名。青芝：一种贵重的中药材。相传生于泰山，又名龙芝。

[34] 霹雳：如霹雳一般。林樾：林木，林间隙地。

[35] 一山一奇绝：应为"一水一奇绝"。一水上善、二水抱一、三水大方、四水齐物、五水养生、六水坐忘、七水逍遥、八水安期、九水许由。

[36] 禹鼎：传说夏禹以九牧之金铸鼎，上铸万物，使民知何物为善，何物为恶。

[37] 昆刀：即昆吾刀。昆吾刀，古代名刀。昆吾刀乃用昆吾石冶炼成铁制作的刀。《山海经·中山经》说，伊水西二百里有昆吾之山，其上多赤铜。晋郭璞注："此山出名铜，色赤如火，以之作刃，切玉如割泥也。"

[38] 嚼啮：咬啮。

[39] 眢：眼睛眍进去，喻深远。

[40] 鸡犬：此处表达进入崂山不会被尘世所扰。

[41] 冰雪：冰和雪。形容心地纯净洁白或操守清正贞洁。

[42] 活活：简直，表示完全如此或差不多如此。

[43] 去天尺：谓离天甚近。极言其高。

[44] 大东：极东；东方较远之国。流峙：指山高水流。

[45] 幽奇：幽深奇妙。一发：山幽水奇为之一发。

[46] 齐谐：古时记载奇闻逸事的书籍。《庄子·逍遥游》提到："齐谐者，志怪者也。"

[47] 山经：泛指记录山脉的舆地之书。

[48] 烟霞人：指山林隐士。

[49] 搜抉：亦作"搜刿"，搜求选择。

[50] 渔夫枻（yì）：化用《楚辞·渔夫》中"渔父莞尔，鼓枻而去"句意。

[51] 汉碑：汉代碑刻。碑文字体以隶为主，碑额文字多用篆书。

[52] 秦碣：秦代碑刻。

[53] 狎：亲近而态度不庄重。

[54] 虹蜺：亦作"虹霓"。为雨后或日出、日没之际天空中所现的七色圆弧。虹蜺常有内外二环，内环称虹，也称正虹、雄虹；外环称蜺，也称副虹、雌虹或雌蜺。

[55] 饕餮（tāo tiè）：传说中的一种凶恶贪食的野兽，古代青铜器上面常用它的头部形状做装饰，叫做饕餮纹。传说是龙生九子之一。"饕餮"是中国古代传说中的神兽，它最大特点就是能吃。这种怪兽没有身体，只有一个大头和一个大嘴，十分贪吃，见到什么吃什么，由于吃得太多，最后被撑死。它是贪欲的象征。此处

比喻诗人贪婪地欣赏崂山风光。

[56] 九仙：即九仙山。九仙山与五莲山隔壑相峙。五莲：即五莲山。

[57] 笋屐：鞋子。

[58] 凿险而缒幽：即凿险缒幽，比喻追求峻险幽奇的艺术境界。

[59] 大白：大酒杯。如宋苏轼《九月十五日观月听琴西湖一首示坐客》诗："陋矣陶士衡，当以大白浮。酒中那有失，醉则不惊鸥。"

[60] 诗坛：诗会。击钵：即击钵催诗。南朝齐竟陵王萧子良，常于夜间邀集才人学士饮酒赋诗，刻烛限时，规定烛燃一寸，诗成四韵。萧文琰认为这并非难事，乃与丘令楷、江洪二人改为击铜钵催诗，要求钵声一止，诗即吟成。见《南史·王僧孺传》。后以"击钵催诗"指限时成诗，亦以喻诗才敏捷。

[61] 鸾鹤：鸾与鹤。相传为仙人所乘。

[62] 洗眼：犹拭目，仔细看。指观赏秀美的景色。

[63] 馂（zhěn）缕：细述。

[64] 羁绁：羁绊，牵绊。

评析：

本诗主要分为三个部分：一、开头到"大端为抄撮"：主要介绍了和品行高尚的友人一同游览崂山，崂山之景美不胜收，只能说说比较重要的。"大端为抄撮"为承上启下的过渡。二、从"仙宫曰太平"到"山经亦未设"：通过移步换景，将崂山的著名景点描述一番。从太平宫到狮子峰，南行则到了崂山唯一一座佛寺——华严寺。再到云雾缭绕的那罗窟、鬼斧神工的一线天。走过一线天，到了一处平地，植物茂盛，使人流连忘返。再南下百里，即可到达道家宫观——华楼宫。接着是"一水一奇绝"的九水。崂山山峰姿态万千，似鼎铸，似刀琢，似人跪拜，如马嚼啮。如龙飞凤舞，如金末玉屑。进入山中，看到山溪清冽，正自沉醉，发现日已西斜。最后描述崂山主峰——巨峰。说了这么多，也不过是崂山的十之二三。这些美景并无书籍记载。三、从"诸公烟霞人"到结尾：表达了诗人游览崂山的所想所感。与崂山中的世外高人相比，自己不过是崂山旁的蚁丘，来到崂山，仅仅是为了使自己内心清明，暂离尘世，得到一时休憩。这样的美景，作者是不会忘记的，和朋友们的美好记忆，也会和这首诗，一同保留。

游崂山

黄守和

巨峰千仞望依依[1]，玉屑空明眩眼[2]飞。

披氅[3]高人吹笛去，舞霓仙子步虚[4]归。

青松冻老龙须撅[5]，碧落寒深鹤影稀。

遥想成连桥畔路，朔风[6]吹扑白云扉。

作者简介：

黄守和，字心田，号蔼村，即墨（今山东省即墨市）人，清代文人。著有《四书汇考》、《周易集解》、《劳山诗乘》、《梦华新录》、《紫藤居诗草》、《北游草》等。

注释：

[1] 依依：依稀，隐约貌。

[2] 玉屑：比喻雪末。空明：空旷澄澈。眩眼：光芒耀眼。

[3] 披氅（chǎng）：鹤氅，用鸟羽缝成的风衣。身披鹤氅，比喻"神仙中人"。

[4] 舞霓：舞霓裳，唐代有霓裳羽衣舞，在此比喻美妙的舞蹈。步虚：道士诵经礼赞时的一种腔调。据称这种腔调宛如众仙缥缈步行虚空歌颂之声，故名。据南朝宋刘敬叔的《异苑》记载："陈思王（曹植）游山，忽闻空里诵经声，清远道亮，解音者则而写之，为神仙声。道士效之，作步虚声。"

[5] 龙须撅：因为天气寒冷，连龙须都冻的折断。

[6] 朔风：北风，寒风。亦指北方的音乐。此处双关，既指吹拂的北风，也指成连的音乐，琴声入云。

评析：

　　诗人于冬季游崂山，高耸入云、朦朦胧胧的山峰，被泛着银光的漫天雪花打破了沉寂。这副光景，似乎还残留着披着鹤氅的仙人的笛声，细细听来，还有为跳着霓裳舞的仙子伴奏的步虚之声。天气如此寒冷，似乎冻断了龙须，冻走了仙鹤。此处诗人踏过的路，是不是当年成连说的可"移人情"的地方？北风唱着成连的曲子扑向了白云。本诗主要描写了崂山冬季的景象，一片洁白，更增空灵之感。

忆崂山

匡　源

一

我忆白云洞，云上结茅屋。

时问云下人，笑语出深谷。

炼师[1]四五辈，逍遥无拘束。

朝与白云游，暮抱白云宿。

二

我忆钓龙嘴，避雨田家夕。

夜半云初开，起陟西岩碧。

长笛两三声，老蝠惊拍拍[2]。

万籁[3]寂无声，凉蟾[4]挂山脊。

三

我忆九水庵[5]，叩关[6]方落日。

飒然[7]风雨来，寒意生凄栗。

云气滃虚白[8]，倏忽[9]群峰失。

大呼同游人，请看南宫笔[10]。

作者简介：

匡源，生平事迹见《咏八仙墩》诗。

注释：

[1] 炼师：旧时以某些道士懂得"养生"、"炼丹"之法，被尊称为炼师。

[2] 拍拍：象声词，鼓翅起飞声。

[3] 万籁：各种声响。籁，从孔穴中发出的声音。

[4] 凉蟾：指秋月，亦泛指月亮。如唐李商隐《燕台诗·秋》："月浪衡天天宇湿，凉蟾落尽疏星入。"宋晏几道《阮郎归》词："个人鞭影弄凉蟾，楼前侧帽檐。"元刘祁《归潜志》卷九："影浸凉蟾窗上见，声敲寒雨枕边闻。"

[5] 九水庵：即太和观，位于风景秀丽的北九水风景区双石屋，是外九水、内九水的分界线，即自大崂至太和观为外九水，自太和观至潮音瀑为内九水。太和观又名九水庵、北九水庙，始建于元天顺二年（1329），原属丘处机所创的龙门派道观。到了明朝末年，这里只有很少几个道士。清朝初年，即墨知县叶栖凤在这里建崂山书院，在观内的西厢藏有大量的书籍，供即墨县的一大批廪生在此处攻读，书籍由观中道士看管。清乾隆年间重修，壁上嵌有乾隆时山东巡抚崔庭阶诗碑一方。"观擅崂山景物之胜，处奇峰秀峦，环抱之中，大涧当前，隔涧为九水厅，鸟语花香。"

[6] 叩关：谓叩击城门请求进入。

[7] 飒然：形容风雨声。

[8] 滃：形容云起。虚白：洁白，皎洁。

[9] 倏忽：忽然。

[10] 南宫笔：借指北宋书画家米芾。他在宋徽宗崇宁年间做过礼部员外郎、书画学博士。唐宋时对在礼部管文翰的官又称作南宫舍人，所以后世也称他为"米南宫"。后人评米芾云："五州烟雨南宫笔，千里江山北固诗。"

评析：

这三首诗主要描绘了诗人曾经游历崂山经过的白云洞、钓龙嘴和九水庵三个景点的景色特点。

诗人回忆经过白云洞时，见到了居住在白云洞旁的隐士。茅屋被白云环绕，就像凌空而居。此处的方士早晨和白云一同出游，晚上与白云携手归来。炼丹养生，逍遥自在。经过钓龙嘴时，诗人在一户农家避雨。到了半夜云消雨霁，诗人便起身登上西面碧绿的山峰。听到蝙蝠振翅的聒噪声中还夹杂着几声笛音。泥土的芳香中夹杂着水汽，一切都静了下来，只有玉壶挂在山脊上。经过九水庵时，在夕阳中诗人叩响了观门。进去后风雨骤来，顿感凉意。云雾水汽把崂山藏了起来，让人顿觉惊奇。诗人惊奇之余呼唤同行的友人，请他们看米芾画的奇异山水。

诗人通过这三首诗，介绍了崂山的著名景点，将奇瑰绝丽的崂山展现在我们面前。

崂 山

郭绥之

江南有金山[1]，飞涌起楼殿[2]。

勾心与斗角[3]，上下金碧[4]绚。

寺里藏峰峦，寺外望不见。

人工夺天然，殊非山真面。

东海大小崂，名遗洞天传。

古来缺陷多，补苴赖后彦[5]。

正如古禽经[6]，网罗闲莺燕。

却遗北海鹏，登载[7]岂云遍。

留与好奇士，世外独寻玩。

山中纷刹宇[8]，何者为冕弁。

大者太平宫，万象还自荐。

妙哉华严庵，楼阁弹指现。

山海佳胜处，结构共游衍[9]。

金山只春华，侈靡[10]谁能惯。

云山尚白描[11]，著色殊可贱。

君看李公麟[12]，画院乃独擅。

作者简介：

郭绥之，潍县（今潍坊市）人。潍县自古世家望族门祚兴旺，绵延承传，主要有郭、陈、张、丁四家。郭绥之即为郭氏世家中在翰林院任职者。著有《畹香村会稿》八卷、《餐霞集》一卷、《聊复集》一卷、《沧江集》十卷、《沧江菁华录》四卷。

注释：

[1] 金山：即镇江金山。位于镇江市西北，海拔43.7米，占地面积41.6公顷。金山风景幽绝，形胜天然，自古为我国游览胜地之一。古代金山原是屹立于长江中流的一个岛屿，有"江心一朵美芙蓉"之称誉。金山名胜古迹甚多，俯拾皆是。

[2] 楼殿：高大的宫殿。

[3] 勾心与斗角：即勾心斗角，亦作"钩心斗角"。心，宫室的中心。角，檐角。诸角向心，叫钩心。诸角彼此相向，像戈相斗，叫做斗角。勾心斗角本意为宫室建筑的内外结构精巧严整，如唐杜牧《阿房宫赋》："各抱地势，钩心斗角。"原指宫室建筑结构的交错和精巧。后比喻用尽心机，明争暗斗。此处形容宫室结构错综复杂而又精巧工致。

[4] 金碧：金黄和碧绿的颜色。指楼殿涂刷的鲜艳炫目。

[5] 补苴（jū）：补缀，缝补。后彦：后来的俊士。

[6] 古禽经：即《禽经》。《禽经》全文3000余字，是作者在参阅前人有关鸟类著述的基础上，总结了宋代以前的鸟类知识，包括命名、形态、种类、生活习性、生态等内容。尽管其体例结构简单，内容也稍嫌粗糙，但作为我国早期的鸟类志，仍有其较高价值。

[7] 登载：记载。

[8] 刹宇：此处指佛寺道观等。

[9] 游衍：恣意游逛。

［10］侈靡：奢华。

［11］白描：国画中指纯用墨线勾勒，不加颜色渲染的画法。

［12］李公麟：唐代山水画家。

评析：

作者使用对比的方法突出崂山景致之自然朴实、飘逸雄浑。先举江南金山之例，描绘了金山的精致景色，勾心斗角，金碧辉煌。然而，金山的景致人为雕琢之色太重，作者发出了"人工多天然，殊非山真面"之叹。而后，作者笔锋一转，描绘崂山自然朴实的景致，崂山人工雕琢之色甚少，以至于"古来多缺陷"。但自然之美却是更胜一筹，山木郁郁，莺燕颉颃。美景无法遍览，只能留给那些常常登临崂山的世外闲人了。除自然景致外，崂山的寺庙道观确实另一番景象，寺宇森然，气凌万象，与自然景象相得益彰，正所谓"万物并行而不相害，道并行而不相悖"。与崂山相比，金山实在太过俗丽，崂山就像李公麟的山水画一样，自然朴实，飘逸雄浑，正如庄子所言："不刻意而高，无仁义而修，无功名而治，无江海而闲，不道引而寿，无不忘也，无不有也，淡然无极而众美从之；此天地之道，圣人之德也。"

崂山歌

柳培缙

我闻崂山山深数百里，亘绵到海犹未止。

玉笈金箱[1]今尚存，其间往来多羽士。

夙昔[2]往往入梦中，千朵万朵青芙蓉。

回思此地神物怪异诡[3]可测，安得九节筇杖[4]扶我直上二崂峰。

迩来[5]作客不其道，约踏层岩事幽讨。

宫子爱客清兴[6]狂，揽环结珮属旧好[7]。

联辔[8]东指山中路，嵯峨[9]叠嶂纷无数。

逼仄[10]不复受马蹄，不辨山色与云雾。

有时云挂巾，有时树触袜。

前耸惊山低，后陷骇地缺。

重重列屏翕[11]而张，遥遥接笋断不蹶[12]。

如此神工[13]岂是人世间，始信灵境[14]总超越。

就中巨峰高刺天，手扪参斗[15]天风寒。

我欲吹箫惊鹤鸾，一历瑶台十二碧云端。

云蓬蓬[16]兮欲雨，水淙淙[17]兮下山。

须臾一气[18]张岩谷，但觉苍茫茫寒阔无涯边。

空际鸡声旭日旦依旧，嵯峨山色环蜿蜒。

道人岩栖留客住，烧笋泼茗散巾屦[19]。

何当自抱残书[20]来，风雨得与山灵[21]聚。

闻说此中多灵修[22]，还期穷探幽栖[23]处。

作者简介：

柳培缙，清代诗人，字子琴，蓬莱（今山东省蓬莱县）人，岁贡生。

注释：

[1] 玉笈金箱：玉饰的书箱和金制的箱。用以珍藏宝物。

[2] 夙昔：前夜。泛指昔时，往日。

[3] 神物：神灵、怪异之物。可指神仙。讵：岂，怎。

[4] 九节筇杖：竹杖名。如宋陆游《老学庵笔记》卷三："筇竹杖蜀中无之，乃出徼外蛮峒，蛮人持至泸叙间卖之，一枝才四、五钱，以坚润细瘦九节而直者为上品。"

[5] 迩来：近来。

[6] 宫子：应当是作者的朋友。清兴：清雅的兴致。

[7] 旧好：旧交，老相好。

[8] 联辔：犹联骑。联，联合，联结，联系。辔，驾驭牲口的嚼子和缰绳。如刘禹锡《同乐天和微之深春》之十一："国乐呼联辔，行厨载满车。"

[9] 嵸巃（zōng lóng）：形容山势高峻。

[10] 逼仄：犹狭窄。

[11] 翕（xī）而张：即翕张，一张一合。

[12] 蹶（jué）：竭尽，枯竭。

[13] 神工：指神奇的造诣，非凡的才能。

[14] 灵境：庄严妙土，吉祥福地。多指寺庙所在的名山胜境。泛指风景名胜之地。

[15] 扪：按，摸。参斗：北斗星。参，参宿，二十八宿之一。

[16] 蓬蓬：犹蒙蒙，模糊不清的样子。

[17] 淙淙：流水声。

[18] 一气：犹一片。

[19] 巾屦：帽子和鞋子。

[20] 何当：犹何日，何时。残书：未读完的书。

[21] 山灵：山神。

[22] 灵修：指神灵。

[23] 穷探：深入探索。幽栖：幽僻的栖止之处。

评析：

　　诗人未游崂山，却已闻得崂山之名：崂山山势极高，绵延深入海中。翻阅各种典籍，崂山赫然在目。崂山中多有方士求仙问道，来往其间。颇负盛名的崂山令诗人魂牵梦萦，甚至连做梦都在游览崂山美景。醒来回味一下梦境，梦中的崂山神秘奇诡，煞是动人，诗人向往崂山之情更盛。从开头到"直上二崂峰"，诗人站在"听景人"的角度，仅仅是闻名，就已能令人痴迷。

　　"迤来做客不其道"，诗人耐不住崂山的"诱惑"，索性身临其境去感受一下崂山美景。山中的道士十分好客，和诗人并骑同游崂山。身临崂山，看到山势高峻，连绵不绝，正自震撼，发现道路狭窄，马蹄似乎都踩不牢了。云彩似乎挂在了发髻上，脚底踩在树梢上。诗人这才回过神来，原来已经登到如此高的地方了，自然鬼斧神工造就了这样的美景，连仙境都不如这儿啊！登上巨峰，伸出天风吹凉的手触摸天上的星星，抽出玉箫，想招来天上的鸾凤和仙鹤，让它们载着（我）到瑶台游览一番。云雾朦胧，似乎要下雨了，山溪似乎知道要有雨水的到来，欢快地唱着流到了山下。诗人在崂山道士的挽留下留宿崂山，看到道士们逍遥自由的生活，心生向往。"何当自抱残书来"到"还期穷探幽栖处"，是诗人对自由生活的向往。隐于崂山，终日吸收崂山的灵气，还可以与山中诸神为伴，闲来再入崂山深处，寻一寻在崂山幽僻之处的仙人。

梦游崂山歌

周荣珍

二崂不逐秦鞭[1]走，峨峨[2]雄踞沧海口。

昂头呼吸接通明[3]，伸臂真堪摘星斗。

异岭奇峰摩碧霄[4]，儿孙罗列万山朝。

黄人高捧三更日[5]，紫海[6]俯看一酒瓢。

坐对名山三十年，常思搔首问青天，

欲煮紫霞无宝鼎[7]，前宵梦遇李青莲[8]。

招我跨青虹[9]，共向崂山游。

飘然已到仙人路，铁干耐冬千万树。

翠萼金英[10]吐绣云，鸾歌凤舞飘香雾[11]。

欲访康成问五经，丹梯[12]缥缈入苍冥。

篆花耀日文楸[13]绿，衣带经霜汉草青。

玉宇琼楼清福[14]地，守门蜿蜒双龙戏。

蛾眉[15]文婢启双扉，含笑主人握我臂。

引我上金堂[16]，坐我白玉床。

赠我骚人[17]佩，衣我博士[18]裳。

问我何时婚嫁了，不来早读紫薇章[19]。

麟脯鹿胎果[20]我腹，金简银编授我读。

目倦神疲宝帐眠，此身真在瑶天宿。

开眼晨光满白橱，似闻太白尚追呼。

恨无北宋南唐手，画作琅環[21]展卷图。

作者简介：

周荣珍，清代即墨文人，著有《崂山志略》。

注释：

[1] 秦鞭：化用"秦始皇鞭山填海"的传说。秦始皇得到七尺长的宝鞭，可长可短，威力无穷。一日，秦始皇游到南山，苦山路阻塞，车马难行，他抽出鞭子，遥对山顶"啪啪啪"连抽三下，顿时地动山摇，飞沙走石，电闪雷鸣，南山呼啸东去。秦始皇大喜，紧随而至，只见东海矗起一座万仞高山，秦始皇仰视不见其顶。秦始皇又照此高山连抽两鞭，一刹那，万丈高山"呼啦"一下降下来，那两鞭子在高山留下了两道深凹，形成三角，后人见山峰似三根柱子直插云天，便取名叫"三角山"。

[2] 峨峨：山体高大陡峭。

[3] 通明：喻指明月。

[4] 摩：触碰。碧霄：蓝天。

[5] 黄人：传说中的捧日仙人。三更：指半夜十一时至翌晨一时。

[6] 紫海：传说中海名。唐苏鹗《杜阳杂编》卷中云："敬宗皇帝宝历元年，南昌国献玳瑁、浮光裘、夜明犀。其国有酒山、紫海……紫海水色如烂椹，可以染衣，其龙鱼龟鳖砂石草木，无不紫焉。"

[7] 宝鼎：此处指鼎炉，道士炼丹煮药的炉子。

[8] 李青莲：即李白。李白号青莲居士。

[9] 青虬：青龙。

[10] 金英：黄色的花。可指菊花。

[11] 鸾歌凤舞：《山海经·大荒南经》："爰有歌舞之鸟，鸾鸟自歌，凤鸟自

舞。"后以"鸾歌凤舞"比喻美妙的歌舞。如南朝宋鲍照《代淮南王》诗之一："紫房彩女弄明珰，鸾歌凤舞断君肠。"香雾：指香气或雾气。

[12] 丹梯：指高入云霄的山峰亦可指寻仙访道之路。

[13] 篆花：此处指崂山的碑刻。文楸：棋盘。古代多用楸木做成，故名。

[14] 清福：清闲安逸的福气。

[15] 蛾眉：蚕蛾触须细长而弯曲，因以比喻女子美丽的眉毛。如《诗经·卫风·硕人》："螓首蛾眉，巧笑倩兮。"借指女子容貌美丽。如屈原《离骚》："众女嫉余之蛾眉兮，谣诼谓余以善淫。"后成为美女的代名词。

[16] 金堂：金饰的堂屋。指神仙居处。

[17] 骚人：指诗人。泛指忧愁失意的文士、诗人。"骚"原指《离骚》。如唐李白《古风》诗："正声何微茫，哀怨起骚人。"宋范仲淹《岳阳楼记》："迁客骚人，多会于此。"

[18] 衣：去声，穿。博士：古代学官名。六国时有博士，秦因之，诸子、诗赋、术数、方伎皆立博士。汉文帝置一经博士，武帝时置"五经"博士，职责是教授、课试，或奉使、议政。晋置国子博士。唐有太学博士、太常博士、太医博士、律学博士、书学博士、算学博士等，皆教授官。明清延续，稍有不同。

[19] 紫薇章：此处应指美文。

[20] 果：充实，饱足。

[21] 琅嬛：亦作"琅嬛"，传说中的仙境名。

评析：

　　也许由于诗人梦遇李白，与他一同游历崂山的缘故，使本诗的风格与李白《梦游天姥吟留别》有些相似。李白听"海客谈瀛洲"，听"越人语天姥"，便"因之梦吴越"，"飞渡镜湖月"了。诗人也是如此，先闻崂山之名，被崂山魅力所征服，"梦遇李青莲"，跨青虬，游崂山。但与《梦游天姥吟留别》不同，诗人开篇并没有作为"听众"来"听"崂山，而是通过看"神话"将崂山展现在自己和读者眼前。"二崂不逐秦鞭走，峨峨雄踞沧海口"，仅此两句，便展现出历经沧桑却愈加雄伟的崂山。后面几句通过拟人的手法，将崂山高可接天的形貌拟为"昂头近月"，"振臂摘星"。诗人对此神往已久，只是没有机会一睹崂山之真容。终于在梦中遇到"餐紫霞"于崂山的李白，李白招呼诗人骑青龙，游崂山。诗人梦游崂山，主要分为两部分：去神仙居所路上所见和在玉宇琼楼中的所闻所见。诗中将崂山描写为仙境，充满了浪漫的神话气息。在"清福地"食麟脯鹿胎，读金简银编，表现出诗人对浪漫生活的追求。从与李白同游中则可看出，诗人的心境与李白相似，都是潇洒浪漫之人。最后醒了，梦中景象历历在目，李白的呼声还萦绕在耳旁。（诗人）可惜无丹青妙手，无法将梦中的仙境记录下来。

山 家

周思璇

行到碧岩里，茅茨[1]三两家。

通身湿岚气[2]，满地散松花[3]。

墙缺闲云补，萝阴[4]曲径斜。

茶烟竹外起，化作半山霞。

作者简介：

周思璇，字宫玉，号松壑，清代即墨人。嘉庆年间诸生，游览崂山时留有《太清宫》、《观海》、《海边石子》、《山家》等诗篇。

注释：

[1] 茅茨：亦作"茆茨"，茅草盖的屋顶。亦指茅屋。

[2] 岚气：山中雾气。如晋夏侯湛《山路吟》诗："冒晨朝分入大谷，道逶迤分岚气清。"唐岑参《寄青城龙溪奂道人》诗："绝顶小兰若，四时岚气凝。"

[3] 松花：松树的花。

[4] 萝阴：即阴萝。生在背阳处的藤萝。

评析：

本诗主要表现出崂山的恬静安逸。诗人走到崂山深处，看到了几户茅草房，虽是茅草盖的屋顶，但在未经雕琢的山中显得很是精致。衣裳沾上了淡淡的雾气，细细闻来，还带着松花的清香。诗人此时想，居住在这样自然的山中，墙壁缺一块，伸手撕下一块云补上？不对，云会自己跑过来，补上墙上的缺漏。诗人随想随行，沉醉在和炊烟混在一起的山霞中。

思崂山

董书官

仙人东海餐霞[1]地，把卷[2]高歌起远思。

谷口常封千亩竹，洞门深锁五灵芝。

鸟巢高树啼声远，人道名山得句奇。

我欲扬鞭寻路去，梨花萧寺[3]遍题诗。

作者简介：

董书官，字伯长，清代掖县人。

注释：

[1] 餐霞：餐食日霞。指修仙学道。语出《汉书·司马相如传下》："呼吸沆瀣兮餐朝霞。"

[2] 把卷：持卷；展卷。

[3] 萧寺：唐李肇《唐国史补》卷中："梁武帝造寺，令萧子云飞白大书'萧'字，至今一'萧'字存焉。"后因称佛寺为萧寺。

评析：

诗人手握书卷，侧头沉吟。不知是从书上看到了关于崂山的记载，还是诗人对崂山早已心生向往，忽然合书高呼，口中叫的竟是崂山。是什么使诗人如此神往？崂山谷口的翠竹屏障，还是洞中的灵芝仙草？是崂山美景可移人情，鸟居住在高树上，就可“居高声自远”，游于崂山，灵感便如山上的泉水源源而来。诗人终于按捺不住，便动身去崂山，在梨花香味萦绕的佛寺中，找寻自己的“五色笔”。

崂　山

夏联钰

山海相围抱，天然启壮观。
书留高士[1]篆，花绕老君[2]坛。
峰影随波碎，钟声渡岭残。
寻幽欣屐[3]到，仙迹访棋盘[4]。

作者简介：

夏联钰，山东省济宁直隶州人，光绪六年（1880），参加庚辰科殿试，登进士三甲第七十八名，同进士出身。同年五月，着交吏部掣签，分发各省以知县即用。著有《溷园记》。

注释：

［1］高士：指隐居不仕或修炼者。有时特指僧人。篆：此处指崂山碑刻。

［2］老君：道教对老子的神化称呼，又称太上老君。多种道教经典对老子的各种神化说法，大致说老子以“道”为身，无形无名，生于天地之先，住于太清仙境，长存不灭，常分身化形降生人间，为历代帝王之师：伏羲时为郁华子，神农时为大成子，祝融时为广成子。

［3］屐：木头鞋，泛指鞋。

［4］仙迹访棋盘：化用烂柯人典故。晋代有个叫王质的人，砍柴的时候到了信安郡的石室山（今浙江衢州烂柯山）中，看到几位童子有的在下棋，有的在唱歌，王质就到近前去听。童子把一个形状像枣核一样的东西给王质，他吞下了那东西以后，竟然不觉得饥饿了。过了一会儿，童子对他说：你为什么还不走呢？王质要离开时，看到自己的木头斧柄已经腐烂了。等他回到人间，与他同时代的人都已

经没有了。

评析：

本诗主要描述了诗人游历崂山的所见所感。崂山矗立海上，似是海围着山；山连绵不绝，似乎又是环抱着海。这样的浑然天成，只有自然这一"造物者"能够造就。在山上随走随行，看到的是前人留下的手泽，老君坛边鲜花绚烂。这一句含蓄地表达了崂山是个修身养性、求仙问道的好地方，不愧"海上仙山"之名。"峰影随波碎，钟声渡岭残"，通过含蓄诗意的描写，将一幅"山映湖中风吹皱，古寺钟声越岭传"的画卷展现在读者面前。如此景色，恐怕不只是诗人想着访仙境，寻童子下棋，就连读者，仅仅是听崂山景，都要成"烂柯人"了。

我住崂山久

林砥生

一

我住崂山久，画图[1]终日逢。

霞飞金洞[2]竹，潮压汉祠[3]松。

漠漠蔚儿[4]泊，茫茫梯子峰[5]。

归途云气满，犹自荡心胸。

二

我住崂山久，连村事事佳。

野樵斫[6]枯竹，海客醉浮槎[7]。

潮落儿争蛤，春深女摘茶。

黄精谁采取，少妇艳如花。

三

我住崂山久，仙乡俗最醇。

垂纶[8]花绕港，醒酒竹宜人。

嫁娶欣从俭，盘飧[9]不厌贫。

偶邀村叟[10]话，强半葛天民[11]。

作者简介：

林砥生，生平事迹见《白云洞眺月》诗。

注释：

[1] 画图：比喻美丽的自然景色。如唐元稹《春分投简阳明洞天作》诗："郡邑移仙界，山川展画图。"

[2] 全洞：应指现在崂山的明霞洞或玄真洞，两洞之间有竹林。

[3] 汉祠：汉代祠庙。此处指崂山庙宇。

[4] 漠漠：密布貌，布列貌。蔚儿：即蔚竹庵。蔚竹庵位于北九水风景区凤凰崮之下，东通滑溜口，西通双石屋。据称在蔚竹庵建庵之前，管山人曾在此搭窝铺居住，故名蔚儿铺。蔚竹庵现保存碑记三通：（1）《蔚竹庵碑记》，在正殿东壁，碑身五十厘米见方，记载该庵占地四亩，系明万历二十一年三月立。（2）清嘉庆二十一年刻石。在正殿墙外基石上，记载蔚竹庵始建年代。（3）《重修蔚竹庵庙记》。系道光十九年四月立。在正殿西壁，碑身一米见方，记载重修蔚竹庵经过。

[5] 梯子峰：即梯子石。梯子石故道西起大平岚，东到青山口，全长约10公里，主体均在崂山的太清游览区，沿山峦起伏，险处几乎竖立，俗称天梯，平缓处也自山林巨石间通过，环境清幽，盘旋曲折，是旧时崂山南部东西向的主要通道。

[6] 斫（zhuó）：大锄，引申为用刀、斧等砍。

[7] 浮槎（chá）：槎，木筏，木船。传说中来往于海上和天河之间的木筏。

[8] 垂纶：垂钓。传说吕尚（姜太公）未出仕时曾隐居渭滨垂钓，后常以"垂纶"指隐居或退隐。

[9] 盘飧：盘盛食物的统称。

[10] 叟：老年男人。

[11] 强半：大半，过半。葛天民，南宋人，字无怀，越州山阴（今浙江绍兴）人，徙台州黄岩（今属浙江）为僧，法名义铦，字朴翁，其后返初服，居杭州西湖。与姜夔、赵师秀等多有唱和。其诗为叶绍翁所推许，有《无怀小集》。

评析：

诗人以"我住崂山久"为题，三首诗皆是以"我住崂山久"开头，并在本诗中着贯穿始末，在这句诗的"带领"下走进作者的"感情路线"。

这三首诗分别是作者对崂山的三种不同的认识：观山色——阅人情——移人性。也是随着"居崂山"的不同时期，作者的情感上发生的变化。

第一首：居于崂山，终日相对可餐的山色，流连于崂山蔚竹庵、梯子峰等。每到归时，带着满袖的山色云气回家，心还留在无尽的山色之中。这首诗是诗人对崂山风光的赞美，诗人刚入崂山，对它的认识仅仅停留在自然之色的层面上。

第二首：居于崂山，看到山中人家的生活方式：砍柴仅砍枯树，打鱼人悠然地醉卧渔船，孩子们争相捡拾退潮留在滩上的蛤蜊，村姑轻柔地采摘茶叶。也许只有这样的淳朴生活，才能造就出美艳的女子吧。这是诗人居于崂山，对崂山的认识又深了一层。

第三首：居于崂山，被淳朴的民风和仙气感染，诗人也开始了潇洒闲适的生活，也可以融入到淳朴的民风中。有时和山中老翁闲谈，发现他们都是智慧之人，自己也不禁被感染。这是诗人对崂山更深层次的认识，也是久居崂山，被崂山"移情"所致。

赠白云洞道人

于笛楼

一

相见浑疑有宿缘[1]，浪游[2]飞凫说从前。

神仙不惯红尘住，归卧白云又几年。

二

白云仙洞[3]海西头，万里烟霞[4]放眼收。

方丈蓬莱[5]如隐现，问君骑鹤[6]几回游。

作者简介：

于笛楼，生平事迹不详。

注释：

［1］宿缘：佛教谓前生因缘。

［2］浪游：漫游，四方游荡。

［3］白云仙洞：即白云洞。

［4］烟霞：泛指山水、山林。

［5］方丈蓬莱：指传说中的蓬莱、方丈、瀛洲三座海上仙山。亦泛指仙境。

［6］骑鹤：谓仙家、道士乘鹤云游。

评析：

本诗主要描述诗人和白云洞道人一见如故，以及诗人对道人的赞赏羡慕之情。

第一首诗人与白云洞道人初次相见，却一见如故，就好像前世有什么因缘，乃至今世相见就感觉相识已久。两人携手同游，互诉往事。最后两句介绍道人的"从前"：道人早已不再留恋红尘，归隐崂山很久了。

第二首诗是两人同游仙山的所见所感。白云洞西面便是苍茫的大海，站在崂山上，无尽的风光尽收眼底。海上的方丈、蓬莱如同天上的星星，在海雾云层中忽隐忽现。这样亦真亦幻的仙境，诗人不禁心生向往。"问君驾鹤游几回"，不仅表现出道人的潇洒，也暗示出诗人的"得道"，能驾鹤游仙境，更透出诗人对道人的羡慕和崇拜，更表达了诗人对闲适潇洒生活的向往。

山居杂咏

丁宇宾

一

崒崔南山气象豪，一峰俯压万峰高。

此中未许闲人[1]到，静掩柴关[2]听海涛。

二

闲抱孤云拌鹤眠，梦中石上听流泉[3]。

醒来顿悟养生法，长啸[4]一声月满天。

作者简介：

丁宇宾，生平事迹不详。

注释：

[1] 闲人：不相干的人。

[2] 柴关：柴门。

[3] 石上听流泉：化用伯牙作《石上流泉》曲的典故。表达了寄情山水，结盟泉石。通过泉与石表达出作者对自然山水的情怀以及对人生哲理的感悟。以石泉之一动一静，衍方与圆、仁与智其相辅相成之理，道出大自然的智慧与山水之清音。

[4] 长啸：撮口发出悠长清越的声音。古人常以此述志。

评析：

本诗描述了诗人居于崂山的所见所感所悟。第一首诗记录了诗人在崂山中的生活环境。第二首诗则是诗人在崂山久居，久沾崂山的"仙气"，悟到"养生法"，心中豁然开朗。

诗人居于气象万千的崂山中，高峻的山峰一峰压过一峰。独自居住于此，没有凡尘俗务烦心，也无不相干的人打扰，诗人乐得自在，关上柴门静静听自然的演奏。闲适的生活使人更加明智，诗人就是如此。小

314

憩一会儿，竟然梦到石上流泉。醒来顿悟，子曰："智者乐，仁者寿。"夫智者如水，善利万物而不争。绕石浅行成泉，依洼浅住成潭，顺势急流成瀑，汇注于渊广则成海。其形有异，其质无别，寡欲无求，故能因境化形，畅然无碍。夫仁者如山，宽容仁厚，安静平和，不役于物，亦不伤于物，不忧不惧，故能长寿。这时诗人心中一片清明，不禁对着清明玉轮长啸一声，以此述志。

山居杂咏

释昌仁

一

归来不道故人疏，四面青山好读书。

最是渔樵[1]有深意，携来鱼酒过茅庐。

二

一溪流水白石[2]新，策杖[3]闲随麋鹿群。

直上西山[4]采灵药，归来惹得满身云。

作者简介：

释昌仁，生平事迹见《还华严寺》诗。

注释：

[1] 渔樵：渔人和樵夫。此处指隐居的高士。

[2] 白石：光滑洁白的石头。

[3] 策杖：拄杖。也称杖策。

[4] 西山：今山东省青岛市崂山区王哥庄。最初，人们大多因生活所迫，到此倚山而立自然村，从而形成11村、12姓。相传清朝中期，姜氏先祖一支从桑园村迁出，立村于王哥庄西山坡，故名。

评析:

这两首诗浅显易懂,主要描述了诗人在崂山中的生活。

第一首,诗人独居崂山,没有故人相伴却并不觉得孤单,反而觉得不被俗事所扰,更能深入自然,用"心"读书。"不道故人疏",恰恰表现出诗人躲开了烦琐应酬后的窃喜。"最是渔樵有深意","渔樵"这一意象则是历代文人仕子漂泊遁世的共同追求目标,从中可以看出诗人的心境已变得恬淡平和,对于"一鱼一酒一茅庐"的生活甚是满意。

第二首,诗人看到清澈的溪水洗净的白石,"白石"为传说中的神仙的粮食,彭祖曾煮白石为食,正是长寿的象征。跟随麋鹿这一"瑞兽",正是祥瑞之象。诗的前两句暗示出"长寿福瑞",表现出居于崂山可怡情长寿。诗人登西山,采灵药,却没有说最后成果,只说"惹得一身云",正表现出诗人"清静无为"的心境。有了如此心境,居于崂山,才能采崂山仙气,真正羽化得道。

寄昌仁禅士

毓　俊

扁豆花开压短篱[1],寻君相遇早秋时。

翻经击钵了无事,听雨看云常有诗[2]。

因说名山僧话久,为游古寺客归迟。

世间真乐无如此,语向傍人总不知。

作者简介:

毓俊(1848—1899),字赞臣,号友松山人。祖籍长白,出身贵胄世家,其九世祖为颜扎忠介公。毓俊幼岁能诗,吟成辄投一瓮中,目之曰"诗瓮",亦韵事也。著《友松吟馆诗钞》。尝游西山,有诗云:"绝顶古寺磬声寂,夕阳在山僧未归。"时人呼之曰"毓夕阳"。

注释：

[1] 短篱：低矮的篱笆。

[2] "翻经击钵"两句，其中有"击钵催诗"典故，南朝齐竟陵王萧子良，常于夜间邀集才人学士饮酒赋诗，刻烛限时，规定烛燃一寸，诗成四韵。萧文琰认为这并非难事，乃与丘令楷、江洪二人改为击铜钵催诗，要求钵声一止，诗即吟成。见《南史·王僧孺传》。后以"击钵催诗"指限时成诗，亦以喻诗才敏捷。

评析：

本诗描绘与昌仁禅士相遇、相谈，游寺忘归、悟道。第一句"扁豆花开压短篱"，不是单纯的环境描写，还暗含了当时游山的时间。下文"早秋"的出现便显得十分自然。昌仁禅士击钵诵经，一颗不惹尘埃的心变得更加澄澈清明，与山云化雨的景致产生共鸣，出口即可成诗。诗人化用"击钵催诗"的典故，暗赞禅士敏捷的才思。诗人与禅士畅谈、共游，竟忘了时间。如此才是人间真正的乐趣——身心得以放松，暂忘凡尘琐事，尽情享受自然。而此中滋味，大概唯有知音昌仁禅士能懂吧。

崂山观日出

孙凤云

阳乌[1]浴水出海中，两翼煽云云复空。

洪涛万里伏阳火，火焰金沤[2]荡海风。

金光百道浮水面，霞彩千条碧空散。

巨浸中流涌金轮[3]，欲上不上如掣电[4]。

瀛洲东畔鲛人[5]居，绕宅千万树珊瑚[6]。

鲛人泣血洒红树[7]，千年化作珊瑚珠[8]。

下界那知天已晓，邯郸痴梦[9]犹未了。

须臾[10]鸡鸣日高升，微茫始辨田横岛。

作者简介：

孙凤云，生平事迹见《蔚竹庵》诗。

注释：

[1] 阳乌：神话传说中太阳里的三足乌。如西晋左思《蜀都赋》："羲和假道于峻歧，阳乌回翼乎高标。"李善注："《春秋元命苞》曰：'阳成于三，故日中有三足乌，乌者，阳精。'"南朝陈徐陵《丹阳上庸路碑》："阳乌驭日，宁惧武贲之弓；飞雨弥天，无待期门之盖。"唐李白《上云乐》诗："阳乌未出谷，顾兔半藏身。"因用以借指太阳。

[2] 沤：长时间浸泡。"洪涛万里伏阳火，火焰金沤荡海风"，运用"顶真"，生动形象地表现出太阳从海中升起的景象。

[3] 巨浸：大水，指大海。中流：江河中央，水中。金轮：指太阳。

[4] 掣电：闪电，形容迅疾。

[5] 瀛洲：传说中的仙山。《列子·汤问》："渤海之东，不知几亿万里……其中有五山焉，一曰岱舆，二曰员峤，三曰方壶，四曰瀛洲，五曰蓬莱……所居之人，皆仙圣之种。"鲛人：神话传说中的人鱼。据古籍记载：东海有鲛人，可活千年，泣泪成珠，价值连城；膏脂燃灯，万年不灭；所织鲛绡，轻若鸿羽；其鳞，可治百病，延年益寿。其死后，化为云雨，升腾于天，落降于海。

[6] 珊瑚：此处为珊瑚礁，其形似树。

[7] 泣血：无声痛哭，泪如血涌。一说，泪尽血出。形容极度悲伤。红树：此处指红色珊瑚树。

[8] 珊瑚珠：珊瑚制成的珠。

[9] 邯郸痴梦：化用"黄粱一梦"。典出唐沈既济《枕中记》，说卢生在梦中享尽了荣华富贵，醒来时，蒸的黄粱米饭尚未熟，只落得一场空。比喻虚幻的梦想。

[10] 须臾：片刻。

评析：

本诗描写崂山日出，分为三层：从"阳乌浴水出海中"到"欲上不上如掣电"为第一层。生动形象地绘出一幅"海上日出图"。从"瀛洲东畔鲛人居"到"千年化作珊瑚珠"为第二层。被阳光温暖了的海风熏醉了诗人，诗人微醉的思绪在自由游荡。从"下界那知天已晓"到诗的最后，则表现出诗人从沉醉中醒来，回到现实中，却又对浪漫的"梦境"恋恋不舍的情感。"阳乌浴水""两翼煽云"，就这简单的两个短语，塑造了活的太阳：太阳像个顽皮的孩子，爱赖在水里，一遍一遍地洗着自己的金黄色羽毛和三只金色的脚。在水中玩够了，拍拍翅膀飞上天空，将天上的云都点着了，按照自己心中所想，用朝霞在空中画出不同的图画。他洗澡用的海水都变得温热，海风都被他的朝气感染，变得更加温和。日出的场景在诗人的笔下成了图画，甚至是一部电影。诗人自己也被这样的景色迷住了，思绪飞到了瀛洲，飞到了仙境。天最东边的彤云，像红珊瑚，又像碧血。是不是东海鲛人呕心沥血栽种的珊瑚树化作的珊瑚珠？诗人想着，竟然没有发现天已经大亮，一声响亮的鸡鸣叫醒了沉醉其中的诗人。诗人四下一望，看到忠烈之士亡命之地的田横岛，这才回过神来。本诗充满浪漫色彩，为崂山涂上了一层浪漫，一层神秘，一层醉人的美。

九水山庄

王　埻

苍翠郁千重，烟云谷口封。

长林遮百日[1]，曲涧绕青峰。

石垒[2]斜溪屋，僧敲远寺钟。

新[3]从此地过，顿觉涤尘胸。

作者简介：

　　王埻，字爵生，清代莱西人，以翰林官至侍郎，工书法，清亡后，寓青岛。

注释：

[1] 长林：高大的树林。百日：多日，指较长的时间。

[2] 垒：砌。

[3] 新：不久以前，刚才。

评析：

本诗主要描述了诗人经过九水山庄的所见所感。前四句诗人用长镜头，对九水山庄做了一个宏观的描述：山上树木郁郁葱葱，争相生长，似乎遮蔽了太阳。山势高耸，连山谷的谷口都萦绕着云雾。山溪环绕在山上，在略显单调的绿色上点缀了条条蓝纹。第五句近看山庄，石屋顺着山溪的方向垒造，似乎和山、水融为一体。第六句通过听觉，来展现山庄的清幽。远寺钟声都可听到，可想山庄是如何的寂静。钟声也为山庄添上了不俗的色彩。诗人经过此地的感受，在后两句直白地表述了出来——"顿觉涤心胸"。是山上的云雾带走了诗人心中的阴霾，还是潺潺的溪水冲走了诗人心中的不快，还是悠远的钟声，唤醒了沉睡已久的人的本真？

梦故乡崂山

周铭旂

二崂海上山，岱岳并雄峙。

神仙窟[1]其中，琳宫[2]巍然起。

曩[3]从故乡来，廿载阅星纪[4]。

一夜返家山，梦绕依稀是。

群宿罗胸前，双丸[5]跳眼底。

耐冬[6]一大围，烂熳霜雪里。

犹闻金碧台，架浪[7]随徐市。

遗岛尚人间，采药能不死。

洞天刬[8]然开，诸真[9]顾我喜。

安期枣如瓜，盘餐佐霞紫。

亦有扫花人，拈花立阶阤[10]。

谓我别几何[11]，头白好归矣。

天鸡[12]唱扶桑，洪濛荡万里。

魂魄辄复惊，波涛震人耳。

回忆所从经，众灵[13]纷栖止。

虚空鸾鹤[14]吟，松风杂宫徵[15]。

缥缈不可期，掩忽竟若此。

世事苦纷挐[16]，扰扰[17]何时已。

高歌盍[18]归来，微官弃敝屣[19]。

飞履上蓬莱，坐钓沧溟水。

作者简介：

周铭旂，字懋臣，号海鹤，山东即墨人。清同治乙丑（1865）科进士。历任陕西醴泉县、大荔县知县、乾州知州、西安凤翔同州府知府等，于庚子（1900）、辛丑（1901）两次任会试内监试。光绪三十四年（1908），周铭旂编修了《即墨乡土志》，分上下两卷，设历史、人文、地理三门，对崂山的山川风物亦有所记载。《即墨乡土志》一书未能刊印，现存有手抄本。其著述有《乾州志稿》、《遂闲诗集》等。

注释：

[1] 窟：此处为动词，穴居。

[2] 琳宫：仙宫。亦为道观、殿堂之美称。

[3] 曩：以往，过去。

[4] 星纪：十二星次之一。我国古代为了量度日、月、行星的位置和运动，把黄道带分成十二个部分，叫做十二星次，简称十二次，与十二辰之丑相对应，二十

八宿中之斗、牛二宿属之。如《左传·襄公二十八年》："岁在星纪，而淫于玄枵。"杜预注："岁，岁星也，星纪在丑，斗牛之次，玄枵在子，虚危之次。"《尔雅·释天》："星纪，斗、牵牛也。"郭璞注："牵牛斗者，日月五星之所终始，故谓之星纪。"《晋书·天文志》："自南斗十二度至须女七度为星纪，于辰在丑，吴越之分野，属扬州。"据《汉书·律历志》载，日至其初为大雪，至其中为冬至。明末后译黄道十二宫的摩羯宫为星纪宫。在此泛指岁月。

[5] 双丸：指日月。

[6] 耐冬：山东对山茶花的称呼，又名绛雪，隆冬季节，冰封雪飘，绿树红花，红白相映，气傲霜雪，故而得名耐冬。属山茶科山茶属，常绿灌木或者小乔木，树姿优美，树叶浓茂，四季常青，花色艳红，叶色葱绿，叶形秀丽，于瑞雪飞舞的冬季开花，花开时花瓣鲜红欲滴，花心嫩黄骄人，花期长达半年之久。其耐寒，耐旱，适应性强，抗逆性强，抗病虫害，并吸收大气中的二氧化硫，是青岛市的市花。

[7] 架浪：理解为驾浪，乘浪，鼓浪。

[8] 劐（huò）：象声词，东西破裂的声音。

[9] 诸真：诸仙人。

[10] 甋（shì）：台阶两旁所砌的斜石。

[11] 几何：犹若干，多少。

[12] 天鸡：神话传说中天上报晓的鸡。

[13] 众灵：诸神。栖止：指寄居停留的地方。

[14] 鸾鹤：鸾与鹤。相传为仙人所乘。

[15] 松风：松林之风。宫徵：道教的某些特定标志。

[16] 纷挐：亦作"纷拏"，或"纷拿"，混乱貌，错杂貌。

[17] 扰扰：形容纷乱的样子。

[18] 盍：何不（盍是"何不"的合音）。

[19] 敝屣：亦作"敝蹝"或"敝躧"，破烂的鞋子，比喻没有价值的东西。

评析：

诗人客居他乡，思念故乡，作此诗聊以自慰。本诗主要分为三层：从"二崂海上山"到"廿载阅星纪"为第一层。简略介绍崂山，自己离开家乡已有二十年，表现出思乡之情。"一夜返家乡"到"头白好归矣"为第二层。作者梦回故乡，梦游崂山，梦中将平日所思所想全部实现。"天鸡唱扶桑"到"坐钓沧溟水"，为第三层。表现了作者梦醒后回味梦境的感受。第二层是诗中最迷人部分。在梦中回到故乡，日月星辰似乎和诗人离家之前一样，没有变化。白雪覆盖的山峦带上了灿烂的耐冬花环。诗人在梦里追随着徐福，去寻找长生不老之法。一声巨响，神仙为诗人打开了仙界大门，诗人在诸仙欢迎中进入仙界。在仙界中看到了得偿所愿、与仙人扫落花的李白，李白邀请诗人了却身后之事后来此相聚。这一部分充满奇幻浪漫的想象，也可以看出诗人"日所思"的是"弃敝屣"、"上蓬莱"。这在第三层梦醒后有明确的表述。诗人梦醒后并没有忘记这个梦，而是深深思索这个梦境，从中找到了人生的目标——"世事苦纷挈，扰扰何时已。高歌盍归来，微官弃敝屣。飞履上蓬莱，坐钓沧溟水。"

游崂山

王　垿

梦想二崂知几秋[1]，今朝却喜得重游。
登高拟借天为笠[2]，狂饮欲将海作瓯[3]。

作者简介：

王垿（1857—1933），字觉生，一字爵生，号杏村、杏坊、望石山樵，晚号昌阳寄叟，山东省莱阳县（今莱阳市）人，清翰林院编修王兰升之次子。清光绪十五年（1889）己丑科进士，钦点翰林院庶吉士，后授检讨，詹事府、右春坊右赞善。工书擅画，善隶书，尤长行草，为状元曹鸿勋入室弟子，其法清劲峭拔，求书者众，故时有"无匾不是垿"之谓，为清末创新派之一。清末民初著名文学家、书法家。青岛商号之牌匾多出自他的手笔。王垿在崂山的刻石众多，其中"明霞洞"

和天后宫"有求必应"两块匾额尚存。

注释：

　　[1] 几秋：一秋三月，几秋为约数，表示时间很长。

　　[2] 笠：用竹篾或棕皮编制的遮阳挡雨的帽子。

　　[3] 瓯（ōu）：杯，盅。

评析：

　　本诗主要表达了诗人重游崂山后的欣喜之情。诗人早有夙愿再次游崂山，今日得偿所愿，甚是欣喜。登上"一览众山小"的崂山，诗人只觉海山尽在胸臆，天空似可当斗笠，大海似可作酒杯。"狂饮"一词表现出诗人当时快意。在重游的欣喜和壮美崂山的感染双重作用下，诗人潇洒地饮"海杯"中的佳酿，若是独饮无趣，唤来天上诸神共饮，又有何妨？

崂山道中

沈　煦

连步[1]出云巅，奇峰豁眼前。

千山千幅画，一步一重天。

寻径问樵客[2]，望霞思谪仙[3]。

竹林逢僧话，幽响答林泉。

作者简介：

　　沈煦（1867—1942），名煦孙，字成伯，自号聋叟、聋隐、聋居士，晚号师米老人。祖籍上虞，自明季迁居常熟，累代书香。清宣统元年（1909）时，离官归乡，留辫发，闭门户，一领青衿，两耳重听，自比"长作田间识字民"，效宋代米元章好古好洁之癖，30 年收藏不辍，藏书不下 5 万卷。

注释：

[1] 连步：犹快步。

[2] 樵客：出门采薪的人。如唐刘威《游东湖黄处士园林》诗："樵客出来山带雨，渔舟过去水生风。"明张居正《拟咏四时山水花木翎毛画·春》："山锁秦人里，烟迷樵客津。"

[3] 谪仙：谪居人间的仙人。常用以称誉才学优异的人。

评析：

本诗主要描述了诗人在崂山道中的所见所遇。

前四句将一幅"奇山各处皆不同"的画卷展现在读者眼前。"连步"一词表现出作者对前方美景的迫不及待。快步穿过云雾覆盖的山巅，眼前豁然开朗，奇秀的山峰映入眼底。崂山的山峰各不相同，诗人每经过一个地方，都有不同的景色，不同的感触。"樵客"和"谪仙"都是隐士的象征，诗人提到他们，表现出崂山虽是名山，但不是泰山那样受人崇拜供奉、香火不断，而是本真恬淡，可供"樵客"、"谪仙"隐居的方外之地。最后两句为崂山更增"方外"之感，在竹林同僧人与山林泉石共说佛法。

崂 山

仁 济

嵯峨崂盛说胶东[1]。生面别开造化功[2]。

危石奇松仙骨[3]傲，行云流水佛心[4]空。

压墙竹影和烟重，绕寺岚光与海融[5]。

风卷潮头秋月白，日烘岭背晚霞红。

宁知浊世嚣尘外[5]，仍在惊涛骇浪中。

辟得通衢[6]车马乱，终南捷径几豪雄[7]。

作者简介：

仁济，清代华严庵僧人。

注释：

[1] 崂盛：崂山盛状。胶东：名称来源于秦朝胶东郡，因处胶莱谷地或胶潍平原及其以东地区而命名。

[2] 生面：新的境界或形式。生面别开指另辟蹊径开创新的形式或格局。造化：自然界的创造者，亦指自然。

[3] 仙骨：道教语，谓成仙的资质。

[4] 佛心：佛教语，谓佛的大慈大悲之心。

[5] 浊世：佛教语，指尘世。五浊恶世，佛教谓尘世中烦恼痛苦炽盛，充满五种浑浊不净，即劫浊、见浊、烦恼浊、众生浊和命浊。嚣尘：指纷扰的尘世。

[6] 通衢：四通八达的道路。

[7] 终南捷径：《新唐书·卢藏用传》记载：卢藏用想入朝做官，隐居在京城长安附近的终南山，借此得到很大的名声，终于达到了做官的目的。司马承祯想退隐天台山，卢藏用建议他隐居终南山。司马承祯说：终南山的确是通向官场的便捷之道啊。卢藏用深感羞愧。后指求名利的最近门路。也比喻达到目的的便捷途径。豪雄：雄伟壮丽。

评析：

诗人游览崂山，看到自然天成、高峻奇伟的崂山，只觉得喧嚣的尘世不值得留恋，避开"车马乱"，不必"以心为形役"，得到本真。前八句都是描写崂山的景色，在描写崂山景色的同时，也表现出诗人对恬淡生活的向往。"仙骨"与"佛心"分别是道家和佛家的语言，而崂山松柏有仙骨，云水有佛心，表现出崂山是道教与佛教的圣地，不愧"九宫八观七十二庵"的美称。最后四句，是诗人被自然美景洗涤过沾满尘埃之心后的感悟。身处世事纷扰的凡尘，在曲折不平的红尘路上起起伏伏的诗人深感到疲倦，想要躲开俗务喧扰，在一个无"车马喧"的地方"以心役形"。

赠下宫道人

钟　惺

不计人间岁，山栖[1]幽复深。

栽花收晚蜜，种树引灵禽[2]。

日落寒林[3]色，风来空谷[4]音。

何缘得到此，已涤俗人心。

作者简介：

钟惺（1574—1624），字伯敬，号退谷。明神宗万历三十八年（1610）进士，官至福建提学事，有《隐秀轩集》。钟惺诗文主张反拟古，主性灵，有积极一面，他的求新求奇文风，对传统散文有所突破，与公安派一样，对晚明小品文的大量产生有一定的促进作用。而其狭窄的题材及情怀，艰涩幽冷的语言及文风，无疑也束缚了他在创作上取得更大的成就。清代曾将"公安"、"竟陵"之作列为禁书，诋毁排击甚烈。他与同里谭元春评选唐人诗，作《唐诗归》；又评选隋以前的诗，作《古诗归》，名扬一时，人称"竟陵派"，世称"钟谭"。

注释：

[1] 山栖：谓居于山中。

[2] 灵禽：对鸟的美称。

[3] 寒林：称秋冬的林木。

[4] 空谷：空旷幽深的山谷，多指贤者隐居的地方。

评析：

下宫道人久居崂山，早已忘记年月朝代这样的凡尘俗事了。每天心中装的就是栽花养蜂，到了傍晚收收蜂蜜，给树浇浇水，听听树上鸟儿的鸣声。落日下的树林一片萧瑟景象。这样的环境，使人心清，足以洗去心中的浮尘，看到自己清明的本真。

同至元游崂口占[1]

蓝　水

刘阮[2]同行方不孤，古人清兴[2]亦犹吾 x。
不知海上名山里，可有天台仙女无[4]。

作者简介：

蓝水，生平事迹见《鱼鳞瀑》诗。

注释：

［1］口占：谓作诗文不起草稿，随口而成。

［2］刘阮：指东汉刘晨和阮肇。相传永平年间，刘、阮至天台山采药迷路，遇二仙女，蹉跎半年始归。时已至晋，子孙已过七代。后复入天台山寻访，旧踪渺然。见南朝宋刘义庆《幽明录》。后用为游仙或男女幽会的典故。

［3］清兴：清雅的兴致。

［4］天台：即天台山。乃刘、阮与仙女相遇的天台山。无：用在句末，表示疑问语气，可译为"吗"。

评析：

诗人在友人周至元的陪伴下游崂山，心情愉悦，口占此诗。本诗用刘晨和阮肇天台山采药遇仙女的典故，对照自己与友人同游崂山寻仙。前两句就说明刘、阮同行不是独一无二，还有自己和友人效仿先人同游。最后两句则是对求仙的渴望，不知道这座山是否会像天台山一样有仙女。

游崂山

姜铭九

一气^[1]鸿濛化万千，层峦起伏幻云烟。

潮回自有山为障，地尽谁知水是天。

龙瘦应怜栖海岛，鹤闲无意问桑田^[2]。

何年世外逃禅^[3]去，来补人间未了缘。

作者简介：

姜铭九，生平事迹不详。

注释：

[1] 一气：指混沌之气。古人认为是构成天地万物之本原。

[2] 桑田：种植桑树与农作物的田地。

[3] 逃禅：指遁世而参禅。

评析：

诗人在游览崂山后，被崂山美景所感，便起"世外逃禅"补"未了缘"的想法。表达了作者对闲适恬淡生活的追求，和对身心自由的渴望。

世间万物都是由混沌之气变化而成，山岭重重叠叠就像朦胧的云烟。诗人在开篇认为所有事物都是有混沌之气化来，山岭如云烟，更是表现出"一气化万千"。潮起潮落海水会拍打在山上，山是不是海的尽头？如果路有穷尽，那海会不会成为天呢？诗人在思考中变得迷茫，由"龙瘦"而想到自己"心为形役"多年，甚是劳累，由"鹤闲"比喻自己性在田园，奔走于名利不是自己的愿望。诗人只想栖息于海岛，不问桑田事，遁世参禅，来补上今世未了因缘——以心役形。

崂山观潮

黄宗辅

平水潮生高十丈，喷如两管触相向。

紫贝[1]渊含碧落摇，苍精[2]射激青冥漾。

杖底轰訇动远雷，叠雪浪花接天开。

天东蓬岛无多路，手指云霞向深处。

觅取洪崖[3]共拍肩，笑携二子凌风[4]去。

作者简介：

　　黄宗辅，生平事迹见《崂山》诗。

注释：

　　[1] 紫贝：河伯之居处，紫贝，阙也。

　　[2] 苍精：神名，龙名。

　　[3] 洪崖：传说中的仙人名。如西晋郭璞《游仙诗》："左抟浮丘袖，右拍洪崖肩。"清蒋士铨《香祖楼·兰因》词："形相爱，影相怜，肯向洪崖又拍肩。"

　　[4] 凌风：乘风。

评析：

　　海潮奔涌，平静的水面浪叠十丈，"紫贝渊含碧落摇，苍精射激青冥漾"，贝阙、碧落、青冥，天摇地动。"杖底轰訇动远雷，叠雪浪花接天开，"浪花迸溅洒向天空，声如远方的闷雷。传说中的蓬莱仙岛，就在那遥远的天边。"觅取洪崖共拍肩，笑携二子凌风去"，诗人心怀浩荡，欲与仙人一道凌风归去，安处琼楼玉宇的仙国，超脱攘扰的世间。

参考文献

（明）黄宗昌，《崂山志》，即墨黄敦复堂出版民国二十三年（1934）版

（清）黄肇鄂，《崂山续志》，山东省地图出版社 2008 年版

周至元，《崂山志》，齐鲁书社 1993 年版

（清）严可均校辑，《全上古三代秦汉三国六朝文》，中华书局 1987 年版

逯钦立，《先秦汉魏晋南北朝诗》，中华书局，1983 年版

《二十五史》，上海古籍出版社 1985 年版

高亨，《诗经今注》，上海古籍出版社 1984 年版

《左传》，岳麓书社 2001 年版

陈鼓应，《老子注译及评介》，中华书局 1984 年版

杨伯峻，《论语译注》，中华书局 1980 年版

《墨子》，中华书局 2011 年版

杨伯峻，《孟子译注》，中华书局 1960 年版

《荀子》，中华书局 2011 年 10 月版

《韩非子》，中华书局 2011 年 10 月版

《战国策》，上海古籍出版社 1985 年版

《山海经》，中华书局 2011 年版

《吕氏春秋》，中华书局 2011 年版

《抱朴子内篇》，中华书局 2011 年版

《淮南子》，中华书局 2011 年版

周振甫，《文心雕龙注释》，人民文学出版社 1981 年版

袁行霈，《陶渊明集笺注》，中华书局 2003 年版

《颜氏家训》，中华书局 2011 年版

《全唐诗》，上海古籍出版社 1988 年版

（清）董浩，《全唐文》，上海古籍出版社 1990 年版

傅璇琮主编，《全宋诗》，北京大学出版社 1997 年版

唐圭璋，《全宋词》，中华书局 1965 年版

李庆立，《谢榛全集校笺》，江苏古籍出版社 2003 年版

《徐渭集》，中华书局 1983 年版

张宏生，《全清词》，南京大学出版社 2012 年版

《钱牧斋全集》，上海古籍出版社 2003 年版

《吴梅村全集》，上海古籍出版社 1990 年版

《戴名世集》，中华书局 1986 年版

《宋琬全集》，齐鲁书社 2003 年版

《纪晓岚文集》，河北教育出版社 1985 年版

后　记

　　青岛是文化的沙漠，很多人听过此说，可以说它是品评青岛的"名言"。慕名而来的游人走马观花地看看青岛的浮光掠影，观后感就是碧海、蓝天、红瓦、绿树，除此，就有点茫然。有人说，青岛像单纯、靓丽的少女，一眼看去，美丽一览无余。而不像苏、杭，那是风姿绰约的少妇，展现的是无穷魅力。城市魅力来自深厚的文化底蕴，文化沙漠怎能提高城市品位？

　　不仅仅是我本人，大多数旅居青岛的，都深深遗憾青岛文化底蕴的浅薄。参与崂山文化研究丛书的撰写，使我们有了重新认识青岛的机会。青岛不是文化沙漠，而是具有深厚文化底蕴的山海之城：秦始皇东巡，田横五百壮士殉义，汉大儒郑玄崂山讲学，李白崂山寻仙，丘处机全真道在崂山的扩展，明朝四大高僧之一憨山的海印寺等等。探寻青岛的文化印记，让我们对青岛刮目相看，也让我们汗颜。作为生活、学习于斯的学者，我们有责任将青岛的文化底蕴充分展示出来，而不是让它继续"养在深闺人未识"，让厚重的文化底蕴成为青岛的城市名片，使青岛不仅仅靓丽，而且更有魅力。

　　《崂山诗词精选评注》从诗歌的角度，梳理了青岛文化的脉络。它使我加深了对青岛历史文化的了解，也为同学之间的学术合作提供了机会。合作者山东科技大学文法学院的曹贤香教授是我中学、大学的同窗，毕业后，彼此曾天各一方，十几年后，终于相聚在具有仙风道骨的滨城，有了学术上彼此切磋、帮助的机会。《崂山诗词精选评注》的崂山印象部分为曹贤香教授撰写，感谢她独坐冷斋，矻矻终日付出的艰辛和汗水！在此还要特别感谢青岛大学纺织服装学院的张赫同学、山东科技大学化工学院的邹鲁宁同学，为本书撰写提供的帮助！并对为本书的撰写和出版提供帮助的各界人士致以诚挚的谢意！

宫泉久

2015 年春于青岛

责任编辑:贺　畅
责任校对:吕　飞

图书在版编目(CIP)数据

崂山诗词精选评注/宫泉久,曹贤香 评注. -北京:人民出版社,2015.7
(崂山文化研究丛书/刘怀荣主编)
ISBN 978－7－01－014710－9

Ⅰ.①崂…　Ⅱ.①宫…②曹…　Ⅲ.①诗词研究-中国-唐代~近代
Ⅳ.①I207.2

中国版本图书馆 CIP 数据核字(2015)第 069313 号

崂山诗词精选评注
LAOSHAN SHICI JINGXUAN PINGZHU

宫泉久　曹贤香　评注

人民出版社 出版发行
(100706　北京市东城区隆福寺街 99 号)

北京市大兴县新魏印刷厂印刷　新华书店经销

2015 年 7 月第 1 版　2015 年 7 月北京第 1 次印刷
开本:710 毫米×1000 毫米 1/16　印张:22
字数:320 千字

ISBN 978－7－01－014710－9　定价:62.00 元

邮购地址 100706　北京市东城区隆福寺街 99 号
人民东方图书销售中心　电话 (010)65250042　65289539